MW01709331

Gillian McAllister

Gillian McAllister est avocate, elle vit et travaille à Birmingham. *Jusqu'à ce que la vérité nous sépare* (*Everything But the Truth*, 2017), son premier roman, a été classé parmi les meilleures ventes du *Sunday Times* dès sa parution.

Après minuit a paru chez Sonatine en 2024.

APRÈS MINUIT

GILLIAN McALLISTER

APRÈS MINUIT

Traduit de l'anglais
par Clément Baude

SONATINE ÉDITIONS

Titre original :
WRONG PLACE WRONG TIME
Éditeur original : Penguin Michael Joseph

ISBN 978-2-266-34643-6
Dépôt légal : avril 2025

À Felicity et à Lucy :
dans n'importe quel multivers, je voudrais
que vous soyez mes agentes

JOUR J

Juste après minuit

Jen est bien contente qu'on change d'heure cette nuit. Du temps en plus, une heure de gagnée, au cours de laquelle elle fera semblant de ne pas attendre le retour de son fils.

Maintenant qu'il est minuit passé, on est officiellement le 30 octobre. Bientôt Halloween. Jen se dit que Todd a dix-huit ans, que son bébé de septembre est désormais un adulte. Il fait *ce qu'il veut*.

Elle a passé une bonne partie de la soirée à sculpter, mal, une citrouille. Elle la pose sur le rebord de la baie vitrée qui donne sur leur allée, et elle l'allume. Elle l'a sculptée parce qu'elle s'y est sentie obligée – comme souvent –, mais le résultat est assez beau, dans le genre irrégulier.

Entendant les pas de son mari, Kelly, sur le palier du dessus, elle se retourne. Ça ne lui ressemble pas d'être encore debout. Il est du matin, elle est un oiseau de nuit. Dans la pénombre, il sort de leur chambre, située au dernier étage. Ses cheveux en bataille paraissent bleu-noir. Nu comme un ver, il ne porte sur lui qu'un petit sourire amusé, sur un côté de sa bouche.

Il descend l'escalier vers elle. Le tatouage sur son poignet attrape la lumière. Une date, le jour où, d'après lui, il a su qu'il était amoureux d'elle : printemps 2003. Jen le regarde. Seuls quelques poils bruns sur son torse ont blanchi pendant l'année, sa quarante-troisième.

« Tu t'actives, je vois ? »

Il montre la citrouille.

« Tout le monde en avait fait une, explique Jen, penaude. Tous les voisins.

— Et alors ? »

Kelly dans toute sa splendeur.

« Todd n'est toujours pas rentré.

— C'est le début de la soirée, pour lui. »

Il a un petit accent gallois, à peine décelable, comme si son souffle trébuchait sur une chaîne de montagnes.

« Ce n'est pas jusqu'à 1 heure du matin, sa permission de sortie ? »

C'est le genre de discussion qu'ils ont régulièrement. Jen s'inquiète beaucoup, Kelly peut-être pas assez. Au moment où elle y pense, il se retourne, et voilà : ces fesses parfaites, absolument parfaites, dont elle est amoureuse depuis presque vingt ans. Après un dernier coup d'œil sur la rue, pour guetter le retour de Todd, elle revient vers Kelly.

« Maintenant, les voisins peuvent voir ton cul, dit-elle.

— Ils penseront qu'on a une deuxième citrouille », répond-il, aussi vif et tranchant que la lame d'un couteau.

Le badinage. Leur moyen de communication favori.

« Tu montes te coucher ? Je n'en reviens pas d'avoir terminé Merrilocks », ajoute-t-il en s'étirant.

Toute la semaine, il a restauré le carrelage victorien au sol d'une maison de Merrilocks Road. Il a travaillé tout seul, exactement comme il aime, en écoutant podcast après podcast et en ne voyant presque personne. Compliqué, vaguement insatisfait : tel est Kelly.

« Oui, dit-elle. J'arrive. Je veux juste m'assurer qu'il est bien rentré.

— Il sera là dans une minute, avec un kebab à la main. » Il agite la sienne. « Tu attends les frites ?

— Arrête », répond-elle avec un sourire.

Kelly lui adresse un clin d'œil et va se coucher.

Jen marche sans but dans la maison. Elle repense à un dossier sur lequel elle travaille en ce moment, un couple en plein divorce, qui se chamaille apparemment autour d'un service d'assiettes en porcelaine, en réalité, bien sûr, pour une histoire de trahison. Elle n'aurait pas dû accepter, elle a déjà plus de trois cents dossiers. Mais lors du premier rendez-vous, Mme Vichare l'a regardée et a dit : « Si je dois lui donner ces assiettes, j'aurai perdu tout ce que j'aime », et Jen n'a pas pu résister. Elle aimerait bien ne pas être si sensible – aux inconnus qui divorcent, aux voisins, à ces foutues citrouilles –, mais c'est plus fort qu'elle.

Elle se fait un thé et revient avec jusqu'à la baie vitrée, toujours à l'affût. Elle attendra aussi longtemps que nécessaire. Pour des raisons certes différentes, les deux bornes de la parenté – les toutes premières années et celles qui précèdent l'âge adulte – sont marquées par le manque de sommeil.

S'ils ont acheté ici, c'est pour cette fenêtre, située exactement au centre de la maison à deux étages. « On contemplera le monde comme des rois », avait dit Jen, ce qui avait fait rire Kelly.

Elle scrute la bruine d'octobre, et voici que dans la rue, enfin, apparaît Todd. Jen le voit au moment précis où le changement d'heure a lieu et où son portable passe de 1 h 59 à 1 h 00. Elle réprime un sourire : grâce au recul de l'heure, Todd n'est plus en retard. C'est tout lui. Il considère les nuances linguistiques et sémantiques autour d'une permission de sortie comme plus importantes que la raison qui la motive.

Dans la rue, il avance à grands pas. Il est tout maigre, on dirait qu'il ne grossit jamais. Ses genoux saillent contre son jean quand il marche. La bruine est incolore, les arbres et le trottoir sont noirs, l'air est d'un blanc translucide. Un monde aux tons gris.

Leur rue – tout au fond de Crosby, dans le comté de Merseyside – n'est pas éclairée. Kelly a installé un lampadaire à la Narnia devant la maison. Il avait fait la surprise à Jen : tout en fer forgé, coûteux. Elle ignore où il a trouvé l'argent pour l'acheter. Le lampadaire s'allume dès qu'il détecte du mouvement.

Mais – attendez. Todd a vu quelque chose. Il s'arrête net, plisse les yeux. Jen suit son regard, puis comprend : une silhouette presse le pas dans la rue, de l'autre côté. Un homme, plus âgé que Todd, beaucoup plus âgé. Elle le voit à son corps, à ses gestes. Elle a l'œil pour ces choses-là. Depuis toujours. C'est ce qui fait d'elle une bonne avocate.

Elle plaque sa main chaude contre la vitre froide.

Quelque chose ne va pas. Quelque chose est sur le point de se produire. Jen en est sûre, mais elle ne saurait dire ce que c'est. Elle a l'instinct du danger, le même qui la guide quand elle se trouve près d'un feu d'artifice, d'un passage à niveau ou d'une falaise. Les pensées défilent dans son cerveau, comme mues par le déclencheur d'un appareil photo, l'une après l'autre.

Elle pose son mug sur le rebord de fenêtre, appelle Kelly et dévale l'escalier en sautant les marches deux par deux, sentant sous ses pieds le tapis à rayures rêche. Elle enfile ses chaussures, puis s'arrête un instant, la main sur la poignée métallique de la porte d'entrée.

Quelle… quelle est cette sensation ? Elle ne peut l'expliquer.

Est-ce une impression de déjà-vu ? Ça ne lui arrive presque jamais. Elle cligne des yeux, et puis plus rien, comme un nuage de fumée. Qu'est-ce que c'était ? Sa main sur la poignée en laiton ? Le lampadaire jaune qui éclaire dehors ? Non, elle ne se rappelle plus. C'est passé.

« Quoi ? demande Kelly en arrivant derrière elle, occupé à nouer un peignoir gris autour de sa taille.

— Todd… Il est… il est dehors avec… quelqu'un. »

Ils se précipitent. Le froid de l'automne la saisit aussitôt. Elle court en direction de Todd et de l'inconnu. Mais avant même qu'elle comprenne ce qui se passe, Kelly hurle : « Stop ! »

Todd court et, au bout de quelques secondes, empoigne le blouson à capuche de l'inconnu. Il lui fait face, tendu, les épaules en avant. L'inconnu plonge une main dans sa poche.

Kelly se rue vers eux, affolé, regardant à droite, à gauche, devant, derrière.

« Todd, non ! » crie-t-il.

Et c'est là que Jen voit le couteau.

Grâce à l'adrénaline qui affûte sa vision, elle ne manque pas un détail de l'action. Un coup de couteau rapide, net. Soudain, tout ralentit : le mouvement du bras qui se rétracte, le tissu du vêtement qui résiste puis libère le couteau. Deux plumes blanches ressortent en même temps que la lame et volettent dans l'air froid, comme des flocons de neige.

Jen regarde le sang qui commence à gicler. Abondamment. Elle est sans doute à genoux, car les petits cailloux de l'allée lui cisaillent la peau. Elle le prend dans ses bras, ouvre son blouson, sent la chaleur du sang qui lui coule le long des mains, entre les doigts, sur les poignets.

Elle défait sa chemise. Son torse commence à être inondé. Les trois plaies en forme de fente apparaissent et disparaissent – c'est comme essayer de voir le fond d'une mare rouge. Elle est transie de froid.

« Non ! »

Elle crie d'une voix épaisse et liquide.

« Jen », fait Kelly.

Il y a tellement de sang. Elle l'allonge sur l'allée et se penche au-dessus de lui en regardant attentivement. Elle espère se tromper, mais elle est convaincue, l'espace d'une seconde, qu'il n'est plus là. La manière dont la lumière jaune se reflète sur ses yeux n'est pas normale.

La nuit est plongée dans un silence complet. Au bout de plusieurs minutes, probablement, elle cligne des yeux, choquée, puis se retourne vers son fils.

Kelly, dont elle ne voit que le dos, a éloigné Todd de la victime et le serre dans ses bras. Todd fait face à Jen et la regarde par-dessus l'épaule de son père. Il est impassible. Il lâche le couteau. Quand le métal heurte le trottoir glacé, on croirait entendre le tintement d'une cloche d'église. Todd passe une main sur sa figure et y laisse une traînée de sang.

Jen le dévisage. Il a peut-être des regrets, ou peut-être pas. Elle ne saurait le dire. Elle qui est capable de déchiffrer presque n'importe qui, elle n'a jamais su déchiffrer Todd.

JOUR J

1 heure et des poussières

Quelqu'un a dû appeler la police, car la rue s'illumine soudain de halos bleus.

« Qu'est-ce que… », demande Jen à Todd.

Cette phrase résume tout : qui, pourquoi, qu'est-ce que c'est que ce bordel ?

Kelly relâche son fils. Il est livide mais ne dit rien, comme souvent.

Todd, lui, ne regarde ni sa mère ni son père.

« Maman », finit-il par dire.

Les enfants ne cherchent-ils pas toujours leur mère en premier ? Elle tend la main vers lui, mais elle ne peut pas abandonner le corps. Elle ne peut pas relâcher sa pression sur les plaies. Cela risquerait de rendre les choses encore pires pour tout le monde.

« Maman », répète Todd.

Sa voix est brisée, comme une terre sèche qui se sépare net en deux. Il se mord la lèvre et braque les yeux vers le bout de la rue.

« Todd », répond-elle.

Le sang de l'homme coule sur ses mains comme l'eau épaisse d'un bain.

« J'étais obligé », lui dit-il, la regardant enfin.

La mâchoire de Jen se décroche tant le choc est puissant. Kelly baisse la tête. Les manches de son peignoir sont couvertes du sang qui maculait les mains de Todd.

« Mon vieux, dit-il, si bas que Jen n'est pas certaine qu'il ait parlé. Todd.

— J'étais obligé », répète Todd, plus insistant. Il exhale un nuage de vapeur dans l'air froid. « Pas le choix », ajoute-t-il, cette fois avec l'irrévocabilité de l'adolescence.

Le bleu de la voiture de police se rapproche. Kelly ne quitte pas son fils des yeux. Ses lèvres – blanches, exsangues – remuent, lâchent un juron muet, peut-être.

Elle le regarde, son fils, ce criminel violent, qui aime les ordinateurs, les statistiques et – encore – un pyjama de Noël chaque année, bien plié et posé au bout de son lit.

Kelly tourne inutilement sur lui-même dans l'allée, mains sur la tête. Il n'a pas jeté un seul coup d'œil vers l'homme. Il ne lâche pas Todd du regard.

Jen tente de comprimer les plaies qui palpitent sous ses mains. Elle ne peut pas abandonner la… la victime. La police est là, mais pas encore les secours.

Todd tremble toujours. De froid ou d'effroi, Jen ne sait pas.

« Qui est-ce ? » demande-t-elle.

Elle a mille autres questions à lui poser, mais il hausse les épaules et ne répond pas. Jen voudrait le toucher, lui arracher les réponses. Elles ne viennent pas.

« Ils vont t'arrêter », dit Kelly à voix basse.

Un policier court dans leur direction.

« Écoute… Ne dis rien, d'accord ? On…

— Qui est-ce ? » répète Jen.

La phrase sort trop fort, un cri dans la nuit. Elle aimerait que la police ralentisse, s'il vous plaît, moins vite, laissez-nous un peu de temps.

Le regard de Todd revient vers elle.

« Je… »

Pour une fois, il est à court d'explications verbeuses, n'est pas dans la posture intellectuelle. Il ne dit rien de plus que cette phrase inachevée, jetée dans l'air humide qui les entoure, avant que tout cela devienne quelque chose de plus vaste que leur famille.

Le policier arrive à côté d'eux : grand, gilet de protection noir, chemise blanche, radio dans la main gauche.

« Tango deux quatre cinq à Echo – sur zone. Ambulance en route. »

Todd regarde dans son dos l'agent, une fois, deux fois, puis de nouveau sa mère. C'est maintenant. C'est maintenant qu'il va s'expliquer, avant d'être happé par leurs menottes et leur pouvoir.

Le visage de Jen est figé, ses mains couvertes de sang chaud. Elle attend, elle a peur de bouger, de perdre le regard de son fils. C'est lui qui décroche en premier. Il se mord la lèvre et baisse les yeux vers ses pieds. Et c'est tout.

Un autre policier éloigne Jen du corps de l'inconnu. Debout dans l'allée en pyjama et en tennis, les mains mouillées et collantes, elle observe son fils, puis son mari en peignoir qui essaie de négocier avec le système judiciaire. C'est elle qui devrait prendre les choses en main. C'est elle l'avocate, après tout. Mais elle est incapable de parler. Totalement sidérée. Perdue, comme si on venait de la lâcher au pôle Nord.

« Vous pouvez confirmer votre nom ? » demande le premier policier à Todd.

D'autres agents sortent d'autres voitures, comme des fourmis d'une fourmilière.

Jen et Kelly s'avancent d'un même élan, mais à cet instant précis Todd fait quelque chose, un minuscule geste. Il tend la main vers le côté pour les arrêter.

« Todd Brotherhood, répond-il froidement.

— Vous pouvez me dire ce qui s'est passé ? demande le policier.

— Attendez, intervient Jen, ranimée. Vous ne pouvez pas l'interroger au bord de la route.

— Allons tous ensemble au commissariat, dit Kelly. Et…

— Eh bien, je l'ai poignardé », l'interrompt Todd en désignant l'homme à terre. Il remet les mains dans ses poches et s'approche du policier. « Donc je pense que vous avez intérêt à m'arrêter.

— Todd, fait Jen. Ne dis plus rien. »

Les larmes lui obstruent la gorge. Ce n'est pas possible. Elle a besoin d'un alcool fort, pour remonter en arrière, se rendre malade. Son corps tout entier se met à trembler, là, dehors, dans ce froid absurde et troublant.

« Todd Brotherhood, vous n'êtes pas obligé de parler, dit le policier, mais cela pourrait nuire à votre défense si vous n'avez pas mentionné lors de votre interrogatoire… »

Todd joint délibérément ses deux poignets, comme s'il jouait dans un film, et le voilà menotté, en un éclair, avec un déclic métallique. Ses épaules sont droites. Il se tient avec raideur. Son visage est neutre, résigné, même. Jen ne peut pas, ne peut pas, ne peut pas s'arrêter de le fixer du regard.

« Vous ne pouvez pas faire ça ! s'écrie Kelly. Est-ce que c'est un…

— Attendez, lance Jen, affolée, au policier. On peut venir ? Il est encore adolescent…

— J'ai dix-huit ans, fait Todd.

— Là-bas », lui indique le policier, doigt tendu vers la voiture, sans prêter attention à Jen. Dans sa radio, il dit : « Tango deux quatre cinq à Echo – préparez une cellule sans sanitaires, s'il vous plaît. »

Désespérée, Jen insiste.

« Dans ce cas, on vous suivra. Je suis avocate », précise-t-elle inutilement, même si elle n'y connaît rien en droit pénal.

À cet instant encore, en pleine crise, l'instinct maternel brûle avec la même ardeur que la citrouille à sa fenêtre. Ils doivent simplement comprendre pourquoi il a fait ça, le sortir de là, puis l'aider. Voilà ce qu'ils doivent faire. Voilà ce qu'ils vont faire.

« On vient, dit-elle. On vous retrouve au commissariat. »

Le policier daigne enfin la regarder. Il ressemble à un mannequin. Des creux sous les pommettes. C'est un cliché, mais de nos jours les flics ont tous l'air tellement jeunes.

« Commissariat de Crosby », lui dit-il, avant de remonter dans la voiture sans un mot, emmenant Todd.

Son collègue reste auprès de la victime, un peu plus loin. Jen a du mal ne serait-ce qu'à penser à cet homme. Elle jette un coup d'œil, une fois. Le sang, l'expression sur le visage du policier… Elle est persuadée que le type est mort.

Elle se tourne vers Kelly. Elle n'oubliera jamais le regard que son mari stoïque lui jette à cet instant précis. Elle croise ses deux yeux bleu marine.

Le monde semble s'arrêter de tourner une fraction de seconde et, dans le silence et le calme, Jen pense : Voilà à quoi ressemble un homme au cœur brisé.

Devant le commissariat de police, un grand panneau blanc annonce la couleur. « POLICE DE MERSEYSIDE – CROSBY ». Derrière, un bâtiment trapu des années 1960 entouré d'un muret en brique. Des vagues de feuilles mortes sont venues s'y échouer au cours du mois passé.

Jen se gare devant, sur une zone de stationnement interdit, et coupe le moteur. Leur fils a poignardé quelqu'un : quelle importance si elle se prend un PV ? Kelly descend avant même que la voiture se soit immobilisée. Il tend le bras derrière lui – inconsciemment, pense Jen. Elle saisit sa main comme si c'était un radeau en pleine mer.

Il pousse une des portes vitrées et ils se précipitent dans le hall recouvert d'un lino gris fatigué. À l'intérieur, l'air sent le renfermé. Comme les écoles, comme les hôpitaux, comme les maisons de retraite. Des institutions synonymes d'uniformes et de nourriture dégueulasse, le genre de lieu que Kelly déteste. « Jamais je ne participerai à cette vie de fous », avait-il dit un jour, au tout début de leur relation.

« Je vais aller leur parler », dit-il à Jen.

Il tremble. Non pas de peur, manifestement, mais de colère. Il est furieux.

« C'est bon… Je vais appeler un avocat et faire les premiers…

— Où est le commissaire ? » hurle Kelly à l'intention de l'agent de l'accueil, un chauve qui porte une chevalière à l'auriculaire.

Le langage corporel de Kelly a changé. Jambes écartées, torse bombé. Même Jen l'a très rarement vu comme ça.

D'un ton las, le policier leur demande d'attendre leur tour.

« Vous avez cinq minutes », dit Kelly en montrant la pendule, avant de s'affaler sur une chaise de l'autre côté du hall.

Jen s'installe à côté de lui et prend sa main. L'alliance de Kelly se trimballe sur son doigt. Il doit avoir froid. Ils restent assis là. Il croise et décroise ses longues jambes en soufflant, et pendant ce temps Jen ne dit rien. Un policier se présente à l'accueil ; il parle au téléphone à voix basse.

« C'est le même crime qu'avant-hier – blessure par arme blanche avec intention de donner la mort. La victime s'appelait Nicola Williams. Auteur des faits non identifié. »

Il parle si bas que Jen doit tendre l'oreille.

Elle écoute. Une blessure par arme blanche avec intention de donner la mort, c'est un coup de couteau. Ils doivent certainement parler de Todd. Et d'un crime similaire commis deux jours plus tôt.

Finalement, le flic qui a procédé à l'arrestation arrive – le grand, avec ses pommettes.

Jen jette un coup d'œil à la pendule derrière l'accueil. Il est 3 h 30, ou peut-être 4 h 30. Elle ne sait pas s'ils ont déjà procédé au changement d'heure. C'est déconcertant.

« Votre fils reste avec nous ce soir. On l'interrogera bientôt.

— Où ça ? demande Kelly. Là-dedans ? Laissez-moi entrer.

— Vous ne pourrez pas le voir, répond le policier. Vous êtes tous les deux témoins. »

Jen sent l'exaspération monter dans sa poitrine. C'est pour ça – exactement *ça* – que les gens détestent le système judiciaire.

« Vous voulez la jouer comme ça, hein ? » fait Kelly, acide.

Il lève les mains en l'air.

« Pardon ? demande le policier.

— Quoi, on est des ennemis, c'est ça ?

— Kelly ! intervient Jen.

— Personne n'est l'ennemi de personne, rétorque le policier. Vous pourrez parler à votre fils dans la matinée.

— Où est le commissaire ? demande Kelly.

— Vous pourrez parler à votre fils dans la matinée. »

Kelly laisse passer un silence chargé, dangereux. Jen n'a vu que quelques rares personnes confrontées à cela, mais elle n'envie pas le sort du policier. Même si Kelly met généralement du temps à dégoupiller, quand il s'y met, ça fait des étincelles.

« J'appellerai quelqu'un, dit-elle. Je connais quelqu'un. »

Elle sort son portable et, tremblante, commence à parcourir la liste de ses contacts. Des pénalistes. Elle en connaît un paquet. La première règle, en matière de droit, c'est de ne jamais intervenir dans une matière en laquelle on n'est pas spécialiste. La deuxième est de ne jamais défendre sa propre famille.

« Il a dit qu'il ne voulait pas d'avocat, dit le policier.

— Il lui en faut un. Vous ne devriez pas… »

Le policier lève les deux paumes vers elle. À côté, elle sent Kelly qui bout.

« Je vais en appeler un, comme ça il pourra…

— C'est bon, laissez-moi entrer là-dedans, dit Kelly en montrant la porte blanche qui donne sur le reste du commissariat.

— Ce n'est pas possible.

— Allez vous faire foutre. »

Jen le regarde, sous le choc.

Le policier ne prend même pas la peine de répondre. Il se contente d'observer un silence glacial.

« Bon, et maintenant ? » fait Jen.

Car Kelly vient de dire à un flic d'aller se faire foutre. Un outrage à un représentant des forces de l'ordre n'est pas la meilleure façon d'arranger la situation.

« Comme je viens de vous l'expliquer, il restera avec nous cette nuit, lui répond le policier. Je vous suggère de revenir demain. » Il se tourne vers Kelly. « Vous ne pouvez pas obliger votre fils à prendre un avocat. On a essayé.

— Mais c'est un enfant, intervient Jen, même si elle sait que, du point de vue juridique, il ne l'est plus. Ce n'est qu'un enfant », répète-t-elle, presque à elle-même.

Elle repense à son pyjama de Noël et à la fois, récemment, où il a voulu qu'elle reste auprès de lui quand il a été pris de vomissements. Ils ont passé toute la nuit dans la salle de bains attenante. À parler de tout et de rien. Elle lui essuyait la bouche avec un gant de toilette mouillé.

« Ils n'en ont rien à foutre de rien, lâche Kelly, amer.

— On repassera dans la matinée. Avec un avocat, dit Jen, pour arranger les choses, faire la paix.

— Comme vous voudrez, répond le policier. En attendant, une équipe doit vous accompagner chez vous. »

Jen acquiesce sans un mot. La police scientifique. Leur maison fouillée. La totale.

Jen et Kelly repartent du commissariat. Pendant qu'ils rejoignent leur voiture, Jen se masse le front. Une fois à l'intérieur, elle met le chauffage à fond.

« On va rentrer chez nous ? Vraiment ? Et rester sagement assis pendant qu'ils fouillent dans tous les coins ? »

Les épaules de Kelly sont tendues. Les cheveux noirs en bataille, des yeux tristes comme ceux d'un poète, il regarde Jen.

« Aucune idée. »

Jen observe un buisson que la rosée nocturne fait briller. Au bout de quelques secondes, elle enclenche la marche arrière et roule, parce qu'elle ne sait pas quoi faire d'autre.

Quand elle se gare, la citrouille les accueille sur son rebord de fenêtre. Jen a dû laisser la bougie allumée. Les techniciens de scène de crime sont déjà sur place, avec leurs tenues blanches. Ils sont dans l'allée, pareils à des fantômes, près du ruban qui tremblote sous le vent d'octobre. Le contour de la flaque de sang a commencé à sécher.

On les autorise à entrer – dans leur propre maison – et ils s'assoient au rez-de-chaussée. Ils regardent au-dehors les agents en uniforme en train d'examiner, parfois à quatre pattes, le moindre centimètre carré de la scène de crime. Ils n'échangent pas un mot et se tiennent la main. Kelly n'a pas ôté son blouson.

Finalement, une fois que les techniciens sont repartis et que les policiers ont fouillé puis emporté les affaires de Todd, Jen s'allonge sur le canapé et contemple le plafond. C'est à ce moment-là que les larmes viennent. Brûlantes, rapides, abondantes. Elle pleure pour l'avenir. Elle pleure aussi pour le passé, et ce qu'elle n'a pas vu venir.

J – 1

8 heures

Jen ouvre les yeux.

Elle a dû monter se coucher. Et elle a dû dormir. Elle n'a pas l'impression d'avoir fait l'un ou l'autre, pourtant elle est dans sa chambre, et non sur le canapé. Derrière les persiennes de la maison, il fait jour.

Elle roule sur le côté. Dites-moi que ce n'est pas vrai.

Elle cligne des yeux en voyant le lit vide. Elle est seule. Kelly doit être déjà debout, en train de passer des coups de fil. Du moins, elle l'espère.

Ses vêtements jonchent le sol de la chambre, comme si elle s'en était évaporée. Elle les enjambe, enfile un jean et un col roulé uni qui la grossit terriblement mais qu'elle adore.

Elle sort dans le couloir et se plante devant la chambre déserte de Todd.

Son fils. Qui a passé la nuit dans une cellule du commissariat. Elle n'ose pas se demander combien de nuits pareilles l'attendent encore.

Bien. Elle peut le sortir de là. Jen est excellente pour voler au secours des autres, elle a passé toute sa vie à faire ça, et maintenant il est temps d'aider son fils.

Elle peut élucider cette affaire.

Pourquoi a-t-il fait ça ?

Pourquoi avait-il un couteau sur lui ? Qui était la victime, cet homme que son fils a probablement tué ? Jen exhume de petits indices dans le comportement de Todd, ces dernières semaines, ces derniers mois. Son humeur maussade. Sa perte de poids. Son goût du secret. Autant de choses qu'elle a mises sur le compte de l'adolescence. Deux jours plus tôt, il a reçu un coup de téléphone, dans le jardin. Quand elle lui a demandé ensuite de qui il s'agissait, il a répondu que ça ne la regardait pas, puis a jeté le portable sur le canapé. La mère et le fils ont regardé l'appareil rebondir et tomber. Todd a fait croire à une blague, mais ce n'en était pas une, cette petite crise de nerfs.

Jen regarde fixement la porte de la chambre de son fils. Comment en est-elle arrivée à élever un assassin ? Entre la fureur adolescente, les violences à l'arme blanche, les bandes, les antifas, dans quelle direction chercher ? Quel sort leur a été réservé ?

Elle n'entend pas Kelly. Arrivée à mi-hauteur de l'escalier, elle jette un coup d'œil par la baie vitrée, celle devant laquelle elle se tenait quelques heures auparavant, quand tout a basculé. La vitre est encore couverte de buée.

Elle s'étonne de constater que sur la chaussée, en bas, il n'y a aucune trace : la pluie et la brume ont dû nettoyer le sang. La police est repartie. Le ruban de scène de crime n'est plus là.

Elle regarde au bout de la rue, de part et d'autre mouchetée d'arbres aux feuilles rousses et sèches. Quelque chose dans ce qu'elle voit lui paraît étrange. Elle n'arrive pas à mettre le doigt dessus. Sans doute la faute aux souvenirs de la nuit passée, qui rendent le spectacle sinistre. Un peu bizarre.

Elle se dépêche de descendre, emprunte le couloir au sol en parquet, puis entre dans la cuisine, où plane encore l'odeur de la veille, avant qu'il arrive quoi que ce soit. La nourriture, les bougies. La vie normale.

Elle entend une voix, juste au-dessus d'elle, une voix grave, masculine. Kelly. Décontenancée, Jen lève les yeux au plafond. Kelly est dans la chambre de Todd. En train de la fouiller, sans doute. Elle peut comprendre. Le besoin de mettre la main sur ce que la police n'a pas trouvé.

« Kell ? » Elle remonte en vitesse l'escalier et arrive essoufflée en haut. « Il faut qu'on avance ! Quel avocat est-ce qu'on devrait…

— Jen et tic ! »

La voix provient de la chambre de Todd, et c'est celle de son fils : aucun doute là-dessus. Jen fait un pas en arrière, tellement grand qu'elle trébuche en haut des marches.

Elle ne rêve pas : Todd sort de la chambre, portant un jogging et un tee-shirt noir où il est écrit « SCIENCE GUY ». De toute évidence, il vient de se réveiller. Il regarde sa mère en plissant les yeux ; son visage blême est la seule lumière dans l'obscurité.

« Celle-là, on ne l'avait encore jamais faite, dit-il avec un sourire à fossettes. Je suis même allé, je l'avoue, sur un site de calembours. »

Elle ne peut que rester bouche bée. Son fils, l'assassin. Il n'a pas de sang sur les mains. Pas d'expression meurtrière sur son visage. Et pourtant.

« Quoi ? Qu'est-ce que tu fais là ?

— Hein ? »

Il a exactement la même tête qu'avant. Malgré son désarroi, Jen est curieuse. Les mêmes yeux bleus. Les mêmes cheveux noirs ébouriffés. La même silhouette grande et fine. Mais il a commis un acte impardonnable. Impardonnable aux yeux de tous, sauf peut-être à ceux de sa mère.

Que fait-il ici ? Comment est-il rentré à la maison ?

« Quoi ? insiste-t-il.

— Comment est-ce que tu es revenu ? »

Le front de Todd se plisse.

« Oh, là, tu es vraiment bizarre.

— C'est papa qui est allé te chercher ? Tu as été libéré sous caution ? crie-t-elle.

— Sous *caution* ? »

Il hausse un sourcil – un nouveau tic, chez lui. Depuis quelques mois, il change. Le corps et les hanches plus minces, mais le visage plus bouffi. Il a la pâleur de ceux qui travaillent trop, mangent trop de plats à emporter et ne boivent pas d'eau. Ce qui n'est pas le cas de Todd, *a priori*, mais qui sait ? Et puis ce nouveau tic, apparu juste après sa rencontre avec sa nouvelle petite amie, Clio.

« Je vais voir Connor. »

Connor. Un garçon de son âge, mais son ami depuis l'été seulement. Jen a sympathisé avec sa mère, Pauline, il y a des années de ça. Pauline est exactement le genre de personne qu'apprécie Jen : elle est blasée, elle jure sans arrêt, elle n'a pas la fibre maternelle. Avec elle, Jen se sent implicitement autorisée à dérailler. Elle a toujours été attirée par les gens comme ça. Tous ses amis sont sans prétention et n'ont pas peur de faire ou de dire ce qu'ils pensent. Encore récemment, Pauline parlait du petit frère de Connor, Theo : « Je l'adore, mais il a sept ans, donc il est souvent débile. » Elles avaient ri comme deux idiotes devant l'école.

Elle s'avance et étudie Todd de près. Aucune trace du diable en lui, pas de changement dans son regard, pas d'armes dans la chambre derrière lui. Celle-ci a même l'air intacte.

« Comment tu es rentré… Et qu'est-ce qu'il s'est passé ?

— Mais rentré d'où ?

— Du commissariat. »

Jen se rend compte qu'elle garde une certaine distance. Rien qu'un pas de plus qu'à l'accoutumée. Elle ne sait plus ce dont cette personne – son enfant, l'amour de sa vie – est capable.

« Pardon ? Le commissariat ? dit-il, visiblement amusé. Point d'interrogation ? »

Son expression change ; il fronce le nez, comme quand il était bébé. De son acné d'adolescent, il lui reste deux minuscules cicatrices. En dehors de ça, son visage est encore enfantin, avec cette jolie peau de pêche de la jeunesse.

« Ton arrestation, Todd !

— Mon *arrestation* ? »

D'habitude, Jen sait très bien quand son fils ment. Elle s'aperçoit qu'il ne ment pas du tout. Il la regarde avec ses yeux clairs et un air perplexe.

« Quoi ? » dit-elle – à peine un murmure. Quelque chose remonte lentement le long de son dos, une prise de conscience hésitante, effrayante. « J'ai vu… J'ai vu ce que tu as fait. »

Elle montre la fenêtre entre les deux étages. Et c'est à cet instant précis qu'elle comprend où est le problème. Ce n'est pas ce qui se passe dehors : c'est la fenêtre elle-même. Pas de citrouille. Elle n'est plus là.

Elle se met à claquer des dents. Ce n'est pas possible.

Elle détache ses yeux du rebord de fenêtre sans citrouille.

« Mais j'ai vu, répète-t-elle.

— Vu quoi ? »

Les yeux de Todd ressemblent tellement à ceux de Kelly, se dit-elle pour la millième fois de sa vie : ce sont les mêmes.

Elle le regarde et, pour une fois, il ne se dérobe pas.

« Ce qu'il s'est passé cette nuit, à ton retour.

— Je ne suis pas sorti, hier soir. »

Le badinage, le chiqué, la frime – il n'y a plus rien de tout ça.

« Quoi ? J'ai attendu que tu rentres, tu étais en retard, mais il y a eu le changement d'heure… »

Il ne la lâche pas des yeux.

« C'est demain qu'on gagne une heure. On est vendredi, aujourd'hui. »

J – 1

8 h 20

Au centre de sa poitrine, Jen a un ascenseur en chute libre. Elle écarte les cheveux de son visage et se dirige vers les toilettes, au fond de la maison, levant l'index devant Todd pour lui faire signe d'attendre une petite seconde. Au moment de se retourner, elle frémit, comme si son fils était un prédateur à surveiller du coin de l'œil.

Elle vomit dans la cuvette comme elle ne l'a pas fait depuis des années. Rien ne sort de sa bouche sinon un suc gastrique jaunâtre et gluant qui tombe à pic au fond de l'eau. Elle repense à sa grossesse, quand elle avait expliqué à un médecin qu'elle vomissait tant qu'il n'y avait plus que de la bile, ce qui lui avait valu cette réponse : « La bile est vert vif et signifie un grave problème. Vous voulez plutôt parler de suc gastrique. »

Elle observe longuement le suc qui tapisse le fond de la cuvette. Ce n'est peut-être pas de la bile, mais elle pense qu'elle a quand même un grave problème.

Todd ne voit pas du tout de quoi elle parle. C'est évident. Même lui ne saurait le nier. Mais pourquoi ? Comment ?

La citrouille. La citrouille n'est plus là. Où est son mari ? Elle n'arrive pas à avoir les idées claires. La panique monte en elle, une immense pression qui n'a pas d'échappatoire. Elle va de nouveau vomir.

Elle s'assoit sur le froid carrelage à damier.

Elle sort son portable de sa poche. Elle ouvre le calendrier.

On est le vendredi 28 octobre. Le changement d'heure aura en effet lieu demain. Lundi, ce sera Halloween. Jen ne peut pas détacher les yeux de cette date. Comment est-ce possible ?

Elle est sans doute en train de devenir folle. Elle se lève et fait les cent pas, en vain. Elle a l'impression d'avoir des fourmis dans tout le corps. Elle doit sortir de là. Mais sortir d'où ? D'hier ?

Elle retrouve son dernier échange de SMS avec Kelly et appuie sur *Appeler*.

Il décroche immédiatement.

« Écoute, dit-elle d'un ton empressé.

— Aïe », répond-il avec indolence, toujours amusé par Jen.

Elle entend une porte se fermer.

« Où es-tu ? »

Elle sait qu'elle paraît survoltée, mais c'est plus fort qu'elle.

Un silence.

« Je suis sur la planète Terre. Toi, en revanche, c'est peut-être moins sûr.

— Sérieusement.

— Je suis au travail ! Où d'autre veux-tu ? Et *toi*, tu es où ?

— Est-ce que Todd a été arrêté cette nuit ?

— Quoi ? »

Elle l'entend poser un objet lourd sur un sol qui sonne creux.

« Euh… Arrêté pour quelle raison ?

— Non, je te pose une question. Il a été arrêté, oui ou non ?

— Mais non », répond Kelly, manifestement perplexe.

Jen n'en revient pas. De la sueur perle sur sa poitrine. Elle commence à se frotter les bras.

« Mais on est restés… On est restés au commissariat de police. Tu leur as crié dessus. L'heure venait de changer, j'étais… J'avais terminé la citrouille.

— Attends, tout va bien ? Il faut que je finisse Merrilocks. »

Jen prend une grande inspiration. Hier, il a dit qu'il avait terminé son chantier. Non ? Si, elle en est sûre et certaine. Il était en haut du palier, avec son tatouage et son sourire. Elle s'en *souvient*.

Elle porte la main à ses yeux, comme si elle pouvait ne plus voir le monde.

« Je ne sais pas ce qui se passe », dit-elle. Elle se met à pleurer, et ses larmes mouillent ses mots. « Qu'est-ce qu'on a fait ? Hier soir ? » Elle repose la tête contre le mur. « Est-ce que j'ai sculpté la citrouille ?

— Qu'est-ce que tu…

— Je crois que j'ai eu un genre de crise », dit-elle tout bas. Elle remonte son pantalon de pyjama au-dessus des genoux et examine sa peau. Aucune trace laissée par le gravier sur ses genoux. Pas une seule tache de terre. Pas de sang sous ses ongles. La chair de poule apparaît sur ses bras et disparaît à toute vitesse, comme en accéléré.

« Est-ce que j'ai sculpté la citrouille ? » insiste-t-elle, tout en se rendant compte de quelque chose.

Si ça n'est pas arrivé… Elle a peut-être perdu la boule, mais son fils n'est pas un assassin. Elle sent ses épaules s'affaisser, légèrement. Elle est soulagée.

« Non, tu… Tu as dit que tu avais la flemme…, répond Kelly avec un doux rire.

— Exact », dit-elle d'une petite voix, voyant très bien à quoi cette citrouille a fini par ressembler.

Elle se lève et s'approche du miroir. Elle croise son propre regard. C'est le portrait d'une femme affolée. Cheveux foncés, teint pâle. Yeux hébétés.

« Bon, je ferais mieux d'y aller, dit-elle. J'ai dû rêver. »

Mais comment est-ce possible ?

« OK », répond lentement Kelly. Il pense peut-être à ajouter quelque chose mais se ravise, car il ne fait que répéter : « OK. » Puis : « Je rentrerai de bonne heure. »

Et Jen est contente qu'il soit cet homme-là, un bon mari et père, pas du genre à aller au pub ou à faire du sport avec ses copains. Son Kelly.

Elle sort des toilettes et descend dans la cuisine. Derrière la porte de leur patio, la brume enveloppe le jardin et efface la cime des arbres. Kelly leur a construit cette cuisine il y a deux ans, après qu'elle avait dit – ivre – vouloir être « le genre de femme qui assure, tu comprends ? Des clients heureux, un gamin heureux, et un bel évier profond avec son trop-plein. »

Et un soir, il le lui avait montré. « Attends-toi à assurer très rapidement, Jen, car voici l'évier de tes rêves. »

Le souvenir s'estompe. À ses stagiaires trop stressés, Jen conseille toujours de prendre dix respirations profondes et de se faire un café. C'est ce qu'elle va donc faire. Elle a l'habitude. Vingt ans d'un métier à haute pression, ça vous dote de certaines aptitudes.

Mais devant leur îlot central tout en marbre, son pas ralentit. Une citrouille entière, intacte, est posée là, sur le côté.

Elle s'arrête net. Ça pourrait aussi bien être un fantôme. Elle sent qu'elle va encore vomir.

« Oh », lâche-t-elle, un petit mot de rien du tout, une syllabe pleine de sens.

Elle s'approche de la citrouille comme d'une bombe qui n'aurait pas encore explosé et la retourne. La citrouille est intacte, ferme, entière. Bordel – il ne s'est rien passé la nuit dernière. Absolument rien. Elle est soulagée. Il n'a pas tué. Il n'a pas tué.

Elle écoute Todd dans sa chambre. Des tiroirs ouverts et refermés, des bruits de pas, une fermeture Éclair.

« Ça y est, tu es revenue parmi nous ? » dit-il quand il arrive dans le couloir, au pied de l'escalier.

Son ton hautain la fait sursauter. Elle le regarde. Son corps. Il est plus mince qu'il ne l'était il y a quelques semaines, non ?

« Presque », répond-elle sans réfléchir.

Elle déglutit deux fois. Elle a des frissons dans le dos, comme si elle était malade. L'adrénaline alimente une sorte de panique fiévreuse.

« Bon, tant mieux…

— J'ai dû faire un rêve horrible.

— Oh, mince, dit simplement Todd, comme si son état confus pouvait s'expliquer aussi facilement.

— Oui. Mais… Dans mon rêve, tu tuais quelqu'un.

— Ouah. »

Mais quelque chose change très légèrement sous la surface de son expression, tel un poisson nageant au fond de l'océan, invisible, isolé du remous qu'il provoque. « Qui ça ? » demande-t-il, et Jen trouve la question étrange. Elle a l'habitude de voir ses clients ne pas dire toute la vérité, et ça ressemble à ça.

Todd lève la main pour tirer ses cheveux noirs en arrière. Son tee-shirt se soulève, révélant le ventre qu'elle tenait quand il était petit et qu'il se tortillait, ayant appris tout juste à se tenir droit, à trottiner, à marcher. À l'époque, elle trouvait tellement ennuyeux, tellement ingrat d'être mère, toutes ces heures passées à exécuter les mêmes tâches dans un ordre différent. Aujourd'hui, elle comprend que ce n'était pas le cas. C'est comme dire que respirer est ennuyeux.

« Un adulte. Genre quarante ans.

— Je le tuais, moi ? Avec un corps aussi chétif ? » fait Todd en levant théâtralement un bras maigre.

Kelly, un soir, tard, a demandé à Jen : « Comment est-ce qu'*on* s'est débrouillés pour élever un geek aussi sûr de lui ? » Et ils ont dû étouffer leurs rires. Ce qu'elle aime le plus chez son mari, c'est son humour caustique. Elle est contente que Todd en ait hérité.

« Avec ce corps-là », dit-elle. Pourtant, au fond, elle pense : *Tu n'avais pas besoin de muscles. Tu avais une arme*.

Todd glisse ses pieds nus dans une paire de baskets. Aussitôt, Jen se rappelle que cette scène a déjà eu lieu vendredi matin. Elle s'était étonnée de voir qu'il ne ressentait pas la fraîcheur d'octobre et elle avait craint qu'il n'ait froid aux chevilles, à l'école. Craint aussi – honteusement – que les gens ne la considèrent comme une mère incapable, une mère – quoi ?

Anti-chaussettes ? Nom de Dieu, toutes ces angoisses qu'elle a.

Mais elle y a *vraiment* pensé. Elle s'en souvient.

Un frisson parcourt ses épaules. Todd pose la main sur la poignée de porte, et Jen a une impression de déjà-vu. Non. Tout va bien. Tout va bien. Pas d'inquiétude. On laisse tomber. Rien ne prouve que tout ça s'est produit.

Tant qu'elle n'a pas de preuve, en tout cas.

« J'irai directement chez Clio après les cours. Si elle veut bien me voir. Je dînerai chez elle. »

Le ton est lapidaire. Il ne lui demande pas : il lui dit. Depuis quelque temps, c'est comme ça.

Et c'est à ce moment-là que ça se produit. Les mots sortent de la bouche de Jen, aussi naturels qu'une source jaillissant de la terre, exactement la même phrase qu'elle a prononcée hier.

« Encore des huîtres ? » demande-t-elle.

La première fois que Todd est allé dîner chez Clio, c'est ce qu'il y a mangé. Il lui a même envoyé une photo d'une huître entrouverte, posée en équilibre sur le bout de ses doigts, avec cette légende : *Tu disais qu'il fallait que je m'ouvre un peu plus ?*

Elle guette sa réponse. À savoir qu'il est sûr qu'ils auront droit à quelque chose de simple, par exemple du foie gras.

Il lui décoche un sourire qui transperce la tension.

« Je suis sûr qu'on aura plutôt quelque chose de simple, par exemple du foie gras. »

Elle ne peut pas. Elle ne peut pas affronter ça. C'est de la folie. Elle a l'impression que son cœur va lâcher.

Todd prend son cartable. Quelque chose, dans le mouvement du sac qui heurte son épaule, la décourage encore plus. Il paraît très lourd.

La pensée lui vient à cet instant précis. *Et si l'arme se trouvait dans ce cartable ?* Et si le crime *allait* se produire ? Et si ce n'était pas un rêve, mais une prémonition ?

Jen a très chaud, puis très froid.

« C'est ton ordinateur que je viens d'entendre ? dit-elle, les yeux au plafond. Il a fait un bruit. »

Envoyer un adolescent vérifier un de ses écrans est d'une facilité ridicule, et elle se sent un peu coupable en le voyant, dans sa précipitation, se prendre les pieds tout seul. Une émotion familière, comme un reste de la compassion qu'elle a toujours ressentie à l'égard de Todd – trop, parfois, jusqu'à se mêler des petits drames de cour d'école quand il se retrouvait exclu de tel ou tel événement. Aujourd'hui, ça paraît inapproprié. Elle l'a vu tuer.

Quoi qu'elle ressente, ça ne l'empêche pas de fouiller le cartable.

Les poches avant, les poches latérales. L'action constitue une bonne distraction. Elle entend Todd marmonner à l'étage, comme toujours quand il s'impatiente.

« Chier », dit-il.

Deux livres de chimie, trois stylos. Jen les pose sur le sol du couloir et poursuit ses recherches.

« Aucune notification ! » s'écrie-t-il, de nouveau agacé.

Ces derniers temps, elle a l'impression de le déranger constamment.

« Désolée ! » En réalité, elle pense : *Laisse-moi une minute, merde, une petite minute.* « J'ai dû me tromper ! »

Le fond du cartable est plein de miettes, vestiges de mille sandwiches.

Mais qu'est-ce que c'est que ça ? Juste là, à l'arrière ? Un fourreau. Un fourreau en cuir. Posé contre le fond du cartable de son fils, il est aussi dur et froid qu'un os. Avant même de le prendre, elle sait ce que c'est.

Un long étui en cuir. Elle souffle, puis déboutonne le haut et en sort un manche.

Et, à l'intérieur… Un couteau. *Le* couteau.

J – 1

8 h 30

Debout, Jen la regarde fixement, cette trahison dans sa main. Elle ne s'est pas demandé ce qu'elle ferait si elle trouvait quelque chose. Elle ne pensait pas trouver quoi que ce soit.

Elle tient le long, le sinistre manche noir.

La panique la reprend, une vague d'angoisse qui s'en va au large mais revient toujours. Elle ouvre le placard niché sous l'escalier. Il regorge de chaussures, d'équipements sportifs et de conserves qu'ils ne peuvent plus ranger dans la cuisine. Elle passe un bras par-dessus le fatras, pousse le couteau vers l'arrière. Elle entend Todd sur le palier. Elle pose le couteau en appui contre le fond et s'éloigne du placard pour remettre le reste des affaires dans le cartable de Todd.

Todd – sourire mécontent, Kelly en plus jeune – récupère son sac. Il n'a pas l'air de noter la différence, sa légèreté. Jen le regarde ouvrir la porte d'entrée. Son fils, armé, du moins le croit-il, et avec l'intention de commettre un crime. Son fils qui a planté ce couteau avec une telle force qu'il a percé le torse d'une autre personne à trois endroits. Il jette un coup d'œil en arrière, suspicieux, et Jen se dit qu'il sait peut-être ce qu'elle vient de faire.

Il s'en va. Jen monte à l'étage et, par la baie vitrée, observe la voiture de Todd. Quand il démarre, elle est certaine de voir ses yeux remonter vers le rétroviseur central et croiser son regard, une infime fraction de seconde, tel un papillon qui se pose et, d'un battement d'ailes, repart avant même qu'on l'ait vu.

« J'ai trouvé un couteau dans le cartable de Todd », dit-elle à Kelly dès qu'il rentre du travail.

Elle n'explique pas le reste, pas encore. Elle a passé la journée à osciller entre l'affolement et la rationalisation. Ce n'était rien, c'était un rêve, c'est quelque chose, c'est un cauchemar éveillé. Elle est folle, elle est folle, elle est folle.

Le visage de Kelly se ferme immédiatement. Elle s'y attendait.

Il s'approche d'elle, se saisit de la lame et la pose sur ses deux mains, comme une découverte archéologique. Ses pupilles sont dilatées.

« Qu'est-ce qu'il a dit ? Quand tu l'as trouvé ? »

Le ton est glacial.

« Il n'est pas au courant. »

Kelly hoche la tête, sans quitter des yeux la longue et tranchante lame, sans rien dire. Jen repense à la colère qu'il a piquée la veille au soir et se dit que, cette fois, il a un air tout simplement froid.

« C'est un couteau tout neuf, dit-il en la regardant. Putain, je vais le tuer.

— Je sais.

— Jamais utilisé. »

Jen rit, un rire dur, dénué d'humour.

« C'est ça.

— Quoi ?

— C'est juste que… Enfin, j'ai vu Todd poignarder quelqu'un avec cette nuit.

— Qu'est-ce que… »

Le ton n'est pas interrogateur ; ce n'est pas une question, mais la simple expression de son incrédulité.

« Hier, j'attendais que Todd rentre, et il… il a poignardé quelqu'un dans la rue. Tu étais là, aussi.

— Mais… » Kelly caresse son menton. « Mais non, je n'étais pas là. Toi non plus. Tu as dit toi-même que c'était un rêve. » Il esquisse un petit sourire. « Tu vis chez les fous ? »

C'est leur manière à eux de parler des névroses.

Jen tourne la tête. Dehors, leur voisin promène son chien. Elle sait qu'il s'apprête à décrocher son portable, elle s'en souvient de la veille, mais le téléphone sonne avant qu'elle ait le temps de l'annoncer à Kelly. Il faudrait qu'elle trouve un autre événement qui va se produire, comme une preuve infaillible, mais elle n'y arrive pas. Elle n'arrive à penser à rien, sinon au fait qu'elle s'est réveillée ici, dans cet univers alternatif et effrayant.

« J'étais debout », dit-elle.

Elle détache les yeux du voisin et essaie de se rappeler tous les éléments susceptibles de prouver qu'hier n'a pas eu lieu : la citrouille lisse et intacte, la présence de son fils dans la chambre, l'absence de traces de sang et de ruban de scène de crime dans la rue. Mais elle pense alors au couteau. Ce couteau est la seule preuve tangible dont elle dispose.

« Écoute, dit Kelly, je n'ai rien vu hier soir. On lui posera la question, tout simplement. À son retour. C'est un délit. Donc… on pourra lui expliquer ça. »

Jen acquiesce sans un mot. Que pourrait-elle bien dire ?

« Tire-toi de mes pattes », lâche Kelly.

Il s'adresse à leur chat, Henri VIII, appelé ainsi parce qu'il est obèse depuis le jour où ils l'ont recueilli.

Allongée sur le canapé de leur cuisine, Jen fait la grimace. Kelly a prononcé exactement la même phrase vendredi soir. Le premier vendredi soir. Ensuite, il a capitulé, a nourri Henri VIII et a dit : « Très bien, mais sache que je te juge. »

Elle se lève et abandonne Kelly. Elle ne peut pas. Elle ne peut pas rester assise et laisser se dérouler une journée qu'elle a déjà vécue.

« Tu vas où ? lui demande Kelly, amusé. Tu as l'air tellement stressée qu'en passant devant moi, tu as fait un courant d'air. » Puis, au chat qui miaule : « Très bien, mais sache que je te juge. »

Il ouvre un paquet de croquettes. Jen sent une onde de chaleur remonter dans sa poitrine. La panique fait rougir son cou, puis ses joues.

« Tout ça est arrivé, dit-elle. Tout ça est déjà arrivé. Qu'est-ce qu'il se passe ? »

Elle se rassoit sur le canapé et tire inutilement sur ses vêtements pour tenter d'échapper à son propre corps, d'exprimer l'impossible. Si elle n'a pas déjà perdu la tête, c'est en tout cas l'impression qu'elle donne.

« Le couteau ?

— Pas le couteau, je ne l'ai trouvé qu'aujourd'hui, répond-elle, consciente d'être la seule à pouvoir se comprendre. Tout le reste. J'ai déjà vécu tout ce qui est en train de se passer. C'est la deuxième fois que je vis cette journée. »

Kelly soupire en même temps qu'il finit de nourrir Henri VIII. Il ouvre la porte du congélateur.

« Même venant de toi, c'est dingue », dit-il, caustique.

Jen penche la tête et, de là où elle est assise sur le canapé, lève les yeux vers lui.

La première fois qu'ils ont vécu cette soirée, ils se sont engueulés à propos des vacances. Jen voulait toujours partir, Kelly refusait de prendre l'avion. Un jour, lui a-t-il raconté au tout début de leur histoire, l'appareil dans lequel il se trouvait avait perdu cinq mille pieds d'altitude à cause de turbulences. Depuis, il n'a plus jamais pris l'avion. « Tu n'as absolument rien d'un angoissé », a-t-elle dit. Et il a répondu : « Pour ces choses-là, si », avant de sortir une glace Magnum du congélateur.

« Je sais que tu es sur le point de manger une glace Magnum », dit-elle à présent.

Mais la main de Kelly est déjà sur le congélateur.

« Comment est-ce que tu as deviné ? C'est une voyante », ajoute-t-il à l'attention du chat.

Kelly quitte la cuisine. Elle sait qu'il va monter prendre une douche.

En passant à côté d'elle, il laisse ses doigts effleurer le haut de son dos, si délicatement qu'elle en a des frissons. Elle croise son regard.

« Tout va bien », dit-il.

Elle regrette de s'être montrée si angoissée par le passé. Elle lève la main pour prendre la sienne au moment où il s'éloigne, comme elle l'a fait mille fois avant. Cette main de Kelly, c'est son ancre, elle la femme seule au milieu de la mer. Et puis il quitte la pièce. S'il est préoccupé par le couteau, ou par ce qu'elle vient de lui raconter, il n'en montre rien. Pas son genre.

Elle allume la télé et met *Grey's Anatomy*. Elle se cale au fond du canapé, seule, et essaie de se détendre.

Ils se sont rencontrés presque vingt ans plus tôt. Un beau jour, Kelly est entré dans le cabinet d'avocats que dirigeait le père de Jen pour demander s'ils avaient besoin de travaux de décoration. Un jean porté taille basse, et un lent sourire entendu quand il a posé les yeux sur Jen. Le père de Jen l'avait remercié, mais Jen était allée déjeuner avec lui, plus par hasard qu'autre chose. Ils étaient sortis du bâtiment en même temps, sous la pluie, à midi, et ils avaient vu que le pub d'en face proposait une formule « deux pour le prix d'un ». Pendant tout le déjeuner, jusqu'au pudding et au café, Jen n'avait pas arrêté de dire qu'elle devait y aller, mais ils semblaient avoir tellement de choses à se raconter. Kelly lui avait posé question intéressée sur question intéressée. Elle ne connaît personne plus à l'écoute que lui.

De ce déjeuner, elle se rappelle presque chaque détail. C'était la fin mars, une journée invraisemblablement froide et humide, et pourtant, alors qu'elle était assise à cette petite table dans le coin d'un pub avec Kelly, le soleil avait déchiré les nuages pendant une ou deux minutes et les avait illuminés. Soudain, on aurait cru que c'était le printemps, quand bien même la pluie était revenue quelques minutes plus tard.

Ils avaient partagé son parapluie sur le chemin du pub jusqu'au bureau. Elle l'avait laissé repartir avec, geste parfaitement volontaire, et quand il le lui avait rapporté le lundi suivant, il avait laissé ses clés sur le bureau de Jen.

Ce déjeuner a fini par définir le rapport au temps de Jen. Chaque mois de mars, ça revient. L'odeur d'une jonquille, la façon dont les rayons du soleil s'inclinent, parfois, verts et frais. Une fenêtre ouverte lui fait repenser à eux au lit, jambes enchevêtrées, torses séparés, telles deux sirènes heureuses. Chaque printemps, elle y retourne : un mois de mars pluvieux, avec lui.

Comme souvent, Jen trouve réconfortants *Grey's Anatomy*, le service cardiothoracique du Seattle Grace Hospital, et le fait de retirer son soutien-gorge. C'est peut-être sa faute, se dit-elle en regardant la télé sans vraiment la regarder. Elle a toujours trouvé si difficile d'être une mère. Ç'a été un tel choc. Une telle réduction du temps disponible. Elle était médiocre, au travail comme en tant que parent. Dans les deux cas, elle a joué les pompiers pendant ce qui lui a semblé durer dix ans ; elle en sort tout juste. Mais peut-être que le mal est fait.

C'est un rêve, rien de plus, se dit-elle. Oui. L'autoconviction lui enflamme le cœur. Bien sûr que ce n'était qu'un rêve.

Elle arrête *Grey's Anatomy*. Le journal télévisé arrive à la place. Elle se souvient de ce reportage, à propos de la révision des critères de respect de la vie privée chez Facebook. Le prochain sujet portera sur un médicament contre l'épilepsie, testé sur des souris de laboratoire. Ce n'est pas tout à fait une preuve de voyage dans le temps, mais quand même – le reportage apparaît.

« Nouvel essai d'un médicament contre… »

Jen éteint la télévision, sort de la cuisine et va dans le couloir. En haut, la douche est en marche ; elle le savait déjà. Elle doit pouvoir se servir de tout ça pour convaincre quelqu'un. Non ?

Elle sort le couteau du placard et l'étudie. Jamais utilisé, comme l'a dit Kelly.

Elle s'assoit sur la première marche. Elle attend Todd, le couteau posé sur les cuisses. Elle l'attend, une fois de plus. Mais ce coup-ci, elle attend une explication. Elle attend la vérité.

« J'ai trouvé ça », dit-elle.

Quelque chose de mesquin en elle se réjouit d'avoir une nouvelle discussion, et non pas une qu'elle a déjà vécue. Elle tend le couteau à Todd. Il ne le prend pas.

Il y a des millions de petits signes : il plisse le front, il se lèche les lèvres, il déplace son poids d'un pied sur l'autre. Il ne dit rien, il dit tout.

« C'est à un pote, finit-il par répondre.

— C'est le plus vieux mensonge de toute l'histoire de l'humanité. Tu sais combien de fois les avocats l'ont entendu ? »

Elle ravale une énième montée de suc gastrique. La duplicité de son fils vient tout confirmer. Ça va se produire. Ça va se produire, demain.

« Pourquoi tu déglutis comme ça ? » demande Todd avec un haussement d'épaules insolent. Voilà comme il est ces derniers temps, se dit Jen, fixant le sol des yeux, essayant de combattre la nausée. Un garçon plein de secrets. Sa froideur, elle la trouve sinistre, ce soir.

« Je vais lui dire deux mots », intervient Kelly du haut de l'escalier.

Elle pensait qu'ils y avaient échappé, au problème de l'adolescence. Todd a été un bébé facile et un enfant heureux. Le seul mélodrame qu'ils ont connu l'été dernier, c'est quand une fille, Gemma, l'a plaqué parce qu'il était *trop bizarre*. Il est rentré à la maison le cœur brisé et n'a pas parlé pendant vingt-quatre heures, laissant ses parents seuls face à des conjectures. Le lendemain soir, alors que Kelly était absent, il s'est assis sur le lit de Jen, a croisé les jambes, lui a raconté ce qui s'était passé et lui a demandé si elle pensait la même chose que Gemma. « Absolument pas », a-t-elle répondu, tout en se demandant, gênée, s'il n'y avait pas un moyen de lui expliquer… que, peut-être ? Trop bizarre, non, mais assurément geek. Il lui a montré certains des messages qu'il avait envoyés à cette fille. *Excessifs* : tel était le mot juste pour les caractériser. De longues missives, des mèmes scientifiques, des poèmes, d'innombrables SMS sans réponse. Gemma s'était manifestement calmée – *merci, on se parle demain, occupée aujourd'hui* – et Jen a eu mal pour son fils.

Et maintenant ça : des couteaux, des meurtres, des arrestations.

Kelly jauge son fils, sans rien dire, la tête un peu penchée en arrière. Jen préférerait qu'il explose, qu'il y ait une escalade, mais à l'évidence il choisit le contraire. Todd paraît soudain en colère. Il serre les dents.

Il lève les deux mains en l'air mais ne prononce pas un mot de plus.

« Donc si je vérifie tes relevés bancaires – tu ne l'as pas acheté ? Je ne le verrai pas dessus ? » demande Kelly.

Todd défie du regard son père qui est toujours planté en haut des marches. Au bout de quelques secondes, ses yeux décrochent ; il ôte son blouson. Il envoie valser ses baskets et se retrouve pieds nus sur le parquet.

« Exact, dit-il, tournant le dos à Jen pour aller suspendre son blouson, chose qu'il ne fait jamais.

— On comprend, tu sais… Tu veux te sentir… protégé. Viens avec moi. On va faire un tour.

— Ah oui ? On comprend ? » fait Jen.

Elle lève des yeux surpris vers Kelly.

Todd se détourne violemment d'elle, court en haut de l'escalier et bouscule Kelly au passage.

« Vous croyez quoi ? Que je vais vous tuer ? » lâche-t-il, si bas que Jen se demande si elle a bien entendu.

Son corps tout entier est pris d'un haut-le-cœur.

« À moins que tu m'expliques où tu l'as obtenu, et pourquoi, tu ne vas nulle part. Ces prochains jours. Pas même à l'école, dit-elle.

— Très bien ! » crie Todd.

Il entre dans sa chambre et claque la porte tellement fort que toute la maison tremble. Jen regarde Kelly. Elle a l'impression d'avoir reçu une gifle.

Kelly passe une main dans ses cheveux.

« Putain. Quel bordel. »

Il donne un coup dans le placard en haut de l'escalier. Un bout de papier en tombe ; il le prend, tout en se massant le front. Ce bout de papier est une proposition pour un gros chantier, que Kelly a déclinée parce qu'il aurait dû être salarié et non plus indépendant, ce qu'il a toujours refusé.

« Qu'est-ce qui lui prend ? demande Jen.

— Je ne sais pas, bordel. Laisse tomber. »

Sa colère n'est pas dirigée contre elle, elle le sait. C'est son caractère, vif et explosif quand il s'enflamme. Un jour, dans un bar, il s'est déchaîné contre un homme qui avait touché les fesses de Jen. Il lui a dit qu'il serait content de s'expliquer avec lui dehors. Elle n'en revenait pas.

Elle acquiesce, la gorge trop nouée pour parler, trop affolée par ce qu'elle craint être imminent.

« On pourra s'occuper… » Kelly agite la main. « … de *tout ça* demain. »

Jen hoche la tête, soulagée d'être épaulée. Elle emporte le couteau en haut et le cache sous leur lit.

Todd et elle se croisent un peu plus tard dans la soirée. Il descend pour boire un verre d'eau, elle est sur le point de monter se coucher. En temps normal, elle serait prise dans un tourbillon de lessives et de tâches banales, mais ce soir, non. Elle le regarde simplement marcher dans la cuisine sans qu'ils ne soient l'un ou l'autre emportés dans la frénésie du quotidien.

Il remplit un verre au robinet, le boit d'un trait, le remplit encore. Tout en buvant, il sort son portable, fait défiler l'écran, sourit vaguement, puis le remet dans sa poche.

Elle fait semblant de s'occuper. Todd passe devant elle, verre d'eau toujours à la main, mais juste avant de reprendre l'escalier il vérifie que le verrou de la porte d'entrée est bien fermé. Il monte une marche, se retourne, vérifie encore. Pour être sûr. Ça ressemble à un geste mû par la peur. Jen sent un frisson la parcourir.

Au moment de s'endormir, elle se dit que Todd est ici, à l'abri dans leur maison, interdit de sortie. Et elle a le couteau. Peut-être que la catastrophe, quelle qu'elle soit, a été évitée. Peut-être qu'à son réveil, ce sera demain. Le jour d'après. Tout sauf un deuxième aujourd'hui.

J – 2

8 h 30

Jen se réveille, la poitrine en sueur. Son portable est posé sur la table de chevet, mais elle ne le regarde pas. Par un besoin pervers d'entretenir la flamme de l'espoir.

Elle enfile le peignoir de Kelly, encore humide par endroits à cause de sa douche, et descend. Le parquet est éclairé par le soleil, presque luisant. La lumière couleur de miel lui réchauffe les orteils, puis les pieds, à mesure qu'elle avance.

Elle prie pour qu'on ne soit pas de nouveau vendredi. Tout sauf ça.

Espérant y trouver Kelly, elle jette un coup d'œil dans la cuisine. Mais celle-ci est déserte. Et bien rangée. Les surfaces sont impeccables. Elle cligne des yeux. La citrouille. Elle n'est pas là. Jen entre, fait un tour inutile sur elle-même, pour vérifier. Non, la citrouille n'est pas là. On est peut-être dimanche. C'est peut-être terminé.

Elle sort son téléphone de la poche du peignoir, retient son souffle, regarde la date.

27 octobre. C'est le jour d'avant le jour d'avant.

Le sang cogne dans son front brûlant et comprimé, comme si quelqu'un avait mis le chauffage. Elle doit être folle – forcément. La citrouille n'est pas là parce qu'elle ne l'a pas encore achetée.

Apparemment, on est jeudi, et il est 8 h 30 du matin. Todd doit être en chemin vers l'école. Kelly doit être au chantier de Merrilocks. Et elle – elle devrait être au travail. Elle regarde leur jardin, l'herbe dorée par le soleil matinal. Elle se fait un café qu'elle boit à grandes gorgées ; il ne fait que lui mettre les nerfs encore plus à vif.

Sauf erreur de sa part, demain sera mercredi. Puis ce sera mardi. Et ensuite ? Un retour en arrière perpétuel ? Elle vomit encore, cette fois dans l'évier de la cuisine, le café noir sucré, toute la panique et l'incompréhension. Après quoi elle laisse brièvement sa tête reposer sur le rebord en céramique et prend une décision. Elle a besoin de trouver une oreille compréhensive : son plus vieil ami et collègue, Rakesh.

La rue où elle travaille est souvent venteuse, prise qu'elle est dans un goulet en plein centre de Liverpool. Les rafales d'octobre soulèvent l'ourlet de son manteau qui vient envelopper ses cuisses comme la jupe d'une danseuse de cabaret. Plus tard il va pleuvoir, et d'énormes gouttes refroidiront l'air.

Jen aurait aimé habiter plus près d'ici, mais pour Kelly, Crosby représentait le maximum. Il hait le bruit des grandes villes, il n'aime pas le désordre, l'agitation. « Et tous les gens du coin, sauf toi », a-t-il dit un jour. Quand il l'a rencontrée, Kelly a abandonné sa ville natale. Maintenant que ses deux parents sont morts et que ses anciens camarades d'école sont devenus des bons à rien, d'après lui, il n'y retourne presque jamais. Le seul lien qu'il entretient avec ce passé, c'est une virée au camping qu'il fait chaque année avec de vieux copains, le week-end de la Pentecôte. Il aurait voulu vivre en pleine nature ; elle l'a incité à revenir à Crosby, avec elle. « Mais les banlieues sont pleines de gens », se plaignait-il. Il est souvent comme ça. Un mélange d'humour noir et de cynisme.

Elle pousse la porte vitrée. Le hall d'entrée est inondé de soleil. Elle suit le couloir pour rejoindre le bureau de Rakesh. Avant de devenir avocat, Rakesh Kapoor – son plus grand allié et un ami de longue date – était médecin. Surqualifié au point que c'en est ridicule, trop logique. Jen pense qu'il est le genre d'homme que pourrait devenir Todd. L'idée lui vient avec une certaine tristesse.

Elle le trouve en train de sucrer son thé dans la cuisine, une petite pièce sans âme, violet foncé, avec une image libre de droits au mur, un coucher de soleil. Jen se rappelle que son père a choisi cette couleur bordeaux quand ils ont loué l'espace il y a trois ans, dix-huit mois avant sa mort. La nuance portait le nom de Raisins amers. « Parfait pour un cabinet d'avocats », avait dit Jen, et son père – d'ordinaire si sérieux – avait éclaté d'un rire magnifique.

Rakesh l'accueille par un simple haussement de ses sourcils noirs. Il lève son mug plein. Comme Jen, il n'est pas du matin.

« Tu as une minute ? » demande-t-elle d'une voix tremblante.

Il ne la croira jamais. Il va l'emmener quelque part, la faire enfermer. Mais que peut-elle faire d'autre ?

« Bien sûr. »

Elle l'accompagne au fond du couloir, dans son espace de travail à elle, où elle se juche sur le rebord de son bureau mal rangé. Rakesh s'attarde sur le seuil mais, en la voyant hésiter, finit par fermer la porte.

Il a toujours eu un excellent contact avec les malades. Gentil mais désabusé, il aime porter des pulls sans manches et des costumes mal coupés. Il a abandonné la médecine parce qu'il n'aimait pas la pression. Il dit que le métier d'avocat est encore pire, mais il ne veut pas plaquer une deuxième fois sa carrière. Ils sont devenus amis le jour même où elle l'a engagé, quand il a expliqué, au cours de son entretien, que son plus gros défaut professionnel était les donuts offerts par l'employeur.

Le bureau de Jen donnant à l'est, il est éclairé par les rayons du matin. Un des murs est caché par des dossiers entassés à la diable, roses, bleus et verts, en partie délavés par le soleil – preuve que le moment est venu de les archiver, ce que Jen trouve beaucoup moins intéressant que les rendez-vous avec ses clients.

« Qu'est-ce que tu dirais de faire une consultation médicale ? demande-t-elle à Rakesh avec un petit rire, suivi d'une longue inspiration.

— Même si je n'ai plus le droit d'exercer ? répond-il sur un ton enjoué, toujours aussi vif.

— Ta décharge de responsabilité me convient très bien. »

Rakesh retire sa veste et la suspend au dos du fauteuil vert foncé que Jen a installé dans un coin. Un geste d'habitué, mais qui s'impose, aussi. Cela fait dix ans que, en semaine, Jen et Rakesh prennent la quasi-totalité de leurs déjeuners ensemble. Ils achètent des pommes de terre au four auprès d'un food-truck nommé Mr Potato Head. Rakesh garde les bons de fidélité – en forme de patate – toute l'année, ce qui lui permet, à Noël, de leur en obtenir des quantités gratuites. Il le note même sur leurs calendriers.

« Quelle maladie aurais-tu si tu te retrouvais pris dans une boucle temporelle ? Comme Bill Murray dans *Un jour sans fin*. Qu'est-ce que c'est ? » Elle se dit que ça fait trop longtemps qu'elle n'a pas revu le film. « Du point de vue des maladies mentales, j'entends. »

D'abord, Rakesh ne dit rien. Il se contente de la regarder droit dans les yeux. Jen se sent rougir, à la fois de honte et de peur.

« Je dirais… Le stress, finit-il par répondre en joignant prudemment les mains. Ou une tumeur au cerveau. Euh… Une épilepsie du lobe temporal. Amnésie rétrograde, commotion cérébrale…

— Rien de bon, en somme. »

Une fois de plus, Rakesh ne dit rien, préférant observer un silence de médecin attentif.

Elle hésite. Si demain sera hier, plus rien ne compte vraiment, si ?

« Je suis presque sûre, reprend-elle prudemment, sans le regarder en face, de m'être réveillée le 29 octobre, puis de nouveau le 28, et maintenant le 27.

— Il me semble que tu as besoin d'acheter un nouvel agenda, répond-il d'un ton léger.

— Sauf qu'il s'est passé quelque chose le 29. Todd… Il commet un crime, ce jour-là. Après-demain.

— Tu penses avoir voyagé dans le futur ? »

L'angoisse de Jen s'est réduite à une sorte de panique à bas bruit. Elle est épuisée.

« Tu crois que je suis folle ?

— Non, répond calmement Rakesh. Si tu l'étais, tu ne me poserais pas la question.

— Eh bien, dans ce cas, je suis contente de te l'avoir posée.

— Raconte-moi exactement ce qu'il s'est passé. »

Rakesh traverse la pièce pour se rapprocher d'elle, près de la fenêtre qui donne sur la grand-rue en bas. Jen adore cette fenêtre à l'ancienne. Quand elle a choisi ce bureau, elle a insisté pour qu'elle soit ouvrable. L'été, elle sent le vent chaud et entend les musiciens des rues. L'hiver, les courants d'air lui donnent froid. C'est agréable d'avoir conscience du temps qu'il fait dehors, plutôt que de travailler dans un bureau stérile à dix-huit degrés constants.

Rakesh croise les bras. Son alliance capte un rayon de soleil. Il regarde Jen de près, étudie son visage. Elle est soudain intimidée, comme s'il était sur le point de découvrir une chose atroce, une chose terrible.

« Commence par le début.

— C'est-à-dire ce samedi. »

Il réfléchit.

« Très bien, d'accord. »

Il écarte les mains, l'air de dire : *Soit*. Son visage est plongé dans l'ombre laissée par le soleil bas.

Il garde le silence pendant une longue minute après qu'elle a fini de tout lui raconter, jusqu'aux détails les plus incongrus : la citrouille, son mari tout nu. Dans son angoisse, elle a perdu toute dignité, indifférente à ce que Rakesh peut penser d'elle.

« Tu es en train de me dire qu'aujourd'hui a déjà eu lieu et que ça recommence, plus ou moins de la même façon ? demande-t-il sur un ton incisif, pour bien saisir la logique – ou la non-logique – de la situation de Jen.

— Oui.

— Qu'est-ce qu'on a fait, alors ? La première fois que tu as vécu aujourd'hui ? Le *premier* 27 ? »

Jen se cale au fond de son fauteuil. C'est une excellente question. Elle étudie le visage de Rakesh pendant quelques secondes. Elle a besoin de se détendre avant de répondre. Elle expire l'air de ses poumons, les yeux fermés. Quelque chose lui revient, surgi du tréfonds de son cerveau.

« Est-ce que tu as des chaussettes bizarres ? dit-elle. Je crois – peut-être… On a pu rigoler de tes chaussettes quand on est allés chercher les patates. Roses. »

Rakesh cligne des yeux, puis remonte une jambe de son pantalon.

« En effet », dit-il en riant.

Il dévoile une paire de chaussettes rouge cerise sur lesquelles il est écrit « USHER ». C'est exact. Il a assisté à un mariage le week-end dernier, il les a reçues en cadeau.

« Ce n'est pas un argument infaillible non plus, si ? dit-elle.

— Écoute. C'est le stress, certainement. Tu es cohérente. Tu *connais* la date. Je pencherais pour… disons, l'anxiété. Tu as un peu cette tendance-là de toute façon, n'est-ce pas ? Ou alors la dépression peut aussi te donner l'impression que les jours se ressemblent, comme si tu n'allais nulle part… Ce n'est pas une psychose, dans ton cas.

— Merci. J'espère bien que non.

— Enfin, c'est-à-dire que…, dit Rakesh avec humour. Je dois admettre que je n'ai foutrement aucune idée de ce que ça peut être.

— Moi non plus. »

Néanmoins, d'avoir parlé à quelqu'un, elle se sent plus légère.

« Peut-être que tu t'es tout simplement emmêlé les pinceaux. Ça m'arrive tout le temps. Des petites choses. Je ne me rappelle pas être venu en voiture ici l'autre jour. Impossible de te dire par où je suis passé.

Ce n'est pas de la dissociation, n'est-ce pas ? C'est la vie. Dors plus. Mange des légumes.

— Bien sûr. »

Jen tourne la tête et remonte la fenêtre à guillotine. Ça, c'est autre chose. Ça, ce sont des trous de mémoire. Rien à voir.

Et ce n'est pas le *stress*. Évidemment que non.

Elle regarde Liverpool en contrebas. Elle est ici. Elle est dans l'ici et le maintenant. Une odeur de feu de bois parvient à ses narines. L'automne. Le soleil lui réchauffe le dos des mains.

« J'ai un ami qui a travaillé sur les voyages dans le temps pour sa thèse, dit Rakesh.

— Ah bon ?

— Oui. Une étude sur la possibilité qu'on se retrouve pris dans une boucle temporelle. C'est moi qui l'ai relue. Il a fait… C'était quoi, déjà ? » Il s'adosse au mur, bras croisés. « Physique théorique et mathématiques appliquées. Avec moi, à Liverpool. Ensuite il a continué vers… mon Dieu, un truc de dingue. Aujourd'hui, il est en poste à l'université John Moores.

— Comment s'appelle-t-il ?

— Andy Vettese. » Rakesh fouille dans la poche de son pantalon et en sort un paquet de cigarettes ouvert. « Bref. Enlève-moi ces trucs, s'il te plaît. Je rechute.

— Va consulter un médecin », dit Jen en blaguant, main tendue pour recevoir le paquet. Au moment où il se retourne pour partir, elle sourit, mais dans le fond elle pense au fait qu'elle est vraiment, réellement là : jeudi. Maintenant qu'elle en a discuté avec quelqu'un de confiance, elle se sent plus calme, plus à même d'analyser la question de manière objective.

Comment est-ce arrivé ? Comment a-t-elle fait ? Est-ce quand elle dort ?

Et que doit-elle faire pour en sortir ?

Elle regarde le paquet de cigarettes cabossé. Elle doit sans doute changer certaines choses : changer certaines choses pour arrêter ça. Pour sauver Todd et sortir de là.

« Si j'y repense, je mettrai des chaussettes différentes. La prochaine fois qu'on se voit », dit Rakesh avec un sourire mystérieux, la main sur l'encadrement de la porte.

Et il s'en va. Elle attend une seconde, puis lui lance :

« Arrête la cigarette ! » Elle veut changer quelque chose – n'importe quoi – en bien. « C'est mauvais pour la santé !

— Je sais », répond Rakesh sans se retourner.

Jen allume son ordinateur et commence à chercher « boucles temporelles » sur Internet. Pourquoi pas ? C'est ce que ferait tout bon avocat.

Deux scientifiques, James Ward et Oliver Johnson, ont pondu un texte sur « le paradoxe de l'écrivain : retourner dans le passé pour observer un événement dont il s'avère qu'on est la cause ». Jen le note sur un bout de papier.

Pour entrer dans une boucle temporelle, il faut, à les en croire, créer une « courbe temporelle fermée ». Ils fournissent à l'appui une formule physique. Fort heureusement, ils la décomposent un peu plus loin. Il semblerait que ça se produit quand une force énorme s'exerce sur le corps. Ward et Johnson pensent que, pour créer une boucle temporelle, cette force doit être plus grande que la gravité.

Elle poursuit. La force devrait être mille fois supérieure à son poids.

Elle se prend la tête entre les mains. Elle ne comprend pas un traître mot de tout ça. Et mille fois son poids, ça fait… beaucoup. Elle a un sourire morose. Le calcul ne mérite pas qu'on s'y attarde.

Elle se replonge dans Google et clique – désespérément – sur un article intitulé : « Cinq conseils simples pour s'échapper d'une boucle temporelle ». Ça existe… pour de vrai ? Il y en a décidément pour tous les goûts sur Internet. Les cinq conseils sont divers : comprenez pourquoi, parlez-en à un ami et dites-lui de vous rejoindre dans la boucle (bien sûr), documentez tout, faites l'expérience… et essayez de ne pas mourir.

Ce dernier conseil la trouble. Elle n'y avait pas du tout pensé. Quelque chose d'irréel semble se produire dans la pièce à ce moment-là. Essayez de ne pas mourir. Et si c'était la conclusion logique de cette histoire ? Quelque chose d'encore plus noir que cette première soirée. Un sacrifice maternel, un pacte avec les dieux.

Elle éteint son écran. Il doit y avoir un moyen de convaincre Kelly : son meilleur allié, son amant, son ami, l'homme auquel elle montre son visage le plus sincère, le plus absurde. Elle essaiera de le lui prouver. Et ensuite il pourra l'aider.

Sa stagiaire, Natalia, passe devant le bureau en poussant un chariot de classeurs à levier que Jen a déjà vu arriver une première fois. Natalia va accidentellement envoyer le chariot dans les portes fermées de l'ascenseur. Jen ferme les yeux et entend, pour la deuxième fois, le choc.

Elle doit absolument se sortir de ça.

Dix minutes plus tard, elle a fumé quatre des cigarettes de Rakesh en bas, derrière le bâtiment. Au diable la santé.

Elle sait, au fond d'elle, dans un recoin qu'elle ne connaît pas, que c'est sa mission. Empêcher le meurtre. Comprendre pourquoi il a lieu, et faire en sorte qu'il n'arrive pas.

Comme si l'univers était de son avis, la pluie se met à tomber au moment où elle finit sa cinquième cigarette. D'énormes gouttes qui refroidissent l'air.

Jen est affalée sur le canapé bleu de la cuisine. Elle a quitté le travail de bonne heure. Le fait d'avoir pris le couteau n'aurait-il pas dû empêcher le meurtre et, par conséquent, arrêter la boucle temporelle ?

Existe-t-il une réalité parallèle dans laquelle le meurtre a quand même eu lieu ? Existe-t-il une autre Jen, une Jen qui n'a pas reculé dans le temps mais continue d'avancer ?

Todd est sorti. *Avec des amis*, a-t-il dit, comme la dernière fois. Encore des SMS lapidaires, encore plus de distance entre eux.

Jen cherche Andy Vettese sur Google. Il est en effet professeur au département de physique de l'université John Moores, à Liverpool. Trouver sa trace est facile. Sur LinkedIn, sur le site de l'université. Sans compter qu'il possède un compte Twitter nommé @AndysWorld et que son adresse e-mail figure dans sa biographie. Elle pourrait lui écrire.

Elle se redresse en entendant la porte d'entrée.

« Pas le temps ! » aboie Todd.

Déboulant dans un mélange de courant d'air froid et d'agitation adolescente, il interrompt Jen qui était en train d'hésiter devant une boîte de dialogue.

« OK », répond-elle.

Ce n'est pas ce qu'elle a dit la dernière fois. La dernière fois, elle lui a demandé pourquoi il ne voulait jamais rester à la maison.

Elle constate avec étonnement que l'approche plus en douceur fonctionne.

« Je suis allé chez Connor, et là je vais chez Clio », explique Todd en la regardant.

Il sautille d'un pied sur l'autre pendant qu'il tripote un chargeur de téléphone portable. Il est plein d'énergie, plein de l'optimisme de ceux pour qui la vie ne fait que commencer. Ce n'est pas le comportement d'un assassin, se surprend à penser Jen.

Connor. L'aîné de Pauline. Il y a quelque chose chez ce garçon qui laisse Jen sceptique. Une tension. Il fume et il jure – deux choses qu'elle-même fait de temps en temps, mais qui la choquent malgré tout, vues à travers le prisme sévère d'une mère.

Elle s'appuie sur un coude et observe Todd. La dernière fois, elle ne l'a pas vu rentrer. Elle était au travail.

Un dossier la retenait depuis plusieurs semaines, ce qui signifiait qu'elle avait dû s'absenter de la maison plus qu'à l'accoutumée. Comme souvent quand une grosse affaire de prestation compensatoire se dirige tout droit vers un procès. La peine et la détresse de ses clients débordent sur les limites déjà floues de sa vie privée, l'amenant à prendre d'innombrables appels téléphoniques et à presque dormir au bureau.

Gina Davis est la cliente qui l'a occupée tout le mois d'octobre, mais pas pour les raisons habituelles. Elle était entrée dans son bureau la première fois, l'été, avec une demande de divorce soumise par son mari, qui l'avait quittée une semaine auparavant.

« Je veux qu'il ne puisse plus jamais revoir les enfants », avait dit Gina.

Elle s'était fait soigneusement friser ses cheveux blonds et portait un tailleur impeccable.

« Pourquoi ? avait répondu Jen. Il y a un motif d'inquiétude ?

— Non. C'est un très bon père.

— D'accord… ?

— Pour le punir. »

Elle avait trente-sept ans, elle était malheureuse et en colère. Jen s'était tout de suite senti une affinité avec elle, le genre de femme à ne pas dissimuler ses sentiments. Le genre de femme qui transgresse les tabous.

« Je veux simplement lui faire mal.

— Je ne peux pas vous demander d'argent pour ça », avait répondu Jen.

Ce n'était pas bien de profiter de cette situation, s'était-elle dit. Gina finirait rapidement par retrouver ses esprits et laisser tomber.

« Alors faites-le gratis », avait rétorqué Gina.

Ce que Jen avait accepté. Non pas que le cabinet de son défunt père n'eût pas besoin d'argent, mais parce qu'elle savait que Gina abandonnerait, accepterait le jugement conditionnel et le partage de la garde, et tournerait la page. Pourtant, ce n'était pas encore arrivé. Jen avait dit à Gina de partir et d'y réfléchir pendant les vacances ; elle l'avait dissuadée lors de plusieurs rendez-vous à l'automne. Elles avaient parlé, aussi, de tas de choses – leurs enfants, l'actualité, et même *L'Île de la tentation*.

« Immonde mais captivant », avait dit Gina.

Jen avait ri et acquiescé.

À présent, Jen regarde Todd et se demande soudain s'il est amoureux, comme Gina. Elle se demande ce que représente vraiment Clio pour lui. Ce qu'elle signifie. La folie du premier amour ne doit pas être sous-estimée, de toute évidence, vu ce que son fils va faire dans deux jours.

Elle ne connaît pas cette Clio. Après s'être fait plaquer par Gemma l'été dernier, Todd est devenu très secret dès qu'il s'agit de sa vie sentimentale. Gêné, pense Jen, parce que ça n'a pas duré. Gêné depuis le soir où il lui a montré tous ces messages sans réponses.

Au moment même où il se prépare pour ressortir, il regarde la porte d'entrée. Ce n'est pas un petit coup d'œil rapide, curieux. C'est autre chose. De la méfiance, comme s'il s'attendait à ce qu'il y ait quelqu'un, comme s'il était anxieux. Jen ne s'en serait jamais aperçue si elle n'avait pas observé son fils avec autant d'attention. Tout est tellement rapide. L'expression de Todd disparaît presque aussitôt.

« Qu'est-ce que tu fais ? lance-t-il en désignant son écran.

— Oh, je lisais un truc intéressant. Sur les boucles temporelles. Tu connais ?

— J'adore. »

Todd s'est mis du gel dans les cheveux pour les redresser en une sorte de banane ; il porte un tee-shirt rétro avec le logo d'un club de billard. Il s'y intéresse depuis quelque temps, il dit qu'il aime les calculs qu'il faut faire pour mettre les boules dans les poches.

« Qu'est-ce que tu ferais… si tu étais pris dans une boucle ?

— Oh, c'est toujours une affaire de petits détails, répond tranquillement Todd.

— Comment ça ?

— L'effet papillon. Un petit détail qui change tout. »

Il se baisse pour caresser le chat et, l'espace d'une seconde, redevient un enfant, le petit garçon qui croit dur comme fer aux boucles temporelles. Peut-être qu'elle lui en parlera. Pour voir sa réponse.

Mais pour l'instant, elle ne peut pas. Si tout cela est bien réel, c'est à elle-même qu'il revient d'empêcher le meurtre. De déterminer quels événements y conduisent, et d'intervenir. Et un jour, une fois qu'elle y sera parvenue, elle se réveillera, et ce ne sera pas hier.

Voilà pourquoi elle n'en parle pas à Todd.

Il s'en va. Jen vérifie que personne ne l'attend ni ne le suit. Puis elle le suit elle-même.

J – 2

19 heures

Paradoxalement, Jen, deux voitures derrière Todd, est soulagée de constater qu'il est un piètre conducteur : sauf erreur de sa part, il n'a pas regardé une seule fois dans son rétroviseur. Il ne l'a donc pas repérée.

Il ralentit dans une rue qui a pour nom Eshe Road North. Une agence immobilière la décrirait comme *arborée*, comme si les plantes ne poussaient pas dans les lotissements. Il y a des citrouilles sur certains perrons, précocement sculptées et éclairées, autant de rappels grotesques de ce qui va suivre.

Todd se gare avec précaution. Jen se dirige vers une rue latérale, un peu plus loin, une rue non éclairée, pour ne pas être vue. Puis elle sort de sa voiture et s'emmitoufle dans son imperméable. En ce début d'automne, la nuit a un je-ne-sais-quoi d'inquiétant. Les toiles d'araignées mouillées, l'impression qu'une chose touche à sa fin avant même qu'on soit vraiment prêt à la quitter.

D'un pas décidé, Todd descend la rue en soulevant les feuilles avec ses baskets blanches. Pour Jen, c'est tellement étrange d'assister à ça, à ce qui s'est passé pendant qu'elle était plongée dans ses dossiers, trop occupée par son travail et pas assez – manifestement – par sa vie de famille.

Elle s'attarde au croisement de la rue latérale et d'Eshe Road North jusqu'à ce que Todd disparaisse soudain dans une maison. Elle est grande, en retrait de la rue, avec un large porche d'entrée et des combles aménagés. Le genre d'endroit qui intimide encore Jen, elle qui a grandi dans une simple maison mitoyenne à trois pièces, aux fenêtres si vétustes que le soir elle sentait le vent dans ses cheveux. Son père, veuf, ne remarquait pas les courants d'air. De toute façon, même s'il s'en était rendu compte, il acceptait trop de travail gratuit et pas assez de dossiers rémunérés pour pouvoir y remédier.

Les épaules voûtées face au froid, vêtue d'un imperméable trop fin sous la pluie, elle regarde les arbres recouverts de leur manteau orange foncé et pense à Todd, à son père et à aujourd'hui, à demain et à hier.

Elle fait les cent pas dans la rue. Todd est entré au numéro 32. En attendant, elle cherche l'adresse sur Google. Elle a si froid aux mains qu'elle a du mal à écrire. Le numéro correspond au siège d'une entreprise nommée Coupe & Couture, dont les dirigeants sont Ezra Michaels et Joseph Jones. Elle a été fondée récemment et n'a jamais soumis de comptes annuels.

Tandis que Todd est englouti par la maison, quelqu'un en sort.

Jen se trouve pile sur son chemin.

La silhouette franchit le portail du jardin au moment précis où Jen passe. Tout à coup, elle se retrouve face à un mort. Non, ce n'est pas tout à fait ça. Un homme qui va mourir dans deux jours. La victime.

J – 2

19 h 20

Jen le reconnaîtrait n'importe où, même si – pour le moment – ses yeux sont remplis de lumière et ses joues, de couleur. Cet homme tout à fait vivant et qui n'a plus que quelques jours à vivre a pu être beau par le passé. Il doit avoir quarante-cinq ans, peut-être un peu plus. Il a une barbe noire fournie et des oreilles d'elfe pointues.

« Bonjour, lui dit spontanément Jen.

— Oui ? » répond-il d'un air méfiant.

Son corps se fige, à l'exception de ses yeux noirs, qui sondent le visage de Jen. Elle essaie de réfléchir. Elle a besoin d'obtenir un maximum de renseignements. L'honnêteté n'est-elle pas, de loin, la meilleure stratégie à adopter ? Avec vos clients, avec vos adversaires professionnels, mais aussi avec les ennemis de votre fils.

« Todd est mon fils, dit-elle simplement. Je m'appelle Jen.

— Ah. Vous êtes *Jen*, Jen Brotherhood. » Il semble la connaître. « Joseph. »

Sa voix est rocailleuse, mais elle dégage quelque chose d'autoritaire, comme celle d'un homme politique.

Joseph Jones. Ce doit être lui. L'homme dont l'entreprise est enregistrée à cette adresse.

« Un bon gamin, Todd. Il sort avec la nièce d'Ezra, c'est ça ?

— Ezra, c'est…

— Mon ami. Et associé. »

Jen déglutit, essaie de digérer l'information.

« Écoutez, je me demandais… Je m'inquiète un peu pour lui. Pour Todd. Désolée de… de passer chez vous comme ça.

— Vous vous inquiétez ? »

Il incline la tête.

« Oui, enfin… J'ai peur qu'il fraie avec les mauvaises…

— Todd est entre de bonnes mains. Bon, allez. »

Un congé immédiat, signifié par un professionnel. Le tout accompagné d'un geste, une sorte de : *Par où est-ce que vous repartez ?* Aucune erreur possible. Le message est clair : *Choisissez, parce que vous allez repartir, que ça vous plaise ou non.*

Comme elle ne réagit pas, il passe à côté d'elle, la laissant plantée là, sous la bruine, à se demander de quoi il retourne. Si le temps a avancé sans elle. S'il y a une autre Jen quelque part. Endormie, ou trop choquée pour fonctionner ? Dans le monde où Todd est sans doute actuellement détenu, arrêté, accusé, inculpé. Seul.

Elle décide de sonner à la porte. L'absence déprimante de lendemain la rend fataliste. Et imaginer Todd en garde à vue la rend prête à tout.

« Je voulais juste vérifier qu'il allait bien », dit-elle à l'inconnu qui lui ouvre.

Il doit d'agir d'Ezra. Un peu plus jeune que Joseph. Corpulent, avec un nez crochu.

« Maman ? » s'écrie Todd quelque part au fond de la maison.

Il apparaît dans l'obscurité du couloir. Il a l'air blême et épuisé.

Jen se dit que cette maison délabrée-chic a dû être jolie, mais qu'elle penche maintenant plutôt du côté délabré. Des tommettes victoriennes usées. Quelques chutes de moquette se chevauchent dans le couloir comme des vieux papiers.

« Qu'est-ce que… ? » lui demande son fils en se frayant un chemin au milieu de tout ça.

Il montre sa surprise par un sourire crispé.

Au bout du couloir, une très belle jeune fille sort du salon en ouvrant la porte d'un coup de hanche. Ce doit être Clio. À la façon dont elle s'approche de Todd, Jen comprend qu'ils sont en couple.

Elle a le nez aquilin. Une toute petite frange, jolie. Un jean élimé, déchiré aux genoux, et la peau bronzée. Pas de chaussettes. Un tee-shirt rose troué. Même ses épaules sont belles, on dirait deux pêches. Elle est grande, presque autant que Todd. Jen a l'impression d'être une vieille chouette centenaire.

« Qu'est-ce qui ne va pas ? demande Todd. Qu'est-ce qu'il s'est passé ? »

Le ton est tellement impérieux, irrité. Il la prend de haut. Comment ne l'avait-elle encore jamais remarqué ?

« Rien, dit-elle, penaude. Je voulais juste… Euh… J'ai reçu un SMS de toi. Tu m'as envoyé… cette adresse », ment-elle.

Elle jette un nouveau coup d'œil derrière lui, vers le reste de la maison. La peau bronzée et les sourires éclatants de Todd et de Clio jurent avec les murs en plâtre et la porte du salon : crasseuse, avec une poignée branlante. Jen fronce les sourcils.

Todd sort son portable de sa poche.

« Non.

— Ah, pardon. J'ai cru que tu voulais que je vienne. »

Il la regarde en plissant les yeux. Il agite son téléphone.

« Non. Je n'ai rien envoyé du tout. Pourquoi tu ne m'as pas appelé avant ? »

Ce mouvement du bras lui rappelle le coup de couteau qu'il a infligé, son geste précis. Puissant, net, déterminé. Elle tressaille.

« Vous êtes Jen », dit Ezra.

Elle cligne des yeux. Il semble la connaître, prononce son prénom exactement de la même manière que Joseph. Todd doit leur parler d'elle.

« Exact, répond-elle. Pardon… Je ne compte pas passer régulièrement… »

Elle essaie de glaner le plus de renseignements possible avant que Todd l'envoie promener. Elle regarde autour d'elle, en quête de preuves. Elle ne sait pas ce qu'elle cherche ; elle ne le saura pas tant qu'elle ne l'aura pas trouvé, se dit-elle.

Ezra est adossé à un placard.

« Maman », fait Todd.

Il sourit, mais ses yeux lui intiment de déguerpir.

Cette maison ne sent pas la vie. C'est exactement ça. Pas d'odeurs de cuisine, pas de lessive. Rien.

« Excusez-moi. Avant que j'y aille, ça vous dérange si j'utilise vos toilettes ? »

Elle veut simplement *entrer*. Jeter un coup d'œil. Voir quels secrets cette maison pourrait dissimuler.

« Oh non, *maman* », dit Todd.

Son corps tout entier transpire l'exaspération adolescente.

Elle lève les deux mains en l'air.

« Je sais, je sais, désolée. J'en aurai pour une petite seconde. » Elle gratifie Ezra d'un grand sourire. « Où est-ce ?

— Mais tu es à cinq minutes de la maison.

— C'est ça, de vieillir, Todd. »

Todd est consterné, mais Ezra indique sans un mot la porte du salon. *Oui*. Elle est entrée.

Elle se faufile à côté de Todd et Clio et arrive dans une pièce carrée tout au fond de la maison, une sorte de cuisine-salon qui possède une autre porte sur la droite. Il n'y a pas de photos. Toujours du plâtre nu. Un grand tissu imprimé est accroché sur le mur du fond, avec un soleil et une lune cousus dessus. Elle regarde derrière, cherchant… quoi ? Un placard secret ? Elle n'en trouve aucun, bien sûr.

Elle ouvre la porte des toilettes du rez-de-chaussée, actionne le robinet, puis fait lentement le tour de la cuisine. Il n'y a pas grand-chose. Du vieux carrelage au sol. Des miettes sur les surfaces, cette odeur de renfermé qu'on trouve dans les vieilles maisons vides. Pas de fruits dans le compotier. Pas de lettres aimantées sur le frigo. Si Ezra habite vraiment ici, il n'a pas l'air d'y passer beaucoup de temps.

Une grande télévision est fixée contre le mur de gauche. Au-dessous, une Xbox. Sur la console, un iPhone allumé et, par chance, déverrouillé. Jen s'en saisit et parcourt aussitôt les messages. Elle y trouve les SMS de Todd adressés, pense-t-elle, à Clio.

Todd : Je suis attiré par toi
comme les liaisons covalentes,
tu vois ?

Clio : Tu me fais rire. Tu es un nerdino.

Todd : Je suis TON nerdino. Oui ?

Clio : Tu es à moi pour toujours.

Jen ne peut pas détacher les yeux des SMS. Elle remonte plus haut dans la conversation. Elle se sent un peu coupable, mais pas suffisamment pour s'arrêter.

Clio : Point matinal. Un café consommé,
deux croissants, mille pensées pour toi.

Todd : Seulement mille ?

Clio : Mille et une, maintenant.

Todd : J'ai eu mille croissants et
quelques pensées seulement.

Clio : Ça m'a l'air parfait en vrai.

Todd : Je peux dire qqch de sérieux ?

Clio : Quoi ? Tu n'étais pas sérieux ?
Tu as eu DEUX mille croissants ?

Todd : Je ferais vraiment n'importe quoi
pour toi. Bisous

Clio : Pareil. Bisous

N'importe quoi. Jen n'aime pas ce mot. *N'importe quoi*, ça veut dire toutes sortes de choses. Ça veut dire des crimes, ça veut dire un meurtre.

Elle voudrait continuer, mais elle entend des pas et s'arrête. Elle repose le portable sur la console. Clio est vraiment attachée à Todd. Peut-être même amoureuse de lui. Jen soupire et balaie la pièce du regard, mais il n'y a rien d'autre.

Elle retourne aux toilettes, tire la chasse, ferme le robinet, s'en va.

Dans sa voiture, elle retrouve les coordonnées d'Andy Vettese. Elle a besoin d'aide. Elle lui envoie un e-mail sur un coup de tête, après s'être fait rembarrer par son fils gêné.

> *Cher Andy,*
>
> *Vous ne me connaissez pas, mais je travaille avec Rakesh Kapoor. J'aimerais vraiment vous parler d'une situation dans laquelle je me retrouve et que, je crois, vous étudiez. Je n'en dis pas plus, de crainte de passer pour une hystérique, mais répondez à cet e-mail, s'il vous plaît…*
>
> *Cordialement,*
>
> *Jen*

« Alors, ta journée ? » lui demande Kelly au moment où elle franchit le seuil.

Il est en train de sabler un banc qu'il retape. Le genre d'activité solitaire dont il est friand. Jen sait déjà à quoi ressemblera le produit final – il le repeindra en vert sauge d'ici deux jours.

« Mauvaise », répond Jen, à moitié honnête. Il faut qu'elle essaie de lui en parler à nouveau.

Kelly s'approche et, d'un air absent, lui prend son manteau. Ça fait partie de ces choses dont elle ne se lassera jamais. Le soin et l'attention qu'il porte à leur couple. Il l'embrasse. Sa bouche sent le chewing-gum au menthol. Leurs hanches se touchent, leurs jambes s'entrelacent. En douceur. Jen sent sa respiration ralentir automatiquement. Son mari lui a toujours fait cet effet-là.

« Tes clients sont des fous furieux, dit-il, impassible, sa bouche toujours près de la sienne.

— Je m'inquiète pour Todd. »

Kelly fait un pas en arrière.

« Il n'est pas lui-même, ajoute-t-elle.

— Pourquoi ? »

Le chauffage se met en route. Le chauffe-eau s'allume avec un petit ronronnement.

« J'ai peur qu'il ait de mauvaises fréquentations.

— *Todd ?* Mais quelles mauvaises fréquentations ? Des fans de *Warhammer* ? »

Jen ne peut s'empêcher de rire. Si seulement Kelly montrait cette facette de sa personnalité au reste du monde.

« La vie est trop longue pour s'inquiéter de ça », ajoute-t-il.

C'est une expression à eux, qui remonte à des décennies. Elle est convaincue qu'il en est l'auteur, et lui qu'elle l'a inventée.

« Cette Clio. Elle ne me dit rien qui vaille.

— Il voit toujours Clio ?

— Comment ça ?

— Je croyais qu'il avait dit que c'était fini. Enfin bon. J'ai quelque chose pour toi.

— Arrête de dépenser ton argent pour moi. »

Kelly, qui est toujours payé de la main à la main, lui offre souvent des cadeaux.

« Ça me fait plaisir, dit-il. C'est une citrouille. »

Jen s'en trouve totalement perturbée.

« Quoi ?

— Mais oui… Tu disais que tu en voulais une.

— Je comptais l'acheter demain, murmure-t-elle.

— Ah, d'accord. Tiens. Elle est là. »

Elle regarde derrière lui, dans la cuisine. En effet, la citrouille est bien là. Mais ce n'est pas la même. Celle-ci est énorme et grise. En la voyant, Jen a la chair de poule. Et si elle change trop de choses ? Si elle altère des éléments qui n'ont pas de rapport avec le meurtre ? Ce n'est pas comme ça que ça se passe dans les films ? Les protagonistes interviennent dans l'histoire. Ils ne peuvent pas y résister, ils deviennent gourmands, ils jouent à la loterie, ils assassinent Hitler.

« Je suis censée acheter la citrouille.

— Hein ?

— Kelly. Hier, je t'ai dit que je vivais les journées à l'envers. »

La surprise envahit le visage de son mari comme un lever de soleil.

« Quoi ? »

Elle le lui explique comme elle le lui a déjà expliqué, comme elle l'a expliqué à Rakesh. Le premier soir, le couteau dans le cartable, tout.

« Et où est ce couteau, maintenant ?

— Je ne sais pas. Dans son cartable, sans doute, répond-elle avec impatience, ne voulant pas revenir sur une discussion qu'ils ont déjà eue.

— Écoute, bordel. C'est ridicule », répond Kelly.

Elle ne peut pas dire qu'elle est étonnée par sa réaction.

« Tu penses que tu devrais aller voir… un médecin ?

— Peut-être. Je ne sais pas. Mais c'est la vérité. Ce que je te raconte est la vérité. »

Kelly la regarde fixement, se tourne vers la citrouille, puis de nouveau vers Jen. Il va dans le couloir et prend le cartable de Todd. Il le vide par terre, de manière théâtrale. Aucun couteau n'en tombe.

Jen soupire. Todd ne l'a probablement pas encore acheté.

« Oublie, dit-elle. Si tu refuses de me croire. »

Elle se retourne pour partir. C'est inutile, même avec lui. En montant les marches, elle concède que, dans la situation inverse, elle ne l'aurait pas cru. Qui en serait capable ?

« Je ne… », l'entend-elle dire en bas de l'escalier, mais il s'interrompt.

Jen est très déçue par cette phrase inachevée. Kelly préfère parfois se simplifier la vie, et manifestement, c'est le cas aujourd'hui.

Furieuse, elle prend une douche. Eh bien, soit. Si dormir est ce qui fait qu'elle se réveille la veille, alors elle ne dormira pas. C'est sa nouvelle tactique.

Kelly s'endort presque immédiatement, comme toujours. Jen, elle, reste éveillée. Elle voit la pendule afficher 23 heures, puis 23 h 30, quand Todd rentre. À minuit, elle garde les yeux rivés sur son portable au moment où l'horloge passe de 0 h 00 à 0 h 01, et la date change en un clin d'œil, passant du 27 au 28. En toute logique.

Elle descend pour regarder le journal télévisé en continu de la BBC. Il laisse place aux actualités locales : une histoire d'accident de voiture au croisement entre deux routes, non loin de là, survenu à 23 heures, la veille. Une voiture s'est renversée et le conducteur s'en est sorti indemne. Elle voit la pendule marquer 1 heure, puis 2 heures, puis 3 heures.

Elle commence à se frotter les yeux. L'adrénaline et son agacement face à Kelly se dissipent. Elle fait les cent pas dans le salon. Elle boit deux cafés et, après le second, s'assoit sur le canapé un instant, avec les infos qui passent en boucle. L'accident, la météo, la revue de presse du lendemain. Elle ferme les yeux une seconde, une toute petite seconde, et…

Ryan

Ryan Hiles a vingt-trois ans et il va changer le monde.

C'est son premier jour de travail, son premier jour en tant que policier. Il s'est cogné la demande de candidature et les entretiens d'embauche. Il a subi le centre de formation régional de la police – douze semaines dans la grisaille de Manchester. Il a fait la queue avec ses collègues sur un sol parqueté, poli et ciré, avant de recevoir son uniforme dans un sac en plastique transparent. Une chemise blanche. Un gilet noir. Son matricule de policier – 2648 – sur les épaules.

Enfin il se retrouve là, dans le hall. Les cheveux mouillés par la pluie incessante, mais prêt. Il a enfilé son uniforme la veille au soir, dans sa salle de bains, après avoir attendu si longtemps. Il est monté sur la cuvette des toilettes pour se voir des pieds à la tête dans le miroir. Et voilà : un policier. Sur des toilettes, certes – mais un policier quand même.

Plus que l'uniforme, cependant, Ryan possède aujourd'hui ce qu'il a toujours voulu avoir : l'aptitude. Plus exactement, l'aptitude à faire bouger les choses. Et dans ce commissariat, il attend – en ce moment même, à cette seconde précise – de rencontrer son superviseur.

« Vous serez avec l'agent Luke Bradford », lui dit d'un ton las la policière à l'accueil.

Elle n'est plus toute jeune, dans les cinquante-cinq ans, bien que Ryan n'ait jamais été très doué pour deviner l'âge des gens. Elle a des cheveux couleur ardoise.

Elle lui indique la rangée de chaises bleu clair vissées les unes aux autres. Il s'assoit à côté d'un homme qu'il devine être soit un criminel, soit un témoin : un jeune type avec une queue-de-cheval, en train de regarder ses mains.

Dehors, la pluie martèle le commissariat. Ryan l'entend ruisseler sur les fenêtres. Il pleut tellement que les journaux télévisés en ont parlé. Le mois d'octobre le plus humide jamais enregistré. Trains bloqués, parcs et jardins réduits à l'état d'éponges pleines de feuilles.

L'agent Luke Bradford se présente au bout de vingt minutes. Au moment où il le voit approcher, Ryan prend trois respirations. Ça y est. Ça commence.

Bradford lui broie la main. Il a peut-être cinq ans de plus que Ryan – il est encore agent, donc il ne doit pas être bien vieux. Pourtant il a le teint jaunâtre, des poches sous les yeux, et il sent le café. Ses cheveux noirs grisonnent aux tempes et au-dessus des oreilles. Ryan est athlétique – cela dit en toute modestie – et il déglutit lourdement en regardant Bradford. Il repère sa petite bedaine, bien visible au-dessus du pantalon noir.

« Bon, bienvenue. Putain, il pleut encore ? » Bradford jette un coup d'œil vers le parking. « D'abord, la revue des troupes, puis les appels d'urgence. »

Il se détourne de Ryan et l'emmène dans les entrailles de ce lieu qu'il appellera travail.

La revue des troupes. Bradford parle à l'ancienne. Mais quand même, sa première réunion. Ryan sent une pointe d'excitation, comme des fourmis dans son estomac.

« On allume la bouilloire, lui dit Bradford.

— Ah, parfait, dit Ryan, espérant faire preuve de bonne volonté.

— La tournée du thé revient au petit nouveau. » Il montre la salle de réunion. « Va demander à chacun ce qu'il veut. »

Il lui donne une tape sur l'épaule et s'en va.

« OK, ça marche. »

Tout va bien, se dit Ryan. Il sait faire du thé.

Or le thé s'avère être une affaire compliquée. Quinze tasses. Plus ou moins fort, plus ou moins sucré, plus ou moins de lait. De l'édulcorant, du vrai sucre – la totale. Ses mains tremblent quand il apporte les derniers mugs. Il a mal aux doigts. Arrivé à la salle de réunion au moment où commence la revue des troupes, il se rend compte qu'il ne s'est pas servi.

La sergente, Joanne Zamo, a un peu moins de cinquante ans et un grand sourire qui lui mange le visage. Elle commence par égrener la liste des postes. Ryan n'y comprend rien. Il est le seul bleu, ici ; les autres ont été dispersés à travers tout le Nord. Il regarde autour de lui, les quinze flics et leurs quinze thés. Il avait espéré se faire un copain, quelqu'un de son âge.

Ryan a quitté l'école à dix-huit ans, puis il a travaillé quelques années dans des bureaux, avec des amis. Il s'est bien amusé à commander des articles de papeterie dans une société où personne ne s'attendait vraiment à le voir faire quoi que ce soit de productif, tout en le payant. Il a trouvé ça génial, un moment. Mais commander des règles et du papier A4 quadrillé a fini par ne plus lui suffire. Il s'est réveillé un lundi matin, il y a six mois de ça, et s'est dit : *C'est tout ?*

Alors il a postulé pour entrer dans la police.

Zamo est en train de distribuer la liste des postes d'appels d'urgence.

« OK, ajoute-t-elle. Bon, qui avons-nous parmi les nouvelles recrues ? Vous. » Ses yeux marron se posent sur Ryan. « C'est Bradford, votre superviseur ?

— Exact, répond Bradford avant même que Ryan en ait le temps.

— Bien. Tu es Echo. » Elle regarde Ryan dans les yeux. « Et toi, Mike.

— Mike ? demande Ryan. Pardon, non. Je m'appelle Ryan. Ryan Hiles. »

Battement de cils de Bradford. Un frisson que Ryan ne comprend pas. Un silence. Puis toute la salle explose.

« Echo Mike », dit Bradford en riant, comme si c'était une vanne. Il a une main posée sur l'encadrement de la porte et l'autre sur son ventre. « On ne t'a pas appris l'alphabet phonétique à l'école de police ? Ou alors ça ne s'enseigne plus, maintenant ?

— Oh si, si, répond Ryan, les joues en feu. Non, j'ai appris, mais j'avais… Désolé, je croyais… Mike, ça m'a troublé une petite seconde.

— Bien », dit la sergente, en rien impressionnée par les rires incontrôlés. À peine s'arrêtent-ils qu'ils recommencent, une vague qui vient cette fois des flics de la criminelle. Génial.

« Echo Mike deux quatre cinq », dit Bradford, essayant à l'évidence de passer à autre chose. Il s'avance vers Ryan. « Je prendrai la première intervention, puis je te laisserai prendre la suivante », ajoute-t-il en se hâtant de le faire sortir de la salle de réunion. Ryan n'ose pas demander ce que ça signifie.

Ils empruntent un couloir à la moquette verte, qui sent l'aspirateur, et arrivent devant un casier. Bradford tend à Ryan une radio.

« Bon. Elle est à toi. Les appels arrivent sous cette forme : Echo Mike et ton numéro de véhicule. Toi, tu réponds avec ton matricule – le tien, c'est le 2648, celui que tu as sur l'épaulette. OK ?

— OK. OK. »

Chaque policier passe ses deux premières années de service à prendre les appels d'urgence. Tout peut arriver. Un cambriolage. Un meurtre.

« Bien, dit Bradford. Parfait. Allons-y. »

Il fait un geste qui signifie à la fois *Par là, s'il te plaît* et *Nom de Dieu, pourvu que tu ne sois pas complètement con.* Ryan repart par le hall et sort sous la pluie.

« Ça, c'est EM deux quatre cinq, OK ? Comme l'a dit Zamo. »

Bradford lui montre la voiture de police. Les rayures. Les gyrophares. Ryan ne peut pas s'arrêter de la regarder.

« D'accord, dit-il. C'est noté. »

Il ouvre la portière côté passager et monte. L'habitacle sent la vieille cigarette.

« Echo deux quatre cinq à Echo Mike deux quatre cinq, dit la radio.

— Mike deux quatre cinq à Echo, j'écoute », répond Bradford d'une voix neutre.

Il n'a pas allumé le moteur, il est encore en train de tripoter le levier de vitesse. Il vérifie ensuite les gyrophares, appuie sur un énorme bouton du tableau de bord, qui les noie dans une lumière bleue. Ryan, jambes croisées, écoute la radio.

« Oui, merci. On nous a signalé un individu âgé de sexe masculin, apparemment ivre, qui importune les passants. »

Ryan regarde sa montre. Il est 8 h 05.

« Mike deux quatre cinq à Echo, bien reçu, on est en route. »

Bradford finit par mettre le contact et démarre.

« Ça va être le vieux Sandy, je parie. »

Terrifié à l'idée qu'il y ait encore une lettre de l'alphabet policier cachée dans la phrase, Ryan ne dit rien.

« Un clochard, pas méchant, précise Bradford en regardant dans le rétroviseur. On va lui coller un avertissement, comme d'habitude. Appeler une ambulance s'il est vraiment mal. Lui, c'est la vodka. Il en boit des litres. Une constitution incroyable, vraiment. »

Ryan observe la circulation pendant qu'ils attendent au feu. Entre ça et conduire sa voiture de civil, c'est le jour et la nuit. On dirait que chaque automobiliste est exemplaire. On dirait *The Truman Show*, où tout le monde joue un rôle. Les mains sur le volant à 10 h 10. Le regard loin devant.

« C'est fou comme les gens se comportent bien », dit-il, mais Bradford ne répond pas. Ryan n'arrête pas de penser au vieux Sandy et à sa vodka. Et, bien sûr, à son propre frère. « C'est quoi, son histoire ? demande-t-il. Au vieux Sandy ?

— Aucune idée.

— On pourrait peut-être le lui demander.

— Ha, fait Bradford en regardant devant lui. Oui… Putain, si on faisait ça pour tout le monde, on serait des héros, pas vrai ?

— Oui. »

La pluie brouille tous les contours dehors, la chaussée reflète les lumières des feux de stop et le ciel blanc.

« Première règle de ce boulot : presque tous les appels d'urgence sont sans intérêt ou impliquent des crétins. En général, les deux. Les crétins sont irrécupérables.

— OK, génial, dit Ryan avec sarcasme.

— Deuxième règle : les petits nouveaux sont toujours beaucoup trop gentils. »

Ils arrivent à la plage. Bradford se gare bien comme il faut. Ryan ne lui fait pas l'honneur de répondre à ses commentaires.

« Allez, Mike », lui lance Bradford en sortant.

Ryan rougit encore. Ce surnom va lui rester, il le sait. C'est comme ça que ça marche. Il a participé une fois à un enterrement de vie de garçon, où l'un des participants s'est fait appeler le Branleur du rez-de-chaussée pendant tout le week-end, uniquement à cause de l'emplacement de sa chambre d'hôtel par rapport à la leur. Ryan n'a jamais su quel était son vrai nom.

Le vieux Sandy n'est pas si vieux, en fait. Il a le visage rose et abîmé d'un alcoolique, mais son corps est agile. Quand ils s'approchent, il est en train de délirer à propos de Dieu. L'océan déchaîné forme un arrière-plan apocalyptique auquel s'ajoute l'aspect irréel du bord de mer hors saison.

« Alors, le vieux Sandy », dit Bradford.

Le clochard s'interrompt et écarte de son front ses cheveux noirs filasses.

« C'est vous, répond-il sincèrement. J'espérais que ce soit vous. »

Il s'avérera qu'il s'appelle en réalité Daniel, et non Sandy. Les policiers lui donnent ce surnom parce qu'il dort sur le sable.

En route vers l'appel suivant, Ryan lève les yeux vers la pluie et soupire.

Six incidents plus tard. Une affaire de violences conjugales – c'est le quatorzième appel de la femme, qui ne se résout jamais à porter plainte. L'intervention la plus déprimante, mais aussi – malheureusement – la plus intéressante. Pour le reste… Un homme qui a pissé dans la boîte aux lettres d'une entreprise de pompes funèbres. Une bagarre entre deux types à propos des excréments de leurs chiens. Un distributeur de billets qui a avalé dix livres. Véridique. Trivial : c'est le mot.

Ryan est de retour au commissariat avec Bradford à 18 heures. Son uniforme est trempé. Il est épuisé comme après une nuit blanche.

« À demain matin, Mike. »

Bradford glousse au moment où ils se dirigent vers le bâtiment. Mais Ryan ne peut pas débaucher : avant de rentrer chez lui, il doit remplir une fiche au sujet de chaque intervention. Il a hâte de retrouver le calme de la petite salle de réunion, et l'occasion de réfléchir, de mettre un peu d'ordre dans ses pensées. De boire enfin une putain de tasse de thé. Il a le cerveau comme une boule à neige trop secouée. Il pensait que ce serait… Il pensait que ce serait différent.

Il entre dans le hall, croise la policière à l'accueil – ce n'est plus la même, mais elle a également un air las – et suit un couloir silencieux. Il espère entrapercevoir un suspect en train d'être interrogé, une cellule, n'importe quoi, en fait. Tout, sauf les appels d'urgence. Six par jour. Quatre jours de travail, trois de repos. Quarante-huit semaines par an. Pendant deux ans. Il a la flemme de calculer le nombre total d'appels, mais il sait que ça fait beaucoup. Aujourd'hui, c'était peut-être une anomalie, une mauvaise journée. Peut-être que Bradford est tout simplement blasé. Demain, ça ira mieux. Peut-être, peut-être.

Il pousse la porte d'une salle de réunion vide. Celle-ci possède deux portes, pour l'isolation phonique. Il tire une chaise vers une table métallique de mauvaise qualité, de celles qu'on trouverait dans une salle communale. Il sort de la poche de son gilet un calepin et, d'un pot en plastique rouge posé sur un coin de la table, un stylo avec lequel il inscrit la date en haut. Il était censé prendre des notes sur le coup, mais Bradford lui a dit que ça fait partie des conseils de merde qu'on donne à l'école.

Il commence à décrire l'intervention auprès de Sandy, puis s'interrompt. Il veut réfléchir. S'interroger sur la meilleure manière de faire bouger les choses.

Quand il y repense, son frère a commencé à *dérailler*, comme disait sa mère, à la fin de l'adolescence. Il a commencé par voler des voitures, puis s'est mis à vendre de la drogue, passant du shit à la dope en un rien de temps. Qu'en aurait pensé Bradford ? Il aurait sans doute estimé que son frère faisait perdre son temps à la police, lui aussi. Un schéma prévisible – pas de modèle masculin, pas de perspectives d'avenir. Leur mère faisait de son mieux, mais elle n'était pas toujours là, elle cumulait deux boulots. Son frère, à sa manière bizarre, a voulu aider financièrement. Rien de plus. Et c'est ce qu'il a fait, pendant un temps. Il a ramené de l'argent à la maison, même si tout le monde se demandait d'où il le sortait.

Ryan retourne le stylo sur le calepin. Peut-être qu'il *fait* bouger les choses pour les gens comme son frère. Le vieux Sandy était content de les voir – il avait l'air de bien connaître Bradford, en tout cas. Peut-être qu'ils l'aident, mais pas comme Ryan l'imaginait.

Et puis merde, se dit-il. Il remplira la paperasse demain. Il n'est pas d'humeur.

Il rouvre la porte. Il croise un type massif. En costume. Un flic de la criminelle, peut-être. Ryan sent une onde positive l'envahir. Oui, oui, oui, il y a des tas de possibilités ici. De faire des choses intéressantes et changer les choses. C'est tout ce qu'il demande. Comme tout le monde, non ?

« Bien », dit Ryan à l'homme.

Celui-ci est grand, il dépasse le mètre quatre-vingts, et il est corpulent, aussi. On dirait un méchant de jeu vidéo.

« Premier jour ? »

Ryan acquiesce.

« Oui. Sur les appels d'urgence.

— Que du bonheur. » L'homme rit. Il tend une main chaleureuse. « Pete. Mais tout le monde m'appelle Muscles.

— Enchanté. Tu es de la criminelle ?

— Malheureusement. »

Il s'adosse au mur rose pâle. Il sort un chewing-gum et en propose un à Ryan, qui accepte. Explosion de menthol dans sa bouche.

« Tu as eu de bonnes affaires aujourd'hui ? Qui est ton superviseur ?

— Bradford.

— Aïe.

— Oui, fait Ryan avec un sourire. Pas de bonnes interventions, encore.

— Ça ne m'étonne pas. Tu n'es pas du coin ? Ton accent…

— En effet. Je vis à Manchester.

— Ah oui ? Qu'est-ce qui t'amène ici, alors ? Le charme des appels d'urgence en continu ?

— Quelque chose comme ça. Et puis, j'ai envie de "faire bouger les choses", dit Ryan en faisant des guillemets en l'air.

— Tu le regretteras bientôt. »

Muscles se dégage du mur puis prend le couloir. Ryan le suit. Juste avant qu'ils arrivent devant la porte du bureau des enquêtes, Muscles se retourne.

« Tu sais, ne pas connaître le jargon, ça peut être une bonne chose. Tu comprendras pourquoi.

— Tu as entendu l'histoire avec Mike, dit Ryan.

— Exactement, répond Muscles, dissimulant à peine un sourire.

— Oui, enfin, je ne suis pas encore au point sur le jargon, mais ça va venir.

— Ne sois pas trop bon non plus », dit Muscles, mystérieusement. Il mâche encore quelques secondes son chewing-gum en regardant fixement la porte. « Tous les bons policiers ne parlent pas comme eux. »

J – 3

8 heures

Jen ouvre les yeux. Elle est au lit. Et on est le 26.

J – 3.

Elle s'approche de la baie vitrée. Dehors, il pleut. Où est-ce que tout ça va finir ? Elle va rétropédaler… quoi ? Pour toujours ? Jusqu'à ce qu'elle cesse d'exister ?

Elle a besoin de connaître les règles du jeu. C'est ce que ferait n'importe quel avocat. Comprendre la loi, le cadre de travail, et ensuite jouer. Tout ce qu'elle sait, pour l'instant, c'est que rien n'a marché. De son voyage dans le passé, elle peut seulement déduire qu'elle n'a pas réussi à empêcher le crime. À l'évidence. Arrêter le crime, arrêter la boucle temporelle. C'est *là* que doit se trouver la clé.

Elle rafraîchit la page de ses e-mails, guettant une réponse d'Andy Vettese, mais il n'y a rien. Elle descend et trouve Todd en train de farfouiller.

« Sur la télé », dit Jen. Elle sait qu'il cherche son classeur de physique. Elle le sait parce qu'elle est sa mère, mais aussi parce que ça s'est déjà passé.

« Ah, merci. » Il lui adresse un sourire gêné. « Les quantums, aujourd'hui. »

Mon Dieu, il la dépasse d'une tête. Il était beaucoup plus petit qu'elle, avant. Il devait lever bien haut le bras quand elle l'amenait à l'école, et sa petite main chaude trouvait toujours la sienne. Il s'énervait si elle ne l'attrapait pas, quand elle fouillait dans son sac à main ou qu'elle voulait appuyer sur le bouton pour traverser au feu rouge. Chaque fois, elle s'était sentie coupable. C'est fou ce que les mères se sentent coupables.

Et voilà : maintenant, il mesure une tête de plus qu'elle et fuit son regard.

Elle se dit qu'elle avait peut-être raison, à l'époque, de se sentir coupable. Qu'elle n'aurait jamais dû faire autre chose que lui tenir la main. Elle pourrait identifier mille crimes maternels : l'avoir trop laissé regarder la télévision, l'avoir entraîné au sommeil – la totale, se dit-elle avec remords.

« Tu sais qui est Joseph Jones ? » demande-t-elle calmement, en l'observant de près.

Non pour voir s'il le lui dit, mais pour voir s'il ment, comme elle s'y attend. L'instinct d'une mère est plus sûr que celui de tous les avocats du monde.

Todd gonfle les joues, puis branche son portable dans le chargeur, sur l'îlot central de la cuisine.

« Non », répond-il avec un froncement de sourcils étudié. Il n'a jamais branché son portable ici, avant d'aller à l'école. Il le laisse charger la nuit. « Pourquoi ? » demande-t-il.

Jen le jauge. Intéressant. Il aurait tout à fait pu répondre : « C'est un copain de l'oncle de Clio », mais il a évité de le faire. Comme elle l'avait prévu.

Elle hésite. Elle ne veut pas y aller trop fort et préfère attendre le moment opportun.

« Pour rien, dit-elle.

— D'accord. Mystérieuse Jen. Plus une question qu'un constat. Allez, à la douche. »

Todd laisse son téléphone se charger. Jen reste plantée dans la cuisine, sans théorie, sans espoir, et confrontée aux mensonges de la seule personne qui pourrait l'aider.

Elle jette un coup d'œil vers l'escalier. Elle a entre cinq et vingt minutes devant elle. Todd prend des douches tantôt longues et contemplatives, tantôt rapides, tellement pressé de s'habiller que ses vêtements collent à sa peau mouillée. Elle tente de consulter son portable, mais bute deux fois sur le code PIN.

Elle fonce à l'étage. Elle va fouiller dans la chambre de son fils. Il faut qu'elle trouve quelque chose d'utile.

Sa chambre est une caverne sombre, peinte en vert bouteille. Les rideaux sont tirés. Sous la fenêtre, un lit double avec une couverture à motifs écossais. Une télévision fait face au lit. Il y a un bureau dans un coin, sous l'escalier qui mène à la chambre parentale. Comme chez beaucoup d'hommes, c'est propre, mais pas cosy. Une lampe noire et un MacBook sont posés sur le bureau vide. Un vélo d'appartement est installé contre le mur du fond.

Jen ouvre l'ordinateur portable et, là encore, bute deux fois sur le mot de passe. Elle jette un regard circulaire en se demandant comment être le plus efficace.

Frénétiquement, elle ouvre les tiroirs du bureau et de la table de chevet, regarde sous le lit, rabat la couette, cherche à tâtons au fond de l'armoire. Elle sait qu'elle va découvrir quelque chose. Elle le sent. Quelque chose d'accablant. Quelque chose qu'elle ne pourra jamais oublier.

Elle retourne la chambre. Elle n'arrivera jamais à la remettre en ordre telle qu'elle était, mais elle s'en fiche.

Elle a déjà perdu six minutes. Une fraction du temps légal : une heure divisée en dixièmes. Ses yeux se posent sur la Xbox. Todd y joue sans arrêt. Il doit s'en servir pour parler à des gens. Ça vaut le coup d'essayer.

L'oreille à l'affût de la douche, elle allume l'appareil et navigue jusqu'à la zone de messagerie. C'est un univers obscur. Des messages échangés avec d'autres à propos de jeux effrayants, de jeux de combat, de jeux où l'on gagne assez de points pour s'acheter des couteaux et poignarder d'autres joueurs…

Elle consulte la section des derniers messages envoyés. Ils sont au nombre de deux. L'un adressé à User78630, l'autre à Connor18. Le premier dit : *OK.* Le deuxième, à Connor, dit : *23h je le dépose ?*

Elle interrogera Pauline au sujet de Connor. Pour voir si quelque chose le préoccupe en ce moment. Qu'ils aient commencé à se fréquenter au moment précis où Todd est parti en vrille, la coïncidence est trop grande. Et des choses qu'on dépose à 23 heures… Ça ne sent pas bon.

Elle éteint la console et ressort de la chambre. Quelques secondes plus tard, Todd ouvre la porte de la salle de bains.

Ils se croisent sur le palier. Il n'a qu'une serviette autour de la taille.

Ils se regardent, mais Todd détourne vite les yeux. Elle n'arrive pas à saisir son humeur. Elle se rappelle son expression le soir du meurtre. Il n'y avait aucun remords, nulle part, pas une once.

À quoi bon aller au bureau si, quand elle se réveillera demain, ce sera hier ? Pour la première fois dans la vie d'adulte de Jen, travailler n'a aucun intérêt. Elle médite là-dessus pendant qu'elle donne à manger à Henri VIII.

Elle compose un numéro censé être celui d'Andy Vettese, mais n'obtient aucune réponse. Elle le recherche de nouveau sur Google. Il a remporté un prix scientifique hier, pour un article sur les trous noirs. Elle envoie un e-mail à deux autres personnes qui ont écrit des thèses sur les voyages dans le temps.

Elle se demande comment faire comprendre à son mari ce qui est en train de se passer.

Elle soupire et finit par retrouver un carnet rempli de notes sur une affaire qui n'a pas grande importance vu *son* sa situation actuelle. Elle n'entend que le ronronnement du chauffage.

Dans le carnet, elle écrit : *J – 3.*

Ce que je sais, écrit-elle au-dessous.

Le nom de Joseph Jones, son adresse complète
Clio peut-être impliquée
Choses déposées chez Connor ?

C'est assez maigre.

Pour la première fois depuis des années, Jen va chercher son fils à l'école en voiture. Devant le portail vert de l'établissement, des grappes de parents. Il y a les clans, les solitaires, les gens bien habillés, les gens très mal habillés – il y a de tout. En temps normal, Jen passerait son temps à croire que tout le monde parle d'elle, mais aujourd'hui elle regrette de ne pas être venue plus souvent. D'abord, c'est fascinant.

Elle repère tout de suite Pauline. Elle est seule. Depuis quelque temps, elle insiste pour aller chercher Connor, afin de s'assurer qu'il est bien allé à l'école – il s'est fait récemment taper sur les doigts pour avoir séché les cours –, avant de récupérer son plus jeune fils, Theo. Avec son blouson en jean et son écharpe énorme, les jambes croisées aux chevilles, elle est rivée sur son portable.

« J'avais envie de tester ce truc de sortie d'école, lui lance Jen.

— Je suis très honorée, répond Pauline en levant les yeux et en riant. Ici, les gens sont tous des cons. La mère de Mario a un sac à main Mulberry. Non mais, franchement… Pour aller à l'école. »

Pauline fait partie des amies avec lesquelles elle s'entend le mieux. C'est Jen qui lui a réglé son divorce, trois ans plus tôt, en la séparant bien comme il faut de son mari adultère, Eric. Pauline s'était présentée à son cabinet pour une première consultation avec des captures d'écran qui prouvaient les infidélités d'Eric. Jen la connaissait par l'école, mais ne lui avait encore jamais parlé. Elle lui a fait du thé et a étudié de manière très professionnelle les textos incriminants envoyés par Eric à sa maîtresse. Elle lui a alors dit qu'elle s'occuperait de son dossier.

« Désolée de vous avoir obligée à regarder ça, lui a répondu Pauline avant de rempocher son portable et de siroter son thé.

— Oui, enfin, c'est bien d'avoir les… les preuves. » Malgré elle – son tailleur strict, le décorum professionnel –, elle a senti son masque se fissurer.

« Aussi… explicites soient-elles. »

Pauline a croisé son regard une seconde.

« Et donc, est-ce que ça se fait de joindre des photos de bite à une demande de divorce ? » Elles ont éclaté de rire, en plein milieu du bureau de Jen. « C'était la première fois que je rigolais depuis que je les avais découvertes », admettra plus tard Pauline. Ainsi est née une amitié, dans la tragédie et l'humour, comme souvent. Jen s'est réjouie de voir Connor et Todd devenir, eux aussi, amis. Jusqu'à aujourd'hui.

« Oui, enfin, telle que tu me vois, je n'ai pas pris de douche », dit Jen.

Pauline sourit et racle sa Converse sur le sol.

« Tu ne travailles pas, aujourd'hui ? »

Todd apparaît au loin. Il marche à côté de Connor, un des rares élèves plus grands que lui. Et plus massif, aussi – un gamin impressionnant.

« Non.

— Comment ça va ? Comment va ton énigme de mari ?

— Écoute, dit Jen, allant droit à l'essentiel.

— Oh, oh, fait Pauline. Je n'aime pas ce "écoute" d'avocate.

— Ne t'inquiète pas. Je crois que Todd est peut-être… mêlé à quelque chose…

— Mêlé à quoi ? » demande Pauline, soudain sérieuse.

Elle a beau avoir de l'humour, c'est une mère formidable dans les moments importants. Elle tolère la cigarette et les gros mots, se dit Jen, mais rien de plus grave. Il suffit de la regarder : elle vérifie que Connor est bien allé à l'école.

« Je ne sais pas… C'est juste que… Todd a un comportement bizarre. Et je me demandais si c'était pareil pour Connor. »

Pauline bascule très légèrement la tête en arrière.

« Je vois.

— Exactement. »

D'autres parents commencent à s'agglutiner devant le portail. Des gamins de onze et quinze ans les saluent, et Jen réalise qu'elle n'a fait ça que très rarement, préférant se plonger dans des textes au bureau, évaluer des stagiaires, préparer des liasses de documents. Gagner de l'argent. Et tout ça pour quoi ? se demande-t-elle à présent.

« Il a l'air d'aller bien… », répond lentement Pauline.

Jen est tellement contente d'avoir une amie qui ait compris le sous-texte et choisi de ne pas s'offusquer.

« Mais je vais creuser un peu, ajoute-t-elle, juste avant que Connor et Todd arrivent.

— Salut », dit Connor à Jen.

Il a un tatouage qui ressemble à un collier, peut-être un rosaire, et qui disparaît sous le col de son tee-shirt. Les tatouages relèvent d'un choix personnel, se dit Jen. Arrête de faire ta snob.

Il sort ses cigarettes, et elle est soulagée de voir Pauline faire la grimace. Connor, tout en regardant Jen, fait jouer son briquet. La flamme éclaire son visage l'espace d'un instant. Il lui lance un clin d'œil, si rapide qu'elle l'aurait loupé si elle ne regardait pas.

La soirée a été rude. Aussitôt rentré, Todd est reparti. « Je vais chez Clio », a-t-il dit. Il a été froissé de voir Jen l'attendre à la sortie de l'école, et énervé par Kelly, aussi. « Il n'y en a pas un de vous deux qui pourrait avoir des hobbies ? » a-t-il lancé quand ils se sont tous retrouvés à la maison à 16 heures.

Après son départ, Jen a cherché Clio sur Facebook. Clio a deux ans de plus que Todd, et elle est toujours étudiante. Une fac d'art, non loin. Sa page est méticuleusement tenue à jour. Des photos d'elle genre mannequin, un nombre bizarrement élevé de mèmes politiques, des tas de bouquets de fleurs. Des trucs d'adolescente, assez inoffensifs. Jen a décidé qu'elle irait bientôt la voir. Pour discuter.

Pendant qu'elle range, elle se demande ce que Pauline va bien pouvoir découvrir de son côté. Tout en frottant les surfaces de la cuisine et en remplissant le lave-vaisselle, elle reconnaît que l'activité est inutile. Quand elle se réveillera, hier, rien de tout cela n'aura eu lieu. Mais n'est-ce pas toujours le cas quand on fait le ménage ?

Pauline l'appelle vingt minutes plus tard.

« J'ai parlé avec Connor », dit-elle. Elle s'exprime toujours comme ça, sans préambule, droit au but. « Et j'ai creusé un peu.

— Je t'écoute. »

Un frisson parcourt ses bras quand elle tire les rideaux en travers de la porte du patio.

« J'ai regardé le portable de Connor. Rien de suspect. Quelques photos gênantes. Il tient de son père.

— Aïe.

— Qu'est-ce qu'il se passe avec Todd ?

— Il semblerait qu'il ait rencontré des gens plus âgés, un oncle et un ami de sa nouvelle petite copine. Il y a une ambiance bizarre chez eux. Et ils dirigent une entreprise qui s'appelle Coupe & Couture. C'est tout récent. Pas de chiffre d'affaires, pas de comptes. Je pense que c'est une couverture. C'est quand même rare que deux types créent une entreprise de couture, non ?

— Oui. Et… c'est tout ? »

Jen soupire. De toute évidence, la réponse est non, mais le reste est invraisemblable. Un obscur monde souterrain qui se termine par un meurtre qu'elle doit élucider. Effarée, elle se détourne de la porte du patio.

Et c'est là que ça lui vient à l'esprit. Comme ça. Le reportage qu'elle a vu hier, sur l'accident de la route. L'accident a lieu ce soir, il apparaîtra aux infos demain. Elle peut s'en servir. Elle peut s'en servir pour convaincre la personne à qui elle a le plus besoin de se confier. Si elle arrive à convaincre Kelly, peut-être que cela brisera le cycle, la boucle temporelle, et qu'elle se réveillera bel et bien demain.

« Je te rappelle, dit-elle à Pauline. Ne t'en fais pas. C'est… Ce n'est rien, sans doute. »

Elle se demande pourquoi elle a toujours eu besoin de faire ça. D'être décontractée, de ne pas inquiéter les gens, d'être *gentille*.

« J'espère », répond Pauline.

Kelly entre dans la cuisine, bien plus tard, après 22 heures.

« Quoi ? dit-il, intrigué par la tête de Jen. Qu'est-ce qui se passe ?

— Tu m'accompagnerais quelque part ?

— Là, tout de suite ? » Il la regarde quelques secondes. « Tu es chez les fous pour de bon ? » dit-il avec un petit sourire malicieux.

Après leur rencontre, et après avoir fait le tour du Royaume-Uni dans un petit camping-car, ils ont passé plusieurs années dans la campagne du Lancashire, tous les trois. Dans une petite maison blanche avec un toit d'ardoise, au fond d'une vallée où la brume se posait comme un bonnet de laine. De toutes les maisons où elle a vécu, c'est sa préférée. Et c'est à cette époque que remonte l'expression. Kelly lui disait ça chaque fois qu'elle rentrait et lui racontait l'intégralité de sa journée de travail. Elle n'a jamais eu besoin de quelqu'un d'autre.

« Absolument, dit-elle.

— Viens, alors. On peut aller faire un tour. »

Leurs regards se croisent, et Jen se demande ce qu'elle est sur le point de déclencher, si l'avenir sera différent. Si, ensemble, ils ne risquent pas d'aggraver encore les choses, s'il existe un avenir parallèle qui se déploie tandis qu'elle reste là, immobile, dans sa cuisine. Un avenir dans lequel Todd lui-même se fait assassiner, dans lequel il s'enfuit, dans lequel il agresse plus d'une personne.

Elle ouvre la porte d'entrée. Elle a hâte. De lui montrer une preuve concrète, tangible.

La nuit est froide et humide, comme elle l'était ce fameux soir. L'odeur de moisi de l'automne plane.

« J'ai quelque chose à te dire, et je sais comment tu vas réagir, parce que je te l'ai déjà dit. »

La main de Kelly est chaude dans la sienne. La route est luisante de pluie. Jen s'améliore dans ses explications.

« Ça a un rapport avec ton boulot ? »

Kelly a l'habitude d'entendre Jen lui poser des questions sur ses dossiers, lui soumettre des théories, même si pour l'essentiel il ne fait qu'écouter. La semaine dernière encore, elle l'a interrogé sur M. Mahoney, qui voulait donner toute sa retraite à son ex-femme, uniquement pour ne pas devoir se battre. Kelly a haussé les épaules et répondu que chez certaines personnes, éviter les souffrances valait tout l'argent du monde.

« Non. »

Et là, en pleine obscurité, elle lui raconte tout, dans les moindres détails. Elle lui parle de la première fois, et du jour d'avant, et du jour d'avant. Kelly écoute, les yeux plongés dans les siens, comme toujours.

Une fois qu'elle a terminé, il ne dit rien pendant quelques instants. Apparemment perdu dans ses pensées, il est adossé au panneau routier, tout près de l'endroit où l'accident est censé se produire. Finalement, il semble parvenir à une conclusion.

« Tu y croirais, si c'était moi ?

— Non. »

Il éclate de rire.

« Évidemment.

— Je te jure sur tout ce qu'on est et tout ce qu'on a vécu que c'est la vérité. Todd va tuer quelqu'un ce samedi, tard le soir. Et je remonte dans le temps pour empêcher ça. »

Kelly reste silencieux une minute. La bruine se remet à tomber. Il écarte ses cheveux de son front de plus en plus mouillé.

« Qu'est-ce qu'on est venus faire ici ?

— Te prouver que je dis la vérité. Une voiture va bientôt arriver, dit-elle en désignant la rue sombre et calme. Elle va perdre le contrôle et se renverser sur le côté. C'était aux infos hier soir. Mon demain à moi. Le conducteur s'en sort, totalement sain et sauf. C'est une Audi noire. Elle va se renverser là-bas. Elle ne va pas s'approcher de nous. »

Kelly caresse sa mâchoire.

« OK », dit-il, méfiant, perplexe.

Ils s'appuient tous les deux contre le panneau routier, côte à côte.

À l'instant même où Jen commence à se dire que la voiture ne viendra pas, celle-ci arrive. C'est elle qui l'entend en premier. Un vrombissement lointain, de plus en plus rapide.

« La voilà. »

Kelly regarde sa femme. La pluie a redoublé. Ses cheveux commencent à ruisseler.

Là-dessus, la voiture tourne au coin de la rue. Une Audi noire, rapide, hors de contrôle. Le conducteur est manifestement imprudent, ou ivre, ou les deux. En passant devant eux, son moteur fait des bruits de coups de feu. Kelly suit la voiture des yeux. Son visage est indéchiffrable.

Quand il relève sa capuche pour se protéger du déluge, la voiture se retourne. Un dérapage, un fracas métallique. Le klaxon retentit.

Et puis plus rien. Un silence, pendant que la voiture fume et que son conducteur en sort, les yeux hagards. Il a dans les cinquante ans. Il traverse tranquillement la route dans leur direction.

« Vous avez de la chance de vous en être sorti », dit Jen.

Kelly la regarde de nouveau. Il émane de lui de l'incrédulité, mais aussi un affolement bizarre.

« Je sais », répond l'homme.

Il se donne quelques tapes sur les jambes, comme s'il n'arrivait pas à croire qu'il est vraiment indemne.

Kelly secoue la tête.

« Je ne comprends pas.

— Un voisin va bientôt sortir pour proposer son aide », commente Jen.

Kelly attend, muet, les bras croisés, un pied posé contre le montant du panneau routier. Quelque part, une porte claque.

« J'ai appelé une ambulance ! lance une voix, quelques maisons plus loin.

— Tu me crois, maintenant ? demande Jen.

— Je ne vois aucune autre explication, répond Kelly au bout de quelques secondes. Mais c'est… C'est *dingue*.

— Je suis au courant. Évidemment que je suis au courant. » Elle se campe devant lui pour le regarder droit dans les yeux. « Mais je te jure. Je te jure, je te jure, je te *jure* que c'est vrai. »

Kelly fait un geste en direction du bout de la rue et ils repartent, mais pas chez eux. Ils marchent sans but, ensemble, sous la pluie. Jen pense qu'il la croit, peut-être. Sincèrement. Et ça va tout changer, n'est-ce pas ? Si l'autre parent de Todd y croit. Peut-être que Kelly se réveillera avec elle et que ce sera hier pour lui aussi. Les probabilités sont faibles, mais elle doit tenter le coup.

« C'est de la folie furieuse », dit-il. Ses yeux reflètent la lumière des lampadaires pendant qu'il marche. « C'est impossible que tu aies pu être au courant pour cette voiture. Si ? »

Elle voit bien qu'il cherche à comprendre.

« Non. Enfin… Au sens propre, non.

— Je ne vois pas comment… » Il exhale de la buée devant lui. « Je ne…

— Je sais. »

Ils tournent à gauche, empruntent une ruelle, passent devant le restaurant indien où ils aiment acheter des plats à emporter, puis suivent une boucle qui les ramènera chez eux.

Kelly finit par lui prendre la main.

« Si c'est vrai, ce doit être horrible », dit-il.

Ce *si*. Jen est aux anges. C'est un petit pas, une petite concession de mari à femme.

« C'est horrible », répond-elle d'une voix lourde.

Elle repense aux derniers jours de panique et d'aliénation, et ses yeux s'embuent. Une larme se fraie un chemin sur sa joue. Elle regarde ses pieds et ceux de son mari : ils marchent d'un pas parfaitement synchrone. Kelly doit être en train de l'observer, parce qu'il s'arrête et, avec son pouce, essuie sa larme.

« J'essaierai, lui dit-il simplement, tendrement. J'essaierai de te croire. »

De retour chez eux, il approche un tabouret du bar et s'assoit dessus, genoux écartés, coudes sur le comptoir. Il hausse les sourcils en la regardant.

« Tu as une théorie ? Sur ce… Joseph ? »

Henri VIII saute sur l'îlot central, et Jen l'attire à elle. Son poil est doux, son corps est si gros et tendre. Elle place les mains autour de lui, comme si elle serrait un bol. Elle est tellement contente d'être ici. Avec Kelly. De partager le même coin de l'univers avec lui, de se confier à lui.

« À vrai dire… non. Mais le soir où Todd le poignarde, c'est comme s'il voyait ce Joseph et soudain… paniquait. Et passait à l'acte.

— Donc il a peur de lui.

— Oui ! C'est exactement ça. »

Elle regarde son mari.

« Alors tu me crois ?

— Je fais peut-être ça pour te faire plaisir, dit-il sans entrain, mais elle ne le pense pas.

— Regarde. J'ai pris quelques notes. »

Elle part chercher son calepin. Kelly la rejoint sur le canapé de leur cuisine.

« Elles sont… Enfin, il n'y a pas grand-chose. »

Kelly jette un coup d'œil sur la page et rit, un tout petit bruit.

« Ah, oui… Il n'y a *vraiment* pas grand-chose.

— Arrête, sinon je ne t'annonce pas le prochain tirage du loto », dit Jen.

C'est tellement bon, tellement bon, d'en rire. De retrouver ça, leur alchimie facile.

« Ah, d'accord – très bien, reprend Kelly. Tiens. On va noter toutes les raisons possibles et imaginables pour lesquelles il a pu faire ça. Même les plus folles.

— Autodéfense, perte de contrôle, complot. Contrat de… tueur à gages ?

— Ce n'est pas James Bond, non plus.

— D'accord, on oublie celle-là. »

Kelly se marre en raturant les mots « tueur à gages ».

« Des extraterrestres ?

— Arrête », fait Jen en riant.

Ils rédigent des tas de listes dans la nuit. Tous les amis de Todd, toutes ses fréquentations auxquelles Jen pourrait parler.

Sur le canapé peu éclairé, le corps de Jen s'écroule. Elle se blottit contre Kelly, dont le bras passe immédiatement autour de son cou.

« Quand est-ce que tu… euh, partiras ?

— Quand je dormirai.

— Alors on n'a qu'à rester éveillés.

— Déjà essayé. »

Elle écoute Kelly respirer de plus en plus lentement. Elle se sent l'imiter. Sauf qu'aujourd'hui, elle est contente de partir. Elle est contente d'avoir vécu cette journée, avec lui.

« Qu'est-ce que tu ferais ? » demande-t-elle en le regardant.

Kelly plisse les lèvres, et cette expression demeure, pour elle, indéchiffrable.

« Tu es sûre que tu as envie de savoir ?

— Évidemment que j'en suis sûre », répond-elle, même si, une fraction de seconde, elle a un petit doute.

L'humour de Kelly a tendance à être noir, mais de temps en temps sa personnalité profonde peut le paraître aussi. Si elle devait résumer, Jen dirait que de la part des humains elle s'attend au meilleur, alors que Kelly s'attend au pire.

« Je le tuerais, dit-il à voix basse.

— Joseph ? demande Jen, bouche bée.

— Oui. » Il tourne son regard vers elle. « Oui, je le tuerais moi-même, ce Joseph, si j'étais certain de ne pas me faire prendre.

— Pour que Todd ne puisse pas le faire, dit-elle dans un chuchotement.

— Exactement. »

Elle frémit, glacée par cette pensée pénétrante, cette violence dont son mari est parfois capable.

« Mais est-ce que tu en serais capable ? »

Kelly hausse les épaules et contemple le jardin plongé dans le noir. Jen sent bien qu'il n'a pas l'intention de répondre à cette question.

« Donc demain, murmure-t-il en l'attirant de nouveau contre lui. Ce sera hier pour toi, et demain pour moi ?

— C'est ça », répond-elle d'une voix triste, tout en se disant que peut-être ce ne sera pas le cas, que le fait de lui en avoir parlé pourrait, sait-on jamais, conjurer le sort. Kelly ne bronche pas. Il s'endort. Les clignements d'yeux de Jen deviennent plus longs.

Ce soir, ils sont ensemble, même s'ils vont peut-être encore se séparer demain, passagers de trains qui vont dans deux directions opposées.

J – 4
9 heures

Quatre jours en arrière.

Et, pire, le carnet est vierge.

Jen pousse un cri de colère dans la cuisine. Bien sûr que le carnet est vierge. Bien sûr, bordel. Parce qu'elle n'a encore rien écrit dedans. Parce qu'elle est dans le passé.

Kelly entre en croquant dans une pomme.

« Oh là là, dit-il avec une grimace. Elles sont acides, celles-là. Tiens – goûte. J'ai l'impression de croquer un citron ! » Il lui donne la pomme, bras tendu, l'œil plissé et rieur. « Tu te souviens de notre promenade hier soir ? lui demande-t-elle, au désespoir.

— Hein ? répond-il la bouche pleine. Quoi ? »

Manifestement, il ne s'en souvient pas. Tout lui raconter n'a rien donné. Douze heures auparavant, ils étaient assis là, ensemble, en train de préparer un plan. L'accident de voiture, la certitude sur le visage de Kelly quand il s'est tourné vers elle : tout ça envolé, relégué non pas dans le passé, mais dans l'avenir.

« Pas grave.

— Ça va ? Tu as une sale gueule.

— Ah, la vie conjugale. Tellement romantique. »

Mais dans sa tête, ça tourne à plein régime. Si le carnet est vierge, alors – évidemment – les coups de fil et les e-mails adressés à Andy Vettese n'ont pas encore eu lieu non plus. Elle vérifie ses e-mails envoyés : rien. Bien sûr ! Pas étonnant qu'il n'ait pas répondu. C'est tellement difficile de s'habituer à une vie à rebours. Même quand elle croit comprendre, elle ne comprend pas. Elle tâtonne.

Elle a besoin de partir, de s'éloigner de ce Kelly qui ignore tout de demain, d'après-demain et de ce qui suit. Elle a besoin de s'éloigner des carnets qui disparaissent et des couteaux dans des cartables, et de la scène de crime qui attend, en silence.

Elle a besoin d'aller au travail. De revenir vers Rakesh, et vers Andy Vettese, aussi.

10 heures du matin. Un café noir sucré, son bureau, et Rakesh. Depuis le temps, il est venu là des milliers de fois. Il passe souvent de bonne heure pour se plaindre qu'il n'a aucune envie de s'atteler à ses dossiers. Tel a été le socle de leur amitié : les jérémiades.

« Tu peux essayer de contacter Andy pour moi ? » lui demande-t-elle.

Elle vient juste de lui expliquer, une fois de plus, ce qui lui arrive. Elle l'a fait à toute vitesse, d'une manière qui paraît forcée et décousue. Elle l'a raconté si souvent qu'elle en a marre de tout ce drame, comme quelqu'un qui a vu tellement de morts et de ravages qu'il est vacciné contre l'horreur.

Néanmoins, comme la dernière fois, Rakesh a eu l'air de croire qu'elle pense vraiment que tout ça lui arrive. Passivement, sérieusement, peut-être lui diagnostiquant quelque chose en son for intérieur, mais sans lui dire quoi.

« Je n'arrive pas à le contacter, et c'est urgent », dit Jen, sincère mais pressée.

Elle doit parler à Andy *aujourd'hui* : elle n'a que ça.

Rakesh joint les doigts, comme il en a l'habitude.

« Je suis sûr et certain de ne t'avoir jamais parlé d'Andy, répond-il avec un petit sourire.

— Tu le feras – dans quelques jours.

— Je vois. »

Il la regarde fixement de ses yeux marron. Aujourd'hui, il porte un pull sans manches violet. Dans sa poche de pantalon, on devine la forme rectangulaire d'un paquet de cigarettes. Certaines choses ne changent pas.

Jen ne peut s'empêcher de lui sourire.

« Appelle-le, s'il te plaît. Il est à côté, non ? À John Moores ? Je peux même aller le voir à son bureau.

— Combien tu me donnes ? demande Rakesh, adossé au chambranle.

— Ah, on négocie, donc ?

— Toujours.

— Je te ferai ton barème des coûts dans l'affaire Blakemore.

— Oh. Affaire conclue, dit-il tout de suite. Tu es vraiment bonne poire. Je l'aurais fait pour une pomme de terre.

— Et je vais te prendre tes cigarettes pour que tu évites de rechuter. »

Elle montre du doigt sa poche. Il cligne des yeux et sort le paquet.

« Ouah. OK. Je vois. » Il recule dans le couloir. « Je l'appelle tout de suite. » Il lève la main en signe d'au revoir. « Je te tiens au courant.

— Merci, merci », dit Jen, même si elle pense qu'il ne l'entend plus.

Elle pose les coudes sur ce bureau qui est le sien depuis vingt ans. Elle se sent momentanément soulagée d'avoir mandaté un expert.

Les rayons du soleil lui chauffent le dos. Elle avait oublié ce petit redoux. Quelques jours d'octobre qui ont ressemblé, l'espace d'une seconde, à l'été.

Andy dit qu'il sera dans le centre de Liverpool d'ici deux heures. Jen – comme une couillonne – prépare le barème des coûts pour Rakesh.

Jen et Andy conviennent de se rencontrer dans un café qu'elle aime bien. L'endroit est sans prétention, bon marché, et sert un bon café fort. Elle trouve que la déco rétro a quelque chose de romantique : du thé qui ne coûte pas une fortune, des sandwiches au jambon au menu, des banquettes en vinyle déchirées.

Pendant qu'elle se fraie un chemin parmi les gens qui font des courses et les musiciens de rue qui chantent faux, elle repense à toutes les manières dont elle a été une mauvaise mère pour Todd. Quand elle le nourrissait trop pour qu'il dorme plus longtemps, quand elle lui donnait le biberon en regardant la télévision la journée, lasse, sans croiser son regard. La fois où elle a hurlé de colère parce qu'il ne faisait pas la sieste. La rapidité avec laquelle, sous la pression de son père, elle a repris le travail et mis Todd à la crèche tout petit, trop petit. A-t-elle semé ces graines à ce moment précis ? A-t-elle été une mère lamentable, ou un simple être humain ? Elle ne sait pas.

Andy est déjà là, assis à une table en Formica : Jen le reconnaît tout de suite, d'après sa photo sur LinkedIn. À peu près le même âge que Rakesh, des cheveux poivre et sel en bataille. Un tee-shirt sur lequel il est écrit « FRANNY AND ZOOEY ». J. D. Salinger, c'est bien ça ?

« Merci d'être venu », dit rapidement Jen en s'installant face à lui. Il a déjà commandé deux cafés. Un minuscule pot de lait est posé sur la table, qu'il désigne sans un mot. Aucun d'eux ne se sert.

« Avec plaisir », répond-il, bien que ça sonne un peu faux.

Il a l'air blasé, comme Jen quand, dans une fête, on lui demande des conseils juridiques gratuits. Rien que de très normal.

« Ce doit être… Enfin, ce ne doit pas être la procédure habituelle, dit-elle en mettant du sucre dans son café.

— Oh, vous savez. » Il se cale au fond de la banquette avec un petit haussement d'épaules. Il a un soupçon d'accent américain. « Oui. » Il la regarde, les mains croisées et le menton posé dessus. « Mais Rakesh est un bon ami.

— Quoi qu'il en soit, je ne vais pas vous retenir longtemps. »

En réalité, elle pense le contraire. Elle voudrait passer la journée avec lui : idéalement, jusqu'à hier.

Andy hausse les sourcils mais ne dit rien.

Il boit son café et le repose en la fixant de ses yeux noisette. En silence, il fait un geste, celui qu'on adresse à quelqu'un pour l'inviter à entrer.

« Allez-y », dit-il sèchement.

Jen s'exécute. Elle lui raconte tout. De A à Z. Elle parle vite, gesticule, n'oublie aucun détail. Jusqu'au plus infime. La citrouille, son mari nu, la société Coupe & Couture, le couteau, sa tentative de nuit blanche, l'accident de voiture, Clio. Tout.

Sans dire un mot, une serveuse les ressert avec sa cafetière fumante. Andy la remercie, mais uniquement par un regard et un petit sourire. Pas une seule fois il n'interrompt Jen.

« Voilà, je crois que c'est tout », dit-elle quand elle a terminé. De la vapeur danse autour des néons au plafond. L'établissement est presque désert aujourd'hui – elle ne sait pas quel jour on est –, milieu de matinée, milieu de semaine. Maintenant que quelqu'un d'autre est provisoirement aux manettes, Jen se sent soudain très fatiguée, au point qu'elle se dit qu'elle pourrait s'endormir ici même, sur la table. Que se passerait-il alors ?

« Je n'ai pas besoin de vous demander si vous pensez me dire la vérité », finit par répondre Andy après avoir réfléchi un long moment.

Ce *si vous pensez* vaguement passif-agressif ébranle Jen. Le langage des médecins, des parties adverses, des proches faussement bienveillants, des dirigeants de Slimming World.

« Je le pense, répond-elle. Pour ce que ça vaut. »

Elle se frotte les yeux un long moment et tente de réfléchir. Allez, se dit-elle. Tu es intelligente. Ce n'est pas si difficile. C'est le temps tel que tu le connais, mais à l'envers.

« Vous allez remporter un prix dans deux jours, ajoute-t-elle en repensant à l'article qu'elle a vu à son sujet. Pour votre travail sur les trous noirs. »

Quand elle rouvre les yeux, Andy est figé, son café en suspens à mi-chemin de ses lèvres et le gobelet en polystyrène rendu ovale par sa main serrée. Bouche bée, il la regarde droit dans les yeux. « Le Penny Jameson ?

— Je crois bien. J'ai vu ça en vous cherchant sur Google.

— C'est moi qui le remporte ? »

Jen sent en elle une petite étincelle de triomphe un peu mesquin.

« C'est vous qui le remportez.

— Rien n'a fuité de ce prix. Je sais seulement que je figure dans la dernière liste. Mais personne d'autre n'est au courant. Ce n'est pas… » Il sort son téléphone portable, tape quelque chose, puis le repose sur la table, face cachée. « Cette information n'a pas été rendue publique.

— Eh bien, vous m'en voyez ravie.

— Très bien, Jen. Je vous écoute.

— Parfait.

— C'est très intéressant. »

Andy se mordille la lèvre inférieure. Il tambourine sur le dos de son portable.

« Alors, lui demande Jen, est-ce que c'est scientifiquement possible ? »

Il écarte grand les mains, puis les replace autour de son café.

« On ne sait pas. La science relève beaucoup plus de l'art qu'on ne le croit. Ce que vous racontez bat en brèche la théorie de la relativité générale d'Einstein. Mais qui a dit que sa théorie devait régir notre vie ? Rien ne prouve que le voyage dans le temps soit *impossible*. Si vous arrivez à dépasser la vitesse de la lumière…

— Oui, oui, une force gravitationnelle mille fois supérieure à la masse de mon corps, c'est ça ?

— Exactement.

— Mais… je n'ai rien ressenti de tel. Je peux vous poser une question ? Pensez-vous que j'aie aussi avancé dans le temps ? Si bien que, quelque part, je vis la vie au cours de laquelle Todd se fait arrêter ?

— Vous croyez qu'il existe plusieurs versions de vous-même ?

— J'imagine.

— Attendez. » Il sort le couteau du pot à couverts posé à côté d'eux. « Vous pouvez vous servir de ça ?

— M'en servir ?

— Pour vous faire une toute petite coupure au doigt. »

Il n'en dit pas plus.

Jen déglutit.

« Je vois. D'accord. »

Elle prend le couteau et s'inflige – en toute honnêteté – la plus pathétique coupure possible sur le côté du doigt. À peine une éraflure.

« Plus profond que ça », dit Andy.

Jen enfonce un peu plus le couteau. Une perle de sang jaillit.

« C'est bon, dit-elle en l'essuyant avec un mouchoir. C'est bon ? »

Elle regarde la plaie, longue d'un centimètre.

« Si cette coupure n'est pas là demain… Je dirais que vous vous réveillez chaque jour dans le corps de la veille. Vous passez de lundi à dimanche et de dimanche à samedi.

— Au lieu de voyager librement dans le temps ?

— Exactement. Dites-moi… » Il se penche vers elle. « Est-ce que vous avez ressenti comme une… compression quand ça s'est produit ? Ou uniquement la sensation de déjà-vu ?

— Uniquement la sensation de déjà-vu.

— Comme c'est curieux. La panique qui vous a saisie à propos de votre fils… Vous pensez qu'elle a pu causer cette sensation ?

— Je ne sais pas, répond-elle à voix basse, presque à elle-même. C'est fou. C'est totalement fou. Je ne comprends pas. Je ne vous ai pas encore téléphoné. Je le ferai – plus tard dans la semaine. J'ai des tonnes de messages.

— Il me semble, dit Andy en vidant son café, qu'en fait vous comprenez déjà les règles de l'univers dans lequel vous vous retrouvez sans le vouloir.

— Je n'ai pas cette impression. »

Il laisse échapper encore un sourire.

« En théorie, il est possible que vous ayez créé une force telle que vous vous retrouviez coincée dans une courbe temporelle fermée.

— En théorie c'est possible. D'accord. Et donc… Comment est-ce que j'en ressors ?

— Physique mise à part, la réponse évidente serait que vous allez finir par arriver à l'origine du meurtre, non ? Retourner à ce qui a poussé Todd à commettre son crime ?

— Et ensuite ? Si vous deviez deviner ? » Elle lève les mains en signe de conciliation. « Aucun enjeu. Simple hypothèse. À votre avis, que se produirait-il ? »

Les yeux baissés vers la table, Andy se mordille la lèvre inférieure, puis regarde Jen.

« Vous empêcheriez le crime de se produire.

— J'espère bien, répond-elle, les larmes aux yeux.

— Je peux vous poser une question qui va peut-être vous paraître facétieuse ? »

L'atmosphère semble s'apaiser autour d'eux au moment où leurs regards se croisent.

« Pourquoi est-ce que ça vous arrive, à *votre* avis ? »

Jen hésite. Elle s'apprête à répondre – facétieusement, pour le coup – qu'elle n'en sait rien : voilà pourquoi elle a imposé cette rencontre. Mais quelque chose la retient.

Elle pense aux boucles temporelles, à l'effet papillon, aux minuscules changements.

« Je me demande si je suis la seule à savoir quelque chose qui pourrait empêcher le meurtre, dit-elle. Au plus profond de mon subconscient.

— Le savoir, dit Andy en acquiesçant. Il ne s'agit pas de voyage dans le temps, de science ou de mathématiques. Est-ce que tout simplement vous n'auriez pas le savoir, et l'amour, pour empêcher un crime ? »

Jen repense au couteau qu'elle a trouvé dans le cartable de Todd, ainsi qu'à Eshe Road North.

« C'est comme si, chaque jour que j'ai revécu jusqu'ici, j'avais appris quelque chose, en agissant différemment… En suivant quelqu'un ou en étant témoin d'un événement auquel je n'avais pas assisté la première fois. Même en faisant plus attention à certains détails. »

Andy joue avec son gobelet vide. Il fait la moue, encore en pleine réflexion, et regarde la vitrine derrière Jen.

« Eh bien, dans ce cas, est-ce qu'on peut dire que chaque jour dans lequel vous atterrissez a un rapport avec le crime ?

— Peut-être. Oui.

— Donc à mesure que vous reculerez dans le temps, vous louperez peut-être un jour. Ou une semaine entière.

— Possible. Il faudrait donc que je cherche des indices chaque jour ?

— Peut-être bien, oui, répond Andy.

— J'espérais que vous… sauriez. Que vous me donneriez une astuce. Pour en sortir. Je ne sais pas, moi… Deux bâtons de dynamite et un code, par exemple.

— De la dynamite », fait Andy en riant.

Il se lève et tend le bras pour lui serrer la main. Elle ferme les yeux une fraction de seconde. C'est réel. Cette main existe. *Elle* existe.

« À la prochaine, dit-elle en rouvrant les yeux.

— À la prochaine. »

Jen sort du café après lui, profondément intriguée par le sens que tout cela pourrait avoir. Elle appelle Todd pour savoir où il est. Pour savoir s'il est en train de faire une chose à côté de laquelle elle serait passée la première fois qu'elle a vécu cette journée. Elle se sent revigorée par l'envie de comprendre comment changer l'avenir, comment sauver son fils.

« Ça va ? » demande-t-il en décrochant.

Derrière lui, aucun bruit. Jen, prise dans un tunnel venteux de Liverpool, se tourne pour se protéger des rafales.

« Je me demandais juste où tu étais.

— Sur Internet. »

Et Jen ne peut s'empêcher de sourire. Tellement adorable.

« Sur Internet… À la maison ?

— J'ai un trou dans mon emploi du temps. Donc je suis à la maison, sur notre VPN, dans mon lit, à Crosby, Merseyside, Royaume-Uni. »

Il lâche un petit rire.

Elle lève les yeux vers le ciel et se dit : *Bon, je verrai bien*. Elle verra peut-être le mois d'août avant celui de novembre. Mais elle remontera jusqu'aux racines du problème, Dieu sait quand.

La lune est là, une lune de midi suspendue au-dessus d'eux, dans leurs versions respectives. Elle, dans le passé. Et Todd, confronté aux changements qui le pousseront à tuer un homme quatre jours plus tard.

« Je rentrerai de bonne heure, dit-elle.
— Et *toi*, tu es où ?
— Dans l'univers. »

Il rit à nouveau, d'un rire au son si pur que ça pourrait aussi bien être de la musique.

Jen retourne à Eshe Road North dans l'espoir d'y trouver Clio. Elle suppose que celle-ci ne vit pas chez son oncle. Mais il pourra peut-être lui donner son adresse.

Elle pense que Clio est la clé du problème. Todd l'a rencontrée deux mois plus tôt – en tout cas à sa connaissance, mais on peut y ajouter au moins quelques semaines, secret d'adolescents oblige. Que tout ait commencé à ce moment-là, de même que l'amitié entre Todd et Connor, ne peut relever de la simple coïncidence. *Tout* désignant un changement informe et difficile à décrire. Maussaderie, goût du secret, cette étrange pâleur que son fils montre parfois.

Elle frappe à la porte. Presque aussitôt, une silhouette féminine apparaît derrière le verre dépoli. Jen sent son cœur se soulever.

La porte s'ouvre, et Jen ne peut s'empêcher d'admirer la beauté de Clio. Sa petite frange sophistiquée, ses yeux rapprochés. Elle a les cheveux emmêlés, défaits, mais ça lui va bien ; si elle tentait la même chose, Jen aurait une allure de démente.

« Bonjour. »

Clio jette un petit coup d'œil derrière elle, presque par réflexe, mais Jen s'en aperçoit et se demande ce que ça signifie.

« Je suis la mère de Todd », dit-elle, se rappelant après une seconde d'hésitation que si elle-même a déjà rencontré Clio, la jeune fille ne l'a pas rencontrée.

« Ah, répond Clio, dont les traits magnifiques se relâchent sous l'effet de la surprise.

— Je me demandais juste… »

Jen baisse les yeux. Clio a légèrement reculé. Non pas pour la laisser entrer, mais comme si elle s'apprêtait à refermer la porte. Jen repense à son visage ouvert et curieux, la première fois qu'elle l'a vue au bout de ce même couloir, avec son jean déchiré. Cette fois, en l'absence de Todd, elle n'affiche pas du tout la même expression.

« Je me demandais juste si on pouvait avoir une petite discussion. » Elle désigne Clio. « Ça n'a rien à voir avec… ça n'a rien à voir avec vous, en fait. Je n'ai aucun problème vis-à-vis… de votre relation. Je peux entrer ? Une petite seconde ? C'est ici que vous habitez ?

— Écoutez. Je ne peux pas… »

Jen jette un regard dans le couloir. Le manteau de Clio est suspendu à la porte du placard qu'Ezra fermait. Par-dessus le manteau, il y a un sac Chanel, authentique, à première vue. Ce genre d'objet vaut au moins cinq mille livres, non ? Comment Clio a-t-elle pu se l'offrir ? À moins que ce soit une contrefaçon ?

« Rien de grave », insiste-t-elle, les yeux toujours fixés sur le sac à main.

Clio fronce les sourcils. Sa bouche commence à se tordre, comme une façon délicate de s'excuser.

« Franchement, je… » Elle pétrit ses mains. Elle fait un pas de plus en arrière. « Je suis réellement, absolument désolée. Je ne… je ne peux vraiment pas.

— Vous ne pouvez pas quoi ? fait Jen, sidérée.

— Je ne peux vraiment pas en parler avec vous.

— Mais parler de quoi ? » Jen se rappelle soudain que, selon Kelly, les deux jeunes tourtereaux s'étaient séparés. « Vous ne vous êtes pas disputés ? »

Le visage de Clio est alors traversé d'une émotion que Jen n'arrive pas à nommer. La jeune fille semble avoir compris quelque chose, mais Jen ignore quoi.

« Expliquez-moi, je vous en prie.

— On s'est séparés, mais on s'est remis ensemble hier. C'est… compliqué.

— Comment ça ? »

Clio s'éloigne. Elle croise les bras devant son ventre et se replie sur elle-même, comme si elle était fragile, ou malade.

« Désolée, dit-elle d'une voix à peine audible, toujours en reculant. Je vous dis à bientôt, d'accord ? »

Et elle laisse Jen seule sur le seuil.

La porte se referme doucement. À travers le verre dépoli, Jen regarde Clio disparaître.

Elle se retourne, prête à partir. Au même moment, une voiture de police passe. Très, très lentement. C'est cette lenteur qui attire son attention. Les vitres sont remontées, le conducteur regarde droit devant lui, et le passager – dont Jen est sûre qu'il s'agit du beau policier qui arrêtera Todd – l'observe. Alors qu'elle regagne sa propre voiture, démoralisée par la réaction de Clio, déroutée par le mystère auquel elle fait face, le véhicule de police fait demi-tour et repart dans l'autre sens.

Après avoir redémarré, Jen repense à ce que lui a expliqué Andy. À son subconscient, à ce qu'elle sait, aux choses qu'elle a pu voir et juger insignifiantes, enfin aux raisons de sa venue. Il n'y a pas le choix, se dit-elle en s'éloignant. Elle va devoir interroger son fils.

« Il faut que je te parle de quelque chose », dit Jen sur un ton détendu, en marchant vers l'épicerie du coin avec Todd.

Il va acheter un Snickers. La dernière fois, elle a acheté une bouteille de vin, mais ce soir elle n'est pas d'humeur. Ils font souvent ce trajet ensemble. Todd à cause de son insatiable appétit d'adolescent, et Jen… pour la même raison, à vrai dire.

Dans le magasin, il y aura quelqu'un portant un chapeau trilby, et ce chapeau trilby est l'atout de Jen. Tangible, réel, impossible à prédire. Elle est bien contente de s'en être souvenue. Elle peut s'en servir pour convaincre Todd et ensuite – faute de mieux – savoir ce que *lui* ferait dans cette situation. Son cérébral de fils.

« Je t'écoute », répond tranquillement Todd.

Ils tournent dans une petite rue. L'air du soir charrie l'odeur des dîners des autres gens, ce qui inspire à Jen une nostalgie sans fin. Ça lui rappelle les vacances au camping avec ses parents, quand elle était petite. Elle n'oubliera jamais les lumières orange des autres caravanes au loin, les bruits de vaisselle, la fumée des barbecues. Dieu que son père lui manque. Sa mère aussi, sans doute, bien qu'elle n'en garde presque aucun souvenir.

« Qu'est-ce que tu ferais si tu pouvais voyager dans le temps ? Tu irais vers le futur ou vers le passé ? » demande-t-elle.

Son fils a l'air étonné.

« Pourquoi ? » Comme toujours, il répond avant elle : « J'irais vers le passé », dit-il en faisant des ronds de buée dans l'air.

« Pourquoi donc ?

— Pour pouvoir dire certains trucs à l'ancien moi. »

Il sourit, un sourire secret adressé au trottoir. Jen rit. Insondable génération Z.

« Et puis, reprend-il, je m'enverrais des e-mails. De l'ancien moi au futur moi. Envoyés en différé. On peut faire ça sur certains sites.

— Tu t'enverrais des e-mails ?

— Oui. Enfin… Je verrais quelles actions vont décoller en flèche, ensuite je reviendrais dans le passé, je ferais un e-mail programmé, de moi à moi, disant : en septembre 2006, au hasard, achète des actions Apple. »

Je m'enverrais des e-mails.

Ça vaut le coup d'essayer. Un e-mail programmé pour être reçu à 1 heure du matin le jour où ça se produit, dans la nuit du 29 au 30. Elle le rédigera de telle sorte qu'il contienne des instructions. Elle sortira, empêchera un meurtre. Si elle a des avertissements préalables, elle pourra physiquement arrêter Todd, non ?

« Tu es tellement intelligent.

— Eh bien, merci.

— Tu te demandes peut-être pourquoi je te pose la question.

— Pas vraiment », répond-il avec entrain.

Elle commence à lui expliquer son recul dans le temps, mais ne dit rien du crime.

Pendant qu'ils marchent dans le froid, elle ne le lâche pas des yeux. Si elle devait prédire sa réaction, elle dirait qu'il n'aura pas besoin d'être convaincu. Elle le connaît. Elle le *connaît*. Todd – encore un enfant à bien des égards – croit dur comme fer aux boucles temporelles, aux voyages dans le temps, à la science, à la philosophie, aux *maths trop stylés* et aux choses exceptionnelles qui arrivent dans sa vie, cette vie que son jeune esprit trouve encore extraordinaire.

Il reste silencieux quelques secondes, les traits plissés, les yeux sur ses baskets. Il hausse un sourcil.

« Tu es sérieuse ? demande-t-il.

— Absolument. Complètement.

— Tu as vu l'avenir ?

— Je l'ai vu.

— Très bien, chère mère. Alors qu'est-ce qui va se passer ? » dit-il, jovial. Jen est presque sûre qu'il pense qu'elle plaisante. « Des météores ? La prochaine pandémie ? Quoi ? »

Elle ne dit rien. Elle se demande jusqu'à quel point elle doit être honnête avec lui.

Il se tourne vers elle et surprend son expression.

« Tu ne parles pas sérieusement, en fait.

— Si, si, je suis très sérieuse. Tu es sur le point d'acheter un Snickers. Dans l'épicerie, il y aura quelqu'un avec un chapeau trilby.

— OK. » Il hoche la tête, une seule fois. « Une boucle temporelle. Un chapeau trilby. Ça marche. »

Jen lui sourit, pas étonnée qu'il ait isolé l'élément du futur qu'il ne peut pas maîtriser, qui appartient à quelqu'un d'autre : le chapeau.

Elle n'en attendait pas moins de lui. Il est beaucoup plus facile à convaincre que son père.

« Et tu sais pourquoi ? demande-t-il.

— Il va se passer quelque chose dans quatre jours. Quelque chose qu'à mon avis je dois empêcher.

— Quoi donc ?

— Je… Je… Rien de bon, Todd. Dans quatre jours, tu vas tuer quelqu'un. »

Cette fois, c'est un feu de forêt. Une petite étincelle, et tout s'embrase. Todd lève soudain la tête pour la regarder. Elle a un coup de chaud, comme si elle était tout près des flammes. Et si elle *provoquait* le crime en lui en parlant ? Savoir qu'on est capable de tuer, ça fait des dégâts, non ?

Non. Elle a décidé de le faire et elle doit aller jusqu'au bout. Son fils peut encaisser ça. Il aime les faits. Il aime que les gens soient carrés avec lui.

Il ne dit plus rien pendant une bonne minute.

« Qui ? demande-t-il enfin, la même question qu'il a posée la dernière fois.

— Un parfait inconnu pour moi. Toi, tu avais l'air de le connaître. »

Il ne réagit pas. Ils arrivent au magasin éclairé, voisin d'un traiteur chinois, et restent devant. Finalement, Todd la regarde. Elle s'étonne de voir qu'il a les yeux humides. Une très fine couche de larmes. Ce pourrait n'être rien de grave. Ce pourrait être simplement les lumières des magasins, le froid.

« Mais jamais je ne tuerais personne », dit-il en fuyant son regard.

Elle ouvre grand les bras.

« Et pourtant, tu le fais. Il s'appelle Joseph Jones. » Elle aussi a les larmes aux yeux. Son fils la dévisage, lève un doigt en l'air et entre dans le magasin. Il a raison, évidemment : il ne tuerait jamais personne, à moins qu'il n'ait pas le choix. Elle le *connaît* : il s'amenderait, il se confierait. Il ferait mille choses avant de tuer. C'est peut-être l'information la plus utile sur laquelle Jen ait mis la main.

Quelques secondes plus tard il ressort, et son langage corporel n'est plus le même. Le changement est infime. Comme si quelqu'un avait mis ses mouvements sur pause, puis l'avait fait redémarrer. Un simple bégaiement.

« Chapeau trilby », dit-il. Un silence. « Présence confirmée.

— Donc tu me crois, maintenant ?

— Tu as vu le chapeau du bout de la rue, j'imagine.

— Non… Todd, tu sais très bien que je ne l'ai pas vu.

— Jamais je ne tuerais quelqu'un. Jamais, jamais, jamais. »

Il lève les yeux au ciel et Jen est convaincue – autant qu'elle puisse l'être – de lire sur son visage de la déception, mais aussi une forme de révélation. Comme quelqu'un à qui on annonce quelque chose. À qui on annonce la fin alors qu'il n'en est qu'au début. Elle est prise de court par sa réaction. Ce n'est pas le voyage dans le temps qui se joue d'elle : c'est son rôle de mère.

Il lui tourne le dos. Jen le connaît. Il s'est refermé aussitôt qu'elle lui a donné les détails.

« Pourquoi vous vous êtes séparés, avec Clio ?

— Ça ne te regarde pas. Et puis on s'est remis ensemble, de toute façon. »

Jen soupire. Ils rentrent chez eux dans un silence glacial.

Kelly ouvre la porte avant même que Jen ait sorti sa clé. Todd passe à côté de lui sans un mot. Il monte à l'étage. Chose intéressante, il ne dit pas à son père ce que Jen vient de lui raconter. D'ordinaire, elle n'a aucun doute là-dessus, ils se seraient tous deux foutus d'elle.

Kelly est en train de préparer une tourte. Quand Jen s'assoit au bar de la cuisine, il verse l'appareil dans le plat recouvert de pâte et ouvre le four. La chaleur et la vapeur qui s'en dégagent sont si puissantes que Kelly semble se volatiliser sous ses yeux.

Ce soir-là, elle cherche sur Google comment programmer un e-mail puis l'envoie, pleine d'espoir, vers les cieux. Au moment de s'endormir, elle prie pour que ça marche. Elle prie pour qu'une future Jen, quelque part, empêche le crime et brise la boucle temporelle.

J – 8

8 heures

L'e-mail n'a pas marché. L'entaille qu'elle s'est faite avec le couteau n'est plus là.

Et, pour la première fois, Jen a reculé de plus d'un jour. Elle se retrouve quatre jours en arrière. On est le 21. Elle se redresse sur son lit et pense à Andy. Manifestement, il avait raison.

Ou peut-être que le temps s'accélère et que, bientôt, elle reculera de plusieurs années d'un coup, avant de cesser entièrement d'exister.

Non. Ne pense pas en ces termes. Concentre-toi sur Todd.

Comme un fait exprès, elle l'entend claquer la porte de sa chambre.

« Où vas-tu ? » lui lance-t-elle.

Il monte les marches jusqu'au dernier étage, celui où se trouve la chambre de ses parents, puis le voilà qui déboule, tout sourire. Il a l'air MDR, comme il dit.

« Papa m'oblige à aller courir avec lui, dit-il. Prie pour moi.

— Mes pensées t'accompagnent », dit Jen en les écoutant partir.

Elle est contente de le voir comme ça. Les joues roses, heureux.

Quelques minutes plus tard, toujours en peignoir, elle est dans la chambre de Todd. Elle fouille de nouveau les tiroirs de son bureau, ceux de ses tables de chevet, sous son matelas. Sous le lit.

Pendant ce temps, elle se récite à haute voix tout ce qu'elle sait. « Todd rencontre Clio à la fin de l'été. Kelly a dit : *Il voit toujours Clio ? Je croyais qu'il avait dit que c'était fini*, quelques jours avant le crime. Todd a confirmé quelques jours plus tôt qu'ils s'étaient séparés puis remis ensemble. »

Des assiettes, des tasses, des pages entières de cours en ligne imprimés. Derrière le placard, un bout de papier où il est question d'astrophysique.

« Clio a peur de me parler, ajoute Jen, soupçonnant que c'est important. Et puis cette voiture de police bizarre qui faisait des tours. »

Enfin, enfin, enfin, au bout de vingt minutes, elle trouve quelque chose qui lui paraît beaucoup plus tangible que ses élucubrations.

L'objet est posé sur le dessus du placard de Todd, tout au fond, mais il n'est pas couvert de poussière. Pas si vieux que ça, donc.

C'est un petit paquet gris, rectangulaire, fermé par un élastique. Jen redescend du fauteuil de bureau de Todd et contemple le paquet dans sa main. De la drogue – elle pense que ça pourrait être de la drogue. Ses mains tremblent quand elle défait l'élastique, puis ouvre l'emballage en papier bulles.

Ce n'est pas de la drogue.

Le paquet contient trois objets.

Un insigne de la police de Merseyside. Non pas le matricule complet, seulement le portefeuille en cuir avec l'emblème de Merseyside et, brodés dessus, un numéro et un nom : Ryan Hiles, 2648.

Jen le manipule. Il est froid. Elle le brandit à la lumière. Qu'est-ce qu'un insigne de police fabrique entre les mains d'un adolescent ? Elle ne poursuit pas sa réflexion jusqu'au bout, même s'il est évident que tout ça n'augure rien de bon.

Ensuite, soigneusement pliée en quatre, une affichette de format A4 écornée avec la photo d'un bébé qui pourrait avoir quatre mois. Au-dessus, il est écrit « AVIS DE DISPARITION » en grosses lettres rouges. Il y a un trou de punaise dans un des coins.

Jen cligne des yeux, choquée. Un avis de disparition. Un bébé qui a disparu ? Un matricule de police ? Mais quel est cet univers sinistre dans lequel Todd se retrouve plongé ?

Le dernier objet semble être un portable prépayé. Il est éteint. D'un doigt tremblant, Jen appuie sur le bouton *On* et regarde l'appareil s'allumer. L'écran est vert fluo. Pas de mot de passe. Ce n'est pas un smartphone, mais un modèle à clapet, à l'ancienne. De toute évidence, personne d'autre n'était censé le découvrir. Jen regarde les contacts. Ils sont au nombre de trois : Joseph Jones, Ezra Michaels et quelqu'un du nom de Nicola Williams.

Tout en guettant le retour de Todd et Kelly, elle passe aux SMS.

Des horaires de rendez-vous avec Joseph et Ezra. 23 heures ici, 9 heures là.

Avec Nicola, en revanche, c'est différent :

Prépayé 15/10 : C'est bien de discuter.
On se voit le 16 ?

Nicola W 15/10 : Je pourrai y être.

Prépayé 15/10 : Prête à aider demain ?

Nicola W 15/10 : Prête à aider.

Prépayé 17/10 : Appelle-moi.

Nicola W 17/10 : PS. Tout est en place, à ce soir.

Nicola W 17/10 : C'est bien de se voir. Je suis prête à le faire, mais il faut que tu fasses un effort. Vu ce qu'il s'est passé.

Prépayé 17/10 : OK. Pigé.

Nicola W 17/10 : Retournes-y.

Prépayé 17/10 : Bébé ou pas.

Nicola W 18/10 : Tout est en place. Quand on en aura assez, on pourra bouger.

Jen n'arrive pas à détacher ses yeux de l'écran. Une mine d'or. Des messages concrets, datés, en vue d'une opération. Elle doit pouvoir découvrir de quoi il s'agit. Elle doit pouvoir suivre son fils au cours de ces jours-là, s'introduire dans les rouages.

Elle retourne les autres objets, en quête d'information, mais il n'y a rien.

Elle se rassoit sur le fauteuil du bureau de Todd. Dans son esprit, les scénarios catastrophiques s'enchaînent. Des policiers morts. Des enfants morts. Des enlèvements. Des rançons. Todd est-il une sorte de petit soldat, un sbire qu'on envoie exécuter les ordres d'un gang ?

Debout sur le fauteuil, elle remet le paquet à sa place, exactement là où il était, puis s'assoit au milieu de la chambre retournée de son fils. Elle a les genoux qui flageolent. Elle les regarde, un peu tremblante, en se disant que tout est sa faute. Forcément.

Nicola Williams. Pourquoi ce nom lui dit-il quelque chose ?

Elle cherche Joseph, Clio, Ezra et Nicola sur Facebook. Ils y sont tous, sauf Nicola, et sont tous les trois amis. Le profil de Joseph est récent, mais il a une tête parfaitement ordinaire. Il s'intéresse aux courses de chevaux et au débat sur le Brexit. Celui d'Ezra est plus ancien, ses photos remontent à dix ans, mais en dehors de ça, la page est en privé.

Elle range la chambre, puis refait le lit de Todd. Elle passe la main sur l'oreiller, mais celui-ci fait comme une bosse – il y a quelque chose au-dessous. Elle n'a jamais cherché à cet endroit-là. Seulement sous le lit, comme dans les films. Elle regarde sous l'oreiller, espérant trouver des renseignements, mais n'y trouve que Science Bear, l'ours en peluche de Todd depuis qu'il a deux ans, celui avec un bec Bunsen bleu et une éprouvette dans les pattes. Il doit encore dormir avec. Le cœur de Jen chavire. Elle repense à lui, ici, dans sa chambre, le soir où il avait eu le norovirus et où elle lui essuyait la bouche avec un gant de toilette chaud, puis elle pense à l'autre soir, celui du meurtre. Son fils, mi-enfant, mi-homme.

Le hall du commissariat de Crosby n'a pas changé depuis l'autre soir : décati, odeur de café et de cantine. Jen arrive à 18 heures. Elle demande à voir Ryan Hiles. Ça lui semble être la prochaine étape logique. Todd et Kelly la croient au supermarché.

On lui dit d'attendre. Elle s'assoit sur une des chaises métalliques et regarde fixement la porte blanche à gauche de l'accueil. Derrière cette porte, au fond d'un long couloir, elle voit un grand policier tout mince qui tournicote en parlant au téléphone. Il va et vient. Il rit.

La policière de l'accueil est une blonde. Elle a les lèvres gercées, et la ligne qui sépare sa peau de sa bouche est floue, irritée, comme souvent chez les gens qui ont l'habitude de s'humecter les lèvres.

Les portes automatiques s'ouvrent, mais personne n'entre.

La policière n'y prête pas attention. Elle tape à l'ordinateur, vite, sans quitter des yeux son écran.

Dehors, c'est le crépuscule. Pour le commun des mortels, c'est une banale journée d'octobre à 18 heures. Quand les portes automatiques défectueuses s'ouvrent et se referment une fois de plus sans que personne n'entre, l'air charrie une odeur de feu de bois. Jen croise les mains sur ses genoux et pense à ce que c'est qu'une vie normale. L'enchaînement des jours qui se suivent. En voyant les portes s'ouvrir, hésiter, puis se refermer, elle essaie de ne pas se demander si Todd évolue quelque part, dans le futur, sans elle. Menacé de finir sa vie en prison. Même le meilleur avocat ne pourrait pas le sortir de là.

« Je peux juste prendre votre nom ? » demande la policière.

Elle a l'air soulagée de mener cette conversation à bonne distance.

« Alison », répond Jen, pas encore prête à révéler son identité sans savoir où est Ryan Hiles et pourquoi Todd possède son insigne. La dernière chose dont elle a envie, c'est rendre la situation encore plus compliquée pour l'avenir de Todd. « Alison Bland, invente-t-elle.

— Bien. Et quel est le…

— Je cherche un policier. J'ai son nom et son numéro d'insigne.

— Pourquoi est-ce que vous voulez le voir ? »

La policière compose un numéro sur son téléphone de bureau.

Jen ne dit pas qu'elle possède l'insigne lui-même – elle ne veut pas donner une pièce à conviction, relier les empreintes digitales de Todd à une chose abominable. À une *autre* chose abominable.

« Je veux simplement lui parler.

— Désolée, nous ne pouvons pas laisser des civils entrer ici, donner un nom et demander à parler à des policiers.

— Il n'y a rien de… il n'y a rien de mal. Je veux uniquement lui parler.

— C'est vraiment impossible. Vous avez besoin de signaler un délit ?

— C'est-à-dire… »

Elle s'apprête à dire *non*, puis elle hésite. Peut-être la police peut-elle l'aider. Ce n'est pas parce que le meurtre n'a pas encore eu lieu qu'aucun autre délit n'a été commis. Le couteau… Faire l'acquisition d'un couteau est un délit. Elle prend un risque – Todd ne l'a peut-être pas encore acheté – mais elle est prête à le prendre. Si la police enquête sur Todd pour une affaire de moindre importance, peut-être cela empêchera-t-il le crime ?

Quelque chose s'enflamme chez Jen. Tout ce dont elle a besoin, c'est un seul changement. Souffler une allumette parmi une succession d'allumettes. Maintenir un domino debout, qui sans cela tomberait.

Ensuite, peut-être qu'elle se réveillera et que ce sera demain.

« Oui », répond-elle.

La policière est manifestement surprise.

« Oui, j'aimerais signaler un délit. »

Vingt-cinq minutes plus tard, Jen se retrouve dans une salle de réunion avec un policier. Il est jeune, avec des yeux bleu clair, comme ceux d'un loup. Dès que leurs regards se croisent, elle est frappée par leur aspect inhabituel, un cercle bleu foncé à l'extérieur, au centre du bleu ciel, enfin de minuscules pupilles. Cette couleur leur donne un air vide. L'homme est rasé de frais, et son uniforme est un peu trop grand pour lui.

« Bien, racontez-moi », dit-il.

Ils ont devant eux deux gobelets blancs remplis d'eau. Dans la salle, ça sent le toner de photocopieuse et le vieux café. Le décor paraît tellement trivial pour la réaction que Jen espère déclencher.

« Je vais prendre des notes », ajoute-t-il.

Elle ne veut pas de ça. Un jeune policier qui prend méticuleusement des notes mais ne répond pas aux questions. Ce qu'elle veut, c'est un franc-tireur. Quelqu'un qui sort des sentiers battus, qui est veuf et alcoolique : quelqu'un qui puisse l'aider.

« Je suis convaincue que mon fils est mêlé à quelque chose », dit-elle simplement. Elle passe vite sur le faux nom qu'elle a donné, en espérant qu'il ne relèvera pas, puis entre dans le vif du sujet. « Il s'appelle Todd Brotherhood. »

À cet instant, Jen est persuadée que ce nom n'est pas inconnu au policier. Ça passe sur son visage comme un fantôme.

« Qu'est-ce qui vous fait dire ça ? »

Elle lui parle de l'entreprise Coupe & Couture, de la rencontre entre son fils et Joseph Jones, enfin du couteau. Elle espère que si Todd s'est déjà procuré l'arme, les policiers la trouveront, arrêteront son fils et empêcheront le crime.

Le stylo du policier se fige une seconde à l'évocation du couteau. Il lève vers elle ses yeux froids et bleus, puis les baisse de nouveau. Elle sent le changement dans l'air, même dans cette pièce. Elle a allumé la mèche. Le papillon a battu des ailes.

« Bien… Où est ce couteau ? Comment savez-vous qu'il en a acheté un ?

— Pour l'instant, je n'en suis pas sûre, mais je l'ai vu une fois dans son cartable, répond-elle, omettant de préciser que cela se produit dans le futur.

— Il lui est déjà arrivé de quitter la maison avec ?

— J'imagine que oui.

— D'accord…, fait l'agent en retournant son stylo. Parfait. J'ai l'impression qu'on ferait bien d'avoir une petite discussion avec votre fils.

— Aujourd'hui ? »

Le policier finit d'écrire et la regarde. Il jette un coup d'œil vers la pendule au mur.

« Nous allons interroger Todd. »

Dans cette pièce pourtant chauffée d'un commissariat, elle a des frissons. Et si ce qu'elle vient de faire avait des conséquences imprévues ? Peut-être que Joseph Jones *devrait* mourir, s'il a un lien avec quelque chose d'atroce, et qu'elle a seulement besoin d'aider Todd à s'en sortir. Comment est-elle censée savoir ?

« OK. Eh bien, je peux aller vous chercher Todd », dit-elle en se demandant de quoi elle a l'air.

Combien ses propos doivent paraître bizarres. Même là, dans ce chaos, elle redoute toujours d'être jugée en tant que mère.

« Votre adresse suffira », répond le policier.

Il se lève et lui indique la porte. Un renvoi en bonne et due forme. *Arrêtez-le, s'il vous plaît, arrêtez-le, pour qu'il n'aille pas plus loin*, se dit Jen.

« Vous ne pouvez rien faire aujourd'hui ? » tente-t-elle.

Elle a besoin de voir son fils emmené ce soir, avant qu'elle s'endorme, si elle veut avoir la moindre chance d'empêcher le crime. Demain n'existe pas, en tout cas pas pour elle.

La main toujours tendue vers la porte, le policier marque un silence et regarde ses pieds.

« Je ferai de mon mieux. Vous savez… En général, si les jeunes garçons ont des couteaux, c'est à cause des bandes.

— Je sais.

— Nous parlerons à votre fils, mais pour sortir les gamins de tout ça, vous devez d'abord comprendre le pourquoi.

— J'essaie. » Jen s'arrête au seuil de la salle de réunion, puis décide de poser la question, tout simplement. « Y a-t-il des bébés qui ont disparu dans le coin ? Récemment ?

— Pardon ? Des bébés disparus ?

— Oui. Récemment.

— Je ne peux pas parler d'autres affaires en cours », répond le policier, inflexible.

Elle s'en va. Au moment de ressortir par les portes vitrées et leur grille finement ouvragée sur le verre, elle sent l'odeur. Elle ne s'y attendait pas : le pétrichor. La pluie sur les trottoirs. L'été revient. Cette odeur indéfinissable – les pelouses tondues, le cerfeuil sauvage, la terre compacte – lui rappelle toujours la maison au fond de la vallée, la petite bicoque blanche. Comme ils étaient heureux là-bas, loin de la ville. Avant.

Sur le chemin du retour, elle repense à Ryan Hiles et au bébé disparu. Elle voit encore l'affichette. Ce bébé lui évoque quelque chose. Une familiarité instinctive, comme un parent éloigné, quelqu'un qu'elle connaîtrait aujourd'hui sous son visage adulte… Quelqu'un qu'elle a pu rencontrer, mais qu'elle ne remet pas. Elle n'a jamais été douée avec les bébés.

Elle est tombée enceinte par accident, huit mois seulement après sa rencontre avec Kelly. Ç'a été un choc, mais il disait toujours en rigolant que cette année-là ils avaient fait l'amour autant qu'en dix ans, ce qui est la vérité. Le petit camping-car et leurs vêtements jetés par terre sont ses seuls souvenirs de l'époque. Le frottement de leurs hanches, la manière dont un soir il lui avait dit, sourire malicieux aux lèvres, que les gens verraient leur caravane bouger toute seule. Comme elle s'en moquait éperdument.

Ils n'avaient pas vingt-cinq ans. Elle prenait la pilule, et la plupart du temps ils utilisaient des préservatifs. L'impossibilité même de cette grossesse : c'est ça qui l'avait incitée à garder le bébé. Et cette phrase prononcée par Kelly : « J'espère qu'il aura tes yeux. » Aussitôt, comme des millions de femmes avant elle, elle s'était dit : *Moi, j'espère qu'il aura les tiens*. Le spermatozoïde avait rencontré l'ovule, et toutes les pensées du père celles de la mère, et Jen s'était sentie immédiatement prête. Comme si, le temps d'un test de grossesse de deux minutes, elle avait grandi, tournée vers la génération future plutôt que vers elle-même.

Or elle n'était pas prête. Pas du tout.

Personne ne l'avait mise en garde contre l'accident de voiture qu'était un accouchement. À un moment, elle avait été sûre et certaine de mourir, et cette certitude ne l'avait jamais véritablement quittée, même une fois rétablie. Elle n'en revenait pas que les femmes subissent une chose pareille. Qu'elles décident de remettre ça. Qu'une telle douleur existe pour de vrai.

Elle avait entamé son voyage de mère dans la douleur, mais aussi dans la peur du regard des infirmières, des médecins, et des autres mères.

Todd n'avait pas été ce qu'on appelle communément *un bébé difficile*. Il avait toujours bien dormi. Mais un bébé facile n'en reste pas moins difficile, et Jen – déjà portée sur l'autodénigrement – s'était retrouvée projetée dans quelque chose qu'en d'autres circonstances on aurait appelé de la torture. Mais le dire était tabou. Une nuit, elle avait posé les yeux sur lui et s'était dit : *Comment est-ce que je peux savoir si je t'aime ?*

Jen voit bien qu'elle était encline à *vouloir tout*. Une femme dont le métier vous prend tout ce que vous avez à offrir. La fille d'un père inhibé. Sensible aux jugements des autres et prompte à entendre une critique assassine dans la moindre remarque. Ce sentiment d'infériorité, qui l'incitait à accepter des événements de réseautage sans intérêt et à prendre plus de dossiers qu'elle ne pouvait raisonnablement en traiter, avait fait d'elle une mère malheureuse.

Elle avait voulu dormir dans la même chambre que Todd, afin qu'il l'entende respirer. Elle avait voulu l'allaiter, elle avait voulu, voulu, voulu tout faire comme il fallait, et peut-être était-ce une manière de compenser l'absence de ce qu'elle aurait dû ressentir mais ne ressentait pas.

Elle avait essayé d'en parler à une infirmière, qui s'était contentée de lui demander, visiblement gênée, si elle avait des pulsions suicidaires.

« Non », avait-elle répondu. Elle n'avait pas de pulsions suicidaires. Elle regrettait ses propos. Elle était allée au travail pour voir son père, avait erré dans les bureaux comme un zombie. Dans le hall, son père l'avait serrée très fort dans ses bras, mais n'avait rien dit. Il était incapable de dire quoi que ce soit, par exemple qu'elle se débrouillait très bien. Il ne lui demandait même pas si elle avait besoin d'aide. Typique des hommes de sa génération, mais quand même, ça faisait mal.

Comme tous les désastres, celui-ci s'était émoussé, et l'amour avait fleuri, grand, magnifique, dès lors que Todd s'était mis à faire des choses : se tenir assis, parler, se mettre du biscuit sur tout le visage. Encore récemment, pendant que ses copains sombraient dans la morosité adolescente, lui n'y cédait pas. Toujours avec ses jeux de mots, ses rires, ses anecdotes, pour elle, rien que pour elle. Si son amour pour lui avait d'abord été éclipsé par la difficulté des premiers temps, ce n'était plus le cas. Voilà. Une explication aussi grande et aussi petite que ça.

N'empêche qu'elle a eu trop peur pour avoir d'autres enfants. À présent, elle regarde la route qui s'étire devant elle et se dit que le bébé, sur l'affichette, est une fille. Elle sent au fond de son ventre un regret, un petit regret, celui de ne pas avoir eu cet autre enfant. Un frère ou une sœur pour Todd, quelqu'un à qui se confier, quelqu'un qui pourrait l'aider aujourd'hui, plus qu'elle.

Elle ne peut pas laisser le meurtre avoir lieu. Elle ne peut pas laisser Todd tout perdre. Son petit bébé facile qui, sans le savoir, a vu si souvent sa mère pleurer : elle ne peut pas supporter l'idée que, pour lui, ce soit terminé. Elle ne peut pas supporter qu'il fasse le mal. Il faut, il faut, il faut qu'il fasse le bien. Et elle aussi.

J – 8

19 h 30

« Prête ? » lui demande Kelly quand elle rentre à la maison. Il est dans la cuisine, en baskets et parka, souriant. Il ne remarque pas les yeux embués de Jen.

« Pour… ?

— La réunion parents-professeurs ? »

Henri VIII se promène autour de ses pieds.

La réunion parents-professeurs.

C'est peut-être ça. C'est peut-être ça, la raison pour laquelle elle a reculé de plus d'un jour. Comme l'a expliqué Andy. Il doit y avoir là une occasion. Elle se rappelle avoir redouté ce moment, mais ce soir, elle se sent revigorée. Allez, que je voie de quoi il s'agit, que je comprenne, et qu'on en *finisse*.

« Bien sûr, répond-elle gaiement. Oui, j'avais oublié.

— Si seulement, dit Kelly. N'y allons pas. »

Lui aussi déteste ce genre de corvées, quoique pour des raisons différentes – les siennes se rapportant surtout à l'*establishment*. La dernière fois, elle a pris un selfie d'eux dans la voiture pour le poster sur Facebook, mais il l'en a empêchée.

Ce coup-ci, il lui tient la porte.

« Comment ça s'est passé, au bureau ? »

Jen baisse les yeux vers son jean et son tee-shirt.

« Ah, oui… J'avais rendez-vous avec une ancienne cliente dont c'est le deuxième divorce », dit-elle, désinvolte, pendant qu'ils quittent la maison, comme si son travail était souvent répétitif.

Kelly n'a pas l'air assez concerné pour poser la question.

Dans le hall de l'école, les tables ont été installées à des intervalles si réguliers qu'on se croirait à la caserne. Derrière chacune est assis un enseignant, face à deux chaises en plastique vides. Jen pense à Todd, seul à la maison, en train de jouer sur sa Xbox, attendant sans le savoir d'être arrêté pour la détention d'un couteau qu'il ne possède peut-être même pas.

La première fois qu'elle a vécu cette soirée, tous ses bulletins étaient excellents, à son grand soulagement. M. Adams, le prof de physique, avait qualifié Todd de *bonheur*. Jen avait eu la tête au travail, elle s'en souvient, se demandant quoi faire du divorce de Gina et comment la persuader de laisser son futur ex-mari voir leurs enfants. Mais ce mot-là avait percé la membrane de ses inquiétudes et lui avait arraché un sourire, pendant que Kelly répondait, pince-sans-rire : « Comme ses parents. »

Elle se retrouve assise face au même homme. Le hall est vivement éclairé, le sol brille.

Jen et Kelly ont envoyé Todd ici, dans un *bon collège généraliste*. Ils ne voulaient pas qu'il aille dans le privé, qu'il devienne un rouage de l'institution. Ils se sont donc mis d'accord sur le collège Burleigh, un lieu peuplé de professeurs bienveillants mais avec des salles de classe horribles, d'un autre âge, et des toilettes grotesques. Parfois, ce jour-là par exemple, Jen regrette de ne pas avoir choisi un autre établissement, un endroit où les réunions parents-professeurs impliqueraient des cafés Nespresso et des fauteuils confortables. Mais, comme l'a dit un jour Kelly : « Il prendra cher, plus tard, s'il passe sa jeunesse à chanter des hymnes dans une chorale avec des abrutis. »

« Oui, vif, impliqué », est en train d'expliquer M. Adams.

Toute l'attention de Jen est concentrée sur lui. Il est du genre bienveillant, grandes oreilles, cheveux blancs, visage doux. Il a un rhume, et il sent cette odeur caractéristique de l'huile essentielle de menthe poivrée sur un mouchoir. Elle n'avait pas remarqué, la première fois. Ce n'est pas *grave*, mais elle ne l'avait pas remarqué. Et quoi d'autre encore ?

« Rien de particulier à nous signaler ? »

M. Adams lève les yeux, étonné.

« Par exemple ?

— Est-ce qu'il… Disons, est-ce qu'il fréquente des gens nouveaux ou travaille un peu moins ? Quoi que ce soit d'inhabituel ?

— Peut-être que parfois il manque un peu de bon sens au laboratoire. »

Kelly rit sous cape. C'est le premier son qu'il émet depuis leur arrivée – son mari introverti. Il lui prend la main et joue avec son alliance. Après cette conversation avec M. Adams, il ira vers la table où sont posées les boissons chaudes, prendra deux thés mais en fera tomber un. L'absurdité qu'il y a à savoir ça.

« Oh, mais comme tous les grands esprits, ajoute M. Adams. Honnêtement, c'est un bonheur. »

Pour la deuxième fois, Jen sent son cœur irradier. On ne se lasse jamais d'entendre des compliments sur son enfant. Surtout dans ces circonstances.

Ils reculent leurs chaises et rejoignent la table à tréteaux, tout au fond. Jen se demande si elle doit prendre le thé des mains de Kelly avant qu'il le fasse tomber. Elle observe ses gestes.

« C'est tellement inutile, ces trucs, marmonne-t-il dans sa barbe en se débattant avec les sachets de thé. Tellement dystopique. J'ai l'impression de me retrouver dans un système d'évaluation dingue.

— Je sais, fait Jen en lui tendant le lait. Attention, jugement en vue. »

Kelly esquisse un sourire plein de souffrance. *Dans combien de temps on peut partir ?*

« Dans combien de temps on peut partir ?

— Bientôt, promet-elle. Tu penses que c'est un gamin bien ? Franchement.

— Hein ?

— Tu penses qu'on est tirés d'affaire ? Je veux dire… Les adolescents qui partent en vrille.

— Todd qui part en vrille, tu veux dire ? » s'exclame alors une voix derrière l'épaule de Jen.

Elle se retourne et découvre Pauline, dans une robe violet vif et un nuage de parfum.

« Qui sait ? » soupire Jen.

Elle avait oublié cet échange. Totalement oublié qu'elles s'étaient croisées ici même.

Kelly s'éclipse en direction des toilettes. Pauline hausse les sourcils.

« Je me demande si ton mari ne me déteste pas. Il disparaît toujours dès que j'arrive.

— Il déteste tout le monde. »

Pauline rit.

« Alors, Todd ?

— Je ne sais pas. Je crois qu'on se dirige vers une forme de… une forme de révolte.

— Le prof de Connor vient juste de nous annoncer qu'il ne rendait plus ses devoirs.

— Plus aucun ? » demande Jen, tout en pensant : *Est-ce que ça a un rapport ?* Un renseignement infime, si infime que Pauline oubliera manifestement de le signaler quelques jours plus tard, quand Jen l'interrogera.

« Comment savoir ? dit Pauline. Les garçons de cet âge. Ils ont leurs propres règles. Theo est le seul à avoir un bulletin parfait. Allez… La géographie m'appelle. Prie pour moi. »

Jen lui touche l'épaule quand elle s'en va. Kelly revient et recommence à préparer son thé. Au moment de le tendre à Jen, il le fait tomber par terre, éruption de liquide beige, avec le sachet. Jen regarde le thé faire des bulles sur le sol.

Ils s'entretiennent ensuite avec M. Sampson, le professeur principal de Todd. Il a l'air à peine plus vieux que lui. Cheveux noirs, raie sur le côté, une tête à vouloir faire plaisir.

« Tout va bien », dit-il sur un ton vif et enjoué.

Jen, sirotant son thé, imagine soudain avec effroi ce que dira M. Sampson plus tard. Le lendemain et le surlendemain du crime. J + 1. J + 2. Chaque jour sera une réaction symétrique à J – 1, à J – 2.

« Un bon gamin, je ne l'aurais jamais cru capable d'une chose pareille », dira-t-il avec tristesse. Jen voit très bien la scène. « Il a dû être malheureux quelque part. »

« Vous n'avez rien remarqué ? lui demande-t-elle maintenant.

— Peut-être qu'il est un tout petit peu plus réservé que d'habitude ?

— Ah oui ? Il n'est pas… il n'est pas mêlé à quoi que ce soit, si ? dit-elle. Par exemple, je ne sais pas… Parfois, je me demande s'il ne déraille pas un peu. »

Kelly se tourne vers elle, étonné. Cependant, Jen ne le regarde pas. M. Sampson hésite un instant.

« Non », répond-il, mais sa phrase possède en elle une ellipse invisible qui reste dans l'air après qu'il a fini de parler. Il boit son café. En avalant, il grimace. « Non », répète-t-il, plus fermement cette fois, sans croiser le regard de Jen.

Ryan

Vendredi. C'est le cinquième jour de Ryan au travail et tout a changé il y a cinq minutes. À peine est-il arrivé au commissariat qu'un certain Leo lui a annoncé qu'il ne serait pas affecté aux interventions, aujourd'hui. Il l'a accompagné jusqu'à la grande salle de réunion, au fond du bâtiment, qui tient plus de la salle de conférences, et Ryan l'a regardé, perplexe, refermer la porte à clé derrière eux.

Leo doit avoir un peu moins de cinquante ans. Il est mince mais il a des bajoues, et perd ses cheveux. Il s'exprime avec une concision blasée, comme si du soir au matin il s'adressait à des imbéciles. Un peu à la manière de Bradford, mais pas aux dépens de Ryan. Pas encore, du moins. Et contrairement à Bradford, dont Ryan connaît maintenant la réputation de jeune policier aigri, Leo est généralement perçu comme un génie un peu fou. Bien pire, en un sens, mais bien plus intéressant aussi.

Ils viennent d'être rejoints par Jamie, qui a peut-être trente ans. Ces hommes, en plus d'être en civil, sont mal habillés : Jamie porte un pantalon de survêtement, un tee-shirt sale et une casquette de base-ball noire.

Quant à Leo, on dirait qu'il s'apprête à entraîner une équipe de foot.

Assis face à ces hommes, séparé d'eux par une table gigantesque, Ryan se sent mal à l'aise.

« Pardon, mais qu'est-ce qu'il se… ?

— On va y venir », répond Leo. Il a un accent cockney et, à l'auriculaire de sa main gauche, une chevalière qui claque sur la table en bois. « Tu viens d'où, déjà, Ryan ?

— De Manchester, répond-il en ne sachant pas trop s'il va se faire virer. Je peux juste vous demander… »

À ses côtés, Jamie retire sa casquette de base-ball et se frotte la tête. Il pose la casquette sur la table, au-dessus de l'appareil enregistreur, dans un mouvement qui semble délibéré aux yeux de Ryan.

« Les interventions d'urgence, c'est assez ennuyeux, pas vrai ? demande Leo.

— C'est sûr.

— Écoute. Qu'est-ce que tu dirais de faire quelque chose de plus intéressant ? On pourrait appeler ça des recherches.

— Des recherches ?

— On a besoin de renseignements sur un réseau de crime organisé qui sévit dans la région de Liverpool. »

J – 9

15 heures

Que l'on soit à J – 9 ne surprend pas Jen.

Elle est à l'école. Elle est ici, à la veille de la réunion parents-professeurs, pour voir si elle peut un peu mieux comprendre ce qui se cachait derrière l'hésitation de M. Sampson hier soir, en privé. Les gens se confient toujours plus en privé.

« Il a parlé d'une dispute, je crois me souvenir », explique-t-il à Jen.

M. Sampson enseigne la géographie. Derrière lui, le mur est un hommage à ses paysages préférés sur la planète – le désert blanc d'Égypte, une grotte de cristaux au Mexique. Il est adossé à son bureau, face à Jen.

« Quand ? Et avec qui ? » demande-t-elle.

Elle promène son regard sur cette salle qui doit accueillir Todd chaque matin mais qu'elle n'a encore jamais vue, qu'elle n'a jamais eu le temps de voir, à cause de son travail. Une moquette verte tachée. Des pupitres blancs pour deux élèves. Des chaises en plastique bleues. Le jour où elle a appris la mort de sa mère, elle se trouvait dans une salle de classe exactement pareille. Son professeur principal l'avait appelée. Elle n'était pas retournée à l'école pendant plusieurs jours. Son père n'en avait presque jamais reparlé. « On ne peut rien y changer », avait-il dit une fois. Inhibé, malheureux parfois – l'avocat dans toute sa splendeur. Jen avait tellement voulu être une mère différente. Franche, honnête, humaine. Mais elle a peut-être autant foiré que son père. Ce n'est pas ce que nous dit Philip Larkin ?

Dans son sac à main posé sur la chaise, son portable sonne. Le regard de M. Sampson se pose dessus. Jen vérifie.

« Le travail », dit-elle en refusant l'appel.

Le téléphone se remet aussitôt à sonner.

« Allez-y », fait-il avec un petit geste de la main.

Jen décroche à contrecœur. Elle n'est pas venue pour ça.

« Il y a quelqu'un qui veut vous voir », lui annonce sa secrétaire, Shaz.

M. Sampson s'affaire à son bureau.

« Je serai en retard, répond Jen.

— C'est Gina. Qu'est-ce que je lui dis ? »

Jen cligne des yeux. Gina. La cliente qui ne veut pas que son mari ait le droit de voir leurs enfants. Un souvenir lui revient, un petit détail de la vie de Gina.

« Euh… »

Elle essaie de réfléchir, de gagner du temps. Ça y est : la dernière fois, Gina s'est tournée vers elle sur le seuil de son bureau et lui a dit : « J'aurais dû m'en douter. C'est mon boulot. Je suis détective privée. Je paie pour mes péchés. » Jen a lentement hoché la tête.

Ce ne peut pas être une coïncidence que Jen se soit réveillée le jour où Gina se trouve dans son bureau. Peut-être qu'en fin de compte le rendez-vous avec M. Sampson n'a aucune importance.

« J'arrive, ajoute-t-elle. Dites-lui de m'attendre. » Elle raccroche et se tourne de nouveau vers M. Sampson. « Désolée, désolée, s'empresse-t-elle de dire. Quand a eu lieu cette dispute ?

— Il y a une semaine, à peu près. Il a évoqué une dispute à la maison. C'est tout…

— Avec qui ?

— Il ne l'a pas dit. Il était en pleine discussion, je n'ai fait qu'entendre à la volée.

— À qui parlait-il ?

— À Connor. »

Les mêmes prénoms. Ce sont les mêmes prénoms qui reviennent, sans arrêt. Connor, Ezra, Clio, Joseph lui-même.

« Il a aussi parlé d'un bébé, il me semble.

— Quoi ?

— Je ne suis pas sûr… Ça vient de me revenir. Quelque chose à propos d'un bébé.

— Parfait. J'aurais été contente de le savoir avant », dit Jen.

C'est l'une des premières fois où elle dit exactement ce qu'elle pense à quelqu'un comme ça, quelqu'un qui ne fait pas partie de sa famille proche ou de ses collègues. Elle se sent libérée. Bientôt, elle dira à ses clients d'aller se faire foutre.

« En effet… », répond M. Sampson, gêné.

Elle regarde par la fenêtre. Le ciel est brumeux, mais il fait bon. L'été semble encore à portée de main. Elle voit le brouillard aller et venir sur les terrains de sport, comme le ressac.

Elle hausse les épaules, geste amical mais impuissant, sans rien dire, le genre de silence glacial dont est capable Kelly. C'est tellement apaisant de ne pas avoir à affronter les conséquences de ses actes.

Ce rendez-vous est détaché de tout contexte, comme un rêve, comme une conversation avec un ivrogne qui ne s'en souviendra plus.

« Je verrai ça avec lui demain », reprend M. Sampson.

Jen espère que cela pourra aider, quelque part, plus tard.

Le brouillard devient bruine, puis pluie, quand Jen regagne sa voiture. Elle cherche celle de Todd et la repère tout de suite. Au même moment, Connor arrive. Il est en retard. Elle reste là, main sur la portière, et regarde, en espérant voir quelque chose.

Il ne se passe rien. Connor ferme sa portière à clé et fume une cigarette sur le chemin du portail. Aujourd'hui, un pull à col rond dissimule son tatouage. Arrivé devant l'entrée, il se tourne vers Jen et lève la main pour la saluer. Elle lui renvoie la politesse, mais elle est étonnée : elle ne savait pas qu'il l'avait vue.

Quand Jen est rentrée, à l'instant, l'insigne de policier, l'avis de disparition du bébé et le portable n'étaient pas sur l'armoire de Todd. Elle les a cherchés partout. Ils n'étaient plus là. Elle s'est d'abord dit qu'il ne les avait pas encore en sa possession, mais les SMS du téléphone remontent au 15 octobre. N'empêche qu'ils restent introuvables, et elle n'a donc rien à présenter à Gina, qu'elle fait maintenant poireauter depuis plus d'une heure.

Gina est assise sur la chaise dans le coin du bureau. Elle porte un trench-coat beige et a l'air de prendre sur elle.

« Je suis désolée… vraiment désolée, dit Jen. Je suis en plein drame familial. »

Elle pose son parapluie, laissant des gouttes d'eau sur la moquette.

« C'est bon, ne vous inquiétez pas », répond cordialement Gina.

Jen, qui a toujours veillé à ne pas mélanger travail et amitié avec ses clients, fait une exception avec Gina depuis quelques semaines. Elles ont même échangé quelques SMS. Pas grave – après tout, Jen est la patronne. Mais elle se demande si tout ça n'est pas arrivé pour une bonne raison.

Elle essaie de se souvenir de ce qu'elle a dit lors de leur dernier rendez-vous.

« Je peux vous demander comment vous envisagez la suite, si vous arrivez à empêcher votre ex-mari de voir les enfants ? »

En une tentative pour réendosser son rôle d'avocate, elle retire son manteau et allume son ordinateur.

« Il reviendra vers moi, non ? Pour pouvoir voir les gamins. »

Jen se mordille la lèvre.

« Mais… Gina. Ça ne marche pas comme ça. »

Gina promène un regard affolé sur l'ensemble du bureau.

« Je sais que je fais n'importe quoi. » Elle baisse soudain la tête. « Vous m'avez aidée à m'en rendre compte. »

Malgré elle, Jen a la gorge nouée. Elle sait ce que ressent cette femme, désormais. Le désespoir, le déni. Le besoin d'exercer un contrôle dément, d'une façon ou d'une autre.

« C'est à ça que je sers, répond-elle, émue. Mais… Il vaut mieux tourner la page, non ? Aller de l'avant.

— Oh, là, là, ça y est, l'angoisse revient, dit Gina en agitant les mains devant ses yeux.

— Si je fais ça gratuitement, c'est qu'en réalité je n'ai pas l'intention de le faire.

— D'accord. » Gina croise et décroise les jambes. Ses vêtements sont tout froissés. « Je sais. Je sais. Je m'en suis rendu compte pendant qu'on… » Elle sèche ses larmes. « Pendant qu'on discutait de cette connerie d'*Île de la tentation*. Je me suis dit que jamais ces filles ne supplieraient. C'est quand même triste de recevoir des leçons d'une pauvre émission de télé, non ?

— C'est très instructif. »

Gina baisse les yeux.

« J'ai besoin de… Je n'en sais rien. J'ai besoin de temps. OK ?

— OK. Parfait. Parfait. »

Le rendez-vous se passe mieux que la dernière fois.

« Ça vous dit de me changer les idées avec votre drame familial ? demande Gina d'un ton morose.

— Oui ? » répond Jen en esquissant son propre sourire chancelant.

Elle se redresse sur sa chaise et jette un coup d'œil vers Gina.

« Je vous écoute », insiste cette dernière.

Jen hésite. C'est à la fois contraire à la déontologie et, peut-être, dangereux. Et pourtant… tellement pratique. Elle est là, ce jour-là, à ce rendez-vous-là. Il y a sûrement une raison.

Elle a déjà décidé d'interroger Gina à propos de l'affichette, de l'insigne et des SMS sur le portable prépayé. *Bébé ou pas*. Qu'est-ce que ça signifie ? Elle n'est pas censée connaître la profession de Gina – on ne l'en a pas encore informée – mais elle passe outre, et Gina n'a pas l'air de le remarquer.

Jen lui raconte que Todd se comporte bizarrement depuis quelque temps et qu'elle a trouvé le paquet avec l'insigne de policier et l'affichette.

« Vous ne les avez pas avec vous ? » demande Gina.

Ses yeux – ranimés – fixent Jen.

« Non. Désolée. Mon fils les avait, mais il ne les a plus. » Elle s'humecte les lèvres. « Je suis convaincue qu'il est mêlé à une sombre histoire. J'ai besoin que quelqu'un découvre laquelle. »

Gina croise son regard et cligne des yeux. Son portable se met à sonner ; elle n'y prête pas attention.

« D'accord. Moi.

— Oui.

— Donc, pour que les choses soient bien claires… Vous voulez que je découvre tout ce que je peux sur ce policier, Ryan, et le bébé disparu ? Et Nicola Williams ?

— Exactement », répond Jen, fascinée par le port altier de Gina.

Quelle différence entre ce que l'on montre dans l'exercice de ses fonctions et ce que l'on ressent.

« Je m'en occupe », dit-elle.

Jen pourrait l'embrasser. Enfin, un peu d'aide. Gina la fixe du regard.

« Et merci. Pour… Vous savez, *L'Île de la tentation*.

— Pas de quoi, répond Jen, les larmes aux yeux.

— Vous avez besoin de ces renseignements tout de suite ?

— Idéalement, aujourd'hui. C'est jouable ? Je paierai tout ce qu'il faut pour que vous les ayez avant ce soir. »

Gina agite la main.

« Comment vous appelez ça, déjà… *Pro bono* ?

— Oui. C'est ça, *pro bono*. Pour le bien public. »
Après tout, empêcher un crime, c'est bien ça, non ?

Jen reste au bureau et se sert des divers outils à sa disposition pour glaner quelques renseignements.

Elle envoie un e-mail à la bibliothécaire du cabinet pour lui demander de trouver des éléments sur les bébés récemment portés disparus à Liverpool. Elle reçoit quelques articles : des disputes au tribunal, des gens qui ont menti en racontant que leur enfant avait été enlevé, une femme dont le bébé a été kidnappé devant un supermarché, avant d'être déposé dans un cabinet médical.

Jen les lit méthodiquement. Aucun de ces bébés ne ressemble à celui qu'elle cherche. Il y a quelque chose de basique, de familier, dans la proximité qu'elle ressent à son égard. Sans doute l'instinct maternel.

Elle fait ensuite des recherches sur Nicola Williams, mais le nom est trop banal, et elle ne dispose d'aucun autre détail qui pourrait l'aider. Elle aurait dû noter son numéro de téléphone. L'apprendre par cœur.

Nicola. Nicola Williams.

Mais… Le premier soir. Au commissariat de police. Nicola Williams, n'est-ce pas le nom qu'elle a entendu prononcer au commissariat, juste après l'arrestation de Todd ? Le nom de la personne qui s'était fait poignarder l'avant-veille ?

Jen se prend la tête entre les mains. C'était ça ? Oui, elle en est sûre, mais elle ne peut pas avancer pour vérifier… Elle ne peut que reculer. Et ça ne sert à rien de chercher sur Internet : l'événement n'a pas encore eu lieu.

Mettons que c'est *bien* Nicola qui a été blessée… L'idée lui fait froid dans le dos. Où était Todd ? Que faisait-il ce jour-là, J – 2 ? A-t-il un lien avec cette affaire ? Elle ne se rappelle plus. Tout est flou.

Elle ne sait pas. Elle ne sait tout simplement *pas*.

Elle quitte son bureau, prend sa voiture et roule sans but. La pluie a redoublé d'intensité. Jen ne veut pas rentrer chez elle. Elle ne veut ni retourner sur la scène du crime, ni rester assise à la maison sans parvenir à comprendre. Elle se dirige lentement vers la côte. Elle sait que c'est une folie d'aller à la plage sous cette pluie, mais elle sent qu'elle devient folle. Elle veut se planter au milieu de la plage et sentir chaque goutte de pluie froide sur sa peau. Elle veut se rappeler qu'elle est toujours là, toujours en vie, mais pas comme elle en a l'habitude.

Elle se gare devant la plage de Crosby, qui est déserte. Sur le chemin qui mène à la mer, la pluie ruisselle, des torrents de quelques centimètres déjà. Jen sent ses cheveux lui coller au crâne en l'espace de quelques secondes. Ils ont l'odeur de l'eau salée froide. Le vent lui envoie du sable en plein visage.

Elle dépasse un clochard assis près d'un parcmètre. Il est trempé jusqu'aux os. Elle se sent tellement coupable qu'elle lui tend un billet de cinq livres mouillé.

La plage accueille une exposition d'Antony Gormley. *Un autre lieu.* Des dizaines de statues de bronze tournées vers la mer. Jen s'approche. Autour d'elle, le déluge fait autant de bruit qu'un train. Elle est le seul être humain sur la plage.

Ses pieds s'enfoncent dans le sable clair qui se tasse comme de la neige.

Elle reste à côté d'une des silhouettes en métal, épaule contre épaule, à scruter l'horizon pluvieux et trouble, passant du temps avec une statue plutôt qu'avec un autre humain. Si seulement. Si seulement elle pouvait élucider cette affaire avec quelqu'un. Elle est persuadée qu'elle comprendrait beaucoup mieux si elle n'était pas toujours seule. Le corps de la statue est d'un froid glacial sous sa main, et sa bouche, muette. Ensemble, elles regardent les figurines métalliques, chacune à un moment différent, à un endroit différent, seule, cherchant des réponses dans la mer.

Le soir, tard, Jen s'en retourne à Eshe Road North en espérant y repérer quelque chose. Les sales histoires, les crimes, n'arrivent que la nuit, donc autant s'asseoir et surveiller la maison.

Elle n'a toujours pas de nouvelles de Gina.

À 22 h 15, Ezra sort de la maison et monte dans sa voiture, vêtu d'une sorte d'uniforme – un pantalon vert foncé, un blouson vert et un gilet fluorescent.

Jen le suit à bonne distance, phares allumés – une simple automobiliste, une simple coïncidence. Ils roulent ainsi pendant un moment, sur une petite route, puis franchissent un carrefour en baïonnette.

Elle le suit jusqu'au port de Birkenhead. Il descend, reçoit un porte-bloc d'un autre homme déjà sur place, d'une main se passe le cordon d'un badge autour du cou, tout en cherchant une cigarette de l'autre. Il s'installe à son poste pour faire passer les voitures et reste là, à ne rien faire d'autre que fumer.

Jen est déçue. Ezra ne fait que travailler ici.

Sans couper son moteur, elle regarde une Tesla qui approche. Le port est venteux, les feuilles mortes soufflent en tous sens. Il y a du trafic, aussi, des voitures qui vont et viennent, mais la Tesla se comporte différemment : elle fait un appel de phares puis disparaît lentement dans une rue latérale. Ezra la suit, à pied. Jen repart et se place juste derrière eux. Elle se gare dans la première allée venue, espérant passer pour une résidente, et éteint ses phares.

Un adolescent – du même âge que Todd, mais plus petit, et blond – sort de la Tesla avec un paquet rectangulaire sous le bras. Ezra le salue, lui serre la main, et ensemble ils s'accroupissent devant la Tesla. Jen met quelques minutes à comprendre ce qu'ils font : ils retirent les plaques de la voiture pour les remplacer par d'autres.

L'adolescent s'en va. Ezra prend le volant de la Tesla, la ramène au parking, après la barrière, puis la laisse sur place en attendant qu'un bateau vienne l'embarquer.

Ezra est donc un employé du port, mais véreux. Il récupère des véhicules volés, change leurs plaques et les expédie quelque part afin qu'ils soient revendus, tout ça certainement contre de l'argent liquide. Jen suppose que l'adolescent blond est un petit soldat, payé une misère pour voler les voitures chez les particuliers en échange d'une promesse de carrière au sein du crime organisé. Et si Todd travaillait aussi pour Ezra et Joseph ? Les choses tournent mal, et Joseph finit six pieds sous terre. Jen n'a pas envie d'y croire, mais ça ne veut pas dire que ce n'est pas vrai.

Elle attend deux minutes avant de repartir. Elle croise l'adolescent en train de marcher au bord de la route. Elle l'étudie attentivement. Il regarde droit devant lui. Il ne doit pas avoir plus de seize ans. Un gamin, un enfant, tout feu tout flamme, inconscient des souffrances qu'il est en train d'infliger à sa mère qui attend à la fenêtre, chez elle.

Il est presque minuit, et Gina vient d'envoyer des photos de douze bébés ayant disparu en Angleterre au cours de l'année passée. Aucun ne vient, de près ou de loin, de Merseyside. Et aucun ne ressemble vraiment à celui de l'affichette. Les uns ont les cheveux plus clairs, d'autres des yeux plus grands, même s'il est difficile de jurer qu'ils sont différents. Jen est soudain terrifiée à l'idée que le bébé n'a peut-être pas encore disparu.

Elle remonte dans les SMS de Gina. Elle les a tous manqués pendant qu'elle était occupée au port.

> Rien sur Nicola. Nom trop courant. Mais j'ai qqchose sur Ryan – il est mort.

Jen s'affole. Elle appelle aussitôt Gina. Pas de réponse. Elle recommence, une fois, deux fois, dix fois. Mais Gina ne décrochera pas aujourd'hui ; c'est trop tard. Elles vont devoir tout recommencer demain, demain, demain, hier.

J – 12

8 heures

Jen ouvre les yeux douze jours en arrière, à la date où Nicola Williams a envoyé un SMS au portable prépayé de Todd, disant : *Tout est en place, à ce soir*. Elle est donc bien décidée à suivre Todd aujourd'hui, à ne pas le perdre de vue. Au diable les détectives privés. C'est sans doute mieux comme ça. Jen ne peut pas tout recommencer avec Gina aujourd'hui. C'est trop déprimant de voir tous ses efforts anéantis pendant qu'elle dort.

Elle suit Todd jusqu'à l'école et a la ferme intention d'attendre toute la journée à l'extérieur, sur le parking. Le temps qu'il faudra. Elle n'a rien de mieux à faire. La seule exigence du jour, c'est que Todd n'ait aucune occasion de rencontrer Nicola seul.

Pendant qu'elle attend, les yeux rivés sur la voiture de Todd et sur le portail de l'école, elle envoie quelques e-mails professionnels, fait des recherches sur les bébés disparus dans la région et épluche les registres des successions pour y trouver quelque chose sur Ryan. En vain.

La pluie débute vers 11 heures, de grosses gouttes qui tombent sur son pare-brise comme des pièces de monnaie, avant de disparaître. Elle regarde le parking se transformer en une rivière frémissante. Elle avait oublié ça. La mi-octobre a été exceptionnellement humide.

Elle lève les yeux vers le déluge qui s'abat sur le pare-brise et pense à la météo, à son fils, aux répercussions d'une simple goutte de pluie.

Elle réfléchit aux conséquences des changements qu'elle va opérer aujourd'hui. Elle aimerait pouvoir comprendre.

Peut-être qu'elle peut comprendre. Il faudra d'abord une explication laborieuse.

Elle appelle le bureau d'Andy et a la surprise de l'entendre décrocher tout de suite.

« Vous ne me connaissez pas, annonce-t-elle, un peu hésitante.

— Non, de toute évidence », répond Andy, impassible.

Pendant qu'elle lui explique sa situation de la manière la plus succincte possible, il garde un silence à la fois perplexe et intimidant.

« Et c'est à peu près tout », conclut-elle.

Un ange passe.

« OK, finit-il par répondre. Je reçois en effet ce genre d'appels de temps en temps, donc je ne peux pas dire que je sois surpris.

— Je vois. Des petits plaisantins, généralement, non ? »

Elle a vu ça, en effet. Elle a encore lu, le matin même, une discussion sur Reddit, quelqu'un qui prétend avoir voyagé dans le temps, de 2022 à 2031. Elle n'y a pas cru, bien qu'elle vive peu ou prou la même chose. Le type n'a même pas été capable de le prouver. Il affirme qu'il y aura une guerre nucléaire en 2031, ce que bien sûr personne n'est en mesure de démentir.

« Oui, exactement, répond Andy. Difficile de savoir qui croire, n'est-ce pas ? » Elle trouve ça insupportable. Elle ne supporte pas que quiconque – y compris cet inconnu – la prenne pour une folle, une désespérée ou une malade imaginaire, quelqu'un qui contacte des professeurs pour les enfumer.

« Bon. Écoutez… À la fin du mois d'octobre, vous serez sélectionné pour un prix et vous le remporterez. Le Penny Jameson. Ça ne va pas m'être d'un grand secours aujourd'hui, mais… voilà. Vous gagnez.

— Ce prix est…

— Rien n'a fuité. Je sais.

— J'ignorais que j'étais sélectionné. En revanche, je sais qu'il y a de grandes chances. Mais vous ne devriez pas le savoir.

— Oui, dit Jen. C'est tout ce que j'ai. Ma preuve.

— Elle me plaît bien, votre preuve. Je l'accepte avec joie. »

La lucidité des scientifiques.

« Je viens de chercher ce prix sur Google. Il n'apparaît nulle part en ligne.

— C'est ce que vous me direz la prochaine fois. »

Nouveau silence. Andy semble réfléchir.

« Où ça ? Nous allons nous rencontrer ? »

Le ton est soudain beaucoup plus chaleureux.

« Dans un café du centre de Liverpool. C'est moi qui le suggérerai. Vous porterez un tee-shirt sur lequel il est écrit "FRANNY AND ZOOEY".

— Mon J. D. Salinger ! répond-il avec stupéfaction. Vous êtes devant la fenêtre de mon bureau, ou quoi ?

— Non, rit Jen.

— Dans ce cas, ce doit être insupportable. De devoir chaque fois vous soumettre à ces… à ces questions de vérification avec moi.

— Oui, ça l'est.

— En quoi puis-je vous aider ?

— Quand nous nous rencontrerons à Liverpool dans une semaine, vous parlerez du pouvoir de mon subconscient qui me fait atterrir certains jours plutôt que d'autres.

— Oui… »

Et Jen, dans sa petite voiture, sous la pluie, est frappée de constater que l'essentiel n'est pas l'expertise du scientifique, mais d'avoir une oreille compatissante et attentive à l'autre bout du fil. Un lieu sûr où elle peut brandir ses pensées à la lumière : n'est-ce pas là ce dont tout le monde a besoin ? Gina ? Et même Todd ?

« Eh bien, répond-elle, c'est en effet ce qui arrive. Je saute plusieurs jours, depuis quelque temps. Et je crois que ceux dans lesquels je me retrouve ont leur importance, chacun à sa manière.

— Tant mieux. Je suis content que vous y voyiez plus clair, avec les moyens dont vous disposez. »

Jen entend un froissement, une main qui passe dans une barbe.

« Donc… vous avez d'autres questions ?

— Oui. Je voulais vous demander… Mettons que dans quelques jours, ou quelques semaines, j'élucide cette histoire.

— Oui.

— J'aimerais savoir dans quelle mesure, au juste, ce que j'aurai déjà fait “tiendra”, si je puis dire. Par exemple, j'ai dit à Todd, un de ces derniers jours, qu'il tuerait quelqu'un plus tard. Mais maintenant que je me retrouve avant que cette conversation ait eu lieu, alors… A-t-elle eu lieu ? »

Andy ne dit rien, ce dont Jen se réjouit. Elle a besoin de quelqu'un qui réfléchit. Quelqu'un qui ne parle pas pour meubler les silences, pour le seul fait de parler. Finalement, il répond.

« C'est l'effet papillon, non ? Disons que vous gagnez au loto à J – 10 et que vous continuez à remonter dans le passé, jusqu'à J – 11, J – 12, et ainsi de suite. Si, à un moment donné, vous élucidez le crime et vous vous réveillez le jour J, est-ce que vous serez encore celle qui a gagné au loto à J – 10 ?

— Exactement. C'est ce que je veux savoir.

— À mon avis, non. À mon avis, les choses que vous faites maintenant ne tiendront pas. Je crois que vous allez continuer à partir du jour où vous aurez élucidé le crime, et que seuls les changements survenus ce jour-là resteront. Ils effaceront tout le reste. Mais ce n'est que mon opinion. »

La pluie fait des claquettes. Jen regarde les gouttes tomber et ruisseler. Elle ouvre une vitre et tend le bras dehors pour sentir cette pluie, la vraie pluie, la même dont elle a déjà fait l'expérience une fois, sur sa peau.

« Et… mettons que je n'élucide pas le crime ?

— Je crois que ça finira par arriver. Gardez confiance, Jen. Il y a un ordre des choses dont parfois nous n'avons même pas conscience. »

Cet homme, cet homme gentil et intelligent au bout du fil, devient pour elle un gourou. Un vieux maître plein de sagesse, un Gandalf, un Dumbledore.

« Mais… Et si je ne faisais que retourner quarante ans en arrière, jusqu'à l'oubli, et puis plus rien ? » C'est sans doute sa plus grande angoisse. Elle déglutit en pensant à cette idée horrible, catastrophique. Oh, ce qu'elle aimerait avoir un cerveau qui ne se torture pas lui-même.

« Eh bien, c'est ce que nous faisons tous, mais dans l'autre direction, répond Andy, n'apaisant en rien ses craintes.

— Est-ce que ça vous dérange si je vous raconte tout ce que je sais ? Simplement pour… voir si vous repérez quelque chose ?

— Faites, faites. J'ai même un calepin devant moi. Et je m'apprête à être considéré comme un des plus grands physiciens de Grande-Bretagne, si votre prémonition est juste.

— Oh, mais elle l'est. Bien, allons-y. »

Alors elle lui explique tout. Elle lui parle de l'avis de disparition du bébé, du policier mort, du portable prépayé et des SMS adressés à une certaine Nicola Williams. Elle lui parle de l'employé du port, qu'elle soupçonne d'appartenir à un réseau criminel. De Nicola Williams et de l'éventuel coup de couteau qu'elle a reçu. Elle lui indique chaque date, chaque horaire dont elle a connaissance. Pendant ce temps, elle entend le bruit d'un capuchon de stylo qu'on retire. Sans doute un stylo plume, avec son bruit reconnaissable entre tous.

« Et voilà, dit-elle, essoufflée d'avoir tout raconté.

— Bien, si on remet tout ça dans l'ordre chronologique…

— Ah, oui. Todd rencontre Clio en août. L'oncle de Clio dirige un genre de… Je ne sais pas. Un réseau criminel.

— D'accord. Et donc, en octobre. »

Elle l'entend remuer des papiers.

« Vous dites que Todd semble demander de l'aide à quelqu'un qui s'appelle Nicola Williams. Peut-être pour lui tendre un piège – un rendez-vous avec elle et lui faire du mal ?

— Oui. Et à l'heure actuelle, le 17 octobre, le bébé a sans doute déjà disparu, et le policier est certainement mort. Et son insigne, pris. »

Jen se cale au fond de son siège. Ce qui était jusqu'à présent un océan houleux est désormais si limpide qu'elle voit les fonds marins.

« On en est là.

— Bien. Il semblerait que Nicola soit la pièce manquante. C'est celle à propos de qui vous savez le moins de choses. Elle a l'air d'être directement liée à Todd, et d'avoir été blessée aussi deux jours avant le crime.

— D'accord. Oui. Il faut que je retrouve Nicola », convient Jen.

À 15 h 30, Jen suit Todd jusqu'à la maison et arrive à la porte deux minutes après lui.

Il se retourne vers elle, peut-être un peu pâlichon, mais en dehors de ça plutôt gai, et dit :

« Tu savais qu'une puce pouvait accélérer plus vite qu'une fusée ?

— Je vais bien, merci, répond-elle, caustique. J'ai pris mon après-midi.

— Eh bien, dans ce cas, chère mère, regarde un peu ça. »

Il pose son sac et se met à fouiller dedans, tout content. Dans son expression, pas la moindre trace d'un réseau criminel, de bandes, de violence, de policiers morts – rien.

« Tiens. »

Il lui tend un devoir, noté A+, et leurs doigts se frôlent, aussi légers qu'une plume.

Jen s'aperçoit que c'est une dissertation de biologie. Elle s'en souvient vaguement. La dernière fois, le soir, elle avait répondu par un superficiel *bien joué*. Les excellentes notes de Todd sont la règle, non l'exception. Cette fois, elle le lit pour de bon.

« C'est génial », dit-elle quelques minutes plus tard.

Todd cligne des yeux, surpris, et cela fend le cœur de Jen. Elle a fait tant d'efforts, mais son fils est quand même sous le choc.

« Combien de temps ça t'a pris ?

— Oh, pas bien longtemps.

— Eh bien moi, j'en aurais été bien incapable. Je ne sais même pas ce que c'est que la photosynthèse.

— Ah, dit Todd avec un petit rire. Une histoire de plantes, chère mère. »

Il est en train de relire son devoir, et une esquisse de sourire apparaît sur son visage. Il a tellement confiance en lui. Elle aura au moins réussi ça. Avec un peu d'espoir, Todd ne se lèvera jamais en pleine nuit en doutant de l'éducation de ses enfants, de son intellect, de sa personnalité.

« Qu'est-ce que tu vas faire ce soir, pour fêter ça ? » demande-t-elle.

Il la regarde.

« Absolument rien.

— Tu n'as rien prévu ?

— Je suis au tribunal ? fait Todd, les deux mains en l'air.

— Tu ne sors avec personne ? Clio ? Connor ?

— Ah, je vois que la curiosité est plus forte que tout. Je me demandais quand tu me cuisinerais sur Clio.

— Disons qu'aujourd'hui est le grand jour », répond Jen, sans grande conviction.

Son fils se retourne et va dans la cuisine.

« Bof.

— Bof ?

— Pas sûr que ça tienne longtemps.

— Ah bon ? C'était ta… petite amie officielle.

— C'est fini. »

Il dit ça en serrant les dents, les yeux sur son portable.

Kelly entre dans la pièce. Il aperçoit Todd. Il semble plongé dans ses pensées, même s'il n'en dit pas grand-chose.

« J'ai du boulot. »

Il enfile son manteau.

« D'accord, répond vaguement Jen. Qu'est-ce qui est arrivé, avec Clio ?

— Ça ne te regarde pas », répond vivement Todd.

Kelly agite quelques cannettes dans le placard, puis lâche un juron.

« Ce sont mes cannettes de Coca, lui lance Todd.

— Eh bien, à plus tard, alors, dit Kelly. J'irai m'acheter mes cannettes de Coca à moi.

— Adieu, lui dit Todd, peut-être un peu trop sèchement. Je crois que je vais fêter ma bonne note en me cramant la cervelle devant la Xbox. »

Il prend une orange dans le saladier et la lance vers Jen, avec un rire si puissant qu'il vibre dans son cœur comme une grosse caisse. *Je t'aime, je t'aime, je t'aime*, se dit-elle au moment d'attraper l'orange.

« Elle fait sa photosynthèse, en ce moment ? demande-t-elle en la brandissant.

— N'emploie pas des mots dont tu ne connais pas le sens. »

Il s'approche d'elle et lui ébouriffe les cheveux. *Quoi que tu aies fait*, se dit-elle, *je t'aimerai toujours*.

Il ne quitte pas la maison de toute la soirée. À minuit, Jen jette un coup d'œil dans sa chambre : il dort. Elle reste debout jusqu'à 4 heures du matin, pour vérifier, puis va se coucher. Il est impossible que Todd ait vu Nicola Williams ce jour-là. Absolument impossible.

Ryan

Le mieux, dans la formation que Ryan a reçue à Manchester, ç'a été d'avoir un avant-goût de ce qui suivrait au cours de cette longue carrière si intéressante et variée qu'on lui promettait. Négociations pendant les prises d'otage, simulation d'attaques terroristes, missions d'infiltration… Il y avait mille manières de progresser en tant que policier. Ils avaient reçu la visite d'un agent venu les former à la législation sur l'usage raisonnable de la force. Devant l'auditorium, il avait prononcé une des phrases les plus marquantes que Ryan ait jamais entendues : « Les flics, en fin de compte, se divisent en deux catégories : ceux qui peuvent tuer quand il le faut, et ceux qui ne peuvent pas. »

Ryan avait senti les poils de ses bras se hérisser. Dans quelle catégorie se trouvait-il ? Pourrait-il le faire, appuyer sur la détente, si la situation l'exigeait ?

Alors, aujourd'hui, repensant à cette conférence passionnante, il est doublement déçu d'apprendre par Jamie que non seulement il est transféré des interventions d'urgence vers un travail de recherche, mais qu'il n'y a pas de bureau disponible pour lui : on lui a installé une table dans le cagibi du personnel de ménage.

Ça ira ? Ryan est ravi de travailler dans un placard, certes, mais pour *quoi faire* ?

Il considère le placard. L'endroit est gelé. Pas de chauffage, et dehors il fait froid. Du lino gris au sol. Des rangées d'étagères, une table déplacée provisoirement là, avec une corbeille à courrier dessus. Un panneau en liège et un seau à serpillière contre le mur. Rien de plus. Soyons justes : ils ont eu la bonté de déplacer le reste du matériel de ménage.

Leo arrive, l'air épuisé.

« Qu'est-ce que c'est que ce trou à rat ? dit-il. Aucune des cellules n'est libre ? » D'un air détaché, il soulève une feuille de papier posée sur la corbeille. Elle est quadrillée. Il la retourne du côté vierge. « Très bien. Ferme-moi cette porte », lance-t-il à Jamie, qui s'en éloigne.

Enfin, Ryan va avoir droit à une explication.

« Donc…, commence-t-il à dire.

— Voilà ce qu'on sait. » Leo lui coupe la parole, comme toujours. « Il y a deux trafics différents qui opèrent dans la région, d'accord ? Ils se chevauchent mais, pour faire court, l'un est du vol de voitures et l'autre de l'importation de drogue. Dans les deux cas, l'argent est ensuite blanchi. » Il fait des points sur la feuille avec un stylo bille, puis trace une flèche vers le haut. « Grâce à la surveillance, on a les noms de trois fournisseurs qu'on n'a pas encore arrêtés. Mais ce qu'on cherche, ce sont les importateurs – le niveau du dessus. »

Ryan hoche la tête.

« OK, je vois.

— Bien. Bref, la suite. Le réseau se divise en deux branches : la drogue et les vols. La drogue entre, mais ce sont les mêmes employés du port qui ferment les yeux sur ce qui sort, c'est-à-dire l'autre branche : les voitures volées. On pense que ce sont d'autres individus… » Il dessine un carré loin des flèches, faisant traîner son stylo sur la feuille. « … qui volent les voitures. Ils les prennent la nuit et les livrent au port. Avant même que les propriétaires soient réveillés, leurs voitures sont déjà en route vers le Moyen-Orient. Ensuite, l'argent est blanchi. Les deux branches ne se croisent jamais.

— Évidemment, dit Ryan.

— Ah ? C'est évident ?

— Mon frère…

— Oui, ton frère, dit Leo. Parle-nous un peu plus de ton frère. »

Il se penche en avant, et ses yeux brillent d'une lueur étrange.

« J'ai tout raconté aux ressources humaines et pendant l'enquête de personnalité », dit Ryan, affolé.

Leo a un geste d'impatience.

« Je sais. C'est moi qui ai donné le feu vert. Ce n'est pas de la méfiance. Il peut nous être *utile* – ton frère. Pour comprendre le fonctionnement d'un réseau, quoi de mieux qu'un type qui a regardé faire ces gens ?

— Je vois…, répond lentement Ryan.

— Alors ? Lui aussi, il faisait travailler ses branches séparément ?

— Oui, toujours. Jamais on n'utiliserait une voiture volée pour importer de la drogue. On se ferait choper tout de suite.

— Bien sûr. Bien sûr. Tu peux nous en dire un peu plus sur lui ? Il était beaucoup plus vieux que toi, pas vrai ? Mais vous avez le même père ? »

Les questions s'enchaînent.

« Ne fais pas attention à lui, intervient Jamie, pince-sans-rire. Une fois lancé, Leo est en mode idée fixe.

— Des réponses, s'il te plaît, insiste Leo.

— Oui, dit Ryan. D'accord, bon… Nettement plus vieux que moi, oui. Il s'est retrouvé mêlé à des trucs. Je ne sais pas, on était assez… assez en colère, je crois. Il a toujours eu – on a toujours eu – de l'ambition. Mais la sienne est partie un peu dans la mauvaise direction. Il avait besoin d'argent et il a commencé à dealer.

— Dealer quoi ? Juste pour qu'on sache. Ses compétences.

— Eh bien… Il, euh… il a progressé de la manière la plus cliché qui soit. De l'herbe, ensuite la coke, et puis l'héro.

— Il rapportait l'héroïne à la maison ? demande Leo en le regardant fixement.

— Parfois.

— Tu la voyais ?

— Euh, oui.

— Si on avait de l'héro, là, comment tu l'ouvrirais ?

— Comme une pochette-surprise, répond Ryan sans même avoir besoin d'y réfléchir.

— Exactement ! » s'écrie Leo.

Il frappe du poing sur la table. Leo fait peur à Ryan. C'est peut-être vraiment un génie fou. Ou un fou tout court.

« Je l'ai beaucoup aidé. L'héroïne, ça envahit tout, non ? J'étais curieux. À la fin… » Ryan lâche un rire désespéré. « Putain, à la fin je la coupais avec lui.

— Parfait. C'est toujours utile de savoir faire ça. »

Ryan ne dit rien, plus perplexe que jamais.

Leo jette un coup d'œil vers Jamie, puis reprend.

« Après ta petite recherche, on aura une mission à te confier. » Il prend sa tasse de thé et la vide en trois gorgées bruyantes. Il la repose sur la table. « Si ça t'intéresse.

— Bien sûr, répond Ryan en le regardant droit dans les yeux.

— Il nous faut quelqu'un de futé. Et tu sais pourquoi ? Ce réseau-là possède certainement un cerveau. Tu vois ? Quelqu'un qui planifie les choses pour eux. Une sorte de petit soldat.

— OK.

— Donc il nous faut notre cerveau à nous, poursuit Leo en effleurant l'épaule de Ryan. Pour éplucher ces informations. Non seulement ça, mais on a besoin d'un cerveau qui sait comment cette connerie fonctionne. On connaît trois des dealeurs, mais aucun des voleurs de voitures. Il nous faut leurs noms, leurs tronches, les liens entre eux. Un bon vieil arbre généalogique du crime. Tu es partant ? » Il désigne le panneau de liège. « Donc ta mission consiste à visionner ces images de surveillance minute par minute et à voir qui amène les voitures. OK ?

— Ah, d'accord, oui », répond Ryan.

Il entend son cœur battre. Un pouls puissant, net, excité.

« Une fois qu'on connaîtra leur identité et leurs mouvements, on les prendra la main dans le sac. On essaiera de les pousser au crime le plus loin possible, tout en restant dans le cadre de la loi. »

Même ses jambes et ses bras s'emballent, comme s'il pouvait à tout instant se lever et faire la roue. Enfin quelque chose d'important, bordel ! Enfin quelque chose qui lui permettra de montrer ce qu'il vaut. De changer le monde.

Leo prend le panneau de liège et le pose sur le bureau. Ryan adore la dramaturgie de la scène. Le bouillonnement du travail policier. Il se sent chez lui. Leo punaise la feuille de papier sur le panneau et écrit un nom dessus.

« Ce type travaille au port. Et il est véreux. Il ferme les yeux et laisse passer les voitures volées. Il est sur chaque plan de la caméra de surveillance. On ne l'a pas encore chopé parce qu'on veut savoir quel rouage il est dans la machine. Compris ? »

Ryan regarde la feuille de papier : Ezra Michaels.

« Essaie de voir qui amène les voitures à Ezra. OK ?

— Et ensuite…, dit Ryan, levant des yeux pleins d'espoir. Quand on en saura un peu plus sur eux… Enfin… »

Il montre la tenue débraillée de Leo, le bonnet de Jamie.

« Je ne me trompe pas, si ? Vous bossez dans les opérations secrètes ?

— Oui, répond simplement Leo, exprimant ce qui était jusqu'à présent un non-dit. On est des infiltrés. »

J – 13
19 heures

Un véhicule de police a suivi Todd jusque chez lui, aujourd'hui. Jen en est sûre. Elle repense à la voiture qui est passée devant la maison de Clio, deux fois.

Le soir est tombé. Todd et Kelly sont assis face à face. La lampe sur le comptoir de la cuisine est allumée. Derrière les portes, le ciel est de l'étain éclairé.

Dehors, les arbres sont plus feuillus. Ce qui tapissait encore leur patio quelques jours auparavant forme à présent un amas de drapeaux rouge vif, revenus à leur place sur les branches.

« Bonsoir, cher monsieur, lui lance Todd. On parlait du chat de Schrödinger. »

Jen a passé la matinée au bureau, comme si de rien n'était. Elle a eu un premier rendez-vous avec une nouvelle cliente, dont elle sait qu'elle lui dira, plus tard, qu'elle ne veut pas quitter son mari, finalement. Elle a pris beaucoup moins de notes, cette fois.

Todd est en train de manger chinois à même la boîte, à l'américaine, sauf qu'il ne s'agit pas d'un carton kitsch avec baguettes incluses, mais d'un Tupperware en plastique. Pauvre de lui.

Kelly ouvre de grands yeux vers Jen de l'autre côté du comptoir.

« C'est faux, dit-il en riant. C'est toi qui en parlais. Moi, je mangeais des ailes de poulet.

— Pas sûre que ton père soit ton meilleur public », répond Jen.

Elle a droit au petit soupir amusé, parfait, qu'est le rire de son mari.

« Et le projet Vénus et Mars, alors ? » demande Kelly.

Todd sort son portable de sa poche et le lui tend. La première fois que Jen a vécu cette journée, elle était au travail. Elle ignorait tout de ce projet.

Kelly parcourt quelques secondes l'écran du téléphone de Todd.

« Ah, un A ! A comme as de l'astrophysique.

— A comme Alexander Kouzemski.

— Vous pourriez parler normalement ? demande Jen.

— C'est un grand physicien, précise Todd. C'était un devoir à faire. »

Il lui tend son portable.

« Bravo », dit-elle sincèrement.

Elle commence à lire le devoir avec intérêt, non sans se demander au passage s'il n'y a pas là-dedans des données scientifiques qui pourraient l'aider. Mais Todd lui reprend le téléphone des mains.

« Sérieux, ne t'embête pas à le lire.

— Mais ça m'intéresse !

— C'est bien la première fois. »

Une boule de culpabilité apparaît dans son ventre. La culpabilité maternelle, cette créature qu'elle a essayé de combattre presque toute sa vie, mais qui est toujours – toujours – là, quoi qu'il arrive. *C'est bien la première fois*.

« Ça va ? demande Kelly en riant. On dirait que tu as vu la Grande Faucheuse. »

Todd ricane dans son plat chinois pendant que Jen prépare le sien.

Kelly s'éloigne du comptoir : son portable vient de sonner. Jen regarde fixement le couloir et pense à Todd.

« Qu'est-ce que tu veux dire par là ? lui demande-t-elle.

— Eh bien… En général, tu ne fais pas attention à mes trucs.

— Tes trucs ? »

Le monde s'arrête soudain. Todd ne répond pas. Il se saisit d'une boulette de poulet et l'engloutit.

« Tu trouves que je ne t'écoute pas ? » ajoute Jen.

Une prise de conscience nébuleuse l'enveloppe à la manière d'une couverture nuageuse : on ne la voit pas quand on est dedans, mais on la ressent.

Les yeux sur son plat, le front plissé, Todd a l'air de réfléchir à sa réponse.

« Peut-être », finit-il par lâcher.

Il la regarde encore. Les mêmes yeux que Kelly. Mais tout le reste vient d'elle. Les cheveux noirs et rebelles, la peau blanche. Cet appétit invraisemblable. Il est son portrait craché. Et regardez un peu : il pense qu'elle ne l'écoute pas. Il le dit comme si c'était un fait avéré.

« Tout ça ne t'intéresse pas, ajoute-t-il.

— Oh.

— Pour moi, la physique, c'est important. Donc que je m'intéresse à Alexandre Kouzemski n'a rien de drôle. Il m'intéresse vraiment. »

Jen a l'impression, bizarre, d'avoir tort dans une dispute. Sur toute la ligne. Son cerveau se livre à un petit exercice de gymnastique. Il ne s'agit pas des planètes. Il s'agit de leur relation.

Todd, ses anecdotes scientifiques amusantes, sa tête dans les nuages. Jen, son incapacité à comprendre de quoi il parle. Voilà comment elle s'est toujours figuré qu'ils étaient. Kelly et elle n'en revenaient pas d'avoir fait un enfant aussi cérébral, d'une intelligence totalement différente de la leur, eux si terre à terre, et Todd tellement… pas. Mais il n'est pas *quelque chose qu'on fait*. Il n'est pas un objet. Il est là, devant elle, en train de lui expliquer qui il est. Elle a laissé sa propre crainte de paraître bête transformer l'intellectualisme de son fils en un objet de dédain. De ridicule.

« Mon Dieu. » Elle se prend la tête entre les mains. « D'accord. Je vois. Je suis désolée. Ce n'est pas… Je suis vraiment désolée, conclut-elle, penaude.

— D'accord.

— Tout ce que tu fais m'intéresse », dit-elle, et ses larmes coulent, exprimant le fatalisme désespéré de quelqu'un qui ne sera pas là le lendemain. Une phrase sur un lit de mort, un dernier coup de fil dans un avion qui s'écrase. Une femme qui peut inlassablement renouer avec son fils, mais ça ne compte pas, ça ne durera pas. « Je n'ai jamais aimé personne autant que toi. Et pour toujours, dit-elle, les yeux remplis de larmes. Je m'y suis mal prise. Si tu ne t'en rends pas compte. Parce que c'est vrai, c'est ce qu'il y a de plus vrai au monde. »

Il cligne des yeux. Son visage est traversé d'une onde de tristesse, à la manière d'une pierre qui laisserait des rides dans l'eau.

« Merci, dit-il. C'est juste que… Tu sais.

— Je sais. Je sais.

— Merci.

— De rien, répond doucement Jen, au moment où Kelly entre.

— J'ai mangé toutes les boulettes, parce que la dernière, là, est aussi à moi », dit Todd avec un sourire.

Sa blague est une diversion, une armure, afin que le dernier membre de la famille ne soit pas témoin de ce moment intime. Mais Jen rit malgré tout, alors qu'elle a envie de pleurer.

« C'était un client », dit Kelly, sans que personne ne lui ait posé de question.

Jen porte de nouveau son regard sur Todd. Il prend la dernière boulette de poulet dans sa bouche et sourit avec les yeux. Elle tend le bras pour lui ébouriffer les cheveux, et il penche légèrement la tête sous sa main, comme un animal délaissé.

Il jette le Tupperware dans la poubelle. En temps normal, Jen s'en serait plainte, mais aujourd'hui elle décide de ne pas le faire.

« Alors, ce soir ? demande-t-elle.

— Billard. »

Il fait le geste des Italiens pour signifier la perfection, un baiser sur les doigts en tulipe. Jen acquiesce.

« Amuse-toi bien, alors. » Puis : « Moi aussi, je sors. Je vais boire un verre avec Pauline.

— Ah bon ? s'exclame Kelly, surpris.

— Mais si, je te l'ai dit. » C'est un mensonge. « Où ça ? demande-t-elle à Todd, espérant ne pas trahir plus qu'une simple curiosité.

— À Crosby. »

Elle lui sourit. Car en vérité, partout où il ira, elle ira aussi.

Dans la rue principale de Crosby, l'entrée du bar sportif est une petite porte noire anonyme. Au-dessus, une enseigne rétro en néon. Et encore au-dessus, un drapeau anglais. C'est un immeuble des années 1920, avec fenêtres à meneaux, brique rouge et trois cheminées sur le toit.

Jen se gare dans un parking à l'arrière, partagé par deux établissements, le bar sportif et un Travelodge. En sortant de sa voiture, elle sent l'odeur de viande cuite au feu de bois émanant d'une grille d'aération quelque part. Elle a mangé chinois, mais elle pourrait avaler un hamburger sans problème.

Elle essaie d'ouvrir la porte au fond du bar, bien qu'elle ressemble à une issue de secours. Elle est fermée à clé. Jen fait le tour et regarde à travers la devanture vitrée en y plaquant les deux mains. À l'intérieur, il fait sombre. Elle n'y voit goutte. Elle se dit qu'elle pourrait très bien rester là, le front rafraîchi par la vitre. Elle est épuisée. Elle est crevée. Elle aimerait ne plus bouger de là, ne plus exister. Devenir un élément du club de billard, un meuble. Et non plus cet être humain tourmenté qui vit et qui respire.

Soudain, une lumière tamisée, rouge, apparaît à l'intérieur et éclaire ce qui se trouve juste devant Jen : un escalier peint en noir. Miteux, sale, vieux, et surtout désert.

Elle pousse la porte et monte aussi discrètement que possible. Les marches mènent à un palier tout aussi désert, avec deux portes closes de part et d'autre. L'endroit parfait pour s'asseoir et écouter. L'endroit parfait pour prendre des risques.

Elle retient son souffle. Au bout de quelques secondes, elle entend claquer les boules de billard.

Le bruit sourd que produit l'extrémité d'une queue sur le sol.

Derrière elle, une grande fenêtre Art déco laisse passer la lumière des réverbères. Le plancher est un vieux parquet noir et branlant qui grince sous ses pas.

« La semaine prochaine, sûr », dit Todd.

Clac. Il a dû jouer son coup. Jen se penche vers les gonds de la porte et regarde à travers, espérant que personne ne verra son œil dans l'obscurité.

« On pourrait peut-être partir, cet été », dit Clio. Il s'agit bien d'elle, avec sa voix douce.

Todd va et vient dans le champ de vision de Jen. Il tient sa queue de billard comme un bâton, exactement à la manière dont un sorcier tient le sien dans son jeu vidéo préféré, en mettant tout son poids dessus, l'autre main contre sa hanche. En observant son fils, Jen sent son cœur chavirer. Il surjoue. Elle en est convaincue.

Il s'est coiffé, ses baskets sont d'un blanc étincelant. Il marche lentement autour de la table de billard, disparaît, revient. Il fait son beau.

« Si vous êtes toujours ensemble », intervient alors une voix d'homme.

Pour Jen, aucun doute : même si elle ne le voit pas, c'est Joseph.

« Mais c'est sûr qu'on sera encore ensemble, répond Todd avec une nervosité qui n'échappe pas à Jen, détectable uniquement à ses oreilles, comme la vibration d'une touche de piano relâchée.

— Bien joué ! dit quelqu'un d'autre, peut-être Ezra.

— J'espère que je ne vous dérange pas. »

Une voix féminine, cette fois. Jen se décale pour voir à qui elle appartient. Une femme est arrivée par une porte sombre, de l'autre côté de la salle de billard. Elle a à peu près le même âge qu'elle, peut-être quelques années de plus. Ses cheveux grisonnants sont réunis en une impeccable queue-de-cheval. Sa tenue est décontractée, jogging et tee-shirt. Elle entre d'un pas alerte et plein d'énergie, comme une sportive.

« Nicola, fait Joseph. Quelle bonne surprise. »

Nicola. Jen parvient de justesse à réprimer un cri.

« Ça fait un bail.

— Tu m'étonnes. »

Joseph apparaît, penché sur sa queue de billard. Nicola le suit.

« Je te présente Todd, et Clio. Et tu connais Ezra. Nicola travaillait pour nous, avant.

— Nicola Williams, en personne », dit Ezra.

Toujours assise sur les marches, Jen fronce les sourcils à ces mots. Todd est en train d'être *présenté* à Nicola. Or il a déjà envoyé un SMS à Nicola. Non ? Elle passe en revue les dates indiquées par les textos. Oui, il lui a bel et bien envoyé un SMS. Le 15, pour dire : *C'est bien de discuter*. Aujourd'hui, on est le 16. Mais il la rencontre le 17. Non ?

Jen se déplace le plus discrètement possible. Elle plisse les yeux pour voir au-delà du vert de la table de billard. Sur le canapé en peluche rouge installé contre le mur du fond, il y a Clio. Jambes dorées, frange courte. Tout y est. Jen cligne des yeux. Elle attend que le vif du sujet soit abordé.

« Je peux tenter ma chance ? » demande Nicola.

Elle prend la queue des mains de Todd, qui s'assoit. Tout ça ressemble à une sortie on ne peut plus banale. La petite amie de Todd, sa famille. Mais l'apparition de Nicola a provoqué quelque chose, peut-être parce que Jen sait que Todd ment. Ou peut-être pas. Il y a maintenant une ombre sinistre qui rôde, comme un requin dans la mer.

Jen se tortille encore pour regarder Todd assis sur le canapé avec Clio. Il est moins proche d'elle que l'autre soir. N'empêche, il est avec elle. Alors quoi ? Va-t-il la quitter ce soir ?

Une musique surgit de nulle part. Du gros rap avec des basses puissantes, qui vient noyer leurs voix. Jen comprend que la musique sort d'un jukebox qu'elle n'avait pas remarqué, un modèle rétro rouge avec des lumières blanches autour du cadran.

Elle reste assise tout le temps que dure la chanson, en espérant que la musique va s'arrêter, mais les chansons s'enchaînent. Todd est en train de parler à Joseph, et Clio se lève pour se joindre à eux, avec Nicola, mais Jen n'entend rien. Elle ne peut qu'assister à la scène, qui a tout l'air d'une conversation détendue, même si elle voit que Todd est mal à l'aise. Elle le voit à sa façon de marcher autour de la table, comme un lion en cage.

Soudain, elle comprend que la musique n'est pas là par hasard, mais pour empêcher que leurs propos soient entendus. Par des curieux comme elle – et d'autres, se dit-elle en repensant à la voiture de police qui tournait.

Au bout d'une heure, Joseph enfile un manteau. Todd range le matériel, empochant au passage les billes sans aucune difficulté. Au moment où Joseph s'en va avec Nicola, Jen fonce vers la porte sur sa gauche, dont elle découvre qu'elle mène aux toilettes, décorées à l'ancienne. Elle reste là, seule, à l'affût de bruits de pas.

Il y a du papier peint d'époque, avec des motifs de coquilles roses, dont la texture s'est émoussée avec les années. Deux cabinets en bois trônent entre les deux lavabos, roses également, et un large miroir doré est accroché au mur.

Elle s'appuie contre les lavabos et passe en revue tout ce qu'elle sait :

Todd rencontre Clio en août.

Ils sont toujours ensemble mais, dès demain, il l'aura quittée. Néanmoins, cinq jours avant le crime, ils seront de nouveau ensemble.

Hier, il a demandé de l'aide à Nicola.

Aujourd'hui, Nicola débarque à la salle de billard. Todd fait semblant de ne pas la connaître. Elle connaît de toute évidence l'oncle de Clio, elle *travaillait pour lui*.

D'ici quelques jours, un adolescent blond volera une voiture pour Ezra. La famille de Clio est clairement une famille de délinquants. Le sac Chanel. Et encore quelques jours plus tard, Nicola sera blessée. Et Todd deviendra un assassin.

Tout en méditant sur la chronologie des événements, elle regarde la fenêtre entrouverte qui laisse pénétrer l'air frais de la nuit. Elle attend au moins dix minutes avant d'envisager de partir, mais elle entend alors une voix basse dehors, et des rires. Sans réfléchir, elle grimpe sur le meuble qui soutient les deux lavabos, non sans se faire mal aux genoux, et regarde par la fenêtre entrebâillée. C'est Todd. Il est au téléphone. Il est à côté de sa voiture garée à l'arrière, les deux coudes posés sur le toit – il est tellement grand. Il parle avec animation.

Elle essaie d'entendre. Le silence règne. Elle devrait pouvoir saisir quelques phrases au vol. Elle tend une main vers le côté pour éteindre l'interrupteur et pouvoir rester assise là, une fois de plus invisible devant une fenêtre.

« J'ai failli t'appeler sur ton téléphone secret, dit Todd. J'essaie de dégager Clio. Ne t'inquiète pas. Tes magouilles ne risquent rien avec moi. »

Le ton est acide, comme un citron.

Un silence. Jen s'arrête de respirer.

« Oui… Enfin, on ne sait jamais », ajoute Todd.

Elle ne voit pas du tout à qui il parle, ne peut pas s'en faire une idée. Ce n'est pas un copain. Pas quelqu'un de son âge.

Todd rit encore, un genre de rire dur, amer et sardonique.

« *Non*. C'est exactement ce que je voulais dire. On en voit le bout, non ? »

Il bascule la tête en arrière pour contempler le firmament. La lune est là, pâle hologramme dans le ciel. La température chute. Jen a froid, à force de rester agenouillée sur les lavabos et d'écouter son fils, lequel a l'air de penser qu'ils *en voient le bout*. Que signifie cette expression étonnamment adulte ? Est-ce pour cela que, dans deux semaines à peine, il tuera ?

Il baisse les yeux, comme s'il suivait une balle qui retombe lentement, puis fixe la fenêtre de Jen. Elle est incapable de détourner le regard au moment où elle croise le sien, mais lui le fait tout de suite. Il ne peut pas l'avoir vue. Le verre est dépoli, la lumière est éteinte.

« Oui, OK », dit Todd.

Nouveau silence.

« Demande à Nicola. Je te retrouve à la maison », reprend Todd.

Le monde semble s'arrêter pendant une fraction de seconde. Je te retrouve à la maison. Je te retrouve à la maison. Je te retrouve à la maison.

Il ne peut s'agir que d'une seule personne : Kelly.

J – 13

20 h 40

Todd monte dans sa voiture, met le contact et part, laissant Jen seule dans les toilettes sombres, les genoux mouillés par les gouttes d'eau sur le meuble.

Je te retrouve à la maison.

La personne au bout du fil est Kelly.

Demande à Nicola.

Kelly connaît Nicola. Todd, non. Il ne mentait pas quand il lui a été présenté.

J'ai failli appeler sur ton téléphone secret.

Le portable prépayé appartient à Kelly. C'est Kelly qui a envoyé des SMS à Nicola.

« Tu viens de parler avec Todd au téléphone », dit Jen à l'instant même où elle franchit en trombe le seuil de la porte d'entrée.

Todd n'est pas encore rentré. Peut-être a-t-il une fois de plus retrouvé Clio. Et Jen ne peut pas attendre. Quelle importance ? Elle n'a pas de lendemain. Elle doit lui poser la question tout de suite.

Kelly porte un vieux jean et un tee-shirt blanc. Il est assis sur le canapé en velours. Ils l'ont placé devant le bow-window de leur salon. Il rentre parfaitement. Pas un centimètre d'espace perdu. Ils ont tellement ri le jour où ils l'ont casé là. Kelly avait proposé d'utiliser du lubrifiant et Jen avait eu un fou rire.

Elle lâche son sac à main sur le parquet. La maison est silencieuse, les lumières tamisées.

Apparemment, Kelly a besoin d'un moment de réflexion. Ces trois petites secondes brisent le cœur de Jen.

« Je sais qu'il est mêlé à une histoire louche. Et toi aussi, tu le sais », dit-elle.

De toute évidence, Kelly décide de nier en bloc.

« Il a des peines de cœur. » Son regard ne varie pas quand il prononce ces mots, ces mensonges. « Jen ? »

Il tend le bras vers elle.

« Je t'ai entendu, répond-elle.

— On a parlé de Clio.

— Qui est Nicola ?

— Quoi ? Je ne connais pas de Nicola.

— Kelly ! explose-t-elle soudain. Je sais que tu les connais. Qui est Joseph Jones ?

— Aucune idée », répond-il aussitôt. Il s'affaire, se lève, allume le plafonnier. Son mystérieux mari. Mystérieux… ou menteur ? « Désolé, je ne vois pas de quoi tu parles », ajoute-t-il en se tournant vers elle.

Elle voit alors la lumière briller, une seconde, sur le film de sueur qui recouvre le front de Kelly.

« Je sais que tu mens », dit-elle.

Il s'est retourné. Il s'éloigne de nouveau. Il met ses chaussures et un manteau.

« Ce n'est pas un sujet de discussion », répond-il.

Il ouvre la porte d'entrée et s'en va. L'encadrement tremble quand il claque la porte derrière lui.

Ryan

Ryan est dans son élément. Ryan fait enfin ses preuves.

Devant lui, comme dans les films, se trouve un panneau en liège plus grand, commandé trois jours plus tôt au service des fournitures. Un mètre vingt de hauteur et quatre-vingt-dix centimètres de largeur (il n'a pas encore l'autorisation de l'accrocher). Le panneau est posé contre le mur, et Ryan est assis devant, jambes croisées.

Cela fait deux mois qu'il recueille ses renseignements de surveillance. Il a commencé par traîner un téléviseur jusque dans son cagibi. Des heures durant, l'œil hagard, il a visionné les images de surveillance du port. Des cassettes à n'en plus finir, les soirs, les week-ends. Il les a regardées attentivement, prenant des notes chaque fois que quelqu'un passait plus d'une fois, discutait avec Ezra ou disparaissait à ses côtés. Il a pris des notes sur des Post-it qu'il a ensuite collés au panneau.

À la fin du mois, il avait une liste de visiteurs réguliers.

« Vous pouvez voir si ces visages correspondent à des individus qui sont dans nos fichiers ? a-t-il demandé à un analyste, un vendredi soir, en désignant ceux dont il avait figé et imprimé l'image.

— OK », a répondu l'analyste. Aussi simple que ça.

Et maintenant il les a : ses petits soldats.

L'équipe infiltrée lui donne également les noms des fournisseurs de drogue. Un agent a rejoint le réseau en se faisant passer pour un acheteur. Habillé n'importe comment, pour reprendre la formule de Leo, il a demandé de l'héroïne. La transaction s'est faite sous l'œil de l'équipe de Leo et l'agent est revenu avec le nom du dealer, qui rejoint désormais le panneau de Ryan.

Le policier l'a refait cinq fois. Cinq autres achats. Il a ensuite expliqué qu'il avait déménagé, qu'il connaissait des gens qui achèteraient, qu'il voulait s'essayer à la vente. Le dealer lui a présenté le fournisseur, dont le nom a également fini sur le panneau de Ryan.

« Ryan, dit Leo en entrant dans son cagibi. Tu es un génie absolu. »

C'est le meilleur boulot qu'ait jamais connu Ryan. Le plus amusant. Le plus gratifiant. Et le plus autonome, aussi. Il sent une bulle de fierté lui monter à la tête. Il est fier de lui et de son panneau.

« Ce n'est que le début, répond-il. Ce qu'on voit là, c'est seulement une partie du système. Le boss dirige une dizaine d'activités différentes. »

Ils regardent ensemble le panneau, sans mot dire.

Leo se tait pendant une bonne minute, si ce n'est plus. Un de ses collègues passe la tête par la porte.

« Tu as une seconde ?

— Non ! » aboie Leo en refermant.

La vie est belle quand vous êtes dans les petits papiers de Leo, atroce quand vous n'êtes pas en odeur de sainteté auprès de lui – il en va souvent ainsi avec les chefs.

« Dans notre dernière enquête, reprend-il d'un air pensif, comme si de rien n'était, le boss n'avait rien de spécial. Il était totalement normal. Tout simplement normal. Il passait sous les radars. Il n'avait pas de vrai travail : il était à son compte. Il ne payait même pas d'impôts. Il ne voyageait pas.

— Ça paraît impossible.

— Eh oui. Enfin, bref. Regarde… On est en train de créer une *légende*. »

Leo s'assoit sur la chaise pendant que Ryan détache du panneau les divers petits soldats et les déplace.

« On devrait peut-être te trouver un bureau plus adapté, dit-il en riant.

— Ce serait bien…

— OK, bon. Les légendes. Tu es prêt pour la leçon ?

— Prêt.

— Quand les flics passent en mode sous-marin, ils prennent une couverture qu'on a déjà créée depuis longtemps. Compris ?

— Compris.

— Donc dès que quelqu'un achète de la came, les autres en face soupçonnent *toujours* les Stups. C'est pour ça qu'on crée une légende par avance. Le type vit à tel endroit, il roule dans telle voiture, il travaille là, il fait ça. On lui invente un *passé*, OK ? On va l'afficher partout où c'est possible – sur Internet, n'importe où. Puis il endosse le rôle. Et c'est sur quoi on travaille en ce moment. »

Leo caresse sa mâchoire, puis boit le thé de Ryan, qui s'en offusque mais ne dit rien. Leo fait ce genre de choses quand il réfléchit. Et comme il est brillant quand il réfléchit, tout le monde joue le jeu.

« Leo », intervient Jamie en ouvrant la porte. Il a l'air lessivé. Ses cheveux sont hérissés. « On a un problème.

— Quoi ? » Leo, qui était en train de jouer avec une des punaises de Ryan, la plante dans le panneau. « Putain, est-ce que les gens pourraient arrêter de m'interr…

— Cette nuit, deux des petits soldats ont volé une voiture dans une maison chic de Wallasey. On vient d'être prévenus.

— D'accord…

— Il paraît qu'ils pensaient que c'était une des maisons vides ciblées, sauf qu'elle n'était pas vide… »

Ryan tourne la tête vers Jamie.

« Il y avait un bébé sur la banquette arrière. Ils sont partis avec. La voiture est en route vers le port. Avec le bébé à l'arrière. »

J – 22

18 h 30

Jen est dans son sanctuaire : le bureau. Elle a voulu se retrouver là, au travail, dans cet environnement calme et organisé qu'elle contrôle de bout en bout, ou du moins peut feindre de contrôler. Elle n'arrête pas de penser à l'implication de Kelly. Elle a l'impression d'être sur un bateau : le sol tangue sous ses pieds, incertain et glissant. Kelly. Son Kelly. L'homme à qui elle peut tout dire. Mais la réciproque n'est pas vraie, manifestement. Comment a-t-il pu faire semblant de réfléchir à une solution avec elle, le soir où il l'a crue ?

En bas, la rue est constellée de gens qui font du shopping et profitent des derniers beaux jours. Entre le début et la fin d'octobre, ce n'est pas pareil. Une lumière dorée. Des feuilles couleur miel. Le dernier souffle de l'été. Elle ouvre la fenêtre. Dehors, la morsure du froid est infime : comme une goutte de teinture qui bientôt se répandra dans l'eau.

Elle soupire et va dans le couloir. Elle a rénové les lieux après la mort de son père, au printemps dernier. Ce qui était autrefois le bureau paternel – la plaque indiquait « DIRECTEUR ASSOCIÉ », comme il le souhaitait – est aujourd'hui la petite cuisine, tout ça pour lui éviter de regarder son ancienne porte, ou pire encore, de travailler elle-même dans cette pièce.

Son père était un bon avocat. Incisif, avisé, capable d'accepter et d'affronter les mauvaises nouvelles sans se bercer d'illusions. Dur : voilà comment elle le décrirait, avec le recul du chagrin. Stoïque, aussi. Un jour, à la fin d'une semaine de travail, elle s'était aperçue qu'il avait dormi sur place deux nuits d'affilée, pour terminer ce qu'il avait à faire, mais n'en avait jamais parlé.

Elle se retrouve aujourd'hui beaucoup plus loin dans le passé qu'elle ne le pensait. Sa plus grande crainte, se dit-elle, est de passer à côté de la genèse du crime. Elle aimerait pouvoir demander conseil à son père. Kenneth Charles Eagles. Il se faisait appeler KC. S'ils avaient eu une fille, Jen et Kelly l'auraient prénommée Kacie. KC. Ça lui aurait plu.

Il est mort seul, un an et demi plus tôt. Une rupture d'anévrisme, un soir. Assis sur son fauteuil, avec à ses côtés un sachet de cacahuètes et une bière à moitié bue. Jen, les premiers temps, a dû détourner ses pensées des derniers instants de son père, comme si elle essayait de diriger un navire incapable de changer de cap. Dorénavant, elle arrive mieux à regarder les choses en face, à se tenir là où il avait l'habitude d'être. N'empêche, aujourd'hui plus que jamais, il lui manque. Il n'aurait eu aucune tendresse pour les théories sur le voyage dans le temps – elle se dit qu'elle aurait eu trop peur de lui en parler, redoutant son jugement –, mais il lui manque, comme il manque toujours aux enfants les mains d'un parent qui les guide, cette capacité à éloigner les problèmes, ne serait-ce que momentanément.

Elle se prépare un thé avant de sortir de la cuisine. Rakesh passe devant son bureau en compagnie d'une autre avocate, Sara.

« Le mari nous a demandé de diminuer de moitié la pension de sa femme au motif qu'elle ne porte que des survêtements, dit Sara. Il a retiré tout le budget habillement. Et les frais de coiffure, et les soutiens-gorge. Il a tenu à préciser qu'elle met uniquement de vieux sous-vêtements de plus en plus grisâtres. »

Le rire incrédule de Rakesh tinte comme une cloche d'église.

Jen esquisse un sourire. Elle s'est toujours sentie chez elle ici, au milieu de ces dingues du travail et de leur humour noir.

Elle envoie quelques e-mails, heureuse de transmettre des renseignements, de donner des conseils. Le genre de choses qu'elle pourrait faire les yeux fermés et qu'elle fait depuis vingt ans.

À 19 heures, le futur ex-mari d'une de ses clientes fait déposer plus de vingt-cinq cartons de ses relevés bancaires. Jen les réceptionne auprès d'un livreur blasé. La première fois, elle est restée pour commencer l'inspection des cartons, indexer leur contenu et les empiler soigneusement dans son bureau. Rakesh a passé la tête par la porte et lui a demandé si elle était en train de construire un château fort.

Il passe, exactement au même moment. Mais cette fois Jen, ne voulant pas trier les cartons, mais ne voulant pas non plus rentrer chez elle, lui demande s'il est d'accord pour aller boire un verre.

« Bien sûr, répond-il, mâchonnant du chewing-gum. Qu'est-ce que c'est que ce truc ? Tu construis un château fort ? »

Jen sourit. Plus elle remonte loin dans le passé, plus il lui est difficile de se souvenir de chaque jour. C'est agréable, bizarrement agréable, d'entendre ses prédictions devenir réalité.

« J'attaquerai lundi, répond-elle. Les éléments fournis par la partie adverse. Les comptes du mari.

— Bordel, mais qu'est-ce qu'il fait comme boulot ? Il travaille pour la Banque d'Angleterre ou quoi ?

— Le coup classique, dit-elle en déplaçant un carton pour se frayer un passage. Il espère envoyer tellement de cartons que personne n'y jettera un coup d'œil.

— Je veillerai personnellement à ce que tu ne sois pas enterrée vivante là-dessous, mais lundi. Il me faut une intraveineuse de vin, dit Rakesh en prenant le manteau de Jen.

— Sale journée ?

— J'ai envoyé une demande de divorce à ma cliente. Elle devait signer, rien de plus. À côté de la mention "comportement déraisonnable", elle a écrit au stylo : *et aussi se branlait tout le temps dans des chaussettes*. Comme si c'était un détail essentiel. Maintenant, il faut que je lui renvoie tous les papiers. On ne peut pas déposer ça au tribunal.

— Ça me semble être un grief justifié, répond Jen. Jolie précision sur les chaussettes.

— Ce n'est pas toi qui vas être obligée de voir le mari au procès.

— Surtout, ne le suis pas dans les toilettes. »

Quand ils s'en vont, manteaux sur les bras en ce tout début d'automne, elle trouve tellement agréable d'être de nouveau là, au bureau, où certaines personnes passent les heures les plus intimes de leur vie. Ça fait plus de dix ans qu'elle travaille avec Rakesh. Elle sait qu'il mange des pommes de terre presque à chaque déjeuner et se rue sur le site du *Daily Mail* quand il a son coup de mou de 15 heures. Elle sait qu'il prononce muettement *Ta gueule* dès que son téléphone sonne et qu'un jour il a transpiré comme un fou lors d'une audience particulièrement compliquée, laissant, d'après lui, une traînée sur sa chaise.

Et c'est agréable aussi, ce soir, de sortir un peu des décombres de sa vie de famille. De laisser de côté le mystère et d'attendre innocemment un verre de vin avec son vieil ami, de parler de leurs clients qui se déchirent pour savoir lequel est allé baiser ailleurs en premier, de boire deux verres – non, trois –, de fumer des cigarettes dans le jardin, et d'en rire. C'est tellement agréable de faire semblant.

Jen a trop bu pour conduire, si bien qu'elle rentre chez elle à pied. Il est 21 heures passées. Elle marche en zigzaguant sur le trottoir et lève les yeux vers sa maison éclairée juste devant elle. Elle pense à son mari, à qui elle a expliqué qu'elle travaillerait tard.

Pour une avocate spécialisée dans les divorces, se dit-elle avec une certaine tristesse, elle est passée à côté de l'essentiel. Elle n'a rien vu venir. Rien.

Elle essaie de remettre les événements dans l'ordre, au vu de ce qu'elle sait maintenant. Le vin l'a aidée à détendre son esprit, qui dans la nuit fraîche lui paraît souple, délié. Pour une fois, elle se sent tolérante et ouverte, et non pas névrosée et fermée.

Le portable prépayé appartient à Kelly. Donc l'avis de disparition du bébé et l'insigne de policier doivent lui appartenir aussi. Mais pourquoi se trouvaient-ils dans la chambre de Todd ?

En s'approchant de la maison, elle entend des voix. Dehors, quelque part. Trop fortes pour venir de l'intérieur. Elle s'arrête près de la voiture de Kelly, qui dégage un peu de chaleur. Elle pose une main sur le capot : il est encore chaud.

Les voix, ce sont son mari et son fils, l'objet même de ses pensées. Et ils crient.

Ils sont dans le jardin du fond. Aussi discrètement que possible, Jen se dépêche de rejoindre le portail. Elle s'y arrête, le doigt sur le loquet noir et froid. Elle est soudain totalement dégrisée.

« Pourquoi tu me racontes tout ça ? » est en train de demander Todd.

Jen est perturbée d'entendre sa voix hachée par des larmes de panique.

« Parce qu'il faut que je te demande quelque chose, répond Kelly. D'accord ? Sinon, je ne t'en parlerais pas.

— Quoi donc ?

— Il faut que tu quittes Clio.

— Quoi ?

— Tu dois la quitter. Je peux demander de l'aide à Nicola, mais tu ne peux pas continuer de fréquenter Clio. Vu la situation. »

Jen sent son estomac se retourner. Elle a la nausée, et ça n'a rien à voir avec l'alcool.

« Ça ne fera qu'éveiller encore plus les soupçons, rétorque Todd. Sans parler de me briser le cœur, *putain*. »

Jen a l'impression que ses genoux vont se dérober. La souffrance, la souffrance, la souffrance dans la voix de son garçon.

« Je suis désolé, fait Kelly. Je suis désolé… Désolé. Je suis désolé. Combien de fois est-ce qu'il faut que je te le dise ?

— C'est le truc le plus merdique qui me soit jamais arrivé », répond Todd.

Sauf qu'il ne se contente pas de le dire : c'est un cri. Un cri d'angoisse.

Un bruit sourd, comme un poing sur la table, peut-être.

« J'ai essayé ! » dit Kelly.

Sa voix est rauque, déchirée par l'émotion. Jen l'a rarement entendu comme ça. Une fois au commissariat de police, après l'arrestation de Todd. Pas étonnant. Il essaie de se calmer. Et – de toute évidence – n'y arrive pas.

« J'ai vraiment tout essayé. Soit Joseph est déjà au courant, soit il va bientôt l'être, Todd. Et il faut qu'on s'éloigne de lui. Sans qu'il comprenne pourquoi.

— Et on s'en fout des dommages collatéraux, c'est ça ? *Moi*, en l'occurrence. »

Jen se rappelle que Clio a refusé d'évoquer avec elle leur rupture. Elle se demande si Todd a pu lui parler de cette conversation. Lui dire quelque chose qu'il n'aurait pas dû mentionner.

« C'est ça », dit doucement Kelly, et Jen a envie de quitter son poste d'observation, seule dans le froid, pour aller secouer son mari. C'était une question rhétorique, lui expliquerait-elle. Todd attendait une autre réponse, espèce de crétin.

« Rien n'indique qu'il est au courant, fait Todd.

— Dès qu'il le saura, il débarquera ici et il…

— C'est une hypothèse. Je n'en reviens pas que tu m'aies embringué là-dedans. Des mensonges ? Des enfants kidnappés ? »

Jen est pétrifiée. Elle a la chair de poule. Le bébé.

« C'est ça ou c'est bien, bien pire, répond Kelly avec une note sinistre dans la voix.

— Oh, oui, bien sûr, il faut garder le secret à tout prix. Et tant pis pour moi et mon premier amour ! » s'écrie Todd.

La porte du fond claque. Il y a des bruits de pas dans l'escalier.

Jen reste devant le portail et essaie de respirer.

Leur poser des questions est inutile. Évidemment, ils mentiront. Et évidemment, il y a au cœur de leur relation un secret qu'ils feront tout pour garder. Tout, plutôt que le révéler à Jen.

Dans l'air froid de la nuit, trois semaines avant que son fils devienne un assassin, elle entend son mari pleurer dans le jardin. Ses sanglots se font de plus en plus ténus, comme ceux d'une bête blessée qui agonise lentement.

J – 47

8 h 30

Il peut se passer beaucoup de choses en trois semaines. C'est pour l'instant le plus grand saut en arrière qu'elle ait fait.

8 h 30, J – 47. Soit, au total, presque sept semaines en arrière.

En descendant, Jen s'arrête devant la baie vitrée. La rue n'est pas du tout la même. Le sépia de la fin d'été, les pelouses brûlées par l'absence de pluie. Le vent qui souffle sur ses bras est tiède. Elle se demande ce qu'Andy en penserait.

Hier soir, elle est allée se coucher avec Kelly. Il a admirablement joué la normalité. À moins d'avoir laissé traîner une oreille indiscrète, on croirait qu'il ne s'est rien passé.

Il était couché sur leur lit, mains croisées derrière la tête, coudes écartés. Une caricature du mari détendu.

« Bien travaillé ?

— Plein de paperasse. Et toi, qu'est-ce que tu as fait ?

— Oh. Je me suis douché, j'ai dîné. Des trucs passionnants. »

Elle se souvient de cette phrase la première fois. Elle s'était alors dit que Kelly faisait simplement de l'humour. Mais hier soir, sous les mots, il y avait comme une rage frémissante. Un homme qui a perdu le contrôle de la situation.

Elle s'était couchée à côté de lui, son mari le traître, ne sachant pas quoi faire d'autre. Il avait dormi contre elle, comme toujours, avec son corps chaud. Une fois qu'il s'était endormi, elle avait regardé la peau de ses bras ; à l'image de la sienne, elle n'avait pas changé. Mais Kelly était fait d'une autre étoffe que ce qu'elle pensait.

À présent, elle se retrouve quarante-sept jours en arrière. Elle se sent de nouveau totalement perdue, comme aux premiers jours. Elle a du vernis rose sur les pieds : elle se rappelle avoir fait ça à la mi-août, pour que ça lui tienne jusqu'aux dernières journées chaudes en sandales.

On est à la mi-septembre. Et que sait-elle ? Kelly pense que Joseph va découvrir quelque chose, donc il a demandé à Todd de ne plus voir Clio. Ce que Todd fait, avant de se remettre avec elle. Kelly appelle Nicola Williams à la rescousse. Nicola se fait poignarder, puis Joseph débarque et Todd le tue.

Elle en sait davantage que par le passé, mais à bien des égards elle a l'impression d'être moins avancée, tant tout ça est déroutant. La sonnette de l'entrée vient interrompre ses pensées.

Elle vérifie de nouveau la date. Ah oui – c'est le jour de la rentrée de Todd en terminale. Elle essaie de se remettre en état de marche.

« Qui est-ce ? crie-t-elle.

— C'est Clio ! » répond Todd.

Jen s'éloigne de la fenêtre et rentre dans sa chambre. La même chose s'est-elle produite la dernière fois ? 8 h 30… Elle avait dû déjà partir. Habillée, chaussée, un jour de semaine ordinaire, le café crème à la main, les divorces prêts. Mais c'est ici, au cœur de la vie de famille, que se cache le secret. *S'il l'apprend, il débarquera ici*. Voilà ce qu'a dit Kelly.

« J'y vais ! » s'écrie Jen.

Malgré son vieux short de maternité élimé – elle n'aurait pas pu mettre quelque chose de plus joli pour dormir, en septembre ? – et son tee-shirt à travers lequel on voit clairement ses seins, elle va ouvrir. Elle enfile un peignoir et descend les marches deux par deux.

« Bonjour », dit Clio.

La voilà. Celle dont son fils est tombé amoureux, dont il se sépare, avec laquelle il se remet. Que son père l'oblige à quitter. Celle – de toute évidence – qui est au centre de l'affaire.

Jen ne sait pas quoi lui demander en premier.

« Jen, c'est bien ça ? » Clio tend la main, tout à fait charmante. Ses doigts sont longs et bronzés, sa poignée molle, sa peau sèche mais douce, encore enfantine. Sinon, elle est la même qu'en octobre. La frange, les yeux immenses, leur blanc éclatant de santé.

« Oui. Enchantée, répond Jen.

— Ma rentrée a lieu demain, mais j'avais dit que j'accompagnerais Todd jusqu'au lycée.

— Ça suffit », intervient ce dernier.

Il porte son sac à dos comme quand il avait cinq, huit, douze ans. Lui aussi est bronzé. Bien plus radieux qu'en octobre. Moins tourmenté. Jen ne peut s'empêcher de le regarder, repensant à ses larmes hier soir, à sa colère. Une dispute explosive, et maintenant ça : un grand bond en arrière. Qu'est-ce que ça signifie ?

Kelly sort de la cuisine et s'arrête en voyant Jen.

« Tu ne vas pas travailler ? Je ne voulais pas te réveiller…

— Je crois que je suis malade, répond-elle sans réfléchir. J'ai éteint mon réveil. J'ai la gorge en feu.

— Sèche le boulot. Au diable les avocats.

— Quel incroyable manque de déontologie de la part du père », commente Todd.

Kelly se tourne vers lui.

« Travaille dur et un jour toi aussi tu pourras sécher », dit-il.

Ce n'est pas cette phrase qui interpelle Jen et lui donne envie d'appuyer sur *Pause* pour digérer l'instant. Non, c'est le regard qu'échangent Kelly et Todd. De la pure affection. Il n'y a rien d'acéré là-dessous. Leurs yeux pétillent.

Quand les a-t-elle vus pour la dernière fois aussi complices ? Elle ne sait plus.

Todd tend la main et fait mine de pousser son père. Jen les regarde.

Toute sa carrière, elle a cherché ce qui était absent autant que ce qui était présent. Les preuves se trouvent souvent dans ce que les gens ne disent pas. Ce qu'ils omettent. Comme ce type qui trafique ses comptes et essaie de planquer d'énormes profits dans vingt-cinq cartons de paperasse, en espérant que les avocats n'auront jamais le courage de les ouvrir.

Chez elle, en revanche, elle ne l'a pas vue. L'absence de ce badinage agréable. Un indice en soi.

Voilà pourquoi elle a atterri ce jour-là, pense-t-elle. Pour voir le contraste. La dispute qu'elle a entendue à la volée derrière le portail a modifié leur relation, l'a fracturée. Et elle se retrouve là, avant. Les choses n'ont-elles pas l'air complètement différentes ?

« En tout cas, enchantée », lui dit Clio au moment où Todd s'en va avec elle. Et d'ajouter, s'adressant à Kelly : « Contente de vous avoir revu. »

C'est cette phrase qui détourne l'attention de Jen vers son mari.

Leurs regards se croisent quand Todd referme la porte derrière lui. Elle n'entend pas sa voiture : les deux tourtereaux doivent certainement se promener au soleil.

« Contente de vous avoir *revu* ? demande-t-elle à son mari.

— Hein ? »

Il a le dos tourné et se dirige vers la cuisine. Elle veut le rattraper. C'est légitime, se dit-elle, parfaitement légitime de poser la question, de comprendre pourquoi Clio lui a dit ça. Mais pourquoi éprouve-t-elle le besoin de se le dire ? Elle s'arrête. Parce que son mari peut se montrer fuyant : c'est la réponse qui lui vient du tréfonds de son âme.

« Tu as déjà rencontré Clio ?

— Oui, elle est passée un jour avec Todd, à midi.

— Ah bon ?

— Elle n'est restée que cinq minutes. Je crois que je lui ai fait subir un véritable interrogatoire », dit-il avec un sourire charmant.

Elle voit qu'il réfléchit à toute vitesse.

« Tu ne m'en as jamais parlé. Tu ne m'as jamais dit que tu l'avais rencontrée. »

Kelly hausse les épaules.

« Ça ne m'a pas paru plus important que ça.

— Mais tu savais que pour moi, ça l'était. » Elle ne défie presque jamais son mari de la sorte. Elle a toujours voulu être… Elle ne sait pas. Accommodante.

Facile à vivre. « Tu sais bien que je me demandais à quoi elle ressemblait. »

Elle est à deux doigts d'ajouter qu'elle sait qu'il connaît l'ami de l'oncle de Clio. Que, plus tard, il demandera à Todd de ne plus la fréquenter. Mais elle se retient. Il ne ferait que lui mentir.

« Elle est gentille », dit-il.

Plus elle insiste, plus il esquive. Elle n'a jamais remarqué ça chez lui, cette manière de faire des contorsions. De répondre à une autre question. De répondre à la question originelle. Il entre dans la cuisine et prend une cannette de Coca. Le petit bruit de l'opercule ressemble à un coup de feu. Elle sursaute.

Jen réfléchit à la suite, puis s'habille et met ses baskets.

« Je vais acheter un médicament pour ma gorge, lance-t-elle.

— J'y vais ! répond Kelly, toujours aux petits soins. Ou alors, attends… On n'a pas le truc qui…

— Non, non, c'est bon », dit-elle en claquant la porte d'entrée derrière elle avant qu'il puisse objecter.

Elle roule jusqu'à l'école puis, garée dans une rue latérale, attend que Todd et Clio apparaissent. Ce qu'ils font cinq minutes plus tard, style *Truman Show*. Main dans la main. Leurs grands corps prennent le soleil. Clio est vêtue d'une combinaison kaki, le genre qu'on s'attendrait plutôt à voir sur un agent d'entretien ventripotent. Todd, lui, porte un jean *skinny*, un tee-shirt blanc et des tennis, sans chaussettes. Ils pourraient jouer dans une publicité pour des vitamines.

Jen va proposer à Clio de la déposer chez elle et essayer de se convaincre qu'elle n'est pas folle de les avoir suivis jusqu'ici.

Elle attend que Clio ait accompagné Todd au portail. Mais d'abord, bien sûr, ils s'embrassent. Jen ne devrait pas les regarder, une voyeuse dans sa voiture, mais c'est plus fort qu'elle. Leurs corps ne font qu'un, des pieds jusqu'à leurs lèvres, on dirait qu'ils sont collés l'un à l'autre. Ce qui lui fait penser à Kelly. Il leur arrive encore de s'embrasser ainsi, parfois. Il est doué pour ça. Pour maintenir l'alchimie entre eux, entretenir la flamme. N'empêche, ce n'est pas la même chose.

Quand ils se séparent enfin, que Todd s'éloigne avec un sourire malicieux et une démarche fière, Jen quitte la rue latérale et ralentit à côté de Clio.

« Je passais par là, dit-elle. Tu veux que je te ramène ? »

Clio est prise au dépourvu.

« Vous n'allez pas à votre travail ? » répond-elle, un pied sur le trottoir et l'autre au-dessus du caniveau.

Elle la regarde d'un air indécis. Jen se sent comme une criminelle, en train d'enlever la petite amie de son fils, mais… Cinq minutes en voiture, pendant lesquelles elle pourra tout lui demander. L'occasion est trop belle.

« Non, non. Je devais déposer quelque chose pour Todd. Je retourne à la maison, maintenant.

— Bon, d'accord », dit Clio, enthousiaste.

Jen est soulagée de constater que la jeune fille est du genre conciliant, comme elle. Elle pourrait aisément fixer ici une limite, mais elle ne le fait pas. Au contraire, elle monte et s'installe sur le siège passager. Elle sent le dentifrice – peut-être celui de Todd, se dit Jen, sombrement – et le déodorant. Une odeur saine. Elle a retroussé les jambes de sa combinaison, dévoilant des chevilles fines, bronzées, lisses.

Jen les regarde, soudain nostalgique d'*avant*, d'un passé indéterminé. Quand elle allait dans les pubs, quand elle embrassait des garçons, quand elle était mince (jamais). Quand l'avenir lui souriait.

« Je te dépose où ? »

Elle n'en dit pas plus sur sa présence ici. Par certains côtés, elle s'inspire de son mari, tellement doué pour le mensonge que ses secrets sont restés cachés à la vue de tous. Jamais de surexplication, ni de détails, même. Uniquement une absence totale de précisions. Les meilleurs menteurs qui soient. Les plus intelligents.

« Appleby Road », répond Clio.

Une rue située derrière Eshe Road North. Ça se tient.

« Ah, donc tu n'habites pas Eshe Road ? demande Jen, l'air de rien, en redémarrant.

— Non, non. »

Clio semble surprise que Jen connaisse son adresse. C'est vrai : Jen n'y est jamais allée. Est censée n'y être jamais allée.

« Appleby Road, c'est ma mère et moi, seulement. »

Clio n'en dit pas plus, comme la dernière fois.

À un rond-point, Jen jette un bref coup d'œil vers elle. Leurs regards se croisent une fraction de seconde.

Clio sort alors son portable de la poche de son jean en soulevant les hanches.

« Kelly doit penser que j'habite Eshe Road », dit-elle en riant.

Jen s'efforce de ne pas réagir.

« Pourquoi ?

— Je suis toujours fourrée là-bas. »

Elle observe un silence.

« Kelly, Ezra et Joseph… Entre eux, ça remonte à loin, pas vrai ?

— Oui, oui, bien sûr. Désolée… C'est donc lui… C'est Kelly qui t'a présentée à Todd ?

— Oui, exactement. Enfin… Le jour où je suis passée avec Joe déposer quelque chose pour Kelly, c'est Todd qui a ouvert… Et ensuite… Il ne vous a jamais raconté ?

— Est-ce que tu sais… Kelly a tellement d'amis. » Cette phrase est tout le contraire de la vérité. « J'avais complètement oublié. »

Clio regarde à gauche, par la vitre côté passager, sans mesurer l'importance du renseignement qu'elle vient de révéler.

Perplexe, Jen ne dit plus rien de tout le trajet. Elle dépose Clio chez sa mère, laquelle sort dans l'allée et la salue de la main. Elles ne se ressemblent pas du tout. Clio doit être le portrait de son père – comme Todd.

Deux heures plus tard, Jen fait du yoga pour la première fois de sa vie, en l'occurrence une grotesque posture du chien tête en bas, dans la voiture de Kelly, la tête sous les sièges, les fesses pratiquement à hauteur des fenêtres du voisin.

Elle doit retrouver le portable prépayé, celui dont elle sait désormais qu'il appartient à Kelly. Elle veut s'en servir pour appeler Nicola.

Alors elle le cherche pendant que Kelly fait son jogging.

Or il n'y a rien dans sa voiture. Quelques vieux gobelets de café, un jack, une bouteille de Sprite intacte. Bizarrement, elle est soulagée de constater qu'il n'a pas caché le portable ici, sous les sièges ou à côté de la roue de secours dans le coffre. Kelly n'a jamais été porté sur les clichés, et ça lui plaît, cette façon qu'il a de ne pas se comporter comme tous les autres filous avant lui. Comme si elle le connaissait encore, quelque part sous le chaos.

Elle regagne la maison pour y poursuivre ses recherches. Les sacs à outils, le placard de la chaudière, les vieux manteaux. Partout.

Il rentre peu après, et Jen s'interrompt brusquement. Elle essaie de ranger un peu le désordre qu'elle a laissé. Pendant que Kelly se douche, elle lui pique son portable habituel et allume Find My iPhone pour le pister. Elle devra le faire tous les matins, car elle recule dans le passé, mais tant pis. Tous les moyens sont bons.

Il est 19 h 55. Ils n'ont pas encore dîné. Jen attend le moment opportun pour interroger Kelly sur… Sur tout, en fait. Elle se demande simplement par où commencer.

Todd est dans sa chambre, sur sa Xbox. Elle entend les bruits de ses jeux vidéo au-dessus, comme le tonnerre et la foudre.

« Tu ne te dis jamais qu'il est en train de devenir un peu… solitaire ? » demande Jen.

Elle est assise sur un des tabourets de bar. Kelly, lui, a les deux coudes posés sur le comptoir. Il la regarde.

« Non, pas du tout, répond-il. À son âge, j'étais pareil.

— Les jeux vidéo ?

— Oui, enfin… Désolé de devoir t'annoncer ça, mais il ira sur des sites porno. »

Il lève les mains, paumes tournées vers Jen. C'est tellement simple. Comment est-ce aussi facile de discuter avec lui comme ça, grâce à cet humour qu'ils ont toujours partagé ? Au café, lors de leur premier rendez-vous, Kelly avait été si discret, si réservé. À la fin de la soirée, il l'avait fait tellement rire qu'elle avait fini dans son lit.

« Quoi ? Alors que la guerre fait rage dans *Call of Duty* ?

— Bien sûr. Les écouteurs sur le porno et *Call of Duty* en guise de leurre. » Il se lève, se tourne vers les placards, les ouvre et les referme avec un air morose. « On n'a rien à manger.

— Tu viens de me couper l'appétit.

— Oh, arrête. C'est parfaitement *naturel*, Jennifer.

— Quoi ? Regarder des femmes avec de faux seins avoir de faux orgasmes ?

– Ç'a été une excellente éducation pour moi. »

Il se retourne et la regarde en haussant un sourcil. En dépit de tout, Jen sent son ventre se consumer. Ce petit regard sombre, rien que pour elle. Il a toujours été un bon mari, du moins le pensait-elle. Pas ambitieux, un peu frustré parfois, mais intéressant, profond, sexy. N'est-ce pas là tout ce qu'elle désirait ?

« Un curry, ça me dirait bien », ajoute-t-il, manifestement préoccupé par la nourriture tandis que Jen déconstruit leur couple.

Elle entend un portable vibrer. Le genre de son auquel, en temps normal, elle ne ferait pas attention, tant il est fréquent chez eux. Inconsciemment, Kelly touche sa poche de chemise. Mais, au moment où il se retourne, Jen s'aperçoit que l'iPhone de son mari se trouve dans sa poche arrière. Elle regarde de plus près. Deux portables. Et les deux sur lui. Elle ne l'aurait jamais remarqué. Comment l'aurait-elle pu ? Le portable prépayé est tout petit, comme un caillou. Kelly porte son jean large, et taille basse, comme d'habitude.

Elle recule la tête pour le jauger.
« Pourquoi pas », répond-elle.
Le restaurant indien qui vend des plats à emporter se situe à trois rues de chez eux. Ils adorent cet endroit, même s'il est cher (ou peut-être parce qu'il est cher). Tout n'y est que panneaux en bois, comme dans un Center Parcs, et l'éclairage est superbe. Jen et Kelly disent qu'ils n'oseront jamais manger sur place, maintenant que les serveurs les ont vus si souvent passer chercher leurs commandes en tenue confortable (c'est-à-dire en pyjama).
« Je vais y aller », dit Kelly.
Oui, ça s'est passé comme ça, non ? Il y est allé et il est revenu avec des sacs de plats indiens parfumés. Est-il rentré plus tard que prévu ? Elle ne le pense pas. Bordel, tout n'est pas un indice, si ?
« Je t'accompagne.
— Non. J'y vais. Toi, repose-toi. Regarde un peu de porno », dit-il par-dessus son épaule en sortant.
Elle l'entend rire quand il ouvre la porte. Comme si tout était parfaitement normal.

Soit il passe un coup de fil, soit il a rendez-vous avec quelqu'un. C'est la conclusion que Jen en tire. Alors, aussitôt Kelly parti, elle se précipite vers la baie vitrée pour l'épier. Dans le noir. Elle reste là, invisible, et le regarde s'éloigner à pied.
À quelques maisons de là, quelqu'un attend. Kelly le salue de la main. Jen se déplace pour continuer de les voir. Elle est tellement près de la fenêtre qu'elle fait de la buée. Elle plisse les yeux pour tenter d'identifier l'inconnu.
Le soleil vient de se coucher. Jen est bien plus proche de l'été que la veille. Derrière les silhouettes

noires des maisons, le ciel est encore argenté, ce qui les éclaire davantage. Elle voit Kelly serrer l'épaule de l'homme. Comme pourrait le faire un professeur. Un mentor, un psy.

Ou un vieux copain.

En un reflet presque parfait de la nuit où tout a commencé, ils se retournent, et Jen voit que la personne saluée par Kelly est Joseph.

Ils marchent sur deux ou trois mètres, puis Joseph dit quelque chose. Ils s'arrêtent, et un sachet passe des mains de Joseph à celles de Kelly, un sachet marron, pas plus grand que la paume. Kelly ne l'ouvre pas, ne regarde pas son contenu. Il le met dans la poche de son jean, touche de nouveau l'épaule de Joseph, puis lève la main, sans se retourner, au moment de repartir. Joseph rebrousse chemin et s'approche de leur maison. Jen se ratatine sur le côté pour rester hors de vue. En passant devant, Joseph lève les yeux vers les fenêtres.

Todd sort de sa chambre au moment précis où Jen comprend : toute cette histoire selon laquelle il n'y avait rien à manger, c'était pour préparer le terrain, avec le même soin qu'un architecte. Kelly attendait la sonnerie du téléphone lui annonçant l'arrivée de Joseph. Comme c'est sinistre de revivre sa vie à reculons. De voir des choses qu'on n'avait pas vues sur le moment. De mesurer toute la portée atroce d'événements dont on n'avait même pas connaissance. De lever le voile sur les mensonges de son mari. Jen aurait juré que Kelly était l'homme le plus honnête du monde. Mais tous les grands menteurs ne donnent-ils pas cette impression ?

« Il y a un risque qu'il y ait quelque chose à manger, ou je dois prévenir les services sociaux ? demande Todd en arrivant derrière elle.

— Tu sais qui c'est ? » répond-elle, le doigt pointé vers la rue.

Cela vaut sans doute mieux que de demander à Kelly. Todd est moins lié à Joseph qu'elle ne l'a d'abord cru, et il ne le tuera que dans un peu moins de deux mois. Peut-être qu'il ne mentira pas.

Todd plisse les yeux.

« C'est la voiture du pote de l'oncle de Clio.

— D'où est-ce que ton père le connaît ? Ils viennent de discuter. »

Todd s'éloigne d'elle, à peine un pas. Elle le regarde. Quelque chose vient de se produire dans la tête de son fils, mais elle ne sait pas quoi.

« Est-ce qu'ils se connaissent ? » insiste-t-elle.

Ils regardent de nouveau la rue. L'obscurité s'épaissit. Son mari vient juste de se livrer à une transaction sous ses yeux, sans se cacher. Elle sent toute l'importance de ce moment, de la dispute que Kelly et Todd vont ensuite avoir, aussi. Les informations affluent vers elle. Peut-être que la fin du tunnel est proche.

« Il faut que je sache, dit-elle à Todd.

— Écoute… je… je ne veux pas provoquer de crise conjugale.

— Todd, on n'est pas dans une sitcom.

— Tu vas rire, mais je suis au courant. Oui, papa connaît l'oncle de Clio et son pote. Il m'a demandé de ne pas te le dire. »

L'adolescent frotte son pied nu sur la moquette.

« Quoi ? Pourquoi ?

— Il dit que ce sont ses vieux copains et que tu les trouvais pénibles. Et que ça ne te plairait pas de savoir qu'il a repris contact avec eux.

— Il t'a demandé de me mentir ?

— Tu ne les trouves pas pénibles, en fait ?

— Je ne sais pas du tout de qui il s'agit. »

Elle ne sait plus à quel saint se vouer. Dans quelques semaines, Kelly expliquera à Todd qu'il ne peut plus voir Clio, qu'il ne peut plus fréquenter ces gens-là. Et pourtant... Des objets qu'on passe de main en main sous des lampadaires. Des transactions organisées sur des portables prépayés.

Kelly a un lien avec Joseph. Clio et Todd se sont mis ensemble et ont compliqué la situation. Et Kelly... Kelly a pensé que leur histoire ne durerait pas, qu'il pourrait, en attendant, la dissimuler assez longtemps. Quand il est devenu évident qu'il ne le pourrait pas, il a dit à Todd de mettre fin à sa relation. Et pourquoi.

Ce *pourquoi* est la pièce manquante. Jen est à peu près sûre que, aujourd'hui, Todd ne le sait pas. Seul Kelly est au courant.

Todd lève les mains en l'air.

« C'est tout ce que je sais.

— Ce Joseph, il est dangereux ? demande-t-elle pendant qu'un feu d'artifice de questions se déclenche dans sa tête.

— C'est peut-être un magouilleur. Je ne sais pas. Il est un peu filou.

— Comment ça ? »

Todd fait la moue.

« Je ne sais pas. Il ne travaille pas, mais il a de l'argent. Franchement, je n'en sais *rien*.

— Et Clio en sait un peu plus ?

— Non.

— Je vais demander à ton père. »

Jen attrape un blouson, met des baskets et sort dans la nuit douce et brumeuse, le dernier soupir de l'été.

Elle est contente de faire ça loin de Todd. Il en sait déjà trop, de toute évidence.

Elle se dépêche de remonter la rue en direction du restaurant indien, s'en voulant d'avoir passé Todd sur le gril, au cas où il s'inquiéterait, se sentirait complice de sa souffrance, d'une manière ou d'une autre. Ce n'est qu'un gamin, bordel. Bien sûr qu'il allait mentir pour garder sa jolie petite amie.

Mi-marche, mi-course, ses pas résonnent. L'air est compact et le coucher de soleil monochrome, rendu gris par les nuages. Les quelques feuilles de septembre sont tombées des arbres. Marron, à trois lobes, comme sur un dessin d'enfant. Elles seront de plus en plus nombreuses à s'accumuler sur les trottoirs, et elle n'en verra aucune.

Elle tourne au coin de la rue du restaurant indien et s'arrête en apercevant Kelly. Appuyé contre un panneau, les jambes croisées devant lui, il lui tourne le dos et parle au téléphone. Le portable prépayé qu'elle a découvert dans la chambre de Todd en octobre. Elle réalise, à présent, que c'était après leur dispute, donc… Pourquoi le portable a-t-il atterri dans la chambre de leur fils ? Est-ce que Todd le piquera à Kelly ?

« Je l'ai fait, dit-il. Donc il va falloir que tu entres en jeu aussi. »

Jen attend sans rien dire. Elle recule de quelques pas et se cache dans un coin d'où elle peut entendre malgré tout.

« Je te l'apporterai. C'est un double de clé. Mandolin Avenue, pas loin. Allez, je dois y aller. Il faut bien que je fasse une apparition chez moi. »

Cette dernière phrase la terrasse plus que la précédente.

Bouche bée, elle plaque les mains contre un mur. Elle a l'impression que tout son monde vrille autour d'elle. Elle est sur le point de se ruer sur Kelly, de lui tendre une embuscade, de lui hurler dessus, quand il dit :

« Merci. Merci, Nic. »

Au moment où son menteur de mari ressort avec les plats à emporter, elle se ressaisit. Elle a besoin de réfléchir. Plutôt que le prendre entre quatre yeux, elle veut recueillir le maximum de renseignements.

Quand il la voit, il ralentit le pas.

« Eh ? » Son sourire est naturel, mais méfiant. Il n'est pas bête. Il sait qu'elle sait quelque chose.

« Qu'est-ce qu'il se passe ? »

Il comprend immédiatement ce qu'elle veut dire, et il sait que ses questions sont un avertissement.

« Ce coup de fil ? Nic ? Non… » Déduction logique. « Ce n'est pas ce que…

— Montre-moi ce que tu as dans les poches. »

Il regarde devant lui, puis le restaurant indien, puis ses pieds. Il se mordille la lèvre, pose la commande par terre et s'exécute. Jen s'avance vers lui.

Deux portables et le sachet marron qui contient la clé se retrouvent dans les mains de Jen.

Elle ne dit rien. Elle attend simplement une explication.

« Je… C'est le portable de ma cliente. Nicola. Et la clé de sa voiture.

— Arrête de mentir ! »

Son cri résonne dans toute la rue et revient déformé. Kelly se décompose, sous le choc.

« Tu me mens », ajoute Jen avec un sanglot qu'elle ne peut contenir.

À son corps défendant, la discussion dégénère en dispute conjugale, soit précisément ce qu'elle voulait éviter. Elle ne peut pas s'empêcher d'être émotive avec lui.

Il passe une main dans ses cheveux et se tortille sur place. Il est en colère.

« Des portables prépayés et des transactions illégales, Kelly. »

Il met du temps à répondre. Il la regarde en se mordillant la lèvre.

« Bon, d'accord. Le sachet. Ce n'est pas la clé de voiture d'une cliente.

— C'est à qui, alors ? »

Il se tait de nouveau. Kelly laisse souvent les silences s'étirer, préférant ne rien dire quand d'autres parleraient. Il y a toujours quelqu'un qui parle avant lui. Mais cette fois, Jen attend aussi et se contente de le regarder.

Il scrute son visage. Il essaie de savoir jusqu'à quel point elle est au courant, de trouver le meilleur coup à jouer.

« La voiture est volée, mais ce n'est pas… ce que tu crois, finit-il par lâcher.

— Qu'est-ce que c'est, alors ?

— Ça, je ne peux pas te le dire.

— Pourquoi ? »

Il regarde ses pieds. Il réfléchit.

« Quoi ? Dis-le-moi, sinon… on va avoir des problèmes, Kelly. » Jen lève la main. « Je ne plaisante pas.

— Je sais très bien que tu ne plaisantes pas, répond-il, tendu. Moi non plus.

— Dis-moi ce qu'il se passe, putain. Ou je m'en vais.

— Je… » Il fait quelques pas de plus, encore un mouvement inutile qui semble n'avoir pour but que de faire baisser la pression. « Jen… Je… »

Il a les joues toutes rouges. Elle commence à l'énerver, elle le sent bien. Kelly est peut-être un homme calme, mais lui aussi a ses limites. Il suffit de voir son comportement dans le commissariat de police le soir où tout a commencé.

« Dis-moi juste à qui appartient cette clé. Dis-moi juste qui est le type que tu viens de voir.

— C'est… Je te le dirais si je pouvais.

— Tu ne veux pas me dire dans quoi tu t'es fourré. Ce n'est pas aussi simple que ça ? Putain, Kell, tu es en train de faire le mort.

— C'est loin d'être aussi simple que ça.

— Je ne peux pas rester là sans rien faire alors qu'il se passe des trucs illégaux juste devant la maison.

— Je sais, je sais.

— Des bébés disparus. Des voitures volées.

— Des bébés disparus ? »

Ses yeux s'illuminent, puis se tournent vers elle. Son expression passe de l'agacement à la panique.

« Le bébé disparu. »

Il s'interrompt. Il respire fort.

« Si je te dis quelque chose, tu me feras confiance ? »

Jen ouvre grand les bras, là, en pleine rue.

« Bien sûr. »

Kelly s'approche d'elle et la prend soudain par les épaules.

« Ne cherche pas à en savoir plus sur ce bébé. »

Rien n'aurait pu la choquer plus que cette phrase.

« Quoi ?

— Quoi que tu aies découvert, arrête.

— Qui est Joseph Jones ?

— Ne cherche pas *non plus* du côté de Joseph Jones », répond-il d'une voix terrible et tranchante.

Ils restent silencieux pendant quelques secondes. Jen est toujours dans ses bras.

« Kelly… Je… Tu me demandes de…

— D'arrêter, c'est tout. Quoi que tu fasses. Arrête. »

Elle déteste ce ton-là, qui fait remonter en elle une vieille émotion. Son corps a envie de courir, elle veut s'enfuir : la peur.

« Pourquoi ? » dit-elle d'une toute petite voix.

Kelly perd finalement son sang-froid.

« Tu es en danger, Jen. »

Elle recule, choquée, les épaules recouvertes de chair de poule. Elle frissonne. Elle se sent tellement seule. À qui peut-elle faire confiance ?

Il la regarde. Derrière la peine, elle décèle sur ses traits une émotion qu'elle ne lui a encore jamais vue et qu'elle ne parvient pas à déchiffrer.

Elle lui demande de ne pas rentrer à la maison avec elle s'il ne lui en dit pas plus – et il n'en dit pas plus. Il s'en va. Elle ignore où, et elle s'en moque, presque. Les plats à emporter restent posés là, dans ce sac en papier qui tremblote face au vent. Elle le ramasse et le rapporte à Todd. Pour une fois, elle n'a pas faim.

Ryan

Ryan patiente avant la réunion d'urgence convoquée par la sergente, Joanne Zamo.

Leo, Jamie et Ryan sont adossés au mur du fond de la salle de réunion.

« Pour ta culture personnelle, dit Jamie juste avant que Zamo prenne la parole. GCO, ça désigne un groupe criminel organisé.

— Merci, fait Ryan. J'étais au courant.

— Bien », commence Zamo. Tailleur-pantalon, chaussures noires à talon plat, elle a un café dans la main. Tout son poids repose sur une jambe. De toute évidence, elle est en pleine réflexion, le front baissé, les yeux rivés sur le sol sans le regarder vraiment. « Les équipes de surveillance viennent de nous transmettre des renseignements. Tout le monde est prêt ? »

La salle de réunion est saturée d'adrénaline, comme rarement. Un flic dont Ryan ignore le nom est en train d'installer un tableau et d'y accrocher plusieurs éléments. Deux autres collègues sont au téléphone et parlent de plus en plus fort.

« OK, dit Zamo. La surveillance nous a signalé que les membres du GCO ciblaient une maison vide. Ils ont ensuite aperçu une BMW dans l'allée de la maison d'à côté, clés sur le contact, moteur en marche. Alors ils l'ont prise. » Elle plisse les lèvres, creusant des fossettes de part et d'autre de sa bouche. « Ce qu'ils ne savaient pas, c'est que la BMW appartenait à une jeune mère qui avait l'intention de rouler de nuit pour endormir sa fille, encore bébé. Elle l'a installée sur son siège, puis l'a laissée là quelques secondes pendant qu'elle allait chercher son portable… »

Ryan est saisi d'une impression désagréable. Il imagine très bien la scène. La panique. La terreur. La femme qui voit sa voiture démarrer. Qui se précipite. Le coup de téléphone à la police…

« Ça fait maintenant cinq heures. La voiture n'a pas été repérée mais on surveille le port, vers lequel elle se dirigeait. »

Ryan pense à ce bébé, aux mains des criminels. Ou à bord d'un bateau, dans les eaux internationales, sur la banquette arrière d'une voiture, seul.

« Une équipe est en train de chercher dans le fichier des immatriculations, mais il y a des chances pour qu'ils aient changé la plaque. On a bloqué tous les ferries. Maintenant, il faut retrouver la petite Eve. »

Leo jette un coup d'œil indéchiffrable vers Ryan.

Ce dernier comprend qu'il va devoir détacher les noms de son panneau en liège. Ils vont envoyer d'autres agents pour les surveiller tous, un par un, et voir s'ils peuvent retrouver la voiture. Et le bébé.

Il regarde l'avis de disparition punaisé au tableau. Il pose un doigt dessus. Le papier est doux et fin.

Le bébé est magnifique. Ryan a toujours voulu avoir des enfants. Deux. Un garçon et une fille. Il sait que c'est ringard, mais ç'a toujours été son souhait. Deux gamins et une femme qui le fait rire. Reconstruire sa propre cellule familiale, sur les décombres de son enfance. Si les êtres que vous avez laissés ne suivent pas, créez-en de nouveaux, devant vous.

Eve a quatre mois. Elle a des yeux sublimes, on dirait une petite lionne expressive. Et c'est à lui de la retrouver.

« Bon, Ryan, dit Leo une heure plus tard. Désolé pour le retard. J'ai dû obtenir des autorisations pour d'autres opérations clandestines. »

Il sirote son café.

Ryan lorgne la boisson avec envie. Il est épuisé. Il craint de commencer à préférer celui du commissariat, de se mettre bientôt à le boire dans des gobelets en plastique chez lui.

« Où est-ce qu'ils vont emmener le bébé ? lui demande Leo. À ton avis.

— Ils vont faire au plus simple. Ils n'en ont rien à foutre de son sort. De la petite.

— D'accord… Donc quoi ? Le port ?

— Ils vont honorer la commande, quelle qu'elle soit. C'est leur priorité. Ils pourraient très bien abandonner le bébé quelque part en chemin. Ils ne prendront pas d'autoroutes ou de grandes routes, à cause du fichier des immatriculations. Ils passeront par la campagne. C'est ce qu'aurait fait mon frère, en tout cas. »

Ryan a l'impression de le trahir. Son grand frère. Qui l'avait toujours protégé, plus ou moins. Mais voilà le résultat.

« Il disait sans arrêt : "Les flics sont toujours à l'affût."

— Tu nous es très précieux, répond Leo. À cause de cette histoire de frère. Tu le sais, hein ? »

Ryan hausse les épaules. Il est gêné.

« Oui, enfin…

— Pas besoin d'être modeste. » Leo se lève de sa chaise. « Ce que je veux dire par là, c'est que tu connais tous ces trucs et que *pourtant* tu es ici. Tu as grandi là-bas… » Il tend la main gauche loin de son corps. « Et tu t'es retrouvé ici.

— Merci. C'est-à-dire que… En un sens, Kelly m'a beaucoup appris. Comme tous les bons criminels, j'imagine. »

J – 60

8 heures

« Salut, ma belle », dit Kelly.

Il entre dans la chambre, en caleçon. Jen sursaute.

Elle pourrait crier. La dernière journée qu'elle a passée avec cet homme, elle l'a quitté sur le trottoir. Une dispute conjugale. Un coin de rue sombre et sinistre, des trahisons, des crimes. Aujourd'hui – treize jours avant –, il la salue d'une voix encore un peu endormie, le visage aussi radieux que cette journée d'août.

« Salut », murmure-t-elle, ne sachant pas quoi dire d'autre.

Des voitures volées, des bébés volés, des policiers morts, ne cherche pas du côté de Joseph Jones, n'essaie pas de retrouver le bébé. Les cris angoissés de son fils dans le jardin.

Et maintenant ça. Kelly, torse nu, grand sourire aux lèvres. Il se rend compte que quelque chose ne va pas et arrête de s'habiller, son jean à mi-cuisses.

« Qu'est-ce qu'il y a ?

— Non, rien. Il faut que j'aille au boulot de bonne heure. C'est la journée des nouveaux stagiaires », répond-elle, une vérité dont elle n'avait même pas conscience avant de la dire.

Le pouvoir du subconscient. Grâce à ses vingt ans de métier, à la seconde où elle a vu la date, elle a tout de suite su que c'était le jour de l'arrivée des nouveaux stagiaires.

Et que sait-elle d'autre encore ?

Todd entre à son tour dans leur chambre. Et… Mon Dieu. Les petits détails qu'on ne remarque plus quand on vit avec un enfant qui grandit. Il mesure peut-être deux ou trois centimètres de moins qu'en octobre. Il est moins large d'épaules, aussi. Il attrape un flacon de parfum sur la coiffeuse de Jen et le renifle. Kelly enfile un tee-shirt.

« Tu as une tête de folle, dit Todd à Jen sur un ton neutre. Je plains ta stagiaire. »

Elle lui donne une petite tape, pour rire. Elle pourrait rester ici avec lui jusqu'à la fin des temps. Et avec son mari – elle a honte de l'admettre. Elle pourrait mettre tout sur pause. Todd en train de sentir le parfum. Kelly passant sa tête par le col du tee-shirt. Elle pourrait marcher autour d'eux comme s'ils étaient des statues. Les aimer, tout simplement, et ne jamais s'avancer vers les ténèbres et les mensonges qui les attendent. Rester là, dans une ignorance béate.

Pendant que Kelly prend sa douche, elle consulte son iPhone et réactive le traçage des déplacements avec le même détachement qu'elle met à manger son petit déjeuner.

Certains avocats, au cours de leur carrière, ont des coups de génie. Pour l'essentiel, le droit est un métier prosaïque : on remplit des formulaires, on estime des coûts, on essaie d'exfiltrer tout le monde avec le moins de dégâts possible. Mais il y a aussi de vraies fulgurances, et Jen a la sienne aujourd'hui. Il s'avère que ce n'est pas pour rien qu'elle s'est réveillée le jour du changement de stagiaire. Car voici qu'arrive dans son bureau une toute nouvelle recrue qui ignore le nom de son mari.

Et, sur Find My iPhone, Kelly n'a pas l'air d'être en train de déboucher une cheminée dans une maison des environs. Il est au Grosvenor Hotel, en plein centre de Liverpool.

Jusqu'à présent, Jen a essayé de l'espionner elle-même. Désormais, elle peut demander à une stagiaire de s'en charger à sa place.

Celle qu'on lui a attribuée s'appelle Natalia. Elle a tout de l'avocate en herbe : organisée, trop enthousiaste, impeccable dans son travail comme dans sa mise. Ses cheveux sont tirés en arrière et attachés par un élastique avec une telle perfection que Jen prend une seconde, dans son bureau ensoleillé, pour admirer le résultat. On dirait une queue de cheval au sens propre.

Jen sait que la vie de Natalia va imploser au début du mois d'octobre. Un jour, elle rentrera chez elle et découvrira que son petit ami a fait ses affaires et pris la poudre d'escampette. Il refusera d'en discuter avec elle et fera, pour ainsi dire, le mort. Elle en parlera à Jen après plusieurs jours de pleurs et d'improductivité.

« J'ai une mission à te confier », dit Jen.

Son ton est probablement trop familier. Mais elle travaille avec Natalia depuis huit semaines, déjà. Autour d'une pizza Domino's au pepperoni, elle l'a écoutée pleurer en maudissant Simon. Et si Natalia est surprise, elle le cache bien.

Sur son écran d'ordinateur, Jen lui montre une photo de Kelly. Elle en a peu, étrangement.

« Alors… Ça va peut-être te paraître peu orthodoxe.

— Parfait. Tout ce que vous voudrez, répond Natalia, emballée.

— En ce moment même, cet homme est au Grosvenor Hotel, dit Jen en pointant le doigt sur l'écran. Vraisemblablement avec quelqu'un. J'ai besoin de connaître la teneur de leur conversation. »

Natalia cligne des yeux. Même ses paupières sont parfaites. Jen sait que relever ce détail est incongru, mais elles le sont vraiment. Toutes lisses, et maquillées d'une nuance légèrement plus claire que sa peau, juste de quoi lui donner un air alerte et éveillé.

« Ouah. D'accord. Donc, c'est une sorte de filature de mari infidèle ? demande Natalia.

— Voilà. Oui. » Jen va au bout du mensonge. « Le tribunal sera beaucoup plus indulgent avec sa femme si on arrive à prouver l'adultère. »

D'un strict point de vue juridique, c'est exact, même si Jen, en temps normal, n'irait jamais jusqu'à ces extrémités.

« Génial. »

Natalia prend un calepin, un stylo, et s'en va.

« Si tu as du mal à le retrouver, appelle-moi », lui lance Jen.

Pendant l'absence de Natalia, elle a beaucoup de mal à travailler. Pas grave, se dit-elle. Elle préfère s'attaquer à des tâches ingrates. Elle classe et remplit des emplois du temps. En attendant.

Natalia revient à 13 heures, soit plus de deux heures après être partie. Elle tient un calepin bleu et un stylo Eagles, avec le logo créé par le père de Jen il y a des années. Sa coiffure est toujours absolument, parfaitement, impeccable.

« J'ai acheté un Coca, j'espère que ça va ? » demande-t-elle.

Jen sent une pointe de culpabilité. Elle confie une mission sordide à une stagiaire pour son premier jour et elle ne la briefe même pas sur les dépenses.

« Mon Dieu, mais bien sûr », répond-elle.

Elle sort de son sac à main un billet de dix livres et le tend à Natalia.

« Il faudrait peut-être que je le signale à l'administratif ?

— L'administratif, c'est moi, répond Jen du tac au tac. Ne t'en fais pas.

— Très bien. »

Jen a soudain l'impression d'être une psychopathe – elle a envoyé une toute nouvelle stagiaire espionner son mari. Le genre de comportement désespéré dont fait preuve quelqu'un en roue libre, qui abuse de son pouvoir. Elle écarte ces pensées. C'est pour l'intérêt général.

« Bon, reprend Natalia. Il… Kelly avait rendez-vous avec une femme. Il l'appelle Nic. Mais je ne crois pas qu'ils aient une liaison. »

Nicola Williams. Encore et toujours. Jen a beau savoir à quoi elle ressemble, elle ne parvient toujours pas à la trouver sur Internet.

« Ah bon ?

— Ça n'y ressemblait pas. C'était un rendez-vous professionnel. »

Jen avale péniblement sa salive.

« OK. Je t'écoute.

— Ils avaient l'air de relancer un genre de dispositif. Difficile de dire quoi. Peut-être qu'ils travaillent pour un certain Joe… Je ne sais pas. Kelly ne veut pas le faire. Nic veut qu'il le fasse, elle semble… peut-être penser qu'il lui doit quelque chose. Ça avait l'air très sérieux. Je ne sais pas.

— D'accord. Et ce Joe n'était pas là ?

— Non. Ils n'arrêtaient pas de dire qu'il était à l'ombre. Mais je n'ai rien compris, parce qu'il n'y avait absolument pas de soleil. »

Natalia s'interrompt, stylo en suspens au-dessus du calepin, et tourne page après page de ses notes impeccables. Bordel, se dit Jen, cette fille a fait Oxford, et avant ça le Marlborough College. Et pourtant. *À l'ombre*. Elle ne connaît pas l'expression. Ces jeunes. Si naïfs.

« Je crois que c'est tout. Ils ont beaucoup discuté du travail qu'ils feraient pour Joe, mais sans donner de détails », conclut Natalia.

À l'ombre.

Jen lève un doigt et cherche « Joseph Jones prison » sur Google. Tous les renseignements étaient là depuis le début, cachés dans la masse des noms ordinaires. Libéré la semaine précédente de la prison d'Altcourse, Joseph a été condamné près de vingt ans plus tôt, à l'issue d'un des plus grands procès du genre.

Détention et vente de drogues dures, vol, fabrication de fausse monnaie, coups et blessures avec préméditation. La liste est longue comme le bras. Drogue, blanchiment d'argent, vol de biens et de voitures, cambriolages, violences. Autant de délits que les gouttelettes de brume, dehors, le soir où Todd le tuera. Pendant que Natalia attend, debout, silencieuse, Jen lit les faits d'armes de Joseph. Elle devient peu à peu insensible à ce que cela peut signifier à propos de son mari, et pour son fils.

« Merci, dit-elle doucement au bout de quelques secondes. Beau travail.

— Dommage qu'il ne soit pas infidèle, répond Natalia. Si ç'avait pu aider. Il a même rappelé à quel point il aimait sa femme. »

Jen se détourne de son ordinateur et de sa stagiaire pour regarder la rue par la fenêtre. Elle a les larmes aux yeux.

« Ah oui ? murmure-t-elle.

— Oui. Il a simplement dit qu'il aimait sa femme. Sans trop de contexte. Au milieu de tous les trucs sur Joe. »

Jen acquiesce et revient vers elle en se demandant ce qui se passerait si elle profitait de leur conversation pour lui donner quelques conseils pleins de sagesse, consciente qu'elle est de ce qui attend Natalia dans un avenir proche.

Mais connaître l'avenir est pire que de ne pas le connaître. N'est-ce pas ?

J – 65

17 h 05

Jen trouve un certain réconfort à aller au bureau en semaine. À attaquer – petit à petit – le travail qui l'attend tel ou tel jour. En septembre, elle faisait avec Natalia des recherches financières avant un procès. Et en août, elle prépare un avis sur une procédure de protection de l'enfance – un peu en dehors de ses attributions, mais plaisant, même si son travail disparaît un peu plus chaque fois qu'elle se réveille. Elle a une stagiaire prénommée Chance, qui rejoindra en septembre un cabinet concurrent, ce que Jen s'efforce d'oublier.

À 17 h 05, son téléphone fixe sonne.

« C'est moi, dit Valerie, la réceptionniste. Il y a quelqu'un pour vous. Je sais, je sais, je sais que vous êtes débordée. »

Jen cligne des yeux.

« Ah oui ? »

Elle ne sent absolument pas débordée. L'avis sur la protection de l'enfance est à moitié rédigé, et une tasse de thé brûlant attend sur son bureau. Elle a hâte de rentrer chez elle et de voir Todd, qui est en train de faire des cookies et lui envoie des photos de chaque variété. Elle se rappelle qu'ils sont délicieux, donc elle est tout excitée. Un petit havre de paix dans son monde bordélique et inversé.

« Rakesh m'a dit que vous étiez sur l'avis de protection de l'enfance hier et aujourd'hui… Je sais que…

— Oui », répond faiblement Jen.

Elle s'en souvient. Elle avait mis un temps effrayant à se lancer. Des semaines. Le client l'avait traquée deux fois, la deuxième en demandant si une simple note écrite était vraiment trop lui demander. C'est si difficile dans ce métier de trouver le temps pour abattre de grosses quantités de travail. Les coups de fil, les e-mails, les rendez-vous Outlook oubliés, terrifiants. Finalement, elle avait bloqué tous les appels pour s'y coller. Elle avait même fermé à clé la porte de son bureau ! Mon Dieu, quelle diva.

« Qui donc ? fait Jen. Qui est à la réception ?

— Un certain M. Jones ? »

Sa bouche devient sèche. Elle s'humecte les lèvres. Voilà. Voilà ce à côté de quoi elle est passée.

On est le 25 août. Joseph Jones est sorti. Et il la cherche.

Quand il la voit, dans le vestibule à moquette claire, Joseph se retourne. Derrière le bureau de la réception, il est écrit « EAGLES » en grosses lettres capitales. Les lumières – des minuteries – se sont éteintes, à l'exception d'une seule, qui éclaire seulement Joseph.

« Je cherche Kelly », dit-il.

Jen marque un temps d'arrêt. Elle ralentit le pas au moment de traverser le vestibule dans sa direction.

« Kelly Brotherhood ? »

Quelque chose change sur le visage de Joseph au moment où il croise son regard, mais elle ne saurait dire quoi. Il est plus vieux que dans son souvenir, ce premier soir et le soir où elle l'a vu sur Eshe Road North. Il doit avoir plus de cinquante ans. Des tatouages sur les doigts. Des yeux durs. Le corps en alerte, tel un chat sur le point d'attaquer, presque gracieux.

« Oui. » Il lève les deux mains en l'air. « C'est un vieil ami. »

Jen sent un frisson parcourir toute sa poitrine. Joseph a été condamné à vingt ans de prison. Donc il a dû connaître Kelly *avant*.

« Quel genre d'ami ? » ne peut-elle s'empêcher de demander.

Mais elle se fait la réflexion que Joseph la connaît aussi, elle. Il a su qu'il fallait passer par le cabinet d'avocats pour retrouver Kelly.

Il lui décoche un sourire, tellement bref qu'il ne peut pas être sincère.

« Un ami important.

— Qui serait étonné d'apprendre que vous êtes venu ici ?

— Je me suis absenté quelque temps. Pas grave. Je voulais renouer le fil. »

Il lui tourne le dos. Sous son tee-shirt blanc, dont le tissu est fin et de mauvaise qualité, Jen distingue un tatouage qui s'étale sur toute la largeur de son dos : des ailes d'ange, d'un bout à l'autre des omoplates.

« Comment ça ? »

Mais il ne lui répond pas et s'en va en laissant la porte du vestibule se refermer doucement derrière lui. Jen pose les mains sur le bureau de la réception. Elle essaie de respirer, de réfléchir.

Joseph a été libéré quelques jours plus tôt seulement. Et il est venu ici presque tout de suite. Pour elle, c'est clair : en ce jour précis de cette étrange vie des deuxièmes chances, la libération de Joseph Jones a déclenché quelque chose. Quelque part dans le futur, qu'elle ne peut pas, pour l'instant et malgré tous ses efforts, toucher du doigt. Quelque chose qui concerne presque tous les gens qu'elle connaît. Todd, Kelly, et désormais elle-même, à coup sûr : sinon, pourquoi Joseph serait-il passé la voir chez Eagles ? L'ensemble des personnages d'une sinistre pièce de théâtre. Une liste noire de trahisons.

J – 105

8 h 55

Un samedi de la mi-juillet. Il fait un temps parfait dehors. Le ciel est si bleu qu'on dirait une boule de Noël sur le point d'éclater. Il est 8 h 55, et Jen se gare devant la prison d'Altcourse.

Dès qu'elle a pris conscience de la date et du fait que Joseph serait encore derrière les barreaux, elle a pris congé de Kelly et Todd, qui étaient en train de se moquer de l'émission *Saturday Kitchen* – elle leur a dit qu'elle brunchait avec un client –, et elle est partie. À son grand désarroi, personne ne s'en est ému. Elle a passé sa vie à agir pour les autres : à voir des clients exigeants quand elle voulait assister aux leçons de natation de Todd, à assister aux leçons de natation de Todd quand elle voulait s'allonger avec un bon livre. L'habitude maternelle ultime : se sentir coupable, toujours, peu importe le choix qu'on fait.

Todd n'a pas encore rencontré Clio et ne fréquente pas Connor. Alors quoi ? Toutes ses pistes étaient donc fausses, maintenant qu'elle les a dépassées à force de remonter en arrière ?

La prison d'Altcourse ressemble à une zone industrielle, un genre bizarre de village fermé sur lui-même. Jen n'y a mis les pieds qu'une seule fois, pendant sa formation. À part ça, elle n'a jamais pratiqué le droit pénal. Son père jugeait choquante l'idée de se constituer une clientèle fidèle de criminels. Jen juge celle de gagner de l'argent grâce à des divorces vaguement choquante aussi, mais il faut bien payer son loyer, et les peines de cœur sont plus nombreuses que les crimes.

Elle entre dans le hall de l'établissement en se disant que c'est une chance que Joseph soit de retour en prison, que les heures de visite soient restreintes et encadrées en semaine, mais illimitées et plus souples le week-end – tout visiteur non autorisé peut se présenter et demander à voir un prisonnier le samedi. Aujourd'hui.

C'est comme si elle savait.

Dehors il pleut, une pluie d'été. Les médias l'ont baptisée la tempête Richard. Chaque fois que quelqu'un entre dans le hall, une odeur d'herbe mouillée s'engouffre. Les chaussures des visiteurs laissent des traces humides sur le sol, qu'un employé blasé nettoie régulièrement, main sur la hanche, en posant sans arrêt des panneaux jaunes triangulaires « SOL MOUILLÉ ».

Le hall est moderne, comme celui d'une clinique privée. Un large bureau domine l'espace. Un agent est en train de cliquer sur une souris. De temps en temps, à voix basse, il prend un appel téléphonique.

Derrière l'accueil est installé un tableau blanc avec des horaires notés dessus. À travers une porte sur laquelle figure la mention « CANTINE (SALLE SÉCURISÉE 2) », Jen entend une dispute de plus en plus bruyante.

« Tu m'as dit que je pouvais les commander au bacon fumé, pas au sel et au vinaigre, dit un homme.

— Je sais, mais… Liam…

— Putain, c'était clair ! »

Jen grimace. Le pouvoir d'un simple paquet de chips.

L'espace d'une seconde, d'une brève seconde, elle a envie de tout avouer, là, dans le hall. De crier, de hurler. De commettre un crime. De se faire interner. D'expliquer qu'elle voyage dans le passé, jusqu'à ce qu'on l'endorme quelque part, qu'on lui prépare ses repas, qu'on la décharge de tout.

« Les demandes se font ici », dit soudain l'agent d'accueil.

Il se lève et lui tend un formulaire, qu'elle remplit.

« Il est content de vous voir », ajoute-t-il après quelques minutes et deux coups de téléphone. « Le parloir se trouve là-bas. »

Il indique, derrière une double porte, les entrailles du bâtiment, et confie à Jen un passe temporaire, sans cordon ni épingle.

Elle pousse les portes en métal froid et pénètre dans un couloir que surveillent deux gardiens. L'endroit sent le désinfectant et la sueur. Le sol en vinyle est bordé de caoutchouc. Il y a beaucoup de portes et beaucoup de verrous.

Elle est reçue par un gardien qui porte un badge : « LLOYD ». Au-dessous du nom, quelqu'un a écrit au stylo à bille : *Grossman !* Il demande à voir son sac à main, l'inspecte, y plonge une main habile à la manière d'un médecin procédant à quelque absurde fouille interne, puis le fait passer à travers un portique genre aéroport. Il lui fait signe d'écarter les bras. Il la palpe du torse jusqu'aux pieds, fuyant son regard.

« Portable là-dedans », dit-il, et Jen pose l'appareil dans un des tiroirs bleus qu'il lui indique.

Ils franchissent une autre double porte, que le gardien ouvre au moyen d'une télécommande. Après être passés sous un rideau d'air qui réchauffe quelques secondes le haut du crâne et les épaules de Jen, ils se retrouvent à l'intérieur.

Le parloir est une grande salle carrée défraîchie, avec une vieille moquette bleu et rouge, des chaises en plastique et des tables minuscules. Le mur du fond est entièrement percé de fenêtres, du sol au plafond. De grosses gouttes de pluie tombent sur les vitres et le toit, martelant les lucarnes. La salle est déjà pleine de monde.

Distinguer les prisonniers des visiteurs s'avère plus difficile qu'elle ne le pensait. L'endroit ressemble à n'importe quelle salle de réunion. Un homme et une femme sont assis de part et d'autre d'une table, sans que leurs mains se joignent au milieu. Ils évitent de se toucher, mais se rapprochent le plus possible sans enfreindre le règlement. À une autre table, une petite fille tend les bras vers son père en ouvrant et refermant les doigts, comme une étoile qui scintille au loin, mais sa mère l'arrête et l'attire de nouveau vers elle.

Jen repense à son père. Elle lui a dit au revoir à la morgue. Elle était arrivée trop tard. L'image de son père étendu là depuis six heures, mort, seul, ne l'a jamais quittée. À la morgue, sa main avait fini par réchauffer celle de son père, et elle en avait approché son front, pour faire semblant que tout allait bien, mais en vain.

Jen reconnaît Joseph Jones sans peine. Il est assis seul à une table, au centre de la salle. Les oreilles de lutin, les cheveux noirs. Le bouc. Sa peau a vraiment cette pâleur des prisonniers dont elle a entendu parler. Ce n'est pas seulement le manque de soleil – il y a quelque chose d'autre. C'est le genre de teint que prennent les gens quand ils ont la grippe, qu'ils n'ont pas dormi, qu'ils sont endeuillés.

Elle est allée chez cet homme. Elle l'a vu mourir. Et maintenant, elle s'apprête à découvrir qui il est – enfin.

« Bonjour », dit-elle d'une voix tremblante en s'asseyant.

Tous les crimes de cet homme. Vols. Trafics. Agressions. Elle sent ses bras et ses jambes la picoter.

La chaise bouge sous elle. Un siège en plastique, qu'on replie et qu'on aligne contre les murs.

« La femme de Kelly », dit-il.

Il tire les manches côtelées de son pull bleu marine au-dessus de ses mains, pour temporiser. Donc il la connaît, alors qu'ils ne se sont pas encore rencontrés.

Jen voit qu'il a une dent en or, tout au fond. Leurs regards se croisent.

« Jen », termine-t-il.

En prononçant le *n*, il laisse sa langue traîner derrière ses dents de devant.

Jen reste froide, d'un calme absolu. L'angoisse frénétique du mystère, de l'attente, s'est résorbée. La mèche a fait long feu – elle ne ressent rien. Autour d'eux, la salle se fige, comme une photo jaunie. Immobile et brouillée. Il va se passer quelque chose. Elle le sent.

« Je…

— Jen, le grand amour de Kelly. »

Elle ne répond pas. Elle essaie de se ressaisir, mais parvient seulement à se dire qu'elle a été bien intrépide. À fouiller dans les affaires, à suivre des gens, à se cacher, à écouter en douce. Il suffit de voir le résultat. Une prison, des criminels, des voitures de police qui passent, un bébé disparu. Sa peau brûle de peur, comme si mille tigres l'épiaient : elle est une proie.

« Comment l'avez-vous connu ? demande-t-elle.

— Ça remonte à loin, lui et moi. »

Joseph n'en dit pas plus. Il croise les jambes sous la table, les étire, pose les pieds sous la chaise de Jen. Le geste est délibérément intrusif. Jen a envie de reculer, mais se retient.

Dehors, le jour décline et les nuages sont bleu russe, comme si quelqu'un avait actionné un variateur de lumière. Joseph surprend le regard de Jen.

« La tempête Richard, dit-il en tendant un pouce derrière lui. Ça va être quelque chose.

— Ah bon ?

— Oh, oui. Ici, les assassins adorent les tempêtes. » D'un geste ample, il montre la salle. « Ça les gonfle à bloc. »

C'est curieux, se dit Jen, ce besoin de se distinguer des autres prisonniers. Elle ne peut s'empêcher de le remarquer.

« Racontez-moi, vous deux », insiste-t-elle.

Joseph se penche vers elle.

« Oh, vous le saurez le jour où je sortirai d'ici. J'espère bien renouer le fil. »

Il a dit la même chose dans le hall du cabinet d'avocats. Il fait alors un autre geste : il frotte son pouce contre ses doigts, pour signifier l'argent. Ou peut-être est-ce un simple tic. Jen ne sait pas. Si ça se trouve, elle n'a fait qu'imaginer le mouvement délicat, qui a duré moins d'une seconde. Le reste du corps de Joseph est d'une immobilité absolue, inquiétante.

« Quand est-ce que vous vous êtes rencontrés ?

— Il me semble que c'est Kelly qui vous répondra le mieux. Non ? »

Il caresse un de ses tatouages sans bouger la tête ni quitter Jen des yeux. Dehors, le vent se lève. Un sac en plastique vole comme un ballon.

« Jen, reprend Joseph, comme s'il jouait avec elle. Jen.

— Quoi ?

— J'ai une question à vous poser avant de repartir.

— Oui ?

— Voilà, Jen… Comment avez-vous pu ne pas savoir ? »

Il penche la tête d'un côté, à la manière d'un oiseau. Il est fou, se dit-elle. Il est totalement fou. Cet homme qui sait qui elle est.

« Même moi, je croyais que vous saviez. »

Un éclair bifide illumine le ciel une fraction de seconde. Un clignement d'yeux et c'est fini.

« Que je savais quoi ? »

Elle le dévisage, et pendant ce temps le parloir semble se refermer sur eux. Alors que le tonnerre enfle dans le ciel, Joseph se penche vers elle et l'invite à l'imiter : le dos de la main gauche sur la table comme un cafard retourné, ses doigts lui font signe. Elle s'exécute à contrecœur.

« Demandez-moi ce qu'on faisait.

— Quoi ?

— Des cambriolages. Des trafics. Des agressions. Voilà ce qu'on faisait. »

La liste des accusations contre Joseph.

Jen cligne des yeux et recule la tête.

« Mais vous êtes ici, et pas lui ?

— Ah, grogne Joseph. Bienvenue dans la bande. »

La peur, la prise de conscience et l'horreur soufflent dans le cerveau de Jen comme les vents puissants dehors. Est-ce là ce qu'elle sait ? Dans un recoin sombre de son âme ?

Kelly.

Un père de famille.

Pas beaucoup d'amis.

Du genre secret.

Difficile à connaître.

Parfois sombre.

Ne voyage pas.

N'aime pas les fêtes.

Ne se fait pas salarier. Vit sous les radars.

Fuit les amis de Jen lors des rendez-vous parents-professeurs.

Semble toujours avoir assez d'argent.

Cette part d'ombre. Cette part d'ombre qu'il porte, cet humour acide qui empêche l'intimité. Air connu, n'est-ce pas ? L'humour, la plaisanterie comme mécanisme de défense.

Cette manière qu'il a parfois de ne faire aucun compromis, de ne pas expliquer. Rien, rien, rien. Il ne voulait pas retourner à Liverpool. Il ne veut pas travailler pour un employeur. Il ne veut pas voyager. Il ne veut pas prendre l'avion.

Joseph fait la moue.

« Écoutez, je ne cafarde pas. Je ne suis pas une balance. Demandez à votre mari. »

Maintenant que la conversation est terminée, il se lève. Jen regarde droit devant elle et, sans se soucier du qu'en-dira-t-on, laisse venir les larmes.

Tandis qu'elle essaie de se ressaisir, elle sent quelque chose frôler son épaule et sursaute. La bouche de Joseph est juste à côté de son oreille.

« Je suis sûr que vous découvrirez toute l'étendue du problème », glisse-t-il, avant d'être raccompagné.

Elle se met à trembler comme sous l'effet d'un courant d'air glacé. Mais non : ce n'est que le souffle de Joseph qu'elle sent, dans son oreille, dans sa tête, pendant que la tempête fait rage dehors.

J – 144

18 h 30

« Oh, c'était dingue », raconte Todd à sa mère.

Il est tout excité, les mots se bousculent dans sa bouche. Assise sur le petit canapé de leur bow-window, Jen réfléchit à l'implication de son mari dans le crime organisé.

« La distillation fractionnée n'est pas tombée. On avait tout misé dessus – on pensait que ce serait la question principale, mais que dalle, en fait ! » Il joue avec le collier d'Henri VIII, qui est couché sur ses genoux, ravi. « Ça ne se passe jamais comme prévu, tu comprends ? »

Il remue, incapable qu'il est de tenir en place sur le sofa, et le chat saute jusqu'au sol. Trois bougies sont allumées sur le rebord de la fenêtre.

Jen hoche la tête en souriant.

La première chose qu'elle a remarquée, ce matin, c'est que son portable n'était plus le même. En le prenant dans sa main, elle a eu une sensation différente. Il était plus lourd, plus gros que le modèle tout fin qu'elle a acheté au début du mois de juillet. Merde, merde, merde, s'est-elle dit. Avant même de vérifier la date, elle a compris qu'elle avait reculé encore plus loin dans le passé.

Elle avait atterri au mois de juin. Quand elle a regardé par la fenêtre de sa chambre, le rosier de la maison d'en face était en fleur : de gros paquets odoriférants et compacts, sur le point de tomber. Comment se pouvait-il qu'on soit en juin ? Où est-ce que ça se *terminerait* ? Dans le néant ? À la naissance ? Dans la mort ? Et – pensée encore plus sombre – il est trop tard pour que Jen tue Joseph elle-même, comme l'a suggéré Kelly il y a déjà bien longtemps. Il est à l'ombre.

La première chose qu'elle s'est demandée pendant qu'elle enfilait des vêtements différents, des vêtements qu'elle jettera dans plusieurs mois, c'est ce que Kelly représente pour Joseph. Et comment tout ça fonctionne : Joseph sort de prison, passe au cabinet d'avocats pour retrouver son *vieil ami* Kelly, Todd fricote avec Clio, voit d'un mauvais œil ce qu'il découvre des agissements de Joseph et Kelly, et tue Joseph ? C'était plausible, mais peu probable, a-t-elle conclu. Pour un assassinat, le mobile paraît léger. Et ça laisse beaucoup de choses non expliquées : Ryan Hiles, le bébé disparu, Nicola Williams, les conversations secrètes entre Kelly et Todd. Ce que Joseph sait de Kelly.

Elle regarde Todd, qui est maintenant assis sous la lampe, avec plein de poils de chat sur son pantalon.

« Je suis sûre que tu as cartonné, dit-elle péniblement.

— Mais oui, je me suis vraiment éclaté ! Jed dit que je suis taré. »

Il est surexcité. Par le soulagement, par les endorphines qui suivent le stress, et peut-être aussi par autre chose. Quelque chose qui ne sera plus là à l'automne. Une forme de légèreté.

« Franchement, je suis un sadique ?… Quoi ? fait-il en s'interrompant pour la regarder, à l'autre bout de la pièce.

— Tu n'es pas un sadique », répond-elle, mais elle-même entend la tristesse dans sa voix. C'est *ça* qui lui manque. La normalité. Elle n'en peut plus de ces journées déstructurées, de cette marche arrière. Elle ne sait même pas pourquoi elle s'est réveillée ce jour-là, le 7 juin. Todd n'a pas encore rencontré Clio. Joseph est en prison. Alors quoi ? Elle se couvre la figure de sa main.

« Je me demande si je vais avoir un A, dit Todd, songeur. Peut-être un B, seulement. »

Il aura un A.

Très récemment, il est rentré à la maison en expliquant, tout joyeux, qu'il avait fabriqué des *balles en polymère rebondissantes*. « Des balles en quoi ? » a demandé Kelly. Todd a hésité, puis en a sorti une de son sac à dos. « Voilà pour toi », a-t-il répondu gaiement, assez sûr de lui pour commettre un vol à l'école. Ils ne l'ont pas disputé, ils ont trouvé ça amusant. Il était très intéressé par la chimie ; quelle importance qu'il n'ait pas techniquement le droit de faire ça ? C'est peut-être ce genre de choses qui incite Todd à se révolter. Jen n'a jamais beaucoup réfléchi au type de mère qu'elle serait, mais elle a peut-être été trop coulante, préférant la plaisanterie à la discipline. Abusée par l'intellect de Todd jusqu'à croire qu'il ne se rebellerait jamais. Or tous les enfants se rebellent, même les plus sages : ils le font autrement, c'est tout.

Elle regarde son beau garçon de fils et pense à tout ce que manquera le futur Todd. L'université, le mariage, l'apprentissage professionnel avec d'autres génies. Qu'est-ce qui l'attend à la place ? La maison de redressement, le procès, la prison. Il en ressortira à trente-cinq ans. Avec la conscience, jusqu'à la fin de sa vie, d'en avoir supprimé une autre, quelle qu'en soit la mauvaise raison.

« Tu commandes ou je m'en charge ? » demande-t-il en montrant l'application Domino's sur son portable.

Ils ont dû convenir de commander une pizza.

« Ah, oui… On va attendre ton père, OK ? »

Henri VIII avance à pas feutrés et bondit sur les genoux de Jen. Lui aussi est plus mince, se dit-elle avec regret.

Todd surjoue la perplexité, comme dans un dessin animé.

« D'ac-*cord*, dit-il. Papa n'est pas là, mais pas de problème. Faisons ça, Jen.

— Il est parti ? Au risque de me faire traiter de vieille dame, ajoute-t-elle avec un rictus, rappelle-moi où il est ?

— C'est la Pentecôte.

— Oh. »

Elle sent sa bouche dessiner un *o* bien rond. Chaque week-end de la Pentecôte, Kelly part camper avec de vieux copains d'école. Et ce depuis très longtemps. Elle ne les a jamais rencontrés, ce dont elle s'était étonnée un jour, mais Kelly lui avait expliqué sans peine. « Tu sais, ils ne sont pas du coin, et je les vois uniquement ce week-end-là. Franchement, tu t'ennuierais à mourir. »

« Bien, pizza pour deux, alors », dit-elle à son fils. Au fond, elle pense : Voilà pourquoi. Voilà pourquoi elle a atterri ce jour-là, parmi les milliers d'autres jours passés.

Heureusement. Heureusement que, ce matin, elle a activé Find My iPhone sur le téléphone de Kelly, comme tous les matins, désormais. Aux dernières nouvelles, il était à Liverpool. Mais ça demande vérification.

« Laisse-moi réfléchir », dit-elle en sortant son portable, en apparence pour commander une pizza, en réalité pour consulter l'application.

Kelly est censé camper à Lake District. Au lac Windermere. Le même endroit chaque année.

Sauf que tiens ! il est là, symbolisé par un point bleu. Et il ne se trouve pas du tout à Lake District. Il est dans une maison, à Salford.

Jen regarde de nouveau son fils, qui est penché sur son propre téléphone. Son visage est concentré.

« Todd », dit-elle en tressaillant.

Son petit garçon, tout juste sorti d'un examen, qui a hâte de partager une pizza avec sa mère – il mérite mieux que ça. Il lève des yeux étonnés vers elle.

« Est-ce que tu m'en veux si je fais un rapide tour au bureau ? J'en aurai pour deux secondes. On pourra manger notre pizza juste après. »

Surpris, Todd hausse les sourcils, puis agite la main.

« OK, pas de problème, répond-il. T'inquiète. Je vais m'immerger dans du H_2O. Plus connu des simples mortels sous le nom de bain. »

Jen rit doucement, puis se frotte les yeux pendant que Todd se lève et quitte le salon. Est-ce la bonne chose à faire ? Négliger Todd encore plus, et non moins, pour trouver des réponses ? Pourtant, il faut qu'elle sache, qu'elle en ait le cœur net.

Elle décide de prendre un taxi pour débouler incognito.

« Ce ne sera pas long », lance-t-elle à Todd.

Elle entend le bruit du bain qui coule, mais pas sa réponse. En bas de l'escalier, elle hésite, tiraillée entre ses deux devoirs. Mais tout ça, elle le fait pour lui, décrète-t-elle au moment où l'appli Uber vibre pour lui signaler que la voiture arrive dans une minute. Tout ça, elle le fait pour sauver son merveilleux fils.

« Demande un supplément bacon pour la mienne ! lui dit Todd.

— Ça marche. »

Elle attend le taxi dans la rue.

On est en plein été. Des géraniums, des pois de senteur, des roses dans les jardins des voisins. Une vraie parfumerie. L'air est doux. Il pleut un peu, une bruine tiède, mais Jen s'en moque. L'atmosphère est humide, comme dans un hammam.

Elle tend la main pour cueillir un pétale de pivoine au coin de leur allée, sur le seul petit bout de terrain qu'ils prennent la peine d'entretenir. Il était blanc, il est aujourd'hui marron foncé sur les bords, comme un vieux journal, même s'il dégage encore un délicieux et fort parfum de vanille.

Elle lève les yeux vers sa maison endormie. Une seule pièce est éclairée, la salle de bains, derrière la fenêtre en verre dépoli. Elle pense à son fils et à sa pizza. Un jour, il comprendra.

Quand son Uber arrive, elle se dit soudain qu'elle a beaucoup fait confiance à son mari. Elle lui a tellement fait confiance. Partir camper avec des gens qu'elle n'a jamais rencontrés. Elle n'y a jamais, jamais pensé.

Elle tire la poignée en plastique de la portière et est accueillie par Eri, un homme d'âge mûr, barbu, avec une casquette de baseball sur la tête. Sa voiture sent le désodorisant artificiel et le chewing-gum.

Elle lui tend plusieurs billets de vingt livres qu'elle a sortis du tiroir qui sert de fourre-tout dans la cuisine. Ils sont aussi doux et secs que les pétales de pivoine.

« Je dois suivre quelqu'un, dit-elle.

— Ah. »

Eri regarde les billets, puis finit par les prendre.

« Je paierai aussi tout ce que je dois sur l'application. Je veux qu'on surveille ça. » Elle lui montre son portable. « Si le point bleu se déplace, on devra peut-être… changer de direction.

— OK. Comme dans les films, ajoute Eri en croisant son regard dans le rétroviseur.

— Mmm. »

Jen s'assoit sur la banquette arrière, laisse reposer sa tête contre la vitre froide et regarde sa rue défiler. Une femme dans un taxi noir en train de suivre son mari. Rien de bien nouveau, mais avec un petit ingrédient supplémentaire.

« Comme dans les films », répète-t-elle.

Todd lui envoie un SMS : *Call of Duty t'attend.*

C'est tout de même drôle, se dit-elle pendant que les lumières de Merseyside défilent comme autant d'étoiles colorées, à quel point on est capable d'oublier des périodes entières de sa vie. La période PS5, *Call of Duty*. Deux manettes qu'ils devaient recharger sans cesse, tant ils y jouaient. Ils étaient complètement accros. Quand ils n'y jouaient pas, ils se tiraient dessus aux quatre coins de la maison. « C'est la campagne Black Ops », lui disait Todd en entrant dans la cuisine avec un talkie-walkie imaginaire à la main.

Tandis que les panneaux bleus éclairés de l'autoroute passent au-dessus de leur tête comme s'ils volaient, elle se demande si elle n'a pas été irresponsable de laisser son fils jouer à ce jeu, sans écouter les mises en garde contre la violence des jeux vidéo. Elle pensait qu'ils ne seraient jamais concernés. Elle était trop laxiste. Forcément. Élevée par un avocat, elle avait voulu apprendre à son enfant comment se détendre et s'amuser. Était-elle allée trop loin ?

Le point bleu qui représente Kelly se trouve au bout d'une petite route, juste à côté du croisement autoroutier de Salford. Eri roule bien sagement, en silence.

Cependant, au moment où Jen se demande si tout ça est une bonne idée, il dit :

« Vous n'avez pas l'air très heureuse.

— En effet. Je ne le suis pas. »

Eri coupe l'autoradio. Il fait bon dans sa voiture, qui ressemble à un cocon éclairé.

« Vous suivez votre mari ?

— Comment le savez-vous ? »

Eri croise ses yeux dans le rétroviseur, puis prend un deuxième chewing-gum Wrigley's. Il lui en propose un, qu'elle décline.

« C'est généralement le cas. »

Jen fait la moue et préfère ne pas répondre. En temps normal, elle parlerait de la pluie et du beau temps, essaierait de faire en sorte que le chauffeur se sente autorisé à lui poser des questions. Pas aujourd'hui.

Arrivés à un rond-point, ils prennent la deuxième sortie et s'enfoncent dans la campagne. La route n'est pas éclairée, ni même goudronnée. Ce n'est que de la boue. Pendant qu'ils roulent, Jen sent ses poils se dresser. Les odeurs de la campagne en été s'infiltrent par l'air conditionné. Odeur de foin. Odeur de la pluie sur les trottoirs chauds, après une longue sécheresse.

« Je devrais peut-être faire du cinéma, dit joyeusement Eri. Jouer les suiveurs de maris.

— Peut-être. »

Ils se dirigent vers ce qui ressemble à un chemin privé, minuscule fissure sur Google Maps.

« On avance jusqu'au bout ? » demande Eri. Il retire sa casquette. Ses cheveux, sans doute épais autrefois, se sont effilés. De fines mèches rebiquent encore, comme celles d'un bébé après le bain.

Jen ne répondant pas, Eri arrête la voiture. Ils sont à une centaine de mètres du point bleu. Jen devrait descendre, mais elle hésite. Elle veut profiter de ces quelques derniers instants avant que… avant quelque chose.

Maintenant que les phares sont éteints, les yeux de Jen mettent quelques secondes pour s'habituer au chemin qui tourne à gauche, puis à droite. Entre chien et loup, le ciel est d'un nacré brillant, proche du solstice d'été. Les arbres sont verts, ébouriffés, et leurs feuillages se touchent.

Deux phares balaient le ciel comme des rayons laser.

« Il est en voiture », dit Eri.

Il fait aussitôt marche arrière et retrouve la route principale. Jen consulte son portable. Le point bleu se met à bouger.

Kelly les dépasse et disparaît sans les remarquer, manifestement.

« On le suit ? demande Eri.

— Non. On va… Je veux voir là où il était, ce qu'il y a au bout du chemin. »

Sans un mot, Eri s'engage. La route sinue, et les virages cachent ce qui se trouve au bout. Jen s'attend à découvrir une salle de mariage, un château, une belle demeure. Mais ce qui émerge peu à peu est un petit lotissement minable. Sept maisons disséminées de part et d'autre d'une allée de gravier. Eri arrête la voiture. Les maisons sont en vieille pierre. Quatre d'entre elles ont leurs fenêtres éclairées, les autres sont plongées dans le noir.

L'une est plus abîmée que les autres. Il lui manque des tuiles sur le toit. La porte en bois à l'ancienne paraît fragile, presque pourrie. Au premier étage, le bow-window a été tapissé de planches et quelqu'un a tagué « QAnon » dessus, à la bombe rose. Eri garde le silence pendant que Jen lève les yeux vers cette maison. C'est celle-là. Elle en est sûre. C'est la seule devant laquelle il n'y a pas de voiture.

« Je ne sais pas du tout ce que c'est, dit-elle.

— Elle m'a l'air louche. »

Le cerveau de Jen tourne à plein régime. Un point de deal. Une planque. Un endroit où couper de la drogue. Un endroit où tuer des gens. Un endroit où garder des enfants disparus, des policiers morts… Ça pourrait être tout et n'importe quoi. Mais rien de bon.

« Il m'a dit qu'il partait camper, murmure Jen.

— C'est peut-être ça, répond Eri. Je trouve que ça fait assez rustique, ajoute-t-il avec un rire.

— À Lake District.

— Ah.

— Vous m'attendez ici ? demande-t-elle en ouvrant la portière. Il faut que j'aille voir à l'intérieur.

— Bien sûr. »

Pourtant, Eri paraît un peu plus méfiant. Son ami d'un jour, le chauffeur Uber, la personne à qui elle s'est le plus confiée. En s'éloignant, elle se retourne vers lui. Il est éclairé par la lumière du plafonnier, une boule à neige dans l'obscurité.

Elle marche sur le gravier d'un pas hésitant. Ça sent les vacances. Parfums d'été, chant des criquets.

Soudain, elle aimerait retourner là-bas, sur le palier, avec la citrouille, et regarder Todd en train de tuer un homme. Elle le laisserait faire. Elle s'y résignerait. Todd irait en prison. Il pourrait refaire sa vie après. Pour la première fois, elle veut refermer cette plaie qu'elle a découverte. Cesser d'en sonder les profondeurs. Passer à autre chose.

Dans l'obscurité, elle marche vers la maison, tente d'ouvrir la porte d'entrée, mais elle est fermée à clé. La maison est légèrement à l'écart des autres. Aucune n'est délimitée : ni clôtures, ni jardins à l'arrière ou à l'avant. Le voisin a tondu sa pelouse pour former une frontière rectiligne et arbitraire, mais en deçà, c'est le jardin négligé de cette maison qui commence – des orties, des mauvaises herbes, deux immenses lupins roses qui se balancent dans le vent.

Jen pousse le clapet de la boîte aux lettres, qui lui rappelle celle de son enfance. Il est raide et froid sous ses doigts, et elle repense à son père, au jour de sa mort, au fait qu'elle est arrivée trop tard.

À travers le clapet, elle distingue un couloir vieillot, avec des carreaux de carrière irréguliers au sol. Elle suppose que Kelly a ramassé le courrier et l'a posé sur la console.

À côté de la porte, une plaque fixée au mur en crépi indique « SANTAL ». La maison voisine s'appelle « LAURIER ». Elle est toute petite, deux pièces sur la profondeur. Jen en fait le tour dans le sens des aiguilles d'une montre. À l'arrière, donnant sur une véranda, il y a deux vieilles portes coulissantes dont les vitres sont tachées de mousse.

À l'intérieur, une table à manger en bois sombre trône au centre d'une pièce à la moquette bleu sarcelle – on dirait une maison de poupée. Pas de chaises. Une kitchenette vide sur la gauche, rien sur les plans de travail, pas même une bouilloire. Jen plaque les mains contre la vitre pour mieux voir, et ses doigts se tachent de vert. La maison est négligée, mais pas abandonnée. Peut-être qu'elle a été vidée récemment.

Elle revient devant l'entrée. Les fenêtres du salon sont à meneaux ; un carreau sur deux est un cercle déformé de verre soufflé. Le salon est dans un bon état de conservation, comme un musée ou un décor. Un ensemble canapé et fauteuils roses domine au centre, avec des accoudoirs recouverts de ce qui était autrefois de la dentelle blanche. Une télécommande est posée sur une table basse, en diagonale. La bibliothèque est remplie de livres, mais impossible de les identifier. Il y a deux flûtes à champagne poussiéreuses en haut. Jen s'apprête à repartir quand elle remarque quelque chose juste devant elle : le dos en velours noir typique d'un cadre à photo posé sur le rebord de fenêtre jonché de mouches mortes. À cause du verre déformé, elle a failli le manquer. Elle se déplace le long de la fenêtre pour mieux voir.

L'air semble se figer et s'adoucir à mesure que l'objet se précise et qu'autour d'elle les molécules de l'univers s'arrêtent. Ce n'est pas une chimère. Ce n'est pas de la folie.

Elle est là, sa preuve.

C'est une photo de Kelly – il n'y a pas de doute. Ce petit sourire circonspect. Il est beaucoup plus jeune, vingt ans peut-être, et se tient debout à côté d'un autre homme. Au crâne rasé. Chacun a le bras sur les épaules de l'autre. Le cadre est couvert d'une couche de poussière, et même si elle est à trente centimètres, Jen voit qu'ils se ressemblent. Leurs yeux. Et quelque chose d'impalpable, aussi. Ce qui fait que, parfois, les membres d'une même famille ont des points communs, mais sans que ce soit criant. Les pommettes, la forme du front, la posture : leurs corps sont tendus vers l'avenir, comme deux coureurs dans les starting-blocks.

Qui est cet homme, alors ? Cet inconnu qui ressemble à son mari. Kelly affirme qu'il est le seul de sa famille proche à être en vie : encore une chose qu'elle a toujours crue. Elle y repense en regardant les deux silhouettes sur la photo. Mentir à propos d'un ami qui a fait de la prison est une chose. Mentir à propos de sa famille et de ses origines en est une autre.

Pourquoi son mari garderait-il une photo de lui dans cette maison si elle abritait, de près ou de loin, des activités louches ? Il ne le ferait pas. Il ne le ferait certainement pas. Il n'est pas idiot.

Elle regagne le Uber. L'homme sur la photo a les yeux de Kelly. Il a les yeux de Todd. Elle n'arrête pas d'y penser. Trois paires d'yeux bleu marine. Son mari, son fils, et quelqu'un d'autre. Quelqu'un qu'elle ne connaît pas et qu'elle ne pourra pas retrouver. Même si elle s'introduit par effraction dans la maison et repart avec la photo, elle ne l'aura plus demain.

Eri est en train de jouer à un jeu de plate-forme sur son portable, qu'il tient à l'horizontale. Il appuie sur l'écran, accompagné par une musique métallique.

« Désolé », dit-il avant de verrouiller l'appareil.

Jen monte devant, à côté de lui.

« Qu'est-ce que… ? fait-il, sur le ton de celui qui se sent obligé de poser la question.

— Je ne sais pas. Elle est vide. »

Jen ouvre l'appli et consulte de nouveau Find My iPhone. Kelly semble désormais se diriger vers Lake District, où il a toujours dit qu'il allait. Mais en passant par ici, par cette maison abandonnée.

« À qui appartient-elle ?

— Attendez. »

Pour trois livres, on peut savoir, grâce au cadastre, qui est le propriétaire de n'importe quelle résidence.

Elle télécharge le résultat et regarde directement le registre. La maison appartient au duché de Lancastre. C'est-à-dire à la Couronne. Les propriétés non réclamées reviennent automatiquement à la Couronne. C'est la première chose qu'apprend un avocat spécialisé dans le droit immobilier. Jen pose son portable illuminé sur ses genoux et lève les yeux vers la maison.

« Ça vous dérange si je fume ? demande Eri en baissant sa vitre.

— Allez-y. »

Il allume son briquet. Deux flammes en jaillissent et la voiture se retrouve brièvement éclairée. Pendant qu'il fume, Jen réfléchit. Pour elle, cette cigarette sent le passé : les soirées d'été devant les bars à vin, l'attente dans les gares, les quais la nuit.

« On ferait mieux d'y aller.

— Vous allez le prendre entre quat'z-yeux ? demande Eri en tirant sur sa cigarette.

— Non. Il ne ferait que mentir. »

Ils roulent en silence. Jen repense aux deux hommes sur la photo. Son mari, et quelqu'un d'autre.

Quelqu'un qui lui ressemble. Qu'est-ce que ça veut dire ?

Quand elle arrive chez elle, deux cartons à pizza sont posés sur le plan de travail. L'un vide, l'autre non. Todd a mangé la sienne sans l'attendre. Il a dû la commander lui-même, tout seul.

Ryan

Ryan fait des pompes sur le sol crasseux du salon. De la poussière n'arrête pas de rester collée sur ses mains. Il fait de l'exercice pour deux raisons : primo, il ne peut plus aller à la salle de sport, secundo, il n'arrive pas à ne pas penser au bébé disparu.

Hormis les pompes, il ne peut quasiment plus rien faire. Il ne peut pas retrouver sa famille chez lui. Il ne peut pas sortir avec des amis. Il ne peut même pas retourner à son ancien *lieu de résidence*…

Tout s'est passé tellement vite.

Il a emménagé ici, dans un studio de Wallasey, hier soir. Il devra y vivre, y manger, y dormir. Il y a deux pièces : une salle de bains et tout le reste d'un seul tenant. Assez économique, en fait, se dit-il. Un canapé-lit. Une rangée de placards de cuisine contre le mur du fond. Une télévision, une ligne téléphonique fixe. Que demander de plus ? Ça ne le dérange pas. C'est excitant. Et, encore mieux, c'est temporaire.

Cette nuit, il est arrivé à 1 heure du matin, a vérifié qu'il n'était pas suivi, est entré dans le studio grâce à la clé qu'on lui a remise au commissariat. Au moment de se délester de son sac à dos et de le poser sur la moquette sinistre, il a poussé un soupir et s'est dit : *Je suis là*.

Leo a fini par lui expliquer l'autre jour, dans son cagibi.

« On veut que tu t'infiltres dans ce groupe, Ry. Aujourd'hui. » Il ne l'a pas lâché des yeux, pas même un millième de seconde, pas même pour les cligner – rien. « La légende qu'on a créée, eh bien… c'est toi.

— D'accord », a répondu Ryan en déglutissant difficilement.

Tout est devenu clair. En une fraction de seconde. Le panneau de liège. Le panneau de liège était un moyen d'entrer en douceur. Toutes les questions sur son passé, son frère, ce qu'il savait…

C'est ce qu'il voulait, a-t-il essayé de se dire. Il voulait avoir une carrière intéressante. Mais là… Un travail d'infiltration. Intercepter un *réseau*. Sur le coup, il a voulu connaître le taux de mortalité des flics infiltrés. Les probabilités. Ses chances.

« Tu ne parles pas comme un flic, tu sais », lui a dit Leo. Avant de préciser : « C'est ce qu'on recherchait.

— Je vois. »

Il ne savait pas s'il devait en rire ou en pleurer. Il était donc un bon candidat à l'infiltration parce qu'il ne ressemblait pas à un policier ? Il avait même merdé sur l'alphabet phonétique. Il s'est mordillé la lèvre. Une sorte de tristesse l'a envahi, comme s'il avait avalé une boisson brûlante et mélancolique.

« Tu vois, un flic dirait : "Est-ce que ce monsieur pourrait me procurer un peu de cocaïne de la meilleure qualité ?" Toi, tu dirais : "T'as de la C, mec ?" »

Ryan laisse échapper un rire sonore.

« Tu comprends ce que je veux dire ? Je force le trait, bien sûr. N'empêche, tu es très fort dans le travail de renseignement. Ton panneau, là, c'est de l'or en barres.

— Merci. »

Et maintenant, Ryan va être présenté au GCO par un flic qui est déjà en sous-marin – leur agent infiltré.

Son portable sonne.

« Tout est prêt ? dit Leo.

— Oui, je crois. »

Il regarde dehors. C'est la toute fin de l'hiver. Les arbres sont réduits à des bonshommes allumettes. Le ciel est morose, blanc, totalement vidé de ses couleurs. Un temps mou, flemmard ; pas de soleil, pas de pluie, rien.

« Rappelle-toi : trois conseils.

— Je t'écoute. »

Ryan se retourne pour faire face au salon.

« Primo : reste tout le temps dans ton personnage, même si tu penses que tu t'es fait griller. Il vaut mieux que les gens te soupçonnent d'être un flic plutôt que tu le leur confirmes.

— D'accord. »

Ryan est nerveux. Il ne va pas se mentir. La mission est peut-être géniale et tout ce qu'on veut, mais si les autres le démasquent ? S'ils se préparent au grand piège et qu'il fait tout foirer ?

« Deuzio : les voyous soupçonnent la présence des Stups à chaque coin de rue. Tu devrais faire comme eux. Si on t'accuse d'être flic, tu dois le prendre comme l'insulte suprême et accuser les autres à ton tour.

— Ça marche. Tout ça, ça me va », répond sincèrement Ryan.

Ils l'envoient assez loin dans le réseau pour tenter d'infiltrer le groupe qui signale aux autres que les maisons seront vides. Non pas le réseau de la drogue, mais celui des vols.

« Tertio : n'en parle jamais à personne.

— Pigé. Ça devrait plutôt être le conseil numéro 1, non ? »

Leo éclate de rire, ce qui gonfle de joie le cœur de Ryan.

Dans sa main, Ryan tient son portable, où figure un SMS qu'il n'arrête pas de relire : *2 Cross Street*. Comme on le lui a demandé, il est tout de noir vêtu.

Le SMS est arrivé exactement comme annoncé par son agent infiltré, Angela. Envoyé à partir d'un numéro masqué. Et c'est ça qu'ils cherchent à comprendre : qui obtient les adresses, et par quel moyen ?

Comme l'exige le protocole de la police, Ryan n'avait jamais croisé Angela. Personne ne rencontre les agents infiltrés en activité. Cela fait quatre mois qu'Angela a pour mission d'apprendre à connaître la partie du groupe criminel impliquée dans les vols, et jusqu'à présent elle fait du bon boulot. Elle a volé quatre voitures et a rencontré Ezra au port. Depuis, pas une fois elle n'a mis les pieds au commissariat. Au cas où quelqu'un l'y verrait.

Ryan l'a rencontrée il y a quelques jours, par l'intermédiaire – à distance – de Leo. Ils ont échangé quelques mots devant un magasin One Stop. Angela est organisée, sérieuse, elle résiste aux blagues de Ryan, comme si elles l'incommodaient. Hier, elle l'a présenté au réseau, son « cousin » et « voleur expérimenté », pour se mettre en valeur, mais aussi pour aider Ryan à remonter les échelons et à rencontrer celui qui fournit les renseignements, plutôt que les petits soldats.

Et la première mission de Ryan pour faire ses preuves est celle-ci : se rendre à l'adresse indiquée sur son portable et voler la voiture.

Aussi simple et aussi difficile que ça.

Il est 2 heures du matin passées. La lune est de sortie, balle lumineuse lancée vers le ciel et qui y reste le temps d'une petite nuit avant de retomber.

Devant lui, la maison est endormie. Les propriétaires en sont absents, partis pour Lake District. Il n'y a que le couloir qui s'éclaire ; une minuterie, de toute évidence. Au cas où ce ne serait pas assez clair, la pelouse est hirsute : signe évident que les occupants sont en vacances.

Ryan ne réfléchit pas. Il agit. Boîte aux lettres ouverte. Il a de la chance : ça va être du gâteau, les clés sont à portée de main. Il sort une longue perche noire, décroche les clés et les empoche. De sa main gantée, il déverrouille la voiture, se glisse à l'intérieur et la fait reculer dans l'allée sans mettre le contact. Si la police retrouve ce véhicule et le passe au peigne fin, l'unité des infiltrations révélera son identité : c'est Ryan, en fait. Il fait partie des gentils ; il est protégé contre toutes les poursuites.

Sur une petite route sombre des environs, il passe à l'étape suivante. Ses mains tremblent. Il n'a jamais changé de plaque d'immatriculation. Sa hiérarchie part du principe qu'il sait le faire, mais il a toujours été nul en mécanique et en bricolage. Il ne comprend pas comment les choses s'assemblent entre elles. Il fait tomber deux minuscules vis, qui roulent sur le trottoir et se confondent avec le bitume.

« Bordel de merde », lâche-t-il avant de s'agenouiller pour essayer de les retrouver, à tâtons.

Il lui faut quarante minutes pour en venir à bout. Dans l'opération, il réussit à se faire une belle entaille en travers de la paume avec le bord tranchant d'une des deux plaques. Mais au moins, c'est fait. Encore un délit commis.

Il roule jusqu'au port, où, comme convenu, il attend qu'Ezra soit libre. Il s'approche de lui, sort de la voiture et lui tend les clés.

« Parfait », dit Ezra.

Là, dans le port glacé, Ryan perd courage. *Imagine*, *imagine*, *imagine*, n'arrête-t-il pas de penser. Imagine qu'Ezra te démasque. Ryan ne risque peut-être pas de se faire arrêter, mais il risque très certainement de se faire buter.

« Super », répond-il.

Sa main tremble quand il veut toucher l'épaule d'Ezra. Pour donner le change, il remue la mâchoire inférieure, un symptôme classique de la consommation de cocaïne. Ezra pensera que c'est ça, qu'il est défoncé, comme les acolytes de son frère.

Ryan regarde derrière Ezra, vers les cargos et les grues aux couleurs vives qui se découpent contre le ciel noir.

Ezra croise son regard. Quelque chose semble passer entre eux, même si Ryan ignore quoi. Ses genoux commencent à flageoler, ce qu'il cache en sautillant d'un pied sur l'autre.

« C'est ta première fois ? demande prudemment Ezra.

— Oui. La première d'une longue série. »

Ryan se balance sur ses talons. Ils le tueront. Peu importe la protection policière et la planque sécurisée où il ira s'il se fait griller : ces gens le tueront s'ils le démasquent. Arrête d'y penser. Arrête.

« On en a fait quarante cette semaine, dit Ezra.

— Quarante bagnoles ?

— Hmm. »

Ouah. Ryan souffle ostensiblement. Le trafic fonctionne à une échelle bien plus vaste que ce qu'il pensait.

« Tu t'es blessé à la main ?

— Oui, rien de grave. C'est la plaque.

— Je me suis fait la même chose en bricolant chez moi tout à l'heure ! s'exclame Ezra, lui montrant sa main.

— Ha, fait Ryan, le cerveau à plein régime.

— Tu devrais mettre de la crème antiseptique », dit Ezra sur un ton détaché, comme s'ils étaient deux gamins, et non les membres d'un groupe criminel.

Crème antiseptique à la con.

J – 531

8 h 40

C'est le mois de mai, mais celui de l'année précédente. Ce n'est pas normal de remonter aussi loin. Jen doit absolument parler à Andy. Lui demander quoi faire. Pour arrêter la machine. La ralentir.

Elle descend l'escalier et comprend, rien qu'à la lumière et au bruit de la maison – Kelly fait la cuisine, Todd bavarde – que c'est le week-end. Parvenue à l'avant-dernière marche, elle écoute son mari et son fils discuter.

« Non, ce serait *pas intéressé*, explique Todd. *Désintéressé*, ça veut dire impartial.

— Merci, monsieur le dictionnaire, répond Kelly. Je voulais justement dire impartial.

— Non, tu mens ! »

Et ils éclatent de rire.

Jen entre dans la cuisine.

« Salut, ma belle », dit Kelly sur un ton détendu.

Il retourne un pancake. La scène paraît totalement normale. Mais… La photo. Kelly a un proche parent, quelque part, dont il ne lui a jamais parlé.

Ça fait mal de le regarder. C'est comme lever la tête vers une éclipse. Jen sent qu'elle plisse les yeux.

« Quoi ? » ajoute-t-il.

Elle reporte son attention sur Todd. C'est un enfant, un gamin, un adolescent. Des pieds et des mains gigantesques, de grandes oreilles, des dents en avant pas encore redressées et alignées. Quatre boutons sur les joues. Pas un poil au menton. Il est petit.

Elle s'approche de l'endroit où Kelly est en train de retourner ses pancakes.

« Donc tu disais que tu étais *impartial* vis-à-vis de mon jeu vidéo ? » demande Todd à son père.

Kelly remet de la pâte à pancake dans la poêle, et ses cheveux noirs prennent la lumière du soleil.

« Oui… C'est ce que je voulais dire.

— Ça sent le mensonge.

— D'accord, d'accord, répond Kelly en levant la main. Merci pour la leçon. Je voulais dire *pas intéressé*. Petit con, va. »

Todd rigole. Un petit gloussement aigu et enfantin.

« Dis-toi bien que tu aurais pu te retrouver avec deux comme moi si tu avais eu un autre gamin. Un double emmerdement.

— C'est vrai », fait Kelly, et l'espace d'une seconde quelque chose de profond et de fantasque passe sur son visage.

Il a toujours voulu un deuxième enfant.

« Tu nous suffis bien comme ça, lance Jen à son fils.

— Eh, mais… on est tous des enfants uniques, répond Todd en prenant une banane pour la peler. Je n'y avais jamais pensé avant. »

Jen observe attentivement Kelly. C'est donc cette conversation ? C'est pour ça qu'elle se retrouve ici ?

Son mari ne dit rien. Il s'affaire dans la cuisine.

« On l'est tous, en effet », répond-il au bout de deux secondes.

Jen regarde le jardin. Mai. Mai 2021. Elle n'en revient pas. Les rayons de soleil du matin tombent du ciel comme des puits de lumière. Le vieil appentis est toujours là, celui qu'ils avaient avant de prendre le nouveau, le bleu. Elle se demande si d'autres qu'elle-même pourraient distinguer deux mois de mai à la seule manière dont la lumière tombe sur l'herbe.

« Allez, il faut que j'aille prendre ma douche », dit-elle.

Elle monte tout en haut de la maison, s'assoit au centre de leur lit double et utilise un portable qu'elle avait il y a bien longtemps pour chercher sur Google le numéro d'Andy et l'appeler.

« Andy Vettese à l'appareil. »

Jen débite son histoire à toute vitesse. Les dates, les conversations qu'ils ont déjà eues. Andy se tait, comme à son habitude, et ce silence est froid, mais intéressé, trouve Jen. Elle lui parle du prix Penny Jameson, plus tard. Il répond qu'on lui a conseillé de soumettre sa candidature.

Il semble la croire.

« OK, Jen. Allez-y. Qu'est-ce que vous voulez me demander ?

— Je… Je me retrouve *dix-huit mois* avant, dit-elle, essayant de revenir vers l'essentiel.

— Est-ce que les jours auxquels vous arrivez ont un point commun ?

— Parfois… J'apprends toujours quelque chose. Mais… » Elle cale son portable entre l'épaule et l'oreille, puis se masse les jambes. Elle a très froid. Elle a du vieux vernis sur les ongles, une couleur abricot qu'elle a un temps beaucoup aimée mais qu'à présent elle déteste. « Il y a tellement de choses qui auraient dû empêcher le crime mais qui n'ont eu aucun effet.

— Peut-être qu'il ne s'agit pas de l'empêcher.

— Hein ?

— Vous dites qu'il est dangereux ? Ce Joseph ? Peut-être qu'il ne s'agit pas d'empêcher son assassinat ?

— Continuez.

— Eh bien… Si vous l'empêchez, il semble que vous aurez un autre problème.

— Comment ça ?

— Peut-être qu'il ne s'agit pas d'empêcher l'assassinat, mais de le comprendre. Pour pouvoir le légitimer. Vous voyez ? Si vous comprenez le *pourquoi*, vous pourrez l'exposer devant les juges. »

Quand il a fini de parler, les oreilles de Jen frémissent. Peut-être, peut-être. Elle est avocate, après tout.

« Oui. Par exemple, si c'était de la légitime défense, ou en réponse à une provocation.

— Exactement. »

Jen aimerait retourner au jour J, ne serait-ce qu'une fois, pour revoir la scène en sachant tout ce qu'elle sait maintenant.

« Je ne sais pas si je vous l'ai dit dans le futur, mais j'explique toujours la même chose à mes candidats au voyage à travers le temps : si jamais vous me cherchez dans le passé, dites-moi que vous savez que mon ami imaginaire, à l'école, s'appelait George. Personne n'est au courant. Enfin… à part les voyageurs auxquels je l'ai dit. Et pour l'instant, personne n'est venu m'en parler.

— Je vous le dirai », répond Jen.

Elle est touchée par ce détail intime. Par cet indice, ce raccourci, cette astuce.

Elle le remercie et lui dit au revoir.

« Quand vous voulez, conclut Andy. On se reparle hier. »

Jen esquisse un sourire las et mélancolique, puis raccroche et repense à aujourd'hui. Après tout, elle n'a que ça.

Aujourd'hui. En mai 2021.

Mai 2021. Quelque chose s'approche lentement de sa conscience, comme un fin brouillard qui s'amasse à l'horizon.

Et ça lui tombe dessus comme le font certaines pensées, parfois. Sans prévenir. Elle vérifie sur son téléphone. Oui. Elle a raison. On est le 16 mai 2021.

C'est donc ça.

Elle reçoit un uppercut, tellement violent qu'elle en perd l'équilibre quelques secondes : c'est le jour de la mort de son père.

Jen feint de résister à ce besoin impérieux. Non, se dit-elle en rajustant ses cheveux, elle ne voyage pas dans le passé pour voir son père, pour réparer une des grandes erreurs de sa vie. Elle ne fait pas ça pour lui dire au revoir. Elle est là pour sauver son fils.

N'empêche, toute la matinée elle repense à cet adieu dans la morgue, rien qu'elle et le cadavre de son père, sa main froide et sèche dans la sienne, son âme déjà ailleurs.

Pendant qu'elle regarde Todd jouer à *Crash Team Racing Nitro-Fueled* – c'est leur jeu du moment –, elle s'agite fébrilement et n'arrête pas de croiser et de décroiser les jambes. Finalement, Todd lui demande : « Quoi ? » et elle s'en va, le laissant seul.

Dans le couloir, elle cherche Kelly sur le moteur de recherche de son portable. Il n'y a rien, aucune trace en ligne. Elle soumet son nom de famille à un site de généalogie, mais se retrouve avec des centaines de résultats à travers tout le Royaume-Uni. Elle met la main sur une photo de lui et procède à une recherche par image. Ça ne donne rien.

Elle monte à l'étage. Kelly est en train de faire sa comptabilité.

« Je suis infantilisé par Microsoft », lui dit-il.

Tasse de café sur un dessous-de-verre. Petit sourire aux lèvres. Quand elle s'approche, il détourne très légèrement son ordinateur d'elle. Ce coup-ci, elle s'en aperçoit. Elle a dû passer à côté la première fois.

Peut-être a-t-il une autre source de revenus. La drogue, les policiers morts, le crime. A-t-il plus d'argent qu'un peintre-décorateur ne le devrait ? Pas vraiment. Pas beaucoup – elle ne croit pas. Rien qu'elle ait remarqué, en tout cas – et elle l'aurait remarqué, non ? Un souvenir lui revient alors, surgi de nulle part. Il y a deux ou trois ans, Kelly a fait un don à une association caritative. Une belle somme, plusieurs centaines de livres. Il ne lui en avait pas parlé. Il l'avait expliqué plus tard comme un geste de philanthropie anonyme à la suite d'un gros boulot qui venait de tomber. Jen avait été turlupinée, d'une manière impalpable, comme quand votre mari vous ment, même pour une broutille. C'était un mensonge de pas grand-chose, mais un mensonge quand même.

« Tiens, question étrange, dit-elle sur un ton enjoué. Tu as de la famille encore en vie ? Je ne sais pas, un cousin issu de germain ou… ? »

Kelly fronce les sourcils.

« Non. Mes parents étaient enfants uniques, répond-il aussitôt.

— Même pas des parents très éloignés, sur une autre génération, peut-être ?

— Euh… Non. Pourquoi ?

— Je me rends compte que je ne t'ai jamais interrogé sur ta famille élargie. Or il se trouve que j'ai le souvenir bizarre d'avoir vu une vieille photo de toi. Tu posais à côté d'un homme qui avait tes yeux. Il était plus corpulent que toi. Mais les mêmes yeux. Et des cheveux plus clairs. »

Le corps de Kelly semble traversé d'une onde de choc à cette phrase, mais il le dissimule en se levant brusquement.

« Aucune idée, dit-il. Je ne crois pas… Je n'ai même pas de vieilles photos, si ? Tu me connais. Pas du genre sentimental. »

Jen acquiesce, mais ne le quitte pas des yeux et se dit que c'est faux. Il est tout à fait du genre sentimental.

« J'ai dû rêver, alors », dit-elle.

Ce ne sont que des yeux. Peut-être s'agit-il simplement d'un ami sur la photo.

Elle croise les iris bleus de Kelly et, soudain, se sent seule comme jamais. Elle est censée avoir quarante-trois ans, mais là, elle en a quarante-deux. Elle est censée être en automne, mais là, elle est au printemps, dix-huit mois plus tôt. Et son mari n'est pas celui qu'il affirme être, peu importe le fuseau horaire dans lequel elle se trouve.

Et son père est vivant.

Son père qui l'aime d'un amour inconditionnel, quoique à sa façon. Au moment où Jen sent qu'elle doit analyser son propre rôle de mère pour sauver son fils, elle veut se tourner vers celui qui l'a élevée.

« Je vais aller voir mon père », dit-elle.

La phrase sort de nulle part. C'est plus fort qu'elle. Elle a besoin de sentir sa main chaude dans la sienne. Elle a besoin de le regarder poser la bière et les cacahuètes à côté desquelles il va mourir. Elle ne restera pas. Elle… elle lui dira simplement qu'elle l'aime. Et puis elle s'en ira.

« Oh, parfait. Amuse-toi bien, lui lance-t-il alors qu'elle file dans l'escalier. Salue-le de ma part. »

Entre les deux hommes, la relation a toujours été cordiale, mais distante. Jen pensait que Kelly serait en quête d'une figure paternelle et adopterait volontiers la sienne. Or il a fait tout le contraire, maintenant Ken à bonne distance, comme il le fait avec la plupart des gens, du reste.

Dans la voiture, elle appelle son père. Une partie de son cerveau est encore persuadée qu'il ne répondra pas.

Évidemment, il décroche. Et cela prouve à Jen, plus que tout le reste, que ces choses se passent pour de vrai. Pour de vrai.

« Oh, la belle surprise », dit son père.

C'est bien lui au bout du fil. Revenu d'entre les morts. Sa voix – élégante, réservée, mais adoucie par l'âge. Jen s'y blottit à la manière d'un animal captif qui sent un courant d'air frais après être resté trop longtemps enfermé.

« Tu as prévu quelque chose ? Je pensais passer te voir.

— Bien sûr. Je fais chauffer la bouilloire. »

Elle ferme les yeux devant cette phrase qu'elle a entendue mille fois, mais pas depuis dix-huit longs mois.

« OK.

— Parfait. »

Il a l'air heureux. Il est seul, il est vieux, il est en train de mourir, même s'il ne le sait pas encore.

Jen sait pertinemment qu'elle ne devrait pas être là. Tous les films du monde seraient d'accord. Elle ne devrait modifier que ce qui peut empêcher le meurtre, n'est-ce pas ? Ne pas devenir trop gourmande et égoïste au point de vouloir changer d'autres choses par la même occasion. Ne pas se prendre pour Dieu.

Mais c'est plus fort qu'elle.

Il habite une maison victorienne à deux étages, dont des combles reconvertis. Deux fenêtres à guillotine de part et d'autre de la porte d'entrée, avec cadres en bois sombre. Vieux jeu, mais dans un registre charmant. Comme lui.

Elle le dévisage, émerveillée, pendant qu'il recule et lui fait signe d'entrer. Ce bras. Charnu, irrigué de sang chaud, relié au corps vivant de son père.

« Qu'est-ce qui… ? demande-t-il avec un air intrigué.

— Oh, rien. J'ai une… Je passe une drôle de journée, c'est tout. »

Son père est resté dans la maison de famille après la mort de sa femme. Il n'en démordait pas, et Jen n'avait personne pour l'aider à l'en dissuader. Le destin des enfants uniques. Il lui a dit que l'escalier ne poserait pas de problème, qu'il continuerait de récurer les gouttières lui-même. Et pour finir, ce ne sont ni les gouttières ni l'escalier qui l'ont tué.

« Comment ça ?

— Rien de grave. »

Jen le suit au fond du couloir, qui curieusement lui paraît plus petit, maintenant qu'elle est adulte. En entrant dans cette maison, elle est gagnée par un sentiment très particulier. Une nostalgie juste hors de portée, recouverte d'une fine couche de poussière, comme s'il suffisait d'un petit effort de sa part pour attraper le passé. Elle se retrouve ici, le printemps de l'année qui précède celle où son fils deviendra un assassin, le jour de la mort de son père, mais ça n'y ressemble pas.

« Tu es sûre ? » lui répond-il.

Un petit coup d'œil par-dessus son épaule pendant qu'ils traversent le salon fatigué. Une moquette vert sauge, méticuleusement dépoussiérée à l'aspirateur, et néanmoins gris-noir sur les bords. Elle ne l'avait jamais remarqué, jusqu'à présent. Peut-être a-t-elle hérité de son père le mépris des tâches ménagères.

Un tapis rond et gris avec des figures géométriques. Des objets qu'il possède depuis des décennies sont posés sur diverses étagères en bois sombre qui font saillie au-dessus des cheminées et des radiateurs.

Il éclaire la cuisine alors qu'on est en pleine journée. Un néon. Qui bourdonne en s'allumant.

« Est-ce que l'affaire *Morris contre Morris* a été réglée à l'amiable ? demande-t-il en haussant les sourcils.

— Je… »

Elle hésite. Elle ne s'en souvient plus du tout, manifestement.

« Jen ! Tu m'as dit que ce serait réglé à l'amiable ! »

Elle penche la tête sur le côté et lève les yeux vers lui. Elle avait oublié *ça*. Tous les petits agacements familiaux ne finissent-ils pas par se noyer dans le chagrin ? Ce genre d'échange l'aurait exaspérée à l'époque, mais aujourd'hui non. Elle est simplement heureuse d'être là, dans l'arène, et non rejetée par la mort.

« Désolée… Je suis fatiguée.

— Il te reste quatre jours pour le faire. »

Soudain, et avec le bénéfice du recul, elle voit précisément d'où viennent certaines de ses angoisses : d'ici même. À l'âge adulte, elle s'est éloignée de gens comme son père et s'est liée d'amitié avec des misanthropes comme Rakesh, comme Pauline. Elle a épousé Kelly. Ils la laissent être elle-même, être la vraie Jen.

« Je sais… ça va aller. L'affaire sera réglée lundi.

— Et le client, qu'est-ce qu'il pense de la proposition ?

— Oh, je ne me rappelle plus. »

Elle agite la main. Elle veut en finir avec cette conversation. Ce n'était pas une partie de plaisir de travailler ensemble, hein ? Parfois c'était pénible, comme là. Son père, déterminé, dévoué, soucieux du moindre détail. Jen, déterminée aussi, mais plus à aider les gens qu'autre chose.

Elle se rappelle très bien avoir assisté à une grosse réunion de règlement à l'amiable avec son père, qui soupirait dès qu'elle n'avait pas tel ou tel document. Elle n'avait pas arrêté d'envoyer par SMS *Mon père est un con* à Pauline, qui lui renvoyait des émoticônes. Elle en rit presque aujourd'hui, tant le souvenir est doux-amer. Les enfants que nous sommes en présence de nos parents.

« Désolée… Je dors mal en ce moment, dit-elle en le regardant dans les yeux. Je serai en meilleure forme lundi. Promis.

— Tu as l'air… Je ne sais pas. Si ! Tu as la même tête que quand Todd était petit et que tu ne te reposais jamais. »

Jen sourit à moitié.

« Je me souviens bien de cette époque.

— On peut dormir n'importe où quand on a un bébé, tellement on est fatigué. »

En un clin d'œil, comme un prisme brandi à la lumière, il révèle une autre facette de lui-même. Lui d'ordinaire si dur, si inhibé, quelques années avant sa mort il s'était comme attendri, s'était autorisé à avoir des sentiments, à montrer un visage plus coulant, plus ramolli. Meilleur grand-père que père. Ils avaient passé si peu de temps ensemble.

« Quand je t'ai eue, je m'endormais même parfois aux feux rouges.

— Je ne savais pas. »

Une sensation bizarre s'installe dans le dos de Jen, comme si quelque part une fenêtre ouverte laissait passer le froid. Qu'est-ce qu'elle fait là ? Elle ne devrait pas faire ça. Découvrir des choses qu'elle ne pourra jamais oublier.

« Je ne te l'ai jamais dit, explique son père. On n'a jamais envie que son enfant ait l'impression d'avoir été un fardeau. »

Cette dernière phrase lui coûte, de toute évidence. Il se mord la lèvre en regardant Jen. Ils sont dans la salle à manger, entre le salon et la cuisine. Dehors, la lumière est très belle, qui éclaire un faisceau de poussière devant les portes du patio.

« Non, je fais pareil avec Todd.

— C'est dur d'avoir un bébé. Personne n'en parle, de ça. »

Il hausse les épaules, apparemment content de passer avec sa fille ce qu'il estime être une journée normale.

« J'étais dans la voiture avec toi ?

— Non. Non ! répond-il en riant. C'était en allant au travail. Mon Dieu, c'était quelque chose, ces tout premiers jours. Parfois, j'avais envie d'appeler les autorités et de leur dire : "Vous savez à quel point c'est difficile d'avoir un nouveau-né ?"

— Je croyais que c'était maman qui s'occupait de tout. »

Il fait la moue et secoue la tête.

« Je crains de devoir dire que la petite Jen a pris le contrôle de toute la maison avec ses vagissements. »

Elle cligne des yeux en le regardant entrer dans la cuisine, où, méticuleusement, il fait chauffer sa bouilloire sur les plaques de cuisson, comme toujours. Pleine à ras bord – au diable l'écologie – et le couvercle reposé d'une main tremblante. Ça fait tellement longtemps qu'elle ne l'a pas vue, cette bouilloire. Ils ont vendu la maison il y a un an. Elle n'en a presque rien gardé.

La cuisine sent le renfermé. Le tanin et le musc, un peu comme une odeur de caravane.

« Pourquoi tu n'as pas dormi ? demande son père.

— Une dispute avec Kelly », dit Jen, ce qui est sans doute vrai.

Elle agite la main au moment où les larmes lui viennent. Elle pense encore aux feux rouges. Ce qu'on ne ferait pas pour ses enfants.

Son père ne dit rien et la laisse simplement parler, là, plantée sur le carrelage usé. Leurs regards se croisent ; ils ont exactement les mêmes yeux. Todd n'a pas cette couleur marron. Il a ceux de son père. C'est l'accord qu'on passe quand on fait des enfants avec quelqu'un.

« Qu'est-ce qu'il s'est passé ? »

Ce n'est pas une phrase qu'il aurait dite vingt ans plus tôt. La bouilloire commence à frémir et à s'agiter doucement sur la plaque. Il n'y prête pas attention, comme si ce n'était qu'un tremblement de terre lointain, et garde les yeux fixés sur Jen.

« Oh, rien, une dispute conjugale classique », répond-elle d'une voix rauque.

Que pourrait-elle faire d'autre ? Raconter toute l'histoire, depuis le jour J jusqu'à maintenant, à savoir J – 530 ou à peu près ?

Il s'adosse au plan de travail face à elle. Cette cuisine n'a jamais changé. Style années 1980, Formica blanc cassé, faux chêne. Il y a quelque chose de rassurant dans son aspect défraîchi. Les placards remplis de verres en cristal dont il ne se sert plus. Le plateau à thé en plastique fleuri qui reçoit tous les soirs un plat préparé.

« Kelly me ment, dit-elle.

— À quel sujet ?

— Il est mêlé à quelque chose de louche. Peut-être depuis toujours. »

Son père attend une seconde, puis laisse échapper un son plutôt qu'un mot.

« Hmm. »

Il porte la main à sa bouche. Des taches de vieillesse. Jen est soulagée de les voir, d'être encore là, dans le présent relatif.

« Quel genre de chose ? demande-t-il.

— Je ne sais pas. Je crois qu'il fréquente un voyou. »

Le regard de son père s'assombrit.

« Kelly est quelqu'un de bien, répond-il avec fermeté.

— Je sais. Mais vous n'êtes jamais… Tu vois.

— Quoi ?

— Je n'ai pas l'impression que vous… que vous vous soyez jamais vraiment appréciés ?

— Il est gentil avec toi », élude-t-il.

Jen a un petit rire triste.

« Je sais. »

Elle repense à la maison et à la photo. Elle ne comprend pas, et ne comprend pas non plus comment comprendre. Pour elle, tout ça est un mystère fermé à double tour.

« Tu te souviens du jour où il est venu pour la première fois au cabinet ?

— Bien sûr », répond aussitôt Jen, mais elle ne veut pas en dire plus.

Même si le souvenir s'est érodé depuis, le mois de mars leur appartient, à Kelly et à elle. À telle enseigne qu'il se l'est fait tatouer quelques mois plus tard. Sans la prévenir. Il a disparu en pleine journée et est rentré à la maison sans rien dire. Ce n'est qu'au moment de le déshabiller qu'elle l'a découvert : leur héritage commun.

« On travaillait n'importe comment à l'époque, tu te rappelles ? » dit-elle.

C'étaient les tout débuts du cabinet, quand son père l'avait engagée comme stagiaire – le meilleur moyen d'avoir des ennuis. Formé chez les meilleurs avocats de Londres, désireux de monter son propre cabinet, il était rentré à Liverpool, la tête pleine de fusions-acquisitions et d'ambitions. Après la mort de sa femme – un cancer, dans les années 1990 –, il avait fondé Eagles. Pourquoi pas Cabinet Eagles ? Jen n'avait jamais su.

Les premiers temps, pour éviter les retards de loyer, ils prenaient tout ce qui venait, ils allaient jusqu'aux limites de leur expertise. Ils faisaient des procurations, des procédures de transfert de propriété, des indemnités pour dommages corporels.

« Je rédigeais des codicilles avec mon code sur les genoux, sous le bureau », dit-il en riant.

Jen sourit tristement.

« Tu te souviens des contrats de multipropriété qu'on faisait ? demande-t-elle, heureuse d'y repenser.

— Quoi donc ? »

Le ton de sa réponse est étrange, un peu surjoué, comme s'il se sentait observé.

« Mais si… Tu te rappelles qu'on faisait des contrats de multipropriété et qu'on devait tenir la liste complètement dingue des créneaux de chacun ?

— Ah oui ?

— Bien sûr qu'on faisait ça ! » s'exclame Jen, un peu désarçonnée.

Son père a une mémoire d'éléphant. Elle a dû se tromper, s'emmêler les pinceaux dans ses souvenirs.

« Je ne crois pas. Mais qu'importe, c'était la belle époque, non ? Les pizzas au bureau… »

Jen acquiesce.

« Et comment, dit-elle, même si c'est un mensonge.

— Et puis tout a basculé, pas vrai ?

— Oui. »

Elle se rappelle le printemps au cours duquel elle a rencontré Kelly. Le cabinet commençait enfin à gagner de l'argent. Quelques victoires avec de gros clients. Une secrétaire embauchée, puis Patricia à la comptabilité. Aujourd'hui ? Cent employés.

« Tu restes dîner ? » lui demande-t-il en servant deux tasses de thé.

Elle hésite. Il est 16 heures. Son père n'a plus qu'entre trois et neuf heures à vivre. Leurs regards se croisent.

Pour gagner du temps, sans un mot elle prend son mug brûlant et boit son thé. Elle sait qu'elle ne devrait pas. Qu'elle ne devrait pas changer encore d'autres choses. Qu'elle devrait en rester là. Ne pas jouer à la loterie. Ne pas assassiner Hitler. Ne pas dévier.

Or sa bouche s'ouvre et répond à sa place.

« Avec plaisir », dit-elle, tellement bas qu'elle espère que l'univers n'entendra rien si elle marmonne. Rien qu'eux deux, sans témoins, une discussion privée entre père et fille. Elle voudrait ne plus être seule, même un instant, ne plus chercher à comprendre tous les indices incompréhensibles, sans jamais avancer mais seulement reculer, reculer, reculer, comme un jeu de l'échelle où il n'y aurait que des serpents. « Qu'est-ce qu'on mange ? » ajoute-t-elle.

Son père hausse les épaules, mais avec jovialité.

« Peu importe. Avoir quelqu'un à dîner, ça rend les choses un peu plus solennelles, non ? Même si c'est pour manger des tartines de flageolets. »

Jen voit très bien ce qu'il veut dire.

Il est 19 h 05. Ils ont mis au four une *fish pie* congelée depuis « Dieu sait quand ». Jen n'arrête pas de se dire qu'elle ferait mieux de partir. Son cerveau rationnel l'implore avec un raisonnement un peu affolé, mais son père a chaussé des pantoufles et allumé la télé sur *Super Sunday*, l'émission de foot. Sa mort est imminente. Elle ne peut pas le laisser, elle ne peut pas, elle ne peut pas.

« On pourrait aussi faire chauffer du pain à l'ail, propose-t-il. Ces derniers temps, je mange comme quatre. Tu sais, ta mère détestait l'ail. Elle disait qu'elle en avait trop mangé pendant sa grossesse.

— Ah bon ? fait Jen en se levant. Je m'en occupe.

— Oh, que je déteste *Super Sunday*. Complètement idiot. »

Il commence à zapper.

« On n'a qu'à regarder *New York, police judiciaire* et critiquer la procédure, propose Jen.

— Ah, je préfère ça, répond son père en cherchant la série sur le menu de Sky. Attrape-moi une bière, aussi. Et des cacahuètes, pendant qu'on y est. »

Jen sent ses poils se dresser les uns après les autres, comme des petites sentinelles.

« Bien sûr », répond-elle. Elle entre dans la cuisine silencieuse et met le pain à l'ail au four. La lampe intérieure éclaire ses chaussettes.

La bière est déjà au frais dans le réfrigérateur.

« Sers-toi ce que tu veux ! » lui lance son père.

Elle trouve les cacahuètes dans un placard qui semble contenir à peu près tout – du sirop d'orange, deux avocats, des raisins secs enrobés de chocolat, des sachets de thé, des biscuits Mint Club – et les lui apporte.

« Je ne savais pas que maman mangeait de l'ail quand elle était enceinte.

— Oh si, des tonnes. Même cru, parfois. Elle piquait des gousses dans le poulet rôti et les mangeait une par une. »

Jen imagine très bien la scène. Cette femme qu'elle a perdue trop tôt, en train de manger des gousses d'ail devant le comptoir de la cuisine, les doigts gras et Jen dans son ventre. Todd dans le ventre de Jen. Todd en puissance, du moins.

« Elle disait qu'elle en avait abusé. On disait toujours… »

D'une seule main, il prend la bière et les cacahuètes. Mon Dieu, il est encore en pleine forme.

« … qu'elle ne mangerait pas ses aliments préférés si elle tombait enceinte une deuxième fois, pour ne pas se dégoûter. »

Il se penche et allume le feu. Quand on l'a retrouvé, il n'y avait pas de feu dans la cheminée à gaz, pas de pain à l'ail ni de *fish pie* au four. Tous ces changements sont dus à Jen. Le feu prend facilement, se déployant de gauche à droite, comme des mots apparaissant sur une page dactylographiée. Aussitôt, la pièce s'emplit de l'odeur douce et brûlante du gaz.

Jen s'assoit juste à côté, sur un tabouret dont le dessus a été brodé par sa mère et que son père a gardé. Elle ne mange pas, elle ne boit pas, elle se contente de le regarder. D'attendre.

Quels mots dire à quelqu'un quand on sait que ce seront les derniers qu'il entendra ? On ne… On ne part pas, si ? Jen est saisie d'une angoisse brûlante, comme le feu que son père vient juste d'allumer. Elle ne peut pas partir. Comment pourrait-elle décemment l'abandonner ?

Et si ça pouvait empêcher sa mort ? D'une manière ou d'une autre ?

« Mais vous n'avez pas eu d'autre enfant », lui dit-elle.

Au lieu de couper court à la discussion, au lieu de partir, au lieu de trouver un moyen de lui dire au revoir – au revoir et adieu.

« Ce n'est jamais le bon moment, et puis après c'est trop tard », répond-il simplement. Il décapsule sa bouteille de bière. « Le droit… ça nous bouffe tout notre temps, pas vrai ? On lui donne une main… Je me suis toujours dit que Kelly avait raison de ne jamais laisser le travail l'envahir.

— Oh, savoir ce que pense Kelly ! répond sèchement Jen, et son père paraît gêné.

— Il a raison », répète-t-il à voix basse. Jen a un sentiment bizarre et prémonitoire. Presque… Presque comme si son père, se sachant tout proche de la mort, se déciderait à lui dire quelque chose. Une clé. Une pièce du puzzle. Une dernière phrase dont elle pourrait faire bon usage. Une facette du prisme qui se trouverait encore, pour l'instant, dans le noir.

Ils se taisent. Le seul bruit provient de la cheminée à gaz, une sorte de précipitation comme une pluie lointaine. Elle dégage une chaleur si forte que l'air tremblote au-dessus. Jen pourrait rester là jusqu'à la fin des temps, dans ce vieux salon désuet, pendant qu'un pain à l'ail cuit au four.

Et c'est là que la mort arrive. Jen la voit passer sur son père comme un nuage noir. Les cacahuètes et la bière juste à côté de lui, exactement comme ç'a été rapporté. Le premier signe, c'est la sueur, des gouttes opaques sur son front, comme s'il s'était retrouvé dehors, sous le crachin.

« Oh, là, aïe, dit-il en gonflant les joues. Jen ? »

Jen est complètement affolée. Elle ne pensait pas que ça se passerait comme ça. Elle pensait que ce serait soudain.

Tout en posant une main sur son ventre, il grimace et la regarde fixement.

« Jen… Je me sens mal », dit-il d'une voix inquiète, comme celle de Todd quand, petit, il tombait et se tournait tout de suite vers elle pour savoir ce qu'il ressentait.

Son miroir maternel. Et maintenant elle se retrouve là, au terme de la vie de son père, rôles inversés.

« Papa. »

Elle n'a pas prononcé ce mot depuis des décennies.

« Jen… Appelle les secours, s'il te plaît. »

Il l'implore avec ses yeux marron, exactement comme les siens. Elle sort son portable. Il n'y a aucune question. Il n'y a absolument aucune question. Elle a seulement l'illusion du choix.

J – 783

8 heures

Jen se retrouve en septembre de l'année précédente. Elle se repère, repense à la nuit dernière, à son père, à la manière dont il l'a regardée sur son lit d'hôpital. Chaud et vivant. La voilà maintenant encore avant ça, et il est bien en vie, mais pas parce qu'elle l'a sauvé. Elle se demande si, le jour où elle repartira en avant, elle l'aura toujours sauvé, et s'il sera là, à l'avenir, vivant.

Dans un coin de leur chambre, il y a une pile de cadeaux emballés dans du papier à rayures bleu et blanc. Ah. Ce doit être l'anniversaire de Todd. Ses seize ans. En quoi cet événement pourrait-il expliquer son futur crime ? Elle repense aux propos d'Andy, comme quoi il ne s'agirait pas tant d'empêcher le crime que de le défendre.

Elle étudie les cadeaux, emballés hier soir, quelque part dans le passé – un hier qu'elle n'atteindra peut-être jamais. Il y a des jeux de PlayStation et une montre Apple. Trop chers, mais elle avait tenu à lui offrir cette montre et voulu voir le bonheur sur son visage. Ils iront dîner au restaurant, au Wagamama's. Rien de bien spécial. Il fait froid. Le temps a changé vite cette année, l'automne a déboulé presque du jour au lendemain.

À quatre pattes, elle commence à passer en revue les cadeaux de Todd. Ces deux paquets mous, ce sont des chaussettes. Ce rectangle, c'est la montre Apple… Elle met les autres de côté sur le parquet et les regarde avec une certaine perplexité. Ce petit objet rond ressemble à du baume à lèvres. Peu vraisemblable. Elle n'a aucune idée de ce que c'est. Elle ne s'en souvient plus.

Elle espère qu'il sera content, en tout cas.

Elle les remet en pile et descend pour aller toquer à la porte de la chambre de Todd.

« Euh, entrez ? » dit-il d'une voix étonnée.

Ah oui. Bien sûr. Jen ne frappe à sa porte que depuis l'année dernière. L'année suivante. Bref.

« Joyeux anniversaire ! dit-elle en actionnant la poignée avec les cadeaux.

— Attendez, attendez, attendez-moi ! » s'exclame Kelly, qui monte l'escalier en courant avec deux cafés et un sirop sur un plateau.

Derrière lui, la baie vitrée révèle un superbe ciel bleu d'automne. Comme si rien de fâcheux n'était jamais arrivé, et n'arriverait jamais.

Quand elle entre dans la chambre, Todd, en pyjama vert clair, est assis sur son lit, les cheveux ébouriffés à la manière de son père. Jen s'arrête. Seize ans. Un gamin, rien de plus. D'une innocence si parfaite que ça lui fait mal au cœur de le regarder.

Anniversaire ou pas, Todd doit aller à l'école. Pendant qu'il se prépare, Jen constate qu'elle a un procès aujourd'hui. Dans les divorces, un procès en bonne et due forme est chose rare. Il s'agit d'*Addenbrokes contre Addenbrokes*, une affaire qui l'a monopolisée toute l'année. Un couple marié depuis plus de quarante ans. Chacun riait encore des blagues de l'autre. Mais la femme ne se remettait pas de l'infidélité du client de Jen. Andrew était tellement bourrelé de remords que c'en était douloureux. S'il avait été à la place de Jen, ç'aurait été la première, la seule et unique chose de son passé qu'il aurait changée.

Dans la maison redevenue vide, elle descend et se dit qu'elle ne peut pas assister à un procès. Ça n'aura pas d'importance. De toute façon, elle ne se réveillera pas demain. Quelles sont les chances ?

Au même moment, son portable sonne. Andrew.

« Vous êtes en chemin ? » lui demande-t-il.

Son cœur se serre. Ce n'est pas qu'elle vit sans conséquences, comme le veut la théorie d'Andy, mais plutôt qu'elle n'est pas le témoin direct des effets de ses actes. Pas aujourd'hui, du moins.

« Je… »

Elle ne supporte pas l'idée de lui faire ça.

« C'est… c'est aujourd'hui, non ? » répond Andrew.

Et ce n'est pas le fait qu'elle risque de se faire virer, quelque part dans l'avenir, si elle rate cette journée-là. Ce n'est pas qu'elle connaît le résultat – Andrew va perdre. Non, c'est qu'elle sait qu'il a le cœur brisé et qu'il a l'air si triste et abattu, comme tous ses clients, comme elle. Alors, comme elle l'a déjà fait mille fois avec mille autres clients, elle lui répond qu'elle sera là dans dix minutes.

Le tribunal de Liverpool, malgré son allure toute municipale, n'en est pas moins imposant. Jen s'y rend très rarement – comme la plupart des avocats, elle essaie de régler les dossiers à l'amiable, avant qu'interviennent l'acrimonie et les frais de justice. Mais Andrew et sa femme ne l'entendaient pas de cette oreille. Leur principale pomme de discorde concernait un important fonds de pension censé arriver à maturité un an plus tard. Jen se rappelle avoir été surprise qu'Andrew ne lâche rien, mais les gens qui ont trahi ou qui ont été trahis sont le plus souvent irrationnels. C'est *la* grande leçon de sa carrière.

« Écoutez », dit-elle à Andrew, après avoir salué le *barrister* – heureusement, celui qui va mener les discussions se souvient du dossier. « On va perdre. » D'habitude, elle ne dirait jamais une chose aussi audacieuse, aussi pessimiste. Pourtant, c'est la vérité : évidemment qu'elle sait qu'ils vont perdre. « À la place du juge, je trancherais en faveur de votre femme, lui dit-elle.

— Ah, ça me fait plaisir de voir que vous me soutenez », réplique Andrew, acide.

Malgré ses presque soixante-cinq ans, il est encore jeune, joue au squash trois fois par semaine et au tennis les autres soirs. Il est très certainement seul, il n'a pas revu sa maîtresse d'un soir depuis que c'est arrivé, à la suite de quoi il a tout avoué à sa femme. Parfois, Jen se demande si, à la place de Dorothy, elle aurait pardonné à Andrew. Sans doute, mais c'est facile à dire pour elle, qui a vu de si près son client avoir le cœur brisé et partir en vrille, toutes les photos de Dorothy aux quatre coins de sa maison qu'il se refuse à enlever.

Elle l'accompagne dans une des salles de réunion qui flanquent le couloir du tribunal. Il y fait froid, et ça sent la poussière, comme si personne n'avait mis les pieds ici depuis des semaines. Quand elle allume, les ampoules ronronnent.

« Je crois que vous devriez soumettre une offre », dit-elle à Andrew.

Il est difficile à convaincre, mais pour finir, après que Jen lui a longuement, calmement expliqué qu'il dépenserait davantage en frais d'avocat que ce qu'il cherche à économiser, il propose soixante-quinze pour cent du fonds de pension. Jen emporte la proposition dans l'autre salle de réunion, où est assise Dorothy. Elle pense que ce sera suffisant.

Dorothy est avec ses avocats. C'est une femme minuscule, avec un joli port de tête et un maquillage encore plus joli. Elle dégage une force sèche, celle d'une dame de soixante-cinq ans qui marche quinze kilomètres les jours fériés.

« Soixante-quinze pour cent du fonds Aviva », annonce Jen à l'avocat, un certain Jacob, avec qui elle était à la fac de droit. À l'époque, il prenait sept jours sur sept le même déjeuner – des nuggets de poulet et des frites – et avait eu une très mauvaise note en droit de la famille. Jen n'aimerait pas être défendue par lui, et elle se fait la réflexion que la plupart des métiers sont en réalité pleins de gens comme ça.

Jacob regarde Dorothy en haussant les sourcils. De toute évidence, un chiffre plancher a déjà été établi entre eux, car Dorothy, mains croisées, hoche la tête. Elle signe l'ordonnance par consentement que Jen rédige avec soin, assez contente d'avoir rendu cette journée plus agréable pour tout le monde. Quand elle rapporte le document dans leur salle de réunion, alors qu'il n'est même pas 10 heures du matin, elle constate qu'à côté de sa signature Dorothy a laissé un petit message. Andrew le lit. Le papier tremble autant que ses mains. Jen essaie de ne pas donner l'impression de le lire, mais elle le fait. Le message est simple : *Merci. Bises.*

En rentrant au bureau, Jen se demande si cela les aidera plus tard, aussi bien eux qu'elle. Ce petit, ce tout petit changement auquel elle a procédé. Sans doute que non – comment cela se pourrait-il, puisque la prochaine fois elle se réveillera avant de l'avoir fait ?

À peine a-t-elle retrouvé son bureau que son portable bipe. Un SMS de Kelly. *Comment se passe le procès ? Bisous.* Elle le lit mais n'y répond pas. Une photo arrive dans la foulée. *Un café pour moi.* Kelly tient un gobelet Starbucks dans la main, mettant en valeur son poignet tatoué. Mais à l'arrière-plan, flou, elle reconnaît l'endroit : c'est un petit coin de la maison, la maison abandonnée où il est allé, le week-end de la Pentecôte. Le même gravier dans l'allée et la brique. Il est là-bas, une fois de plus. Quelle audace : il croit qu'elle n'y verra que du feu. Il croit qu'elle n'y est jamais allée.

Au moment où elle reçoit ce SMS, elle est dans son bureau, et non au tribunal. Il doit bien y avoir une raison.

Finalement, déchaussée et en collants, comme elle l'a fait déjà cent fois, elle passe voir Rakesh dans son bureau. Il paraît plus jeune. Il sent encore la cigarette.

Elle lui indique l'adresse.

« Il y a une maison, Santal, qui est devenue un bien vacant, dit-elle. La propriété en est revenue à la Couronne. Est-ce qu'il y a un moyen de savoir à qui elle appartenait avant ?

— Oh, les biens vacants… En voilà une colle », répond-il avec un grand sourire. Ses dents sont plus blanches. « Je crois que pour les biens vacants, tu peux consulter un résumé du titre de propriété. Attends… »

Rakesh clique rapidement sur sa souris. Jen est contente d'être là, avec lui, dans son bureau du passé. Il a toujours été bien plus calé qu'elle en théorie du droit. Elle aurait dû lui poser la question il y a très longtemps.

« Il semblerait qu'ils sont en train de voir à qui la transmettre, parce que le légataire est mort, explique Rakesh. Hiles. H-I-L-E-S. »

Jen sent une explosion dans son cœur. Hiles. Ryan Hiles. Forcément. Le policier. Le policier mort. Déjà mort, même aujourd'hui, si loin en arrière. Qu'est-ce que ça veut dire ? Elle essaie de comprendre quel peut être le lien entre Todd, un policier mort et l'assassinat de Joseph Jones. Peut-être que Joseph a tué le policier et que Todd l'a vengé. Peut-être que c'est sa ligne de défense : une soif de justice. Ça paraît fou, même pour Jen. Elle est remontée tellement loin dans le passé.

« Mais… J'ai cherché récemment et je n'ai rien trouvé. Sa mort ne figure pas dans le registre des décès de l'état civil. »

Rakesh tape à toute vitesse sur le clavier et ses yeux parcourent l'écran.

« Non, en effet. Pourtant, il est mort et bien mort. Le cadastre évoque bien l'acte de décès.

— Quand est-ce qu'il est mort ? demande Jen, la tête pleine de théories folles.

— La date n'est pas indiquée. Mais on peut acheter l'acte de décès pour trois livres. Je le fais ? Sur quel dossier je dois le mettre ?

— Ne t'embête pas, dit Jen, blasée. Ça va mettre trop de temps.

— Deux jours, pas plus.

— Non, franchement, ça ira. »

En quittant le bureau de Rakesh, elle passe devant celui de son père. Il est au téléphone, et la porte est entrebâillée. Elle y passe la tête ; il la salue d'un geste de la main. Avec sa chemise blanche et son gilet gris, il ne ressemble absolument pas à un homme n'ayant plus que six mois à vivre. La dernière fois qu'elle l'a vu, il était à l'hôpital. Elle ne peut pas s'empêcher de le regarder, là, en forme, bronzé. Elle l'entend dire au téléphone : « Désolé, notre comptabilité ne remonte pas avant 2005. Nous avons eu une inondation. »

Mais oui, c'est vrai. Les inondations de 2005. Jen était en congé maternité, à l'époque. Elle n'avait même pas pu l'aider. Rien que d'y penser, elle a les larmes aux yeux. Ses doigts s'attardent une seconde de trop sur la porte et, d'un geste impatient, son père lui fait signe de partir : c'est tellement *lui* que ça lui arrache un petit rire doux-amer.

Todd est en train de manger des edamames avec de l'ail et du sel au piment. Il écosse habilement les fèves et les fait éclater dans sa bouche, tout en parlant. Bien calé sur sa chaise, Kelly l'écoute.

« Le truc, dit Todd en avalant une graine, c'est que Trump, en fait, est complètement fou… ce qui n'est pas la même chose qu'être simplement républicain. »

Le cœur de Jen est à la fois plein et léger, un tourbillon de barbe à papa dans sa poitrine. Elle regarde son fils. Elle sait ce qu'il deviendra, du moins jusqu'au meurtre ; elle a sous les yeux l'ébauche de l'homme qu'il sera. Il apprendra encore beaucoup de choses sur la politique américaine dans les deux années qui suivront cet anniversaire et sera bien plus compétent qu'elle en la matière. Ils regarderont *West*

Wing ensemble l'année prochaine. Il appuiera sur *Pause* pour lui expliquer la procédure électorale ; elle appuiera sur *Pause* pour lui expliquer les histoires d'amour. Elle avait complètement oublié ça, aussi. Le passé disparaît à l'horizon comme la brume, mais elle a la chance d'être là, de le revivre, de fouiller dedans.

« C'est sûr qu'il sera réélu, dit Todd en fourrant une autre fève dans sa bouche. C'est le but des *fake news*, non ? Maintenant, tout ce qui critique Trump devient une *fake news*. En un sens, c'est du pur génie. »

Sous la table, il tripote ses lacets vert vif. C'était ça que contenait la petite boîte ronde. Jen a été aussi surprise que lui.

« Ce n'est pas un génie, répond froidement Kelly. C'est un porc. Mais je suis d'accord, il sera réélu. »

Jen dissimule un sourire.

« Je vous parie cent livres qu'il ne sera pas réélu, dit-elle. Et que Biden gagnera.

— *Biden ?* Joe Biden ? fait Todd. Le vieux ?

— Exactement. On parie ? »

Todd éclate de rire. Ses cheveux lui retombent sur la figure.

« Alors là, on parie ce que tu veux.

— Bon, dit Jen. Quel sera ton vœu au moment de souffler les bougies ? »

Il se prend la tête entre les mains, mais la regarde par-dessus ses doigts. Elle se rappelle l'époque où elle lui coupait les ongles, quand il était bébé. Il avait peur du coupe-ongles. Alors elle coupait d'abord les siens, pour lui montrer que tout se passerait bien, même si elle n'en avait pas besoin.

« Non, ni bougies, ni fête », répond-il en rougissant.

Mais il est ravi, elle le sent bien, comme s'il lui communiquait son émotion. Ils sont, mère et fils, les deux parties d'une fermeture Éclair qui se séparent lentement au fil des ans. Aussi sont-ils plus proches ce jour-là qu'ils ne le seront en 2022.

« Seulement si tu nous dis ton vœu, dit-elle.

— On n'a pas le droit de le dire », fait-il du tac au tac.

Mon Dieu, sa peau. Il n'a aucun poil sur le visage. Ses émotions affleurent encore à la surface, cette façon de rougir, ce sourire à la fois gêné et ravi, cette superstition autour des vœux. C'est avant qu'il apprenne à tout enfouir, à être si viril.

« Quoi ? demande-t-il en la regardant avec curiosité.

— Rien… Tu as tellement grandi », répond-elle, soit tout le contraire de ce qu'elle pense.

Todd agite la main, mais il est aux anges. Jen a les larmes aux yeux.

« Oh, non, pas les grandes eaux, dit-il.

— Il y a une ambiance très bizarre ici », intervient Kelly, toujours diplomate.

Jen regarde ses yeux. Ce bleu marine. Ils sont si particuliers. Mais l'homme sur la photo… Peut-être qu'il n'avait pas les mêmes, pas tout à fait. Peut-être qu'elle s'est trompée. Kelly se cale au fond de sa chaise et ouvre grand les mains.

« J'ai l'impression d'être dans un… Je ne sais pas, dans un couloir d'école. Pourquoi est-ce qu'on est si serrés les uns les autres ? »

Leurs plats arrivent. Du curry au poulet katsu pour Jen, la seule chose qui lui plaise sur la carte.

« J'aimerais tellement que tu me révèles ton vœu, dit-elle à Todd.

— Seulement si tu me promets qu'il se réalisera. »

Todd pique un ravioli avec sa baguette. Jen se souvient qu'il insistait pour manger avec les baguettes. Dans la première occurrence de cette journée, elle s'était moquée de lui. Cette fois, elle s'en abstient, repensant à ce que Todd lui a dit au sujet de la science, l'autre soir au dîner. Les choses qui comptent à ses yeux.

« Je te le promets.

— Je veux juste que… tout se passe bien, répond simplement son fils. Réussir aux examens. Continuer de bien travailler. Faire quelque chose de ma vie.

— Quoi, par exemple ? » demande Jen à voix basse, sans le quitter des yeux sous l'éclairage cru.

Todd est pâle. La salle sent l'ail qui grésille sur la poêle, et elle repense aussitôt à son père, au pain à l'ail dans le four.

Todd hausse les épaules, objet de toute l'attention de ses parents, ravi qu'on le voie réfléchir, rêver, désirer.

« Dans les sciences, dit-il. Un truc scientifique. J'aimerais aller au secours de la planète, plus tard. Tu vois ? J'aimerais changer le monde.

— Je comprends. »

Comment a-t-elle pu rire de cela ?

« Je pense que c'est tout à ton honneur, dit Kelly. C'est vraiment cool.

— Je n'essaie pas d'être *cool*, répond Todd.

— Au sens ancien du mot, je veux dire.

— Bien sûr », ricane Todd, et son père rit de bon cœur.

Quand il lève les yeux, distrait par quelque chose derrière eux, son expression change du tout au tout.

« Oh, désolé, il faut que je réponde. »

Kelly se lève d'un bond. Lorsqu'il approche son portable de son oreille, son tee-shirt se soulève et laisse voir sa taille fine. Il marche jusqu'à l'autre bout du restaurant, où sa famille ne peut l'entendre. Mais Jen ne le lâche pas du regard pendant qu'il parle. Elle est sûre et certaine que son portable n'a pas sonné et ne s'est pas éclairé.

Elle se retourne.

Assise deux tables derrière eux, il y a Nicola Williams. Jen est sûre qu'il s'agit bien d'elle, malgré son allure totalement différente, cheveux détachés, haut sexy. Elle partage un bol de nouilles avec un homme, et elle rit.

Jen sent une décharge brûlante monter et redescendre le long de son échine. Mais oui. Mais *oui*. Kelly était parti. Il avait quitté le repas d'anniversaire. Une urgence au boulot, avait-il expliqué. Elle reporte son attention sur lui. Il revient vers la table, après un coup de fil qui n'a duré que dix secondes.

« Le boulot », dit-il. Il est voûté et ne les regarde pas vraiment. Et surtout, il ne regarde pas Nicola. « Je suis vraiment désolé. Un de mes clients est revenu plus tôt que prévu et il veut discuter d'un chantier… Ça vous embête si… ?

— Non, non », fait Todd, toujours raisonnable, toujours aimable, jusqu'au jour où il tuera quelqu'un. Il agite la main et soudain ressemble de nouveau à un homme, dans la zone grise située entre l'enfance et l'âge adulte. « Non, bien sûr. Vas-y. Je mangerai ton plat.

— Mais c'est son anniversaire ! s'écrie Jen pour gagner du temps.

— Ça ne me dérange pas.

— Pense à moi le jour où tu remporteras le prix Nobel », dit Kelly à son fils.

D'un signe de main, il leur dit au revoir.

Jen se lève d'un bond. Il faut qu'elle fasse quelque chose.

« Nicola », dit-elle très fort. Nicola ne la regarde pas, ne répond rien, continue de faire manger des nouilles à l'homme. « Nicola ? » répète Jen dans sa direction.

Kelly, arrêté dans son élan, fait lentement demi-tour. Il observe Jen.

Nicola esquisse une moue sidérée et secoue la tête.

« Vous connaissez mon mari ? » insiste Jen en désignant Kelly.

Nicola et Kelly se regardent, mais il ne se passe rien. Aucun signe de reconnaissance mutuelle. Soit ce sont des menteurs de haut vol, soit ils ne se sont pas encore rencontrés, soit cette femme n'est pas Nicola. Jen se rapproche d'elle. Nom de Dieu, elle s'est trompée. Elle n'a vu Nicola que par la porte entrebâillée de la salle de billard. Désormais, elle est sûre que ce n'est pas elle. Cette femme-là est beaucoup plus coquette, ses cheveux sont différents, son maquillage et sa tenue sont nettement plus soignés.

« Désolée, désolée. Je vous ai prise pour une autre », s'excuse Jen, confuse.

Kelly revient vers eux.

« Qu'est-ce qui se passe ? » demande-t-il tout bas, mains sur la table.

Sa question a quelque chose d'impérieux, mais version désagréable. Il glisse vers la colère menaçante.

« Désolée… J'ai cru que tu la connaissais, répond Jen, alors qu'elle n'a jamais rencontré aucun des amis de Kelly.

— Ah oui ? »

Il attend qu'elle en dise un peu plus. Elle n'en fait rien, alors il s'en va. Jen a dû se tromper. Nicola n'est finalement pas la raison de son départ soudain.

« Tu es triste qu'il soit parti ? » demande-t-elle à son fils.

Todd hausse les épaules, mais sans dépit. Elle le croit sincère.

« Pas du tout, dit-il.

— Bien.

— En général, c'est toi qui pars », ajoute-t-il sur un ton léger.

Elle lève soudain la tête, surprise. Peut-être qu'elle n'est pas du tout là pour surveiller le comportement de Kelly.

Elle étudie de près son fils. Lui-même a les yeux rivés sur la table. Elle commence à repenser à ce qu'Andy dit du subconscient. Le fait que les indices ne sont pas toujours les éléments les plus évidents.

Leur conversation autour du projet scientifique de Todd lui revient en mémoire. Qu'est-ce qu'il lui a dit, déjà ? *En général, tu ne fais pas attention à mes trucs.* Elle repense aux deux cartons à pizza l'autre soir, l'un vide et l'autre plein. Elle l'a planté sur place. Peut-être que tout ça va plus loin, beaucoup plus loin que le crime organisé, que les maris menteurs, que les meurtres. Peut-être que Kelly n'est qu'un leurre. Elle se retrouve là, le jour de l'anniversaire de Todd, alors qu'elle a été si souvent absente. Qu'est-ce qui incite un individu à commettre un crime ? Eh bien, peut-être qu'il s'agit de la mère qu'elle est avec lui. Après tout, chaque geste que fait un enfant ne commence-t-il pas avec sa mère ?

Jen et Todd sont restés à table encore deux heures, au grand dam des serveurs, manifestement, qui n'arrêtent pas de leur demander s'ils souhaitent quelque chose. Dehors, le soleil s'est couché et le ciel a pris une couleur prune sombre. Todd a mangé deux puddings à la suite. « Quand est-ce qu'on peut faire un truc pareil, sinon le jour de son anniversaire ? » a-t-il demandé, plein d'espoir, et Jen le lui a autorisé.

« Tu grandis », dit-elle en reprenant sans transition le rôle de la mère d'un plus jeune enfant. C'est inné, lui a-t-on toujours expliqué. C'est en elle. Sauf qu'elle n'y avait jamais cru. Elle avait mis tellement de temps à s'adapter. L'accouchement avait été un tel choc, les premières années si stressantes, si pleines que Jen avait l'impression d'être prise dans un vortex, toujours en train de faire quelque chose. Les clichés étaient tous vrais : les tasses de thé à peine entamées aux quatre coins de la maison, les amis négligés, la carrière chamboulée.

Jen a tout enfoui. La honte de ne pas être tombée raide dingue de son bébé, arrivé dans sa vie comme une grenade dégoupillée. Elle a vécu avec ce sentiment d'inadaptation, elle s'y est habituée. Pourtant, des années plus tard, elle ressentait toujours la honte ; et l'amour, aussi.

Elle se rappelle avoir un jour attendu Todd à la sortie de sa petite salle de classe, quand il avait cinq ou six ans, et s'être sentie exactement comme après une coupe de champagne. Toute pétillante du simple bonheur de… le voir. Son petit bonhomme.

L'amour, le vrai amour, aurait dû éclipser la honte, mais la parentalité est tellement lestée de jugements que ça n'a jamais été le cas. C'est si facile d'avoir honte, devant l'entrée de l'école, chez le médecin, sur les forums spécialisés. Jen n'arrive pas à s'en défaire. Et elle ne devrait pas, d'ailleurs. *En général, tu ne fais pas attention à mes trucs.*

« On y va ? » dit Todd.

Il agite le pouce en direction de la sortie.

« Je suis désolée pour ton père », lui répond Jen.

Une ombre passe sur le visage de Todd, comme un nuage devant le soleil.

« Non… J'ai dit que ça allait, répond-il, perplexe, mais sans se lever.

— Et je suis désolée de ne pas avoir été… eh bien, la mère de tes rêves.

— Oh, arrête, maman. »

En un geste désinvolte, Todd agite sa main sur la table, balayant ses propos. Déjà, à seize ans, il a appris à détourner l'attention.

« Disons simplement que… »

Jen s'interrompt, ne trouvant pas la formule.

« Quoi ? dit Todd, radouci.

— J'ai fait un rêve… »

Un rêve, c'est le moyen le plus simple d'accéder à ce chaos.

« J'ai rêvé de l'avenir.

— D'accord. »

La réponse de Todd est dénuée de son sarcasme habituel. Il a l'air curieux, préoccupé, peut-être. Il joue avec la fourchette de son pudding au chocolat.

« Tu veux un thé ? »

Il hausse les épaules.

« Allez. »

Ils commandent auprès d'une serveuse agacée qui les sert rapidement. Les sachets flottent encore dans le liquide. Todd appuie sur le sien à l'aide d'une baguette.

« Dans mon rêve, raconte Jen, tu étais plus vieux et on s'était éloignés, toi et moi.

— D'accord. »

Todd approche sa main de celle de Jen, sur la table, comme avant, oui, comme ça, quand il était encore à moitié enfant.

« Tu avais commis un crime, reprend-elle. Et maintenant, je me demande…

— Jamais je ne ferais une chose pareille ! »

Il rit n'importe comment, à sa manière adolescente, et son corps fait un mouvement violent.

« Je sais. Mais… tout peut changer. Donc ça m'a donné envie de te demander si… si tu voulais que quelque chose change entre nous. »

— Euh… Non. »

Todd affiche une fois de plus cet air dégoûté qu'il a montré la toute première fois à l'âge de huit mois, en mangeant une fraise. Jen avait su, au fond, que ça venait d'elle. Il avait fallu qu'elle le voie faire pour s'en rendre compte. *C'est ma tête !* s'était-elle dit, fascinée. Elle s'en était parfois rendu compte sur certaines photos d'elle, mais elle n'en avait eu la confirmation qu'en voyant Todd. Son reflet.

Les lumières au plafond, qui marchent avec un genre de capteur, commencent à s'éteindre, laissant leur table éclairée au milieu de la salle, seule, comme au théâtre. Rien que tous les deux, au sous-sol d'un centre commercial, pour l'anniversaire de Todd. Ses actions récentes doivent commencer là : avec elle, sa mère.

« Non ?

— Tu es un être humain. »

Il le dit avec une telle simplicité que Jen sent quelque chose se retourner en elle, exactement comme à l'époque où il n'était pas encore né, son bébé, niché à l'intérieur d'elle, en train de rouler sur lui-même tel un petit tonneau, au chaud, à l'abri, heureux.

« Je ne veux pas que tu sois autrement, maman. »

Il pose les mains sur la table pour indiquer qu'il est temps de partir. La discussion est terminée. Non pas, pense Jen en le dévisageant, parce qu'il veut mettre fin à la conversation, mais parce qu'il ne se dit même pas qu'elle était importante.

Ils regagnent la voiture et Jen est à deux doigts de lui en parler. De lui dire que ce n'était pas un rêve. Que c'est pour de vrai, que c'est ce qui va arriver, et qu'elle fait de son mieux pour le sauver, son petit garçon, le sauver de ce destin sinistre, de ce crime, de ce couteau, de ce sang, de cette accusation d'homicide. Mais il ne la croirait pas. Personne ne la croirait. Il suffit de le regarder. Les joues rosies par le froid, les petites traces de chocolat autour de la bouche, comme quand il était tout petit et qu'elle lui faisait goûter toutes sortes de choses, mais surtout leur péché mignon à tous les deux : les biscuits Bourbon. Ils en mangeaient des tonnes.

Elle espère presque pouvoir revenir à cette époque-là, voire encore plus loin dans le passé. Peut-être pas tant pour Kelly, que pour voir comment Todd réagit face à ce que son père a fait.

« C'est fou, dit-elle en levant les yeux vers lui. Avant je pouvais te prendre dans mes bras, et maintenant regarde-moi ça.

— Je parie que c'est *moi* qui pourrais te porter dans mes bras.

— J'en suis sûre. »

Il a son bras sur les épaules de Jen, et elle le serre par la taille. Tandis qu'ils marchent vers la voiture, elle se fait la réflexion que c'est peut-être la dernière fois qu'ils s'enlacent ainsi. Elle sait que Todd y renoncera bientôt. Qu'il trouvera que ça lui met la honte. La première fois qu'elle a marché à ses côtés, là, le soir de son anniversaire, elle ne le savait pas. Elle ne savait pas que ce serait peut-être la dernière fois.

Une voix en bas. Jen s'était presque endormie, mais pas tout à fait, manifestement. Sans un bruit, elle longe la baie vitrée et descend dans les entrailles de la maison. Kelly est dans le bureau, qui donne sur le couloir, et elle s'arrête pour écouter.

Il parle au téléphone.

« Oui, ça marche. Dès que tu peux le contacter demain matin, dis à Joe que j'ai appelé, OK ? »

Joe.

Mais ça ne peut pas être la prison. Il n'a pas l'air de parler à des voyous. Et il est très tard. Non, ce doit être une connaissance commune.

« Oui, exactement, reprend-il. Je ne voudrais pas qu'il pense que je m'en fous. » Il dit cela lentement, butant sur les mots tel un amateur qui gratte sa guitare. « Je ne voudrais pas détruire vingt ans de partenariat. »

Jen s'assoit sur la première marche. Vingt ans.

Ces deux mots sont doublement importants. Une trahison, mais aussi l'annonce du nombre d'années qu'il lui faudra peut-être remonter dans le passé.

J – 1 095

6 h 55

Jen se fait la réflexion qu'elle a un iPhone XR. Elle a l'impression de tenir un gros bloc rectangulaire. Éberluée, elle le regarde, posé sur la couette. Elle l'a « upgradé » – elle s'en souvient très bien – parce qu'il ne se connectait plus au Bluetooth de sa voiture et qu'elle ne pouvait donc plus contacter ses clients les plus désespérés en rentrant du travail.

Elle vérifie la date. 30 octobre 2019. Un mercredi. Trois ans en arrière. Presque jour pour jour.

Elle se sert un thé en bas. La maison est vide, silencieuse. Todd n'est pas encore debout. Kelly n'est pas là, malgré l'heure très matinale.

Dehors, à l'arrière, leur chêne brille de toute sa splendeur automnale. Trois champignons ont poussé à son pied. Jen ouvre la porte. La terre dégage une odeur d'humidité et de fumé ; l'hiver est en train de se mettre doucement en marche.

Pieds nus sur le patio, elle boit son thé et se demande si elle verra jamais le mois de novembre 2022. La vapeur fait des volutes et brouille sa vision.

Elle est en colère. Elle est obsédée par ce qu'elle est censée découvrir à propos de son mari ou de son fils.

Kelly est à l'aise dans son rôle de père. Kelly est à l'aise dans tout, jamais encombré par un surcroît de pensées, par la rancune, par la culpabilité. Il aimait leur enfant, point final. Jen avait observé sa métamorphose avec intérêt. « Rien que pour ce sourire, ça vaut le coup », avait-il dit un jour, à 4 heures du matin, à une heure où la lune brille et seuls les hiboux et les bébés sont debout.

Mais le sacrifice n'a pas le même sens selon qu'on est un homme ou une femme. Valait le coup de quoi, au juste ? Kelly n'a pas vu son corps changer, ses tétons se fendre au milieu comme des assiettes cassées. Jen admet aujourd'hui que *ça valait le coup*, mais parfois elle se demande si ce n'est pas parce qu'elle a récupéré, depuis, certaines choses qu'elle avait perdues. Le sommeil. Le temps.

C'est là qu'il y a peut-être eu des dégâts, se dit-elle. Si elle a provoqué quelque chose chez Todd, ce dont elle est convaincue. Elle qui n'a jamais été une mère très sûre d'elle, elle est persuadée, au fond d'elle, qu'il a dû se passer quelque chose. Peut-être quand Todd était tout petit. Une fois, alors qu'il avait quatre ans, elle a complètement oublié d'aller le chercher à la crèche, pensant que Kelly s'en chargeait. Todd a attendu devant le bâtiment fermé, avec son assistante maternelle. Jen grimace en y repensant, là, face à l'automne humide. Est-ce que ça fait partie des choses qui amèneront son fils, plus tard, bien plus tard, à décréter qu'il devait régler lui-même la situation dans laquelle s'est fourré son père ? Il ne s'agit donc peut-être pas de Kelly, mais de la réaction de Todd.

« J'espère que tu es prête ! s'écrie ce dernier d'une voix incertaine, encore en pleine mue. C'est le grand jour. »

Jen sent une boule d'angoisse se former dans son ventre. Elle ne sait pas ce que va donner cette journée, ni à quoi s'attendre de la part de son fils. Il a quinze ans. Mon Dieu.

Il arrive dans la cuisine, et c'est un inconnu. Un fantôme. Le passé, son passé à elle. Todd est un enfant, on lui donnerait à peine plus de dix ans. Il a grandi tard. Elle avait oublié. Toutes ses inquiétudes à ce sujet, envolées, volatilisées dès que sa croissance a démarré. Quand on est parent, tout paraît interminable jusqu'à ce que ça s'arrête. Il a poussé d'un coup, un peu avant ses seize ans, grandissant pendant son sommeil, aurait-on dit. Les hormones, les douleurs de croissance, la voix qui mue, les bras qui s'allongent avant de s'épaissir. Mais celui qu'elle voit là n'a pas encore connu ça. Son petit Todd.

« C'est aujourd'hui », dit-elle, le cerveau comme une toupie.

Octobre, octobre, octobre. Elle ne voit pas. Ce n'est pas l'anniversaire de Todd. C'est une date qui n'a rien de particulier. Or, manifestement, si. Pour lui.

« Habille-toi, alors », dit-il. Puis il ajoute, enjoué : « Moi aussi, je vais m'habiller. »

Jen sait qu'elle ne peut pas lui demander où ils vont : elle ne peut pas le laisser penser qu'elle a oublié.

Il se tourne vers elle comme il le faisait toujours en ce temps-là. Dans le couloir, Jen passe un bras autour de ses épaules osseuses, et l'espoir l'enflamme comme si quelqu'un avait gratté une allumette. C'est ça. Forcément. Des sorties importantes avec son fils : c'est vers ça qu'elle est dirigée.

Rester avec Todd au Wagamama's en cette soirée d'anniversaire, dans le froid de l'automne, c'était la bonne chose à faire. Aucun enfant ne saurait être trop aimé. Jen a donc vraiment droit à ce qu'elle a toujours le plus désiré : une deuxième chance en tant que mère.

« Comment je devrais m'habiller, à ton avis ? lui demande-t-elle, espérant glaner des indices.

— Décontracté chic », répond Todd à la manière d'un enfant acteur.

Elle le suit en haut de l'escalier. Sa démarche est différente. Il a la dégaine pataude de l'enfant pas encore à l'aise dans son corps.

« Décontracté chic, d'accord. »

Il l'accompagne jusque dans sa chambre et se dirige vers la salle de bains parentale. Mais oui, c'est vrai, il a connu une phase où il préférait celle-ci, sans autre raison que le rythme de la vie en famille, de la même manière qu'Henri VIII change tous les trois ou quatre mois d'emplacement préféré pour dormir. Todd, à quinze ans, ne se souciait pas vraiment d'intimité. Il a mis du temps à connaître la pudeur adolescente, aussi. Jen se rappelle avoir été dérangée par la porte ouverte de cette salle de bains, mais sans savoir comment y remédier. Assez vite, comme pour bien d'autres choses, la question s'est réglée d'elle-même, et il a commencé à utiliser la salle de bains principale, en fermant bien la porte à clé.

« Je prends cette serviette ! s'écrie-t-il.

— OK. Pas de problème. »

Elle ressort sur le palier. Elle espère trouver Kelly, mais il n'a pas l'air d'être dans les parages. Sa voiture n'est pas garée en bas. Ses baskets ont disparu. Il est très tôt. Est-il au travail ou… ? Ce matin, il n'était pas là quand elle s'est réveillée, si bien qu'elle n'a pas pu allumer le traceur sur son portable.

Ses doigts frôlent le mur de sa chambre. Il est toujours rose pâle – comme avant, quand ils ne l'avaient pas encore repeint en gris et n'avaient pas encore acheté leurs nouveaux tapis. Elle vit leur rénovation à rebours.

Rien, dans son téléphone portable, ne trahit l'importance de cette date. Elle cherche dans ses e-mails. Là non plus, rien de particulier. Elle s'apprête à regarder, du côté du frigo, d'éventuels tickets fixés sur la porte par des *magnets*, quand Todd l'interpelle.

« D'un autre côté, dit-il de sa petite voix qui couvre à peine le bruit de la douche, le NEC est immense, donc peut-être des baskets, non ? »

Voilà. Le salon des sciences au National Exhibition Centre, à Birmingham. Ç'avait été une belle sortie. Bonbons sur l'autoroute, rires, chocolat chaud au retour. Jen s'était ennuyée devant les stands scientifiques, mais elle espérait l'avoir bien caché. De toute évidence, ça n'a pas été le cas.

« Entre nous, c'est vachement banal », dit Todd en observant sans passion un tube à essais fumant. Grands pieds, cheveux épais, un sourire caché. Il fait mine de ne pas s'amuser, mais il est surexcité. « Qu'est-ce qu'ils attendaient du CO_2 solide ?

— En tout cas, pour moi, c'est de la magie », dit Jen.

Todd hausse les épaules. Ils traversent le hall couvert de moquette bleue et passent d'un stand à l'autre. Il y a un monde fou, les hauts plafonds n'empêchent en rien la claustrophobie, la chaleur artificielle, la dichotomie inévitable entre les gens qui veulent être là et ceux qui ne le veulent pas, qui leur font plaisir, qui les aiment.

Jen a mal dans le bas du dos, comme la première fois qu'elle a vécu cette journée. Elle avait voulu aller à la boutique, au café. Elle avait trop regardé son portable au lieu de s'intéresser aux démonstrations scientifiques et à son fils. Aujourd'hui, elle a fermement refusé de regarder quoi que ce soit d'autre.

« Celui-là a l'air bien », dit Todd en pointant le doigt.

Un petit chapiteau a été dressé contre un des murs du hall d'exposition. Le stand est tenu par un homme à l'allure stricte, affublé d'un gilet fluorescent. Parmi la foule de gens qui marchent lentement, s'arrêtent pour tripoter des objets et achètent des cannettes de Coca ici et là, Jen distingue le nom du chapiteau : « LA SCIENCE DU MONDE QUI NOUS ENTOURE ».

Todd prend les devants, elle lui emboîte le pas. Il se dirige vers une présentation consacrée à l'espace, et Jen vers une section intitulée « POUR JOUER ».

« Il y a quelque chose qui vous intéresse ? » lui demande une femme en tee-shirt bleu campée derrière un comptoir blanc brillant et jonché de gadgets scientifiques. Un objet qui ressemble à une boule de cristal et répond au nom de radiomètre. Un pendule de Newton. Une horloge géante qui affiche tous les fuseaux horaires du monde.

Jen crève de chaud. Les veines de ses mains sont dilatées. Il y a trop de monde là-dedans, dans cet espace tout blanc. Elle a l'impression d'être Mike Teavee dans *Charlie et la chocolaterie*. Elle cherche Todd des yeux. Casque vissé sur les oreilles, il est hilare. Le *tote bag* qu'il porte en bandoulière contient des fascicules et des petits cadeaux. Dans peu de temps, il prendra quelques bonbons à la menthe gratuits. Ils les mangeront dans les mois suivants.

« Non, merci », répond Jen à la femme.

Elle s'éloigne des drôles de jouets scientifiques.

Elle tourne lentement sur elle-même en observant les diverses présentations. Elle a certainement, forcément, des choses à apprendre ici.

Soudain, elle le voit. Devant un stand très fréquenté, qui s'appelle « MAUVAIS ENDROIT, MAUVAIS MOMENT ». Andy. C'est bien lui, plus jeune, plus souple et – détail très intéressant – plus souriant, aussi. Il est en train de distribuer des papiers.

« Ça fait partie de mes recherches sur la mémoire », explique-t-il à une femme accompagnée de ses jumeaux.

Jen prend un des papiers. Quand leurs regards se croisent, rien ne se passe. Pas même une lueur. Évidemment.

« La mémoire ? dit-elle.

— Oui. Plus particulièrement son stockage. Le fait que, chez les personnes dotées d'une bonne mémoire, ce stockage est très organisé.

— Est-ce que vous étudiez la mémoire subconsciente ? »

Elle ignorait qu'il avait commencé comme ça. Il ne lui en a jamais parlé. Elle ne lui a jamais posé la question.

« Ou… » Elle indique le panneau. « … le temps ?

— C'est la même chose, non ? répond-il avec un petit sourire. Le passé, c'est de la mémoire, n'est-ce pas ? »

Tout à coup, seule au milieu de la foule, ici, dans le passé, Jen a l'impression d'être presque au bout. Elle sent instinctivement que c'est la dernière fois qu'elle verra Andy. Le passé sinistre fond sur elle.

Elle prend un de ses questionnaires et pose les coudes sur le comptoir devant lui.

« On s'est déjà rencontrés », dit-elle.

Andy paraît désarçonné.

« Pardon, je… ?

— Dans le futur. »

En réalité, elle se dit qu'il y a peu de chances que ce soit vrai. Andy semble penser que le jour où elle parviendra au nœud du mystère, quel que soit ce jour, le reste se déroulera à partir de là, effaçant tout, effaçant toute cette histoire de recul dans le temps, qui n'a été au fond qu'une recherche dans le passé, non ? Il est donc plus juste de dire qu'ils ne se sont jamais rencontrés. C'est drôle. Ici au NEC, des années en arrière, leurs vérités sont les mêmes.

Elle tend la main pour le rassurer.

« Je vous pose toujours les mêmes questions, mais j'espère que parfois vous me donnerez des réponses différentes. »

Il cligne des yeux, puis lui reprend lentement des mains la feuille de papier sans la quitter du regard. Sa barbe est plus fournie, plus sombre. Il est plus mince. Pas d'alliance au doigt. Jen pense à tout ce qu'elle pourrait lui dire, aux quelques rares détails qu'elle connaît de la vie future d'Andy. Mais peut-être qu'il ne s'intéresserait pas à l'étude des boucles temporelles. Peut-être qu'elle bouleverserait son avenir, tout en ne pouvant pas faire perdurer ces changements.

C'est alors qu'elle abat sa carte maîtresse.

« Vous m'avez dit… dans le futur… de vous dire que votre ami imaginaire s'appelait George. »

Avant même qu'elle ait terminé sa phrase, il en a le souffle court.

« George, répond-il d'une voix stupéfaite. C'est ce que je dis aux…

— Aux gens qui voyagent dans le temps. Je sais. »

Elle sent les poils de ses bras se hérisser. De la magie. Tout ça est de la magie.

« En quoi est-ce que je peux vous aider ? »

Jen lui raconte de nouveau. Elle ne sait plus combien de fois elle lui a raconté cette histoire. Andy l'écoute attentivement. Son visage est moins ridé qu'avant, son attitude moins revêche, aussi.

« Il arrive, répond-il doucement quand elle a terminé, que les émotions qu'on ressent en vivant quelque chose la première fois nous empêchent de voir ce qui est vraiment important, non ? » Il caresse sa barbe. « Si je pouvais revenir en arrière… Les choses de ma vie que je me contenterais de regarder, dont je serais vraiment le témoin, si je savais comment elles se terminaient… »

Jen dévisage Andy, cette version plus jeune de lui, moins blasée, plus sentimentale.

« C'est peut-être cette… »

Vigilance. D'être témoin de sa vie, et de ses moindres détails, à distance, en un sens.

Et c'est peut-être tout ce qu'elle a besoin de savoir.

« Mais je suis quand même obligé de me demander, dit Andy, comment vous avez pu engendrer assez de force pour entrer dans une boucle temporelle. Il faut…

— Je sais. Une force surhumaine. Ça reste un mystère pour moi. »

Elle lève la main, se retourne et rejoint son fils, et le chemin qu'ils empruntent ensemble. Ici, dans le tréfonds du passé, elle se sent presque prête.

Todd retire son casque et lui fait signe d'approcher. Il lui tend un bonbon à la menthe.

« $C_{10}H_{20}O$, dit-il en en croquant un. La formule chimique du menthol.

— Comment tu sais ça ? »

Oh, ce qu'elle l'aime. Elle passe un bras autour de ses épaules. Surpris, il lui jette un petit coup d'œil. Oh, s'ils pouvaient rester là, tous les deux, dans l'enfance de son fils, sans rien d'autre.

« Je le sais, c'est tout. Enfin… Ce n'est qu'à deux molécules d'oxygène de l'acide décanoïque », répond-il gaiement, comme si c'était une explication.

C'est exactement le genre de phrase dont Jen se serait moquée. « Merci pour la clarification », aurait-elle dit. Aurait-elle *pu* dire. Mais aujourd'hui, elle ne le dit pas. Le badinage peut cacher les pires péchés. Certains rient pour dissimuler leur honte, au lieu de dire : *Je me sens gêné et minuscule*. Elle repense soudain à Kelly. L'humour tranquille qui les a toujours caractérisés. Mais quand Kelly lui a-t-il jamais dit ce qu'il ressentait ? Si elle l'observait froidement, que verrait-elle ?

Même si le fait de savoir tout ça à propos de Todd, cette compassion, n'empêchera pas le crime, Jen est tout de même contente d'avoir vécu ça. Contente que son fils lui ait dit ses quatre vérités l'autre soir, dans la cuisine, quand il lui a rappelé sa passion pour la physique.

« Qu'est-ce que tu penses du voyage dans le temps ? lui demande-t-elle.

— C'est tout à fait possible.

— Ah oui ?

— Il paraît que le temps est linéaire uniquement parce qu'il y a la cause et l'effet.

— Il va falloir que tu redescendes d'un ou deux niveaux pour moi…

— Une manière pour nous de penser que… enfin… »

Il la regarde. Il hausse les sourcils devant un stand de donuts. Elle hoche la tête ; ils font la queue. « Peu importe, reprend-il.

— Non, non. Dis-moi.

— Tu vas trouver ça ennuyeux, je le sens bien. Ton regard décroche.

— Je te promets que non, répond-elle aussitôt. Tu ne m'ennuies jamais. Tu expliques très bien. »

Il se ranime.

« Bon, d'accord. Le temps est simplement une manière pour nous de penser que nous sommes des agents libres. Que nos actions ont une cause et un effet. Voilà ce qui nous fait croire que le temps avance dans une seule direction, comme une rivière.

— Et ce n'est pas le cas ? »

Todd hausse les épaules et la regarde.

« Personne n'en sait rien. »

Tout à coup, Jen se sent très triste pour la Jen du passé, et encore plus pour le Todd du passé. Triste d'avoir cru – décrété – que cette relation avec son fils, cette relation intellectuelle, était hors de sa portée. Or elle en sait maintenant plus sur le temps non linéaire que quiconque.

« C'est comme le paradoxe rétrospectif, reprend-il après avoir acheté ses donuts. Tout le monde croit avoir su ce qui allait se passer. On dit : *Je le savais depuis le début !* Sauf qu'on l'aurait dit quelle que soit l'issue. Parce que notre cerveau est très fort pour envisager toutes les possibilités. On sait chaque fois que *n'importe quoi* va se passer. »

Jen y réfléchit. Essaie de digérer l'information. Todd saurait élucider son propre crime en cinq secondes. Il est tellement intelligent. Le voilà encore gamin, l'esprit encore vierge de toute convention.

Il est la personne idéale avec qui avoir cette discussion. Quelles sont les probabilités d'une chose pareille ?

Finalement, elle décide de lui dire exactement ce qu'elle pense.

« Tu es tellement intelligent, Toddy. »

Ils passent devant un stand médical – des tests de diabète, des électrocardiogrammes – et un autre consacré à l'importance du scanner de l'aorte abdominale. « Tu veux te faire scanner l'aorte ? » demande Todd en plaisantant. Mais Jen sait qu'il l'a entendue, que son compliment n'est pas tombé dans l'oreille d'un sourd. D'ailleurs, il ajoute : « Le jour où je découvrirai un nouveau composé chimique, tu diras : “Je le savais depuis le début !” »

Elle rit.

« Il y a des chances, oui. »

Son fils ouvre le sachet de donuts.

« Tu en veux un entier ou juste une bouchée ? »

Curieusement, Jen se rappelle ce moment très précis. Elle avait dit ni l'un ni l'autre. Elle était au régime. Mais oui ! Elle porte un jean taille 40, bordel ! *Pas du tout* sa taille de 2022.

« Une bouchée, s'il te plaît », répond-elle, dans ce couloir bondé du NEC, avec son fils qui lui tend un morceau enrobé de sucre.

Les gens passent à côté d'eux, agacés, mais qu'importe. Jen croque dedans comme un animal, et son fils rigole : sourcils haussés, grand sourire, suspendu, suspendu dans le mouvement, suspendu dans son regard.

Ryan

Ryan livre à Ezra la troisième voiture en trois semaines. En pleine nuit, entre 3 et 4 heures du matin. Il est crevé. Il n'a jamais su faire la grasse matinée, donc il dort très peu. Ses bras et jambes sont lourds, il a froid. Il tremble.

« Merci beaucoup », lui dit Ezra.

Au moment où il s'apprête à partir, sa collègue, Angela, arrive.

« Ah, ha », fait Ezra.

Angela sourit à Ryan. C'est un sourire prudent. Qui signifie *proche, mais pas complice*. Elle porte un jogging, n'est pas maquillée, et sa queue-de-cheval laisse voir les racines blond cendré de ses cheveux.

« J'ai une Merco pour toi, annonce-t-elle à Ezra. Ç'a été un peu chaud, la clé était loin, donc j'ai dû entrer. J'ai cassé la petite vitre au-dessus des toilettes avec un marteau. »

Ezra caresse sa barbe.

« Bien… bien. Mais les proprios étaient partis, oui ? » Il demande ça à la manière non pas d'un criminel, mais d'un chef de bureau sympathique, puis raye le nom de la voiture sur son porte-bloc. « Plaque d'immatriculation ?

— Oui, répond Angela. Pas d'alarme. »

La nuit est fraîche. On est en mars, mais le givre est encore là, et l'air est aussi glacé qu'une patinoire. Ryan a les yeux irrités. Il se rend peu à peu compte qu'être un agent infiltré est – comme la plupart des boulots – parfois ennuyeux, parfois énervant, et toujours très fatigant.

« Oui, c'est fou le nombre de gens qui ne mettent pas l'alarme quand ils partent en vacances », fait observer Ezra sur un ton qui prend une note sombre, ironique, presque.

Comme s'il faisait une blague.

Angela, qui n'est pas bête, change d'approche, même si Ryan a envie d'insister auprès d'Ezra, de lui poser cette question toute simple : comment tu sais qu'ils sont absents, alors ?

« Bref, elle devrait être bien, dit Angela. Elle est assez neuve.

— Au Moyen-Orient, ils adorent les Mercedes. »

Ezra est économe de ses paroles. Ryan connaît bien ce genre d'homme. Kelly était comme ça. Secret. Fournissant des explications assez crédibles pour ne pas soulever de questions, mais absolument rien de superflu. La plupart du temps, vous ne saviez même pas qu'il vous avait glissé entre les doigts. Vous étiez là, sans réponse, en général en train de rigoler, puis vous vous disiez : *Attends une seconde*. On peut beaucoup apprendre de lui.

« Vous avez reçu les SMS pour demain ? » demande Ezra.

Voilà encore un autre problème des missions d'infiltration : la frontière entre travail et jeu devient floue. Ryan n'est pas censé bosser demain, mais que peut-il dire ? « Désolé, je suis en congé » ?

« Oui.

— Vous êtes des bons, tous les deux. »

Ryan se dit que c'est quand même drôle : cette affirmation est parfaitement exacte, mais pas tout à fait comme l'entend Ezra.

« J'adore ça, répond Ryan. J'ai jamais gagné de fric aussi facilement. Tu m'imagines avec un putain de boulot normal, où je dois refiler la moitié au fisc ? »

Ezra émet un son à mi-chemin entre le rire et le grognement.

« Oui. Et pointer matin et soir. Cotiser à la sécu. Pas de résidence secondaire à Marbella. »

Marbella. Autre renseignement précieux. Ils pourront tenter de suivre l'argent qui lui a permis d'acheter ce fameux bien.

« Exactement.

— De toute façon, ces connards de riches n'ont pas besoin de leur deuxième voiture », ajoute Ezra.

Ryan racle le sol sous son pied. Depuis qu'il est entré dans la police, il connaît la force du silence. Il en fait maintenant usage pour la première fois. Il sent qu'Ezra va dire quelque chose d'important.

« Mais ç'a été un bordel monstre, avec le bébé. »

Bien que Ryan garde un visage parfaitement impassible, son corps commence à frémir d'impatience.

« Tu m'étonnes, dit Angela. Des vauriens, non ?

— Ha. Des vauriens, répond Ezra. Tu parles bizarrement, parfois. »

Ryan grimace. Il espère qu'Ezra n'a rien remarqué.

« Deux putains de païens », dit ce dernier.

Des païens. Le terme d'argot pour désigner les petits soldats déloyaux. Encore un renseignement susceptible de conduire Ryan jusqu'au sommet, jusqu'au patron. Et encore plus important – à ses yeux, du moins –, jusqu'au bébé. S'il pouvait récupérer la gamine et abandonner le réseau, il le ferait. Il n'arrête pas de penser à cette petite, et ça l'empêche de dormir. Toute seule, apeurée. Aux mains de Dieu sait qui. Sans sa mère. C'est au-dessus de ses forces.

Ils commencent à marcher vers les voitures afin qu'Ezra les fasse passer. Devant le bâtiment, le sol est jonché de verre brisé et de mégots. Ryan repense aux risques qu'il prend. Au fait qu'il a accepté ce danger. Il se demande soudain quel est le taux de mortalité des flics infiltrés, s'ils se font souvent démasquer. Si, dans leur quête de renseignements, ils franchissent souvent la ligne jaune.

« Mais comment ils ont fait pour ne pas voir qu'il y avait un bébé ? » demande-t-il.

Angela se gratte le nez, un signe convenu entre eux pour prévenir qu'il faut calmer le jeu, mais Ryan n'en tient pas compte.

« Des putains de guignols, pas vrai ? répond Ezra, de plus en plus échauffé. Je crois qu'ils en avaient rien à foutre. » Il lève les deux mains. « Et moi aussi, je m'en fous, des bébés. Par contre, je m'en fous pas de ces connards de flics qui vont nous coller au train. »

Le nez d'Angela doit sacrément la démanger, pourtant Ryan continue de poser des questions. Il ne peut plus s'arrêter.

« Et le bébé a fini sur le bateau, c'est ça ? »

Ils sont devant les voitures, et Ezra pose la main sur un capot. Il tourne la tête pour dévisager Ryan, une rotation lente, animale. Finalement, leurs regards se croisent. Ryan voit une étincelle dans les yeux d'Ezra et se dit qu'il a merdé.

Mais non.

« Tu plaisantes ? dit Ezra. Évidemment que je les ai pas laissés embarquer la petite sur le bateau. »

Ryan retient son souffle. Ils y sont presque. Ils touchent du doigt quelque chose. Au moment où il va poser sa question, Angela tend la main. Impossible de savoir ce que ce geste signifie, à moins de le *savoir*.

« Oui, enfin… bien joué », dit Ryan. Son instinct est d'accord avec Angela, cette fois. Mais jusqu'à présent ce même instinct lui a plutôt bien souri. Il peut annoncer la nouvelle à son superviseur, qui peut prévenir la brigade criminelle : le bébé n'a pas quitté le pays. Il n'a pas été envoyé au Moyen-Orient. Par bonheur.

Il s'avère qu'il a bien fait de s'arrêter là, car Ezra dit :

« Je vais aller voir le patron demain soir.

— Le cerveau », fait Ryan.

Il commence même à parler autrement. À effacer l'accent gallois qu'il a hérité de son père. Comme il serait facile de se perdre à jamais dans cette vie. De vivre – littéralement – sous une autre identité, au point de s'y fondre entièrement.

Ezra pointe l'index vers lui. Il fait si froid que Ryan sent sa mâchoire trembler. La neige rend l'air sec.

« Tu devrais venir. » Il regarde Angela, puis l'appelle par son nom d'infiltrée : « Toi aussi, Nicola. »

J – 1 672

21 h 25

Todd a treize ans.

Treize ans. Il mesure un mètre trente-sept. Il sent le biscuit et l'air pur. Il est présentement assis à l'arrière de leur ancienne voiture, qu'ils changeront pour un meilleur modèle dans quelques années, et donne des coups de pied dans le siège de Jen, chose qu'elle détestait mais dont elle a aujourd'hui la nostalgie. Façon de parler.

On est le 1er avril. Dès qu'elle s'est réveillée ce matin – le soleil faisait une flaque jaune dans leur couloir –, Jen s'est rappelé ce jour, ce week-end. Le dimanche de Pâques.

Ils rentrent d'une kermesse de village qui a été suivie d'un dîner. Des activités simples, familiales. Jen s'est oubliée une partie de la journée, riant des plaisanteries de son fils et des remarques spirituelles de son mari.

La première fois, le week-end avait été parfait. Grâce au temps. Ils l'avaient passé presque entièrement dehors, un barbecue entre amis, une petite fête avec le cercle des intimes. Alors, le dimanche, pendant ce trajet en voiture, Jen se souvient très bien que Kelly l'a regardée et a dit : « Et on a encore un jour férié demain. »

Elle se demande avec curiosité pourquoi elle se rappelle aussi bien cette phrase-là. Certaines journées, pense-t-elle, sont plus belles que les autres, plus mémorables. Certaines journées, même les plus importantes, comme celle de leur mariage, s'effacent dans le passé.

Et les voilà de nouveau là. Jen se souvient que, pendant toute une partie de ce trajet, elle regrettait d'avoir froissé son père au bureau, le jeudi soir, à propos d'une audience préliminaire. Elle aimerait pouvoir replonger un bras dans le passé et secouer cette Jen-là. La vie est si courte. Elle file à toute vitesse. Un jour il sera mort, lui dirait-elle, mais elle ne le peut pas. Jen *est* cette Jen-là, aujourd'hui.

Dans la pénombre de la voiture, tout est calme. L'autoradio marche à bas volume et le chauffage au maximum, exactement comme elle aime. Elle a l'impression que sa peau est étirée. Elle a oublié que la première fois ils avaient eu tous les deux un coup de soleil, et ils ont fait la même bêtise aujourd'hui. Ce printemps anglais, trompeur, air froid et soleil fondu.

Il fait nuit depuis environ cinq minutes. Au-delà de l'autoroute, le ciel est couleur eau de rose.

Ils discutent du Brexit. « Maintenant, il faut qu'ils aillent au bout, c'est tout », dit Todd, point de vue sur lequel il reviendra plus tard. *Ils auraient dû être plus réfléchis*, dira-t-il en voyant les queues s'allonger dans les ports.

Cette journée au soleil a été des plus agréables, et Jen ne comprend pas pourquoi elle se retrouve là. Tous les autres jours, elle a pu trouver au moins quelque chose, un petit indice troublant, un détail à modifier. Un élément du mystère. Mais cette journée s'est déroulée exactement de la même manière qu'à l'époque.

Oh, et puis zut. Elle laisse reposer sa tête contre la vitre côté passager et ferme les yeux. Kelly est au volant. Depuis, il le fait beaucoup moins. Elle avait oublié qu'à l'époque il conduisait presque tout le temps. Sa main gauche est tranquillement posée sur le genou de Jen.

Elle profitera du reste de la journée. Peut-être que si elle arrête de vouloir en tirer des leçons, il se passera quelque chose.

« Je pourrai me coucher plus tard, ce soir ? » demande Todd, à l'arrière.

Jen rouvre les yeux et regarde sa montre. Il est 19 h 30 passées. Elle ne se rappelle plus du tout à quelle heure il se couchait quand il avait treize ans. Cette lente progression vers l'âge adulte est devenue floue. Elle se tourne vers Kelly en l'interrogeant du regard.

Il hausse les épaules.

« Oui, pourquoi pas ?

— On pourra jouer à *Tomb Raider* ?

— Bien sûr. »

Todd rit. Un soupir joyeux. Kelly regarde Jen.

« C'est juste parce que tu aimes Lara Croft, lui dit-elle à voix basse.

— Oh oui, tu connais ma passion pour les seins numériques.

— Quoi ? » demande Todd sur sa banquette.

Kelly adresse à Jen un grand sourire.

« Je disais qu'il reste encore un jour férié demain. »

Jen sourit à son tour au moment où Kelly prend la bretelle de sortie.

« Tu m'étonnes », répond-elle en espérant qu'il n'a pas perçu la nostalgie et la tristesse dans sa voix.

Et autre chose, aussi. Ce badinage entre eux… Peut-être qu'il a davantage d'utilité qu'il ne le prétend. Peut-être permet-il d'éviter les questions de fond. Jen se dit parfois que Kelly est tellement occupé à rire qu'il ne fait jamais rien d'autre. Montrer ses sentiments, par exemple. Sous le badinage, quel est le socle ? Leur famille a toujours été si charmante, exactement ce qu'elle avait voulu après son éducation coincée. Mais l'humour n'est-il pas une autre forme de refoulement ?

Des lumières apparaissent dans le rétroviseur, un halo bleu. Kelly les aperçoit, et ses yeux s'illuminent : l'espace d'une seconde, son regard bleu marine devient bleu-vert. Mais oui… Jen repense à quelque chose. Quoi donc ? Y a-t-il un accident, ou bien… Non, non… Ils se font arrêter. Bien sûr ! Elle sait qu'il n'arrivera rien de grave, ce qui explique que le souvenir se soit effacé aussi facilement. En revanche, elle se rappelle avoir été, sur le coup, totalement affolée. C'est exactement comme l'a dit Andy. Elle peut observer.

Elle pose les yeux sur le compteur de vitesse, mais Kelly fait du cinquante. Il ne roule jamais trop vite. Il ne paie jamais d'impôts. Il ne voyage jamais. Il ne va jamais en soirée. Il ne rencontre personne. Il reste assis sans un mot pendant les dîners.

« Les flics ! » s'exclame Todd, qui rit sur la banquette arrière, encore si innocent.

Jen se sent gênée, comme si un regard hostile épiait son dos. Elle se retourne vers son fils, qui se fera arrêter dans quatre ans et demi pour assassinat et n'aura pas l'air de s'en inquiéter, qui aura un regard blasé, flou et sans âge au moment où il sera menotté.

Elle lui serre le genou, lequel épouse parfaitement la forme de sa main.

Les policiers coupent leurs phares, puis les rallument. Jen regarde dans le rétroviseur. Sur le siège conducteur, un agent en gilet noir pointe ostensiblement le doigt vers la gauche.

« Il faut se garer, j'imagine ? » demande-t-elle à Kelly.

Les policiers mettent leur clignotant. Lumière bleue et lumière orange se rencontrent.

« Oui, c'est pour nous », répond Kelly, mais sa voix…

Jen le dévisage. Les dents serrées. Les yeux sur le rétroviseur. La main retirée de son genou à elle. Son ton de voix : furieux. Non pas à cause d'une éventuelle amende pour excès de vitesse, mais à cause d'autre chose, de plus grave. Elle ne l'aurait jamais remarqué la première fois : elle aussi était nerveuse. Maintenant qu'elle est calme, elle s'en aperçoit. Cette colère qui semble parfois bouillonner sous l'humour caustique de son mari.

Arrivé à la fin de la bretelle de sortie, Kelly braque. Il tourne à gauche, vers la station-service, et se gare juste au bord, deux roues dedans, deux roues dehors, à un angle un tantinet hostile, tel un adolescent qui refuse de coopérer.

Un agent approche, côté conducteur. Il a une tête toute ronde, un crâne chauve qui brille à la lumière de la bretelle d'accès. Joliment symétrique, comme un ballon de foot. Il a une chaîne autour du cou, une grosse chaîne, du genre de celle que porterait un chien de combat.

« Bien », dit-il après que Kelly a baissé sa vitre.

L'air printanier s'engouffre.

« Simple contrôle d'alcoolémie aléatoire pendant le week-end férié. Vous êtes heureux d'y participer ? »

Malgré le sourire, ce n'est pas une question.

Kelly regarde le tableau de bord, le pare-brise, puis le policier. Jen observe ses moindres gestes.

« Avec plaisir », répond Kelly en quittant la voiture.

Jen le voit sortir son portefeuille de la poche arrière de son jean et le lâcher. Un geste parfaitement fluide. Le portefeuille tombe et glisse vers le siège à la manière d'un cafard, invisible dans l'obscurité. Sauf pour Jen.

« Alors, vous me contrôlez, ou quoi ? » demande Kelly, d'un ton impatient, pense Jen.

Le policier s'exécute, et Kelly souffle dans l'éthylotest, mains sur les hanches, pendant que les voitures défilent sur la route. Il ne boit jamais quand il conduit, pas même une bière. Voilà pourquoi Jen ne s'est pas inquiétée. Pourquoi elle ne s'en est pas souvenue. Mais elle se retrouve là : il doit donc y avoir une bonne raison. Une fois de plus, tout converge vers son mari.

« Pourquoi est-ce qu'ils font des contrôles aléatoires ? demande Todd.

— Oh, parce que les jours fériés, il y a des crétins qui aiment boire et prendre le volant après. »

Kelly se rassoit et remonte sa vitre. Il doit être assis sur son portefeuille. Ça le gêne forcément, mais il n'en montre rien. Absolument rien.

Il jette un petit coup d'œil vers Jen.

« Putain, il est au courant qu'on n'est pas à Los Angeles ?

— Ça ne t'a pas un peu angoissé de te faire arrêter comme ça ? répond Jen. J'aurais toujours peur d'avoir fait une bêtise.

— Absolument pas. »

Jen se mordille la lèvre, spectatrice de son propre couple. À quand remonte la dernière fois où Kelly lui a dit être tracassé par quelque chose ? Est-ce que c'est même arrivé un jour ? Tout à coup, elle a chaud. Qu'est-ce qui empêche cet homme de dormir la nuit ? Qu'est-ce qui le met en colère ? Que regrettera-t-il sur son lit de mort ? Installée à côté de celui qu'elle a promis d'aimer jusqu'à la fin de ses jours, Jen se rend soudain compte qu'elle est incapable de répondre à ces questions.

Elle est en pyjama, assise en tailleur sur le canapé en velours. Une vieille lampe est allumée, une lampe qu'ils jetteront dans quelques années. Ce soir, Jen est contente de se retrouver là, dans le passé, dans cet environnement douillet dont elle ne savait pas qu'il lui avait manqué.

Elle tient le portefeuille de Kelly entre ses mains. Il est en cuir marron, usé sur les bords comme un roman écorné. Kelly y range la carte de leur compte joint. C'est tout – il n'a pas de carte bancaire à son nom. Il y a là trois pièces d'une livre, son jeton de vestiaire au club de sport et son permis de conduire.

Jen contemple le tout, étalé sur ses cuisses. Tout ça est très normal. Rien d'inattendu. De toute façon, qui s'amuserait à garder quelque chose d'illégal dans son portefeuille ?

Elle étudie de plus près le permis de conduire. L'hologramme… Elle a un doute. Elle quitte précipitamment le canapé pour récupérer son propre permis de conduire, qu'elle pose juste à côté de l'autre. Les hologrammes sont-ils identiques ? Elle les brandit tous deux à la lumière. Non. Pas tout à fait, non. Celui de Kelly est… plus plat, on dirait.

Sur son téléphone, elle cherche « falsifier un permis de conduire ».

Le meilleur moyen de savoir, explique un article, *est de regarder l'hologramme. Il ne peut pas être imité à la perfection.*

Deux photos illustrent le propos : l'une d'un vrai permis, l'autre d'un faux.

Le faux hologramme ressemble en tout point à celui du permis de Kelly.

C'en est trop pour elle. Découvrir ainsi, sans cesse, des choses qu'elle préférerait oublier. Elle éteint la lampe et reste assise dans le salon obscur, sur leur vieux canapé confortable, tenant dans ses mains la fausse identité de son mari.

J – 5 426

7 heures

Elle se retrouve dans un autre lit. Elle le sait comme elle sait qu'il est à peu près 7 heures du matin, comme elle saurait qu'on parlait d'elle juste avant qu'elle entre dans une pièce ou qu'une voiture s'apprête à déboîter juste devant elle. Des micro-émotions : c'est bien le terme consacré ? La capacité qu'ont les êtres humains à détecter des changements infimes. On ne peut pas l'expliquer, on le sait, c'est tout. Todd appellerait ça le paradoxe rétrospectif, se dit Jen.

La lumière n'est pas la même. C'est le premier indice. Pas de stores devant le bow-window. Au lieu de ça, la pièce baigne dans une lumière grise filtrée par des rideaux.

Ce doit être l'hiver. Un radiateur est allumé non loin de là. Jen sent l'odeur de métal brûlant et la chaleur artificielle qui se mêle à l'air froid au-dessus du lit.

Le matelas aussi semble différent. Vieux et bosselé, datant de l'époque où ils étaient moins riches. C'est drôle comme on s'habitue à l'argent. Tout paraît facile. On oublie ce que c'est de vivre sans, de dormir sur des matelas merdiques et d'économiser pour acheter des plats à emporter.

Elle est seule. Dans la lumière grise. Elle est allongée et se contente de cligner des yeux et de pousser un long soupir. Elle a peur de regarder.

Elle fait glisser une main le long de son flanc, sous les draps. Oui. Des hanches saillantes. Elle est *beaucoup* plus jeune.

Allez. Elle s'arme de courage et sort du lit. La moquette. Elle comprend tout de suite. La moquette lui permet de se repérer. Elle est dans sa maison préférée. La petite maison isolée dans la vallée. Elle frémit. Se retrouver seule avec un homme dont l'identité est fausse.

Elle se baisse pour mettre la main sur un téléphone portable et découvre avec soulagement qu'il y en a un qui l'attend. Elle respire un bon coup, puis regarde la date. Quinze ans en arrière. Elle est en 2007. Le 21 décembre. Elle a la nausée. C'est n'importe quoi. Du grand n'importe quoi. Elle a un enfant de trois ans. Elle a vingt-huit ans. Un énorme bond dans le passé : passer de treize ans à *trois* ans ?

Elle est furieuse que tout ça lui arrive. Elle marche jusqu'à la fenêtre. Elle a envie de la relever, de hurler dans la campagne, de faire quelque chose, n'importe quoi, et de… Oh. La voilà. Sa vue préférée, parmi toutes. Encore dans leur période nomade et autarcique, avec Kelly, avant que Todd ait besoin de se poser à l'école. Dans la petite maison de la vallée, un véritable hôtel de Monopoly, où ils ne rencontraient pas une âme.

C'est peut-être ça ? Peut-être que cette vie-là était préjudiciable à Todd. Trop isolée. Au lieu de hurler, elle pose la tête contre la fenêtre. Comment savoir ? Il n'y a aucun indice, bon Dieu. Sa respiration furieuse fait de la buée sur la vitre. Donne-moi un signe, se dit-elle en regardant la trace. Celle-ci s'efface, et Jen regarde au loin. La beauté de cette campagne austère, sépia en hiver. Les collines paraissent vieilles, abîmées. Un paysage authentique, sauvage, naturel, de longues étendues d'herbe blonde. Elle adorait cet endroit. Et elle y retourne.

Elle se couvre d'une robe de chambre par-dessus un pyjama à carreaux qu'elle ne se rappelle plus avoir un jour possédé. Elle entend Todd et Kelly dans le salon. Une discussion bruyante. Elle n'est pas encore prête à aller les voir.

Son corps a gardé en mémoire la disposition des pièces. Elle prend à droite, dans la salle de bains. Avant de les retrouver, elle doit voir la tête qu'elle a. Savoir à quoi s'attendre.

Elle lève les yeux vers le petit néon au-dessus du miroir. Par réflexe, sa main s'en approche pour tirer dessus. Elle sait que la lampe résistera, qu'elle est solide, que plus tard elle se cassera. Un petit bruit, et Jen est éclairée.

C'est la Jen des photos. C'est la Jen du jour de son mariage. Elle a souvent repensé à *cette* Jen ; elle s'est dit, avec nostalgie, qu'elle ne se rendait pas compte à quel point elle était jolie. Elle était obsédée par son grand nez, ses cheveux rebelles, mais voyez cette belle peau, claire, limpide. Ces pommettes. La jeunesse. On ne peut pas tricher avec ça. Pas la moindre ride sur son visage quand il est au repos. Elle touche sa peau, tendre comme de la pâte à pain, élastique et pleine de collagène, loin du papier crépon qui l'attendra à quarante ans.

Elle se tourne vers la porte. Elle les entend encore. Elle sait qu'elle va les trouver dans le salon, éclairés par la faible lumière de décembre.

« Jen ? s'écrie Kelly.

— Oui, répond-elle d'une voix plus aiguë, plus légère, qu'en 2022.

— Il te réclame ! »

Kelly le dit sur un ton épuisé dont elle se souvient bien. Ils étaient tellement dedans jusqu'au cou, dans l'attention qu'exigeait un enfant en bas âge. La Jen d'aujourd'hui a pratiquement oublié les détails exacts, pourquoi c'était si difficile. Elle se rappelle seulement que c'était comme ça. Seulement les muscles de ses mollets qui lui faisaient mal la nuit. Seulement les traces qui restaient : les tartines encore intactes dans le grille-pain, oubliées dans la tourmente. Le linge qu'on pendait à minuit et qui sentait le moisi à force d'être resté dans la machine. Les bricolages absurdes pour se faciliter la vie : une fois, ils avaient installé un parc autour de la télévision pour empêcher Todd de l'éteindre en permanence… Ils savaient que c'était délirant, mais ils le faisaient quand même. Pour tenir le coup.

« J'arrive », dit-elle.

Elle éteint dans la salle de bains et emprunte le couloir.

Ils sont là. Elle regarde Todd, le Todd de ses souvenirs. Son fils de trois ans, haut comme trois pommes, les traits de sa mère, les yeux de son père, en train de tendre ses petites mains potelées vers elle.

« Todd qui se lève tôt… Tu es debout !

— Depuis 5 heures du matin », précise Kelly en plaquant ses cheveux en arrière avec ses deux mains.

Il hausse les sourcils. Elle est choquée de voir comme son crâne s'est dégarni récemment. Et par d'autres choses encore. Le visage de Kelly est poupin. Elle se surprend à le trouver moins beau jeune qu'à quarante ans. Il est plus gros, aussi. Ils mangeaient beaucoup de plats à emporter, ils ne faisaient pas de sport. La moindre minute à soi était chèrement gagnée, si précieuse qu'ils la passaient assis, dans un silence béat.

« Retourne te coucher, si tu veux », répond-elle.

Elle suit le couloir jusqu'à la porte. Le froid s'infiltre par-dessous, un ressac glacial. Elle a envie de retrouver la jolie vue. Ses mains – si jeunes, si lisses – se souviennent de la petite astuce qui consistait à ouvrir la serrure américaine tout en actionnant la poignée. Elle le fait et – ah ! – revoit enfin sa vallée.

« C'est ton jour de grasse matinée », dit Kelly dans son dos.

Oui, c'est vrai. Ils alternaient scrupuleusement les grasses matinées.

« C'est bon », répond-elle en agitant la main, avec la légèreté de quelqu'un qui ne sera là qu'une journée – une baby-sitter, une nounou. Quelqu'un qui pourra rendre le bébé à la fin.

Dehors il fait très froid. Ils ont accroché une guirlande à l'entrée, que Jen touche sans y penser. Des bottes de pluie devant la porte, un perron en pierre. Des bouteilles de lait – il y avait encore un livreur de lait, à l'ancienne. Et ensuite : la vallée. Deux collines qui se croisent. Nappées de givre, comme du sucre glace. Ça sent très bon, ici. Une odeur de feu de bois, de pin et de givre, de menthol, comme si l'air lui-même avait été nettoyé.

Comblée, elle referme la porte et se retourne vers Todd qui s'approche d'elle. Elle se baisse et, en un geste aussi fluide qu'une danse oubliée, il enfouit sa tête dans le creux de son épaule. Son corps se souvient de lui, son bébé, sous toutes ses formes. À trois ans, à quinze ans, à dix-sept ans, puis criminel. Elle les aime tous.

« Retourne te coucher », dit-elle en regardant Kelly.

Il lui sourit à moitié, tendrement.

« J'ai l'impression d'avoir été tiré d'un canon, et pas seulement réveillé », répond-il en bâillant et en s'étirant.

Pourtant, il reste là. Comme souvent avec les parents, il voulait être soutenu, compris, et non pas qu'elle prenne le relais. Il s'affale sur le canapé.

Elle reporte son attention sur son fils. Ce jour-là, le plus court de l'année 2007, elle doit tout faire pour qu'en 2022 il ne tue personne.

La pièce est encombrée de jouets dont elle avait totalement oublié l'existence. Le petit camion jaune du marchand de glaces. Le garage Fisher-Price, hérité de ses parents. Dans un coin scintille un vieux sapin de Noël en plastique ; il traîne peut-être encore dans leur grenier, à Crosby. Le salon est sombre, seulement éclairé par les guirlandes électriques.

« Alors », dit Jen en se détachant de Todd pour l'admirer dans sa minuscule salopette.

Il la dévisage sans un mot, très expressif, comme il l'était toujours. Deux yeux presque noirs, un petit nez, des joues roses, un air studieux. Elle brandit un cube en bois, qu'il lui prend des mains très sérieusement avant de le lâcher par terre.

« On les empile ? » demande-t-elle.

Todd tend la main très, très lentement.

« L'atmosphère est aussi tendue qu'une négociation de prise d'otage, remarque Kelly.

— C'est quoi, la phrase, déjà ? Les petits enfants ne jouent pas, ils vont au travail ?

— Oui, c'est vraiment ça.

— J'étais obsédée par les cubes quand j'étais petite.

— Ah ? » Kelly se cale au fond du canapé et passe ses deux jambes au-dessus de l'accoudoir. Il ferme les yeux. « Ça m'étonne de toi. Je t'aurais plutôt vue… je ne sais pas, avec des livres. Toujours en train d'apprendre.

— Tu parles ! J'ai mis des siècles à lire.

— Je ne te crois pas. Vous autres, les avocats bavards… vous êtes tous les mêmes. »

Surprise, Jen sourit. Il *était* plus acerbe. En 2022, il est toujours caustique, mais à l'époque il y avait quelque chose d'aigri chez lui. Elle avait oublié ça. À quel point il pestait contre le travail, imaginait des projets et les abandonnait. Il donnait l'impression de vouloir réussir, puis flanchait.

« Qu'est-ce qu'il y avait dans ces livres, alors ? demande Jen.

— La définition de la jurisprudence, pour commencer… On devrait savoir ça avant ses deux ans, grand maximum.

— Bien sûr. Et donc, qu'est-ce que ça veut dire ? Kelly, âgé de… » Elle hésite. « Vingt-huit ans ?

— Bonne en anglais, un peu moins en maths, réplique aussitôt Kelly. Vingt-neuf ans. Tu as déjà oublié mon âge ?

— Tu me connais. »

Soudain, Todd éclate de rire et applaudit son père.

« Oui, oui, lui dit-il.

— C'était quoi, le tien ? demande Jen, repensant à ce qu'elle a ressenti dans la voiture pendant le contrôle de police, quand elle a essayé d'atteindre cette part de lui qu'elle n'a peut-être jamais atteinte.

— Mon quoi ?

— Ton jouet préféré.

— Je ne sais plus. »

Kelly se tortille sur le canapé, les yeux toujours fermés.

« Qu'est-ce que tu voulais faire plus tard ? »

Il s'appuie sur un coude et lui lance un regard sardonique. Son visage se ferme. Comment a-t-elle pu passer à côté de ça ?

« Pourquoi ? dit-il.

— Rien, comme ça. Je n'ai jamais su. Et ça remonte à si longtemps… Tu sais, je crois que je n'ai jamais rencontré quelqu'un qui t'ait connu enfant.

— Ils sont tous loin. Ma mère a toujours voulu que je devienne patron, dit-il pour changer de sujet. C'est drôle, non ?

— Patron de quoi ? »

Jen est en train d'empiler les cubes devant Todd, qui serre déjà ses menottes, tout en se disant que Kelly peut décidément se montrer très fuyant.

« De n'importe quoi, littéralement. C'est ce qu'elle voulait. Quand notre père s'est barr… a disparu, se reprend-il en jetant un coup d'œil vers son fils, tout ce qu'elle voulait pour nous, c'était la stabilité. Et pour elle, ça voulait dire un boulot ennuyeux dans un bureau. Un seul congé par an. Un crédit sur une petite maison.

— Et tu as fait le contraire. »

Mais au même moment, elle pense : *Notre père*. Notre père. L'homme sur la photo, avec les yeux de Kelly. Elle *savait* qu'elle n'avait pas rêvé, qu'elle n'avait pas imaginé cette ressemblance. Choquée, elle cligne des yeux.

Kelly fuit son regard.

« Eh oui.

— Tu as bien dit *notre père* ?

— Non. Mon père.

— Tu as dit *notre*.

— Non. »

Jen soupire. Si elle insiste, il va se fermer comme une huître. Elle va devoir tenter une autre approche.

« J'aurais bien aimé qu'il connaisse ta mère, répond-elle tendrement. Et la mienne.

— Oh, moi aussi.

— Tu avais quel âge quand elle est morte, déjà ? »

Elle se demande pourquoi sa question paraît dangereuse. Après tout, cet homme est son mari.

« Vingt ans.

— Et ton père, la dernière fois que tu l'as vu, tu avais…

— Oh, là, je ne sais plus. Trois ans ? Cinq ?

— Ç'a dû être tellement… D'être enfant unique et ensuite de perdre ses parents.

— Oui.

— Tu penses qu'elle m'aurait appréciée ? Et Todd ?

— Bien sûr. Bon, allez. Finalement, j'accepte ton offre. Le lit m'appelle. »

Il se baisse et l'embrasse à pleine bouche, la seule chose qui n'ait pas changé entre 2007 et maintenant, puis il part se coucher, la laissant seule avec leur enfant.

Quelque chose l'incite à laisser Todd dans le salon avec ses cubes et à suivre Kelly dans le couloir tristounet à la moquette marron.

Elle arrive à leur chambre, une oreille toujours tendue vers Todd, et s'arrête devant.

Kelly n'est pas à l'intérieur. À première vue, en tout cas. Dans la pénombre, elle pousse doucement la porte et entre à pas de loup. Rien.

Mais où est-il, alors ?

Elle s'avance. Le néon est allumé dans la salle de bains. A-t-elle oublié de l'éteindre ? À ce moment précis, alors qu'elle se demande quoi faire, elle entend un bruit, discret et contenu, comme quelqu'un qui essaie de réprimer une émotion.

C'est Kelly. Jen s'approche de la porte et jette un coup d'œil à l'intérieur. Elle découvre l'homme qui est son mari depuis vingt ans assis sur l'abattant des toilettes, la tête entre les mains, en train de sangloter. C'est la première fois qu'elle le voit pleurer.

« Kelly ? »

Il sursaute et sèche ses yeux à la hâte avec les poings. Le dos de ses mains est mouillé. Il ressemble tellement à Todd quand il pleure, avec la lèvre inférieure qui tremblote. En le voyant essayer de donner le change, elle se sent devenir lourde et triste.

« J'ai un de ces rhumes, je pleure tout le temps », dit-il.

Son mensonge est ridicule. Combien d'autres lui en a-t-il racontés ? se demande Jen. Et pourquoi ?

Mais elle pense avec mélancolie à ce regard-là, le même qu'il lui lancera quinze ans plus tard, le jour où leur fils tuera un homme. Dévasté.

« Qu'est-ce qui se passe ?

— Non, rien, je t'assure, c'est ce foutu rhume. J'espère être guéri pour Noël.

— C'est à cause de ta mère ?

— Et Todd, ça va ? Il est…

— Il est dans le salon, tout va bien. »

Dans la toute petite salle de bains, Jen s'approche de lui. Il ne se lève pas des toilettes, mais elle se met à côté de lui, pose une main sur son dos et l'attire vers elle. À sa grande surprise, il se laisse faire, passe le bras autour des jambes de Jen et enfouit sa tête dans sa poitrine.

« Tu as le droit, lui dit-elle doucement, comme elle le ferait à Todd. Tu as le droit d'être triste.

— C'est ce foutu…

— Ton rhume de Noël, je sais. »

Elle le laisse vivre son mensonge, y croire jusqu'au bout. Une chose qu'il lui a dite en 2022 lui revient, à propos d'un couple en train de divorcer. *Éviter la souffrance, pour certains, c'est essentiel.*

Au bout de quelques minutes, il la relâche. Il la regarde s'en aller pour voir Todd et prononce une phrase, une seule.

« Elle me manque – ma mère. »

De toute évidence, il lui en coûte ; son corps tremble quand il le dit.

Jen hoche brièvement la tête. Voilà. Quelque chose que son mari – bizarrement – n'a jamais été capable de lui montrer.

« Je sais », répond-elle. Et elle le sait d'autant plus qu'elle-même a perdu sa mère. « Merci de me le dire », ajoute-t-elle.

Kelly esquisse un sourire faiblard. Ses cheveux noirs sont en bataille. Ses yeux sont d'un bleu encore plus bleu. Là, à cet instant du passé, quelque chose passe entre eux. Quelque chose de plus substantiel que le reste. Quelque chose que Jen n'arrive même pas à nommer, mais qui parvient à allumer en elle le vague espoir que Kelly n'est pas celui qu'il semble être. Mon Dieu, faites qu'il en soit ainsi.

Elle retourne auprès de Todd. Le salon est ringard. Une moquette verte élimée, des meubles en bois sombre. Une odeur particulière, rassurante et simple : le sucre à la cannelle, les biscuits, une bougie mouchée quelque part. Elle en déduit qu'une version alternative d'elle-même a fait de la pâtisserie la veille au soir. C'est drôle comme ces choses paraissaient si importantes à l'époque. Aller voir les illuminations de Noël, préparer et assembler la maison en pain d'épices. Et *pouf*, tout ça disparaît dans les fumées du passé, ne causant que du stress et ne laissant aucune trace, comme une empreinte de pas sur le sable, vite effacée par les vagues. Toute sa vie, Jen s'est souciée des *apparences*. Maintenir les apparences. Avoir tout ce qu'il faut, la maison avec la citrouille découpée, pour que tout le monde sache bien qu'ils l'ont faite. Mais à quoi bon ?

Todd joue avec ses voitures pendant quelques minutes puis, de son pas incertain, traverse le salon.

« Non, Toddy, pas ça », dit-elle alors qu'il plonge brusquement le bras dans la corbeille.

Il ne l'écoute pas et sort deux boulettes de papier aluminium, sans doute un vieil emballage de KitKat. Jen est déçue de voir qu'il suffit d'une seule journée passée avec lui pour qu'elle soit si facilement irritable.

« À moi », dit Todd. Ses petits yeux la regardent de l'autre côté du salon. « Encore », ajoute-t-il.

Il se retourne vers la corbeille.

Il est quasiment à la renverse, la tête au fond et les pieds presque décollés du sol.

« Désolée, Todd, reviens ici. Viens voir maman. »

À la première syllabe sortie de la bouche de sa mère, Todd s'est retourné vers elle comme une fleur vers son soleil. Il la dévisage. Tout à coup, comme une lumière qui s'allume, Jen comprend. Elle comprend au plus profond d'elle-même, dans ses tripes.

Elle comprend en voyant comment les yeux de son fils renvoient la lumière bleutée de ce matin d'hiver.

Ce n'est pas sa faute à elle.

Ce n'est pas sa faute à lui.

Elle sait qu'elle l'a suffisamment bien éduqué. Elle le voit dans ses yeux. Ils sont illuminés par l'amour. L'amour qu'il lui porte. Sur le canapé, elle se détend d'un coup.

Elle a fait de son mieux. Et même quand elle n'y est pas arrivée, son sentiment de culpabilité est une preuve comme une autre : elle a voulu faire de son mieux pour lui, pour son petit garçon.

Le paradoxe rétrospectif que cette même personne, ici présente, lui fera découvrir dix ans plus tard : elle croyait savoir que ça arriverait, elle s'en est attribué la responsabilité. Elle croyait qu'il avait tué un homme à cause de sa relation difficile avec elle. Mais non. C'était une illusion. C'est donc là, à cet instant précis, que Jen se rend compte qu'il ne s'agit pas de ça. Il ne s'agit pas de l'enfance de Todd. Pas du tout.

« Viens me voir, Toddy. »

Il laisse aussitôt tomber les boulettes de papier aluminium et part la rejoindre, elle, sa mère.

Ryan

Ryan va enfin le rencontrer. L'homme qui dirige les opérations. Le chef. Il doit avoir des centaines de petits soldats, d'associés. Des tas de terrains de jeu. Les vols de voitures, la drogue, le bébé enlevé – cela ne représente qu'une petite partie de ses activités.

Ryan ignore pourquoi les maisons qu'il cible sont toujours désertes et ne sait toujours pas où est la petite Eve. Mais il cherche. Et il avance. Marchant à présent dans le froid vers un entrepôt de Birkenhead, il a réussi à s'infiltrer jusqu'aux sommets.

Angela et Ryan ont reçu d'Ezra l'ordre de le retrouver ici à 20 heures. Après avoir rencontré le boss, on vous confie des missions plus sérieuses, plus importantes. Et, surtout, des renseignements plus précieux. Pour la première fois, Ryan s'y rend avec un micro caché – ne reste plus qu'à espérer que le patron ne va pas le faire fouiller. Leo prétend que non, qu'on ne rencontre pas le patron s'il n'a pas confiance. « S'il donne seulement l'ordre de te fouiller, lui a expliqué Leo hier soir au téléphone, tu fais un tel scandale qu'il en tremble.

— Grave. »

Ce n'est pas une expression dont il est coutumier. Parfois, il a l'impression de devenir celui pour qui il se fait passer. Plus sombre, plus explosif.

Ryan et Angela marchent encore quelques minutes, sans parler, regardant les bateaux charger et décharger des voitures, les gens qui vont et viennent. Quand ils approchent de l'entrepôt, leur langage corporel se transforme. Sous les yeux de Ryan, Angela se transforme en Nicola : sa démarche se fait plus arrogante, son attitude physique change.

Ryan, lui, ne sait pas trop en quoi sa gestuelle change, il sait seulement que c'est le cas.

L'entrepôt ne comporte aucune enseigne. Il est désaffecté – l'endroit parfait pour ce genre de rencontre. Ryan espère que l'acoustique y est bonne pour l'équipe qui l'écoute, prête à recueillir tous les éléments incriminants.

Comme convenu, il toque deux fois à la porte vert foncé, fermée par un volet roulant, et attend. Angela a la tremblote. Elle est moins vaillante qu'elle n'y paraît. Ryan se dit qu'elle a autant les jetons que lui. Évidemment, il lui a traversé l'esprit que tout ça pourrait n'être qu'un traquenard. Ils pourraient se faire démasquer. Être faits comme des rats. Curieusement, il s'en fout. Et quand il sent la peur remonter, il pense à elle, à la petite Eve, perdue et seule, certes pas en pleine mer, mais tout comme.

« Par là », dit une voix quelque part sur le côté.

Ryan et Angela font le tour du bâtiment et découvrent une porte entrouverte qui laisse la lumière de sécurité extérieure éclairer une partie de l'entrepôt.

L'intérieur est vide. Des alignements de rayonnages, du sol au plafond, qui ne contiennent rien. Quelque part dans cet immense espace se tient un homme, grand, plus jeune que ne l'aurait pensé Ryan. Il ne bouge pas d'un pouce. Il est debout, bras croisés, tout de noir vêtu. Il a des cheveux noirs et un bouc.

« Les deux mousquetaires », dit-il. Il jette par terre un mégot qui rougeoie quelques secondes avant de s'éteindre. « J'ai quelque chose pour vous. Je veux que vous récupériez une liste de maisons désertes. Je vous envoie une adresse. »

Presque instantanément, le téléphone jetable de Ryan bipe : un SMS d'une ligne envoyé – oui ! – par un vrai numéro. C'est une adresse dans une rue chic de Liverpool.

Ça y est. Le grand patron s'apprête à leur révéler comment il obtient ses renseignements sur les voitures qu'il faut voler.

« Vous attendrez les instructions, leur dit-il.

— Génial, merci », répond Ryan en modifiant la cadence de sa voix.

L'homme rejette sa tête en arrière.

« Tu viens d'où ?

— De Manchester. »

Il a un geste d'impatience.

« Avant ça.

— Toujours Manchester, mais mon père est gallois. »

C'est la vérité. Ils ont décidé qu'il devrait s'y tenir plutôt que de tenter un accent.

« Et toi ? demande l'homme à Angela.

— Moi, je suis d'ici », répond-elle avec un parfait accent *scouse*, alors même qu'elle vient de Leigh, en banlieue de Manchester.

Les agents infiltrés sont rarement du coin. Trop de risques d'être reconnus, de se faire griller.

L'homme traverse l'entrepôt dans leur direction. Ses bottes noires écrabouillent la poussière et la crasse sur le sol.

« Moi, c'est Joseph, dit-il en tendant la main vers Ryan, puis Angela.

— Nicola. »

Joseph lève les deux bras.

« Ma mise en garde de base. Si vous me la faites à l'envers. Si vous me balancez. Si vous êtes des flics. Si vous merdez. J'irai en taule. Mais après, putain… Après, je reviendrai vous buter. Compris ?

— Pareil, répond Ryan.

— Marché conclu, alors.

— Kelly, dit Ryan en serrant la main de Joseph. Enchanté. »

Kelly. Le pseudo que Ryan a dû se choisir. « Un prénom qui te fait te retourner, lui avait conseillé Leo. Un prénom familier. C'est le premier truc qu'ils font pour vérifier que tu n'es pas un flic. Ils crient ton nom dans un bar et ils voient si tu tournes la tête.

— Je répondrai toujours au prénom de mon frère », avait dit Ryan, en repensant au soir où son frère avait atteint le point de non-retour.

Il avait trop de dettes, trop de faveurs à rendre. Il s'était passé la corde au cou. À en croire le médecin légiste, on l'avait retrouvé trop tard, environ une demi-heure trop tard. Il avait fait ça dans le grenier. Il avait voulu qu'on ne le retrouve pas.

J – 6 998

8 heures

Jen est dans une vieille petite maison en brique. Kelly et elle l'avaient louée pour un an. Ils n'avaient aucun lien affectif avec elle. Jen s'en souvient à peine. Ce n'est qu'aujourd'hui, quand elle lève les yeux vers le plafond taché par l'humidité, qu'elle se rappelle y avoir vécu un jour.

Elle n'est pas encore enceinte. Todd n'est pas encore né. Le mystère ne peut donc plus concerner qu'une seule personne.

« Lopez ? » l'appelle Kelly, au bas de l'escalier.

Jen est chamboulée. Elle avait oublié que pendant quelque temps il l'avait appelée comme ça. Jen était devenue Jenny, puis Jenny from the Block, à cause de la chanson, puis Lopez.

« Kelly ? répond-elle.

— Tu es réveillée !

— Je le suis.

— Écoute, dit-il de son ton typique, autoritaire et prudent. J'ai un truc aujourd'hui.

— Quoi donc ?

— Une réunion, toute la journée. »

Quelque chose s'agite vaguement dans la tête de Jen. Quel genre de peintre-décorateur doit se rendre à une réunion de dernière minute ? Un peintre-décorateur à qui elle a trop fait confiance, se dit-elle.

« D'accord. »

Mais quand elle sort du lit, le sol sous ses pieds est instable, comme des sables mouvants.

« Tu pars toute la journée ?

— Oui, répond Kelly, l'air de rien.

— D'accord.

— On dirait que tu as vu un fantôme. »

Les yeux de Kelly n'ont pas changé, mais pour le reste… Il est si mince. Élégant, presque.

« Tout va bien, répond faiblement Jen en levant les yeux vers lui. Ne t'inquiète pas. Vas-y.

— Tu es sûre ?

— Sûre et certaine. »

Elle n'hésite pas une seconde à le suivre. Elle sent qu'elle est à deux doigts de percer le mystère.

Elle est à l'arrière d'un taxi. Il était beaucoup plus difficile d'en appeler un, à l'époque. Elle a un portable, mais c'est un vieux machin dont les touches s'éclairent en vert fluo et chantent dès qu'elle appuie dessus. Un jouet déguisé en téléphone.

« On peut s'arrêter ici ? » demande-t-elle.

Kelly s'est garé en plein centre de Liverpool, sur un emplacement interdit. Sa voiture est un modèle de 1982 : Jen ne s'était pas rendu compte à quel point les voitures avaient changé. Un vrai cube, qui paraît beaucoup trop gros. Elle n'arrive à détacher les yeux ni de lui, ni de la voiture. Elle a l'impression d'être une extraterrestre.

En dépliant ses longues jambes hors du siège conducteur, Kelly regarde à gauche et à droite.

Le coup d'œil semble normal, un tic. Des yeux bleus qui balaient la rue.

Jen reste dans son taxi noir. Elle est presque invisible là, à l'abri sur la banquette arrière, derrière une vitre sale.

« Il va bientôt falloir que je reparte, dit le chauffeur.

— Cinq minutes. Cinq minutes, s'il vous plaît, il faut juste que je voie quelque chose. »

Au lieu de lui répondre, le chauffeur sort ostensiblement un livre. John Grisham. Les pages cornées. Il laisse le moteur allumé. Ah, l'époque où les gens lisaient des romans pour tuer le temps.

« Désolée, ce ne sera pas long », ajoute Jen en pensant à tout ce qu'elle pourrait raconter à cet homme au sujet de l'avenir.

Le Brexit. La pandémie. Personne ne la croirait. C'est stupéfiant. Deux décennies entières entassées ici, dans un taxi, avec eux.

Kelly s'approche du coffre de sa voiture. Il scrute l'horizon, comme il le fait encore de temps en temps aujourd'hui. Jen n'y avait jamais beaucoup pensé, jusqu'à ce qu'elle soit obligée d'observer son mari de la sorte. Il a les cheveux soigneusement gominés, bien coiffés devant.

Un autre conducteur les klaxonne et, au moment de doubler, fait un geste au chauffeur de taxi. Il baisse sa vitre.

« Dégage ! »

Le chauffeur démarre.

« Une seconde, s'il vous plaît, s'il vous plaît », l'implore Jen.

Si elle sort maintenant, Kelly va la voir, et tout ça n'aura servi à rien.

D'une main, Kelly ouvre le coffre et en sort un grand paquet, couleur bordeaux, des tissus repliés – des rideaux, peut-être ? Le front collé à la vitre crasseuse du taxi, Jen plisse les yeux. C'est une housse de costume. Elle la reconnaît. Kelly ne portait que très rarement des costumes. Aux enterrements, aux mariages. Celui-ci restait sur son cintre au fond de leur garde-robe.

« C'est quand vous voulez, miss », insiste le chauffeur de taxi, mais elle se contente de hocher la tête.

Kelly disparaît dans une petite rue en marchant d'un pas tranquille que Jen sait être une façade. Elle va le perdre.

« Il faut que j'y aille », dit-elle.

Tout en s'efforçant de ne pas perdre de vue son mari, elle commence à rassembler ses affaires. Tandis qu'elle compte la monnaie qu'elle a récupérée dans le tiroir de la cuisine – tiroir différent, cuisine différente, billets différents –, une autre voiture klaxonne.

« Attendez, dit le chauffeur de taxi.

— J'y vais, il faut que j'y aille, crie presque Jen.

— On gêne les bus.

— Je dois descendre ! »

Alors que les coups de klaxon se poursuivent, elle actionne la poignée de la portière et se demande ce qui arrivera si elle part sans régler. Ce n'est qu'un taxi. À peine un délit.

Elle jette trop de billets sur le plateau d'argent recouvert de cendres – mais oui, les gens fumaient partout, dans le temps ! – et se précipite au-dehors.

Elle fonce vers la petite rue. Kelly est presque arrivé au bout. Il se détache de la foule exactement comme Todd, exactement comme son propre nom se détache d'une liste.

Soudain, il tourne à gauche et entre dans un pub qui s'appelle le Sundance. Il tient toujours sa housse de costume par-dessus le bras. Jen, pour limiter le risque d'être vue, attend non loin de là, sur le trottoir.

Elle se plante devant le magasin Woolworths, dont l'enseigne rouge et blanc lui est si familière. D'ici cinq ans, ce magasin fera faillite. C'est un passé récent, oui, mais on ne dirait pas. À l'intérieur : les sols scellés aux airs de plastique, la papeterie. Elle pourrait rester là des années, à regarder par la vitrine, à rêver d'un passé révolu, des Noëls où on achetait des jeux et des bonbons en vrac, à observer les changements qui ont secoué le monde en vingt ans, ce qui a été perdu, ce qui a été gagné. Elle plaque une main contre la vitre, exactement comme elle l'a fait au tout début de cette histoire, et attend.

Derrière elle, reflété par la vitre, elle voit Kelly ressortir du pub. Il a enfilé son costume, dont la housse se trouve de nouveau posée sur son bras. Ses cheveux sont fraîchement gominés. Il porte des chaussures noires brillantes.

Une femme semble surgir de nulle part, peut-être d'un autre pub, peut-être d'une ruelle. Jen la regarde s'avancer vers Kelly. Elle plisse les yeux. C'est Nicola.

« Comment ça s'est passé ? lui demande Kelly.

— Pas mal. Ç'a été dur, ils veulent connaître toutes les méthodes »

Kelly glousse.

« On ne peut pas leur en parler.

— Je sais. C'est ce que je leur ai dit. Le juge n'a pas beaucoup apprécié. Allez, bonne chance. Et appelle-moi, OK ? Si… un jour. Tu as envie de revenir. »

Sans dire un mot de plus, Nicola s'en va.

Jen regarde Kelly, désormais perdu dans la foule, et repense aux SMS qu'il enverra à Nicola vingt ans plus tard, pour l'appeler au secours. Au fait qu'elle lui demandera quelque chose en retour.

Jen le suit de loin, bien contente d'être à Liverpool et non à Crosby. Elle étudie la mode de l'époque – les jeans pattes d'eph, les tops bohèmes qui exposent la peau aux derniers rayons de l'été, en septembre – et les vieilles voitures, les magasins, le monde avec un filtre vintage. Kelly marche d'un pas à la fois décidé et inquiet, se dit-elle. La tête droite, tel un cerf traqué, ou un lion qui traque, elle ne sait pas trop.

Il prend une rue pavée, au milieu d'enseignes qui ont survécu ou non aux vingt dernières années, Debenhams, Blockbusters. Il entre dans une galerie marchande tout en néons, pleine de bijouteries, et la traverse jusqu'au bout. Puis à gauche, et à droite. Enfin, il remonte une petite rue où s'alignent des bennes industrielles. Jen le laisse prendre encore plus d'avance.

Il ralentit le pas au moment de déboucher sur une vaste place dallée et piétonne. Il est cerné par de hauts immeubles. Son corps se tourne entièrement vers l'un d'eux, puis il s'avance, ouvre la porte et disparaît.

Jen n'a pas besoin de consulter un plan ni de lire les panneaux. L'avocate qu'elle est connaît bien ce bâtiment. Comment ne le connaîtrait-elle pas ? C'est le tribunal de Liverpool.

Devant, il y a des réverbères à l'ancienne, avec leurs ampoules rondes et blanches comme des perles. Le bâtiment est le même en 2003. Un gros cube des années 1970, au revêtement marron foncé et aux vitres teintées. Un blason en relief sur la façade. Pour une fois, elle est contente que le système judiciaire ne change jamais, qu'il reste cette institution craquelée, immuable et désuète.

Elle attend quelques minutes au soleil, puis entre à son tour en ouvrant la double porte vitrée du tribunal.

Elle se dirige vers le calendrier des audiences, encore une fois bien contente d'avoir une formation juridique. Le programme figure sur un panneau de liège dans le hall, quatre bouts de papier qui tremblotent, fixés par une unique punaise qui sera sans doute encore la même vingt ans plus tard.

Elle sait ce qu'elle cherche. Elle sait ce qu'elle va trouver.

Les dates correspondent. Elle ne s'en est pas rendu compte en remontant dans le passé. La coupure de presse archivée. La liste des accusations qui pèsent sur lui.

Elle tombe dessus. Elle n'a même pas besoin de lire jusqu'au bout.

R contre Joseph Jones. Salle n° 1.

C'est donc ça, une vie vécue à l'envers. Des choses se sont produites dont Jen n'a pas la moindre idée ; elles sont passées à côté d'elle, aussi anodines que des voitures.

Elle entre dans la salle numéro 1 et s'assoit parmi le public. L'endroit sent la vieille théière, les livres anciens, la poussière et l'encaustique. Il y a du monde. Un procès médiatisé qui lui avait totalement échappé, à l'époque. Pourquoi y aurait-elle prêté la moindre attention ?

Elle a perdu de vue Kelly. Elle ne sait pas du tout à quel titre il se retrouve là. En tant qu'ami de Joseph Jones, suppose-t-elle. En tant que complice.

Les bancs sont disposés comme à l'église.

« Levez-vous », annonce un greffier.

Il porte des lunettes de lecture sur le bout du nez et une robe qui balaie la mauvaise moquette. Jen est gênée par tout le décorum de ce système judiciaire auquel elle a consacré sa vie. Quand le juge se présente, elle se lève. Elle baisse la tête par réflexe.

Un gardien qui porte une petite boucle d'oreille amène l'accusé, menotté, puis l'installe dans le box.

Joseph Jones. Le jeune Joseph de trente ans. Comme c'est étrange de le regarder en connaissant la date de sa mort – en l'état actuel des choses –, se dit Jen devant ses oreilles de lutin, son bouc, ses épaules plus étroites. Presque un garçonnet. Il pourrait être le fils de n'importe qui. Il pourrait être Todd.

Le juge s'adresse à la cour.

« Tout à l'heure, nous avons entendu le deuxième témoin appelé par l'accusation, le témoin A. Nous allons maintenant entendre le troisième. »

La cour siège déjà. Jen fait le calcul dans sa tête. La « réunion » de dernière minute de Kelly devait donc être une comparution à témoigner. Dans un procès, on ne sait jamais quel jour on devra appeler un témoin, tant que le précédent n'aura pas terminé.

« Merci, monsieur le juge », dit une avocate affublée d'épaisses lunettes dont les branches claires sont tout juste recouvertes par sa perruque. Jusqu'à ce qu'elle découvre cette paire de lunettes modèle Sécurité sociale, Jen avait oublié qu'elle était dans le passé. Elles sont presque identiques à celles que portent les jeunes aujourd'hui. Les mystères de la mode. « Hier, nous avons entendu Grace Elincourt, employée de la banque HSBC, nous confirmer que Joseph Jones déposait et retirait régulièrement de grosses sommes d'argent sur un compte de son établissement. » Elle regarde fixement le jury. « Un peu plus tôt, nous avions aussi appris, par le témoin A, qu'il ordonnait régulièrement à ses petits soldats de voler des voitures. Pour corroborer cela, nous appelons maintenant le témoin suivant à venir à la barre. À cette fin, nous devons une fois de plus demander que le jury et le public s'absentent momentanément. »

Le cerveau de Jen tourne à plein régime. Le jury et le public qui sortent, ça ne peut signifier que certaines choses : questions de preuves, points de droit et de procédure, arguments de recevabilité.

Et témoins anonymes.

Tout le monde s'en va, sauf les avocats. Jen s'attarde et regarde les gens, sans doute aussi concernés qu'elle par ce procès, boire un café devant le distributeur de boissons, bavarder. Comme il en a toujours été dans les tribunaux. La seule différence étant qu'il y a moins de téléphones portables.

Elle sort, reste sur les marches du tribunal pour voir le monde tel qu'il est en ce jour de 2003. Elle regarde les voitures, à la fois flambant neuves et vieilles. À quelques pas d'elle, un avocat est en train de fumer une cigarette, en pleine réflexion. Les bâtiments n'ont pas changé. Même ciel, même soleil. Elle a rencontré Kelly en mars dernier seulement ; leur relation dure depuis à peine six mois.

Elle tourne lentement sur elle-même. On ne se rend pas compte. Le monde ne sait pas à quel point il change.

« Le jury doit retourner dans la salle numéro 1 », annonce un huissier dans le hall d'entrée, et Jen suit le mouvement, non sans avoir jeté un dernier coup d'œil sur la ville. Elle s'apprête à découvrir quelque chose. Quelque chose qu'elle ne pourra jamais désapprendre.

Après le soleil de septembre, ses yeux mettent une seconde à s'habituer à la salle. Mais elle finit par voir ce qu'elle attendait : le box des témoins a changé. Il est fermé par un rideau noir.

« Le témoin B, dit l'avocate d'une voix aussi claire qu'une source d'eau pure, est un policier infiltré en activité. Son anonymat, explique-t-elle au jury, lui permet de préserver les méthodes et le travail de la police, ainsi que sa sécurité. Je m'adresse maintenant au témoin B. Vous n'êtes pas tenu de donner votre nom. Comment souhaitez-vous prêter serment ? »

L'individu qui se trouve derrière le rideau ne répond pas. L'avocate attend, puis s'approche du rideau quand le silence s'éternise. Jen retient son souffle. Ça ne peut pas être… Non, ça ne peut pas être son mari.

Au bout de quelques secondes, l'avocate revient. Jen entend alors une discussion chuchotée.

« Il souhaite que sa voix soit masquée. Il a un accent. Nous avions soumis une demande officielle », explique l'avocate.

Jen n'entend pas tout, seulement quelques phrases de ci, de là. Elle comprend parce qu'elle est du métier.

« Mais monsieur le juge, dans l'intérêt de la transparence de la justice… », rétorque l'avocat de la partie adverse.

Leur discussion se poursuit, à bas bruit, et Jen s'efforce d'en attraper quelques mots au vol.

« Dans une audience publique, il est important qu'on vous entende tel que vous êtes, annonce le juge après quelques minutes supplémentaires.

— Témoin B, quel serment ? » embraie l'avocate.

Mais… Ce témoin est un témoin de l'accusation, pas de la défense. Donc…

Jen entend un soupir. Un soupir ulcéré, reconnaissable entre tous. Puis un mot, un seul : « Laïc. »

Deux syllabes. Et voilà. Ce que Jen savait peut-être déjà : Kelly est le témoin B.

Elle avait tout faux. Kelly n'est pas impliqué dans un crime. Il a essayé de l'empêcher.

J – 6 998

11 heures

« J'ai travaillé avec lui, oui, dit la voix de Kelly. Pendant plusieurs mois, l'année dernière. »

Il dissimule son accent gallois, l'aplanit comme on rabote le bois. Jen est à peu près sûre d'être la seule à savoir que c'est lui. Les petits indices vocaux qu'on ne relève qu'au bout de vingt ans de mariage.

« Et quel était votre rôle ? »

Pendant que les questions continuent, le cerveau de Jen tente encore de digérer la nouvelle, qui n'arrête pas de la percuter, comme des ondes de choc après un séisme. Il est policier. Il *était* policier ?

Elle laisse ses yeux remonter vers les petites fenêtres en haut de la salle.

Il ne le lui a jamais dit. Il ne le lui a jamais dit, il ne le lui a jamais dit, il ne le lui a jamais dit. La vie de Jen est un mensonge.

Les pensées la cernent comme une meute de journalistes la harcelant de questions. Comment a-t-il pu lui cacher ça ? *Kelly ?* Son mari insouciant et fiable, Kelly ? En plus, ça n'explique rien du tout. Pourquoi voit-on les répercussions de ce mensonge vingt ans plus tard ? Pourquoi Todd est-il impliqué ?

Il ne le lui a jamais dit. Il ne le lui a jamais dit.

Elle se prend la tête entre les mains.

Néanmoins, cette vérité-là n'est-elle pas plus acceptable que l'autre ? Peut-être, mais entre la peste et le choléra…

« J'ai reçu pour mission d'infiltrer le réseau criminel que l'accusé dirigeait », explique froidement Kelly.

C'est dingue. Complètement dingue.

« Et à quel moment avez-vous été envoyé ? »

Kelly se racle la gorge.

« Quand le bébé a été volé.

— Monsieur le juge, intervient aussitôt l'avocat de la défense, un homme âgé, en se levant. Je vous demande de vous en tenir aux points en litige.

— Quand deux petits soldats ont enlevé un bébé dans le cadre de la chaîne d'approvisionnement de l'accusé, précise Kelly, mordant.

— Monsieur le juge…

— Témoin B, nous vous demandons de vous en tenir aux faits. Il ne s'agit pas d'un procès pour enlèvement.

— On n'a jamais retrouvé les auteurs, dit Kelly. Mais l'accusé les connaît.

— Monsieur le juge…

— *Témoin B*, insiste le juge, à l'évidence exaspéré.

— Très bien. »

Jen sait que Kelly serre les dents jusqu'à faire apparaître des creux sous ses pommettes. Il se tait, et elle sait aussi qu'il va se passer une main dans les cheveux. Même ce Kelly-là, qu'elle n'a pas vu depuis vingt ans. Même ce Kelly-là, qu'à l'époque elle n'aime que depuis six mois. Ce Kelly qui lui a menti dès le premier jour. Peintre-décorateur depuis qu'il a seize ans. Ses deux parents morts. Jamais allé à l'université, quitté l'école après son brevet. Qu'y a-t-il de vrai là-dedans ? Comment peut-il appartenir à la police ? *Pourquoi ne le lui a-t-il jamais dit ?*

Elle aurait compris. Ce n'est pas un crime d'avoir été un policier infiltré.

Elle se tortille sur son banc, mal à l'aise. Elle aimerait pouvoir procéder à un contre-interrogatoire avec les avocats.

« J'ai reçu pour mission de découvrir l'identité de l'accusé, dit Kelly. Et je l'ai fait en m'introduisant à l'échelon le plus bas de son réseau. Pour des raisons relatives à mon anonymat, je ne peux pas donner plus de détails sur mon rôle.

— Quel genre de tâches exécutiez-vous pour l'accusé ?

— Pour des raisons relatives à mon anonymat, je ne peux pas donner plus de détails sur mon rôle.

— Qu'avez-vous vu l'accusé faire ? De vos propres yeux ?

— Pour des raisons… »

L'avocate soupire, manifestement agacée. Elle ôte ses lunettes, les essuie sur sa robe, puis les remet. À qui ce geste théâtral est-il censé profiter ? Jen l'ignore.

« Je peux vous dire ce que je n'ai pas fait, reprend Kelly, sur un ton dont Jen sait qu'il annonce quelque chose d'inutile.

— Oui ? fait l'avocate.

— Je n'ai jamais pu identifier les personnes auxquelles Joseph a demandé de commettre des crimes. Les ordres qui ont conduit à l'enlèvement de la petite Eve.

— Bien. »

L'avocat de la défense se lève d'un bond. Le juge leur fait signe d'approcher, tout en jetant un coup d'œil vers le rideau noir.

« Faites sortir le jury. »

Les jurés ressortent dans le hall. Au bout de dix minutes, un huissier confirme que les débats reprendront le lendemain. Jen n'en croit pas ses oreilles.

« Quoi ?

— Nous reprendrons demain », lui explique un autre huissier, manière de la congédier.

Elle reste plantée là, au milieu de la foule qui glisse autour d'elle comme un banc de poissons.

Elle n'a pas de lendemain, se dit-elle, désespérée. Ça n'arrivera pas.

Kelly devient livide en voyant Jen à côté de sa voiture.

Sa mâchoire se décroche. Ses lèvres blêmissent. Il regarde à droite et à gauche, puis lui sourit. Il donne le change. Jen l'observe, cet homme qui deviendra son mari, cet homme qui lui ment. Son costume est déjà tout froissé, la veste est posée sur son bras. Il a l'air malade, pâle et jeune. On dirait presque un enfant. On dirait vraiment Todd.

« J'ai vu ton témoignage, dit-elle simplement. J'étais dans le public. »

Elle a envie de pleurer, d'être réconfortée par celui qu'elle a aimé pendant la moitié de sa vie. Celui vers qui, toujours, elle s'est tournée.

« Je… »

Il regarde le bout de la rue, et le soleil, puis indique sa voiture.

« C'est tout ? » demande Jen.

Pendant qu'il soupèse en silence les vérités qu'il peut lui confier et celles qu'il doit lui cacher, Jen essaie de remettre les choses dans l'ordre chronologique, du passé vers le présent et non l'inverse. Or elle est incapable de penser. Son cerveau est un océan de faits épars. Peut-être, se dit-elle, que tout va s'arrêter là. Elle pourrait rompre avec Kelly. Mais tant de questions demeurent sans réponses. Elle sait, grâce à Andy peut-être, que l'heure n'a pas encore sonné.

Ils montent dans la voiture, où règne une chaleur moite, si bien que les sièges sont chauds sous leurs cuisses. Kelly démarre et s'éloigne en vitesse de Liverpool. Il n'a toujours pas dit le moindre mot.

« Kelly ? » Elle déteste devoir lui tirer les vers du nez. « Je… »

Elle essaie de se rappeler qu'ils ne sont ensemble que depuis six mois. Qu'il ne connaît pas l'avenir, qu'ils vont le construire. Qu'ils vont construire vingt ans de bonheur, qu'ils le construisent encore. Il ne connaît pas l'importance de ce qu'il a entre les mains, de ce qui est en jeu.

Il ne dit rien. Il négocie un croisement en jetant des coups d'œil sur son rétroviseur.

« Tu es un policier infiltré. »

Il acquiesce, une seule fois. Un petit hochement de tête.

« Oui.

— Et… Tu étais déjà infiltré quand on s'est rencontrés ?

— Oui.

— Tu t'appelles Kelly ? »

Il attend une seconde avant de répondre.

« Non. »

Il déglutit, faisant danser sa pomme d'Adam.

« Comment est-ce que… comment est-ce que tu as pu faire ça ? » Jen sent son cerveau tourner sur lui-même, dans le noir. Elle n'arrive pas à enchaîner une phrase complète. « Tu m'as menti…

— C'est confidentiel. »

Jen a tellement de questions à lui poser qu'elle ne sait pas par où commencer. Elle essaie de concilier deux choses qui ne vont tout simplement pas ensemble.

Kelly semble sur le point de pleurer. Les yeux cernés. Le regard qui fouille l'horizon. Elle le connaît. Elle sait quand il est malheureux.

« Je m'appelle Ryan, lui explique-t-il. Kelly, c'est… quelqu'un que j'ai connu. »

Ryan. Le tableau commence à se préciser.

« Comment… Comment est-ce que tu comptes vivre en tant que… Kelly ? »

Il remue sur son siège, mal à l'aise.

« Je… je ne sais pas.

— Tu vas éliminer Ryan ? Faire croire qu'il est mort ? »

Il se tourne vers elle, surpris.

« Quoi ? Je ne sais pas… Je ne sais pas du tout ce que je vais faire de lui. »

Elle regarde ailleurs, par la vitre. Kelly dans toute sa splendeur. Fuyant. On fait comme si le problème n'existait pas. Et puis, quand ça remonte… on limite les dégâts. La maison abandonnée, Santal – elle comprend mieux, maintenant. Gina a déduit que Ryan Hiles était mort parce que cette maison avait été saisie par la Couronne. Rakesh a trouvé la même chose. Pourtant, il n'y avait pas d'autre trace de la mort de Ryan Hiles. Désormais, c'est clair comme de l'eau de roche. Un faux acte de décès, acheté uniquement pour pouvoir le montrer au cadastre, s'assurer que la propriété ne lui reviendrait pas et qu'on ne puisse pas suivre sa trace, ce qui l'aurait grillé en pleine infiltration. Mais il n'a rien fait d'autre. Il n'a pas signalé sa mort d'une quelconque autre manière qui aurait attiré l'attention, exigé des documents supplémentaires, des éléments qu'il ne pouvait pas produire : un corps, pour commencer. C'était un sparadrap sur une énorme plaie.

Sa mère a dû mourir il n'y a pas très longtemps. Santal commençait tout juste à se délabrer. Jen suppose que, le jour où il a pleuré dans la salle de bains, quand Todd avait trois ans, sa mère pouvait être encore en vie et qu'elle lui manquait.

Il la regarde.

« J'ai quitté la police, dit-il. L'année dernière. J'ai gardé le nom de Kelly parce que…

— Pourquoi ?

— Parce que je t'ai rencontrée.

— Mais tu aurais pu… Tu ne pouvais pas me le dire ? Ou prendre un autre nom ?

— Joseph Jones pense que je suis un délinquant du nom de Kelly, répond-il calmement, si bas qu'elle doit tendre l'oreille. Si je change quoi que ce soit, ou si j'en parle à qui que ce soit, il pourrait apprendre que je n'ai jamais été Kelly. Ce serait l'indice évident, le plus évident de tous, que je suis infiltré. Donc… je suis resté comme ça.

— Tu es resté un délinquant ?

— C'est ce qu'il croit, mais non. Je ne fais rien. J'ai décidé que j'avais intérêt à me cacher au grand jour. Ça sera plus facile quand il sera condamné. »

Il le dit sur un ton mélancolique, mais Jen sait que ce n'est pas vrai. Tout emprisonnement a une fin, et il est alors trop tard. Ryan est vraiment devenu Kelly.

« Et que ferait la police si elle savait ?

— Elle m'arrêterait, sans doute, parce que je n'agis pas sous son autorité. Pour escroquerie et fausse déclaration. Peut-être même qu'on me collerait un procès. En m'accusant d'avoir usurpé l'identité d'un policier, en me faisant tomber pour faute grave. »

Jen a chaud. Elle est en panique. Cette affaire est beaucoup plus importante qu'elle ne le pensait. Elle ferme les yeux. Kelly risque d'être arrêté non seulement pour escroquerie, mais pour les crimes qu'il commettra en 2022 en voulant protéger sa couverture. Cette fois, il n'aura plus droit au bouclier de son immunité. Il sera considéré comme un criminel.

« Quand on est partis en voyage. Tu ne voulais pas rentrer. Tu disais que tu voulais rester dans la maison de campagne, au milieu de nulle part. C'était à cause de lui ?

— Oui. Il savait… Il savait que deux de ses soldats l'avaient balancé. Un homme et une femme. »

Nicola.

« Pourquoi est-ce que tu ne m'en as jamais parlé ? »

Kelly regarde ailleurs.

« Confidentiel, répond-il tout bas.

— Mais… Franchement… »

Elle n'arrive pas à dire ce qu'elle voudrait dire : la confidentialité s'applique-t-elle dans un couple ? Pourquoi a-t-il jugé acceptable de lui cacher tout ça jusqu'à la fin des temps ? Parce qu'il n'a pas encore vécu jusqu'à la fin des temps, avec elle.

« Tu comptais m'en parler un jour ? demande-t-elle.

— Évidemment. Je t'en parle en ce moment même. »

Jen s'étonne de leurs temporalités différentes. Elle parle au passé. Lui au futur.

Mais c'est un mensonge. Jen l'a vécu.

La dernière pièce du puzzle se met en place, enfin, dans le bon ordre et dans le bon sens. Jen la visualise.

Repensant à ce que Kelly vient de lui raconter au sujet de Joseph, elle dit :

« Je peux te poser une question… ?

— Oui ?

— Le jour où Joseph sortira de prison, s'il découvre que c'est toi, le flic qui l'a fait plonger, qu'est-ce qu'il fera, à ton avis ?

— Il ne le saura jamais. Le rideau… Ils ont masqué ma voix. On était très nombreux à travailler pour lui. Ça fonctionnait à une telle échelle…

— Mais mettons qu'il y arrive quand même… ? »

Kelly ne répond pas tout de suite.

« Il viendra me tuer. »

J – 6 998

23 heures

Il est tard. Jen prend un bain. Elle a hâte d'aller se coucher et de se réveiller ailleurs, demain.

Un tourbillon de confusion s'agite au creux de son ventre.

Infiltré. Infiltré. Le mot, horrible, énorme, palpite sous son sternum comme un deuxième cœur. Elle est donc là, l'explication. Pas de boulots avec retenue à la source. Pas de réseaux sociaux. Pas de fêtes.

Kelly vit sous une identité d'emprunt depuis vingt ans.

Mais *pourquoi* ne lui en a-t-il jamais parlé ?

Elle pense avoir reconstitué le puzzle. Elle aimerait pouvoir interroger Andy, mais il ne doit pas encore avoir terminé ses études. Même lui ne peut pas lui venir en aide, pour l'instant.

Elle regarde la fenêtre au verre dépoli et réfléchit.

Kelly a infiltré le réseau criminel. Ses révélations ont permis d'envoyer Joseph en prison. Presque vingt ans plus tard, Joseph a été libéré. Il a voulu retrouver Kelly – au cabinet d'avocats – pour tenter de relancer son entreprise criminelle avec tous les vieux de la vieille. Si Kelly refusait, Joseph le soupçonnerait d'avoir été le flic infiltré ; s'il acceptait, il devenait un criminel en bonne et due forme. Il perdait donc sur tous les tableaux. Et, comme Joseph avait pris près de vingt ans pour des crimes commis avec un grand nombre de ses petits soldats, il disposait d'un levier sur eux au cas où ils refusaient d'obéir : il pouvait les faire tomber. Avec Kelly, cependant, il avait une arme encore plus puissante, si puissante qu'il n'en avait même pas conscience : s'il le dénonçait pour ses crimes passés, la police fouinerait et découvrirait qu'il vivait encore sous son identité d'emprunt. En toute illégalité. Ou pire encore : qu'il commettait des délits aujourd'hui même, sans le parapluie de la police.

D'où le petit paquet passé de main en main, contenant la clé de la voiture volée. Kelly était forcé d'accepter. Todd était présent quand ils se sont revus, de même que Clio, dont il est tombé amoureux. Kelly lui a demandé de ne rien dire à Jen. Il lui a également demandé, plus tard, de mettre un terme à sa relation avec Clio. Il a dû tout lui avouer, ce fameux soir dans le jardin. Il a dû lui expliquer qui il était vraiment. Todd a répondu que c'était le truc le plus merdique qui lui soit jamais arrivé. Son père a dû lui montrer son ancien insigne, et l'avis de disparition. Jen peut l'imaginer, maintenant. La conversation dans la chambre de Todd. Son fils, cachant l'insigne, le téléphone, l'affichette, de peur que sa mère ne les trouve.

Kelly a recommencé à travailler pour Joseph, mais dès qu'il a senti que celui-ci savait qu'il était le policier qui l'avait envoyé en prison, il a désespérément cherché à contacter Nicola pour lui demander de l'aide. Laquelle Nicola n'était pas, en fin de compte, une délinquante, mais une ancienne infiltrée. Une policière. Il a dû être pris entre le marteau et l'enclume.

Craignant pour sa vie, tout avouer à Nicola a dû lui sembler la moins pire des solutions.

En échange de son silence, et parce que Joseph risquait de les retrouver, Nicola a demandé un service à Kelly. Lequel ? Certainement qu'il transmette à la police des renseignements sur les activités criminelles en cours de Joseph. Elle s'est peut-être débrouillée pour assurer à Kelly une protection, ce qui explique que Jen ait vu des voitures de police aller et venir. Peut-être est-ce pour ça que les policiers sont arrivés aussi vite le soir du meurtre, bien avant l'ambulance. Ils attendaient d'intervenir, mais il était déjà trop tard. Trop tard.

C'est Joseph qui a dû agresser Nicola deux soirs avant que Todd commette son crime. La fameuse blessure par arme blanche avec intention de donner la mort dont Jen a entendu parler au commissariat. Joseph avait dû la griller. À sa sortie de prison, il avait sans doute surveillé chacun de ses contacts pour déceler le moindre signe de double jeu. Démasquer la policière qu'elle était a dû être plus facile, puisqu'elle n'était jamais partie. Voilà pourquoi Nicola avait l'air si différente au Wagamama's : elle n'était pas dans son rôle d'infiltrée.

En confondant Nicola, Joseph a remonté la piste jusqu'à Kelly.

Donc Joseph découvre le pot aux roses et vient trouver Kelly en pleine nuit, à la fin du mois d'octobre. N'était-il pas armé ? N'a-t-il pas voulu sortir une arme de sa poche ?

La police est arrivée presque immédiatement après le meurtre. Elle devait probablement savoir que quelque chose se tramait.

Ensuite, les policiers ont trahi Kelly : ils ont arrêté Todd. Alors même qu'il avait demandé de l'aide à Nicola. Pas étonnant qu'il ait été si furieux, au commissariat.

Et Todd, dans tout ça ? Eh bien, tout paraît si simple, maintenant que Jen sait. Il a voulu protéger son père. Dès qu'il a eu vent de l'agression de Nicola, il s'est acheté un couteau. En rentrant chez lui, il a reconnu Joseph, a vu qu'il était armé, a paniqué. Et il a fait la seule chose possible : il a protégé son père, à tout prix.

Ryan

Numéro 718, Welbeck Street.

C'est l'adresse que Joseph a indiquée à Ryan et Angela. Ils sont prêts. Angela fera le guet dehors, Ryan entrera. Et après, tout le reste de l'unité arrêtera Joseph, maintenant qu'Angela et Ryan sont en mesure de l'identifier. Il leur a fait confiance, moyennant quoi il y a assez d'éléments pour l'incriminer. Le SMS, les preuves collectées par Ryan et Angela… Cela suffira à démontrer qu'il dirigeait une organisation criminelle, à le mettre à l'ombre pendant des décennies.

La seule chose qui manque, c'est le bébé. Toujours introuvable.

Pendant qu'ils marchent, un autre SMS arrive.

> Va à l'adresse du SMS précédent et dis que tu viens pour faire la peinture/décoration. Quand tu arrives dans le bureau du patron, dis que c'est moi qui t'envoie. JJ.

Ryan se tourne vers Angela.

« C'est ça, dit-il. Voilà comment il chope les adresses des maisons vides. Ce bureau. On le tient. Putain, on le tient.

— Je sais, répond Angela, surexcitée. Je sais. »

Ryan et Angela marchent dans les rues pluvieuses de mars. Ryan pense à son frère et au vieux Sandy, aussi. Il se dit qu'il *a* plus ou moins changé le monde. Un peu. À sa façon, modestement.

Il contient une émotion qu'il n'arrive pas à nommer. Ils sont arrivés. Nicola s'éloigne de lui, totalement dans son personnage, et le laisse entrer. Dans un cabinet d'avocats, apparemment. L'endroit a l'air huppé.

Une femme est assise à la réception. Elle est jolie. Cheveux noirs en cascade, grands yeux.

« Vous avez besoin de refaire la peinture ou la décoration ? demande-t-il avec un grand sourire plein d'espoir.

— Quoi ? De la décoration ? Comme ça, au débotté ? » répond-elle avec un rire sec, ce qui lui tord le ventre.

Il ne s'y attendait pas. Il pensait qu'elle serait dans le coup. Il pensait qu'elle comprendrait le code.

« Euh, oui.

— Mais bien sûr ! On va immédiatement retirer tous les meubles et travailler pendant que vous referez la peinture.

— OK, c'est parti, réplique-t-il avec humour.

— Pas besoin, merci. Mais si un jour on a besoin de refaire la déco du jour au lendemain – vous êtes notre homme. »

Elle se replonge dans son écran d'ordinateur.

« Est-ce que je peux juste voir le patron ? demande-t-il.

— Qu'est-ce qui vous dit que ce n'est pas moi ?

— D'accord. C'est vous ?

— Non. »

Ils ne se quittent pas du regard pendant une seconde, puis éclatent de rire.

« Eh bien, enchanté, madame la non-patronne, dit-il.

— De même, monsieur le décorateur au débotté. » Elle lui sourit, comme s'ils se connaissaient, et s'écrie par-dessus son épaule : « Papa ? Il y a quelqu'un pour toi. » Elle jette un coup d'œil vers Ryan au moment où il entre dans le bureau paternel. « Je m'appelle Jen.

— Moi, c'est Kelly. »

J – 7 157

11 heures

Jen ouvre les yeux. Elle espère de tout cœur être en 2022. Pourtant, elle sait que ce n'est pas le cas.

Des hanches saillantes. Un vieux portable. Un très, très vieux lit… Mon Dieu, celui qui est bas, avec les côtés en bois. Elle pousse un soupir. Ce n'est pas encore terminé.

Elle se redresse et se frotte les yeux. Oui. Elle est dans son appartement, son premier appartement. Celui qu'elle a acheté au tout début de sa vie professionnelle. Elle avait laissé une provision de trois mille livres. Risible en 2022.

Il n'y a qu'une seule chambre. Jen se lève et, foulant la moquette marron usée, prend le couloir jusqu'au salon. Son aménagement léger rend l'appartement bohème : un rideau à fleurs sépare le salon de la cuisine et des coussins violets s'alignent contre un rebord de fenêtre pour cacher l'humidité. Elle est fascinée. Elle avait presque tout oublié.

La lumière du matin est filtrée par les fenêtres sales.

Elle regarde son portable, mais il n'indique pas la date. Elle allume la télévision, met les infos, puis la page de télétexte. Merde, c'est comme ça qu'on faisait pour connaître la date ? On est le 26 mars 2003, il est 11 heures du matin.

Un bond de six mois en arrière. Et le lendemain de sa rencontre avec Kelly. Le jour de leur premier rendez-vous officiel.

Elle jette un coup d'œil sur son téléphone, bien qu'elle puisse à peine s'en servir. Elle peut envoyer des SMS, passer des appels et jouer à *Snake*. Elle navigue jusqu'aux textos. Le dernier message de Kelly est là, à la fin d'un échange avec un homme enregistré dans ses contacts sous le nom de « Beau Peintre/Décorateur ? » L'homme dont elle ignorait qu'il deviendrait son mari. *Café Taco, 17 h 30 ? Après le boulot ? Bises*, a-t-il écrit. La typo du SMS est massive, désuète, et l'écran s'éclaire d'un vert fluorescent digne d'une calculatrice.

Sa réponse doit figurer dans une case distincte. En effet, les messages ne s'enchaînent pas. Une véritable antiquité.

Elle consulte les messages envoyés. *Allez*, avait-elle écrit, pour faire décontracté. Même si elle ne s'en souvient pas, elle est sûre qu'elle a dû y penser jour et nuit.

Il se fait tard. En ce temps-là, elle buvait à peu près autant qu'elle dormait – énormément. Elle a la gueule de bois. Elle ne sait plus ce qu'elle a fait le soir de sa rencontre avec Kelly, mais elle imagine qu'il y avait de l'alcool. Elle passe un doigt sur les surfaces de la cuisine – en faux marbre – et regarde ses objets : des manuels de droit, et beaucoup de livres de poche avec des femmes en talons hauts sur la couverture. Des bougies dans des bocaux ou enfoncées dans des goulots de bouteilles de vin. Deux pantalons de tailleur roulés en boule par terre, avec culottes et chaussettes encore à l'intérieur.

Elle prend une longue douche, intriguée par la saleté entre les carreaux. C'est drôle comme on s'habitue aux choses. Elle est certaine de n'y avoir jamais réfléchi quand elle vivait ici. Elle était accoutumée au moisi sur les rebords de fenêtre, au bruit constant à l'extérieur, à son budget plus que serré.

Elle ressort, serviette autour du corps, et se dirige vers son ordinateur. Une idée lui a traversé l'esprit dans les vapeurs parfumées de sa douche brûlante ; elle doit vérifier quelque chose.

Elle appuie sur le bouton mou de l'appareil et attend qu'il se mette en marche. Quand elle s'assoit, des gouttes d'eau tombent du bout de son nez sur la moquette.

Elle regarde l'écran s'allumer et réfléchit. À l'époque où elle était stagiaire, elle avait une très bonne copine, une certaine Alison. Elle se demande si c'est pour ça que ce pseudonyme lui est venu si facilement, il y a quelques semaines. Alison travaillait dans un cabinet d'avocats non loin de là. Elles se retrouvaient à chaque déjeuner. Alison critiquait beaucoup le métier. Par la suite, elle était devenue administratrice dans une société, tandis que Jen était restée à sa place, à faire divorcer des couples. Elles s'étaient perdues de vue, comme il arrive parfois quand une amitié ne tient qu'à un intérêt commun.

C'est tellement étrange de se retrouver ici. De savoir qu'elle pourrait appeler Alison, là, tout de suite, et prendre de ses nouvelles. Comme la vie est segmentée. Elle se fragmente facilement en amitiés, en adresses, en périodes qui paraissent éternelles mais ne durent pas. Porter des costumes. Trimballer partout un sac d'affaires de rechange. Tomber amoureuse.

Elle regarde Windows XP se charger sous ses yeux. Bon sang, on dirait une scène sortie d'un vieux film sur des pirates informatiques. Elle trouve difficilement Explorer. Son Internet est en bas débit, et elle doit se connecter. Finalement, elle va sur le site Ask Jeeves et tape « Bébé disparu, Liverpool ».

Et voilà. Eve Green. Emmenée à l'arrière d'une voiture volée deux mois plus tôt. C'est pour ça que la détective privée n'a pas pu la retrouver : la petite fille avait disparu vingt ans auparavant. Kelly était impliqué dans l'arrestation du réseau qui avait enlevé Eve, mais celle-ci n'avait jamais été retrouvée. Kelly a gardé l'avis de disparition. Il a dû le montrer à Todd au moment où il lui en a parlé. Ce qui explique que le portable prépayé, l'avis de disparition et l'insigne se soient retrouvés dans la chambre de Todd. Et Kelly en a discuté avec Nicola – du fait que le bébé n'a jamais été retrouvé.

Jen sent son ventre se nouer. Un bébé disparu. Depuis vingt ans.

Par la fenêtre, elle regarde Liverpool, brumeux dans le bas soleil hivernal, et essaie de comprendre. Son père est en vie. Sa meilleure copine est Alison. Plus tard, elle épousera Kelly, l'homme avec qui elle va avoir son premier rendez-vous le soir même et dont elle aura un enfant prénommé Todd.

Elle repense à la petite Eve, à Todd, à Kelly, au réseau criminel constitué de voyous et de flics infiltrés, parfois les deux en même temps. Mais plus que tout : elle cherche un moyen d'empêcher tout ça.

Le puzzle n'est pas encore entièrement reconstitué. À l'évidence, ce n'est pas fini. Elle est encore dans le lointain passé, elle a encore des choses à faire, à régler, à comprendre.

Cherchant un peu de légèreté, Jen s'approche du miroir et laisse tomber sa serviette, ne résistant pas à l'idée d'observer son corps de vingt-quatre ans. Bon Dieu, se dit-elle, vingt ans trop tard. Elle faisait une taille 38 ! Mais, comme tout le monde, elle n'a pas su en profiter tant qu'il était encore temps.

À 17 h 40, en retard juste ce qu'il faut, Kelly entre dans le café. Jen voit bien, maintenant qu'elle le connaît depuis vingt ans, qu'il est tendu. Il est habillé tout en jean, sombre sur clair, décontracté sans effort, comme il l'a toujours été, avec ses cheveux relevés sur le devant. Mais son regard est nerveux, comme celui d'une biche, et il s'essuie la main sur son jean avant de la rejoindre.

Elle se lève pour le saluer. Elle est si mince, si légère – on dirait qu'elle vient juste de sortir de l'eau. Elle se cogne moins contre les objets. Elle est tout simplement… moins volumineuse. Et si souple, avec ça, d'une telle énergie que la gueule de bois a disparu en quelques minutes, soignée par le café et le soleil.

Kelly se penche pour l'embrasser sur la joue. Il sent la sève. Cette odeur, cette odeur, cette odeur. Elle l'avait oubliée. Après-rasage, déodorant, lessive – quelque chose. Elle avait oublié son odeur et soudain elle est en 2003, dans un café, avec lui, l'homme dont elle tombe amoureuse.

Elle le regarde. Ses yeux jeunes rencontrent les siens, et elle se retrouve à devoir endiguer une vague de larmes. *On y arrive*, a-t-elle envie de dire. *Une fois. Dans un univers, on reste ensemble jusqu'en 2022, on fait encore l'amour, on a encore des rendez-vous amoureux. On a un merveilleux enfant, marrant et cérébral, qui s'appelle Todd.*

Mais d'abord, tu me mens.

Kelly ne dit rien en guise de salut. C'est tout lui. Elle comprend maintenant ce besoin d'être prudent. Parce qu'il est un menteur. Mais il l'épluche du regard et, malgré tout, Jen sent son ventre se retourner.

« Un café ?

— Avec plaisir. »

Elle tripote les sachets de sucre sur la table. Des édulcorants roses. Le menu propose du café, du thé, du thé à la menthe et de l'orangeade. Rien à voir avec les *macchiato* de 2022. La vitrine est éclairée par des guirlandes, alors qu'on est à la fin du mois de mars. Le reste est assez ordinaire. Des tables en Formica, du lino au sol. L'odeur de friture et de cigarettes, les bruits de la caisse. Des gens qui signent des reçus de paiement par carte bancaire. 2003 n'a pas l'élégance de 2022. Hormis les guirlandes illuminées, rien n'est là par simple souci de faire joli. Pas de cadres sur les murs, pas de plantes suspendues. Rien que ces tables et ces murs blancs, et lui.

Il fait la queue, son poids sur une seule hanche. Silhouette mince et visage insondable. Une énigme.

« Désolé », dit-il en rapportant deux tasses et soucoupes d'un autre âge. Il s'assoit face à elle et, plein d'audace, son futur mari touche du genou le sien, comme si c'était fortuit, mais sans le retirer. Son geste a exactement le même effet sur elle la deuxième fois, alors qu'elle sait très bien ce que cela fait de l'embrasser, de l'aimer, de baiser avec lui, de faire un enfant avec lui. Kelly n'a jamais manqué de l'exciter.

« Alors, qui est Jen ? » lui demande-t-il, phrase aussi chargée qu'un revolver.

Son genou est chaud, ses mains élégantes jouent avec les mêmes sachets de sucre qu'elle tripotait à l'instant. Il lui a toujours fait cet effet-là. En sa présence, elle n'a pas les idées claires.

Elle baisse les yeux vers la table. Il est infiltré. Il ne s'appelle pas Kelly. Pourquoi, en vingt ans, ne lui en parlera-t-il jamais ? C'est ça qu'elle n'arrive pas à comprendre. La réponse doit être là, quelque part, derrière ces guirlandes éclairées, mais elle ne l'a pas encore trouvée. Elle se demande si, le jour où elle la trouvera, la boucle temporelle s'arrêtera. Et sinon, ce qu'il faudra faire pour l'arrêter.

« Pas grand-chose à dire », répond-elle en regardant la rue, le monde de 2003.

Elle est aussi en train de penser à la vérité cinglante qu'elle essaie d'ignorer : si Jen et Kelly ne tombent pas amoureux, Todd n'existera pas.

« Qui est Kelly ? » ajoute-t-elle.

Lui revient alors, surgi de nulle part, le souvenir de cette citrouille qu'il lui a offerte, parce qu'elle la voulait. L'évier profond qu'il lui a déniché. Le peu de cas qu'il fera du reste du monde, à l'avenir. À la fois stimulant et un peu dangereux. Il l'émoustille. Ils étaient bien ensemble. Ils *sont* bien ensemble. Mais cette relation repose sur des mensonges. Un bord de falaise qui s'effrite.

Il laisse son sourire envahir son visage pendant qu'il la regarde. Il se mordille la lèvre.

« Kelly est un type plutôt ennuyeux qui a rendez-vous avec une femme plutôt séduisante.

— Plutôt séduisante. C'est tout.

— J'essaie de garder mon calme.

— C'est raté. »

Il lève les mains et rit.

« Pas faux. J'ai laissé mon calme à la porte du cabinet d'avocats.

— Ah, la peinture… C'était donc une ruse. »

Kelly se rembrunit.

« Non… Mais j'en ai plus rien à foutre de redécorer le cabinet d'avocats de ton père.

— Comment est-ce que tu t'es lancé là-dedans, alors ?

— Oh, j'ai toujours refusé de faire partie de l'élite », répond-il, et Jen se rappelle très bien cette phrase, l'effet qu'elle avait eu sur elle, elle qui faisait partie de l'élite. Elle avait trouvé ça séduisant. Aujourd'hui elle est désabusée, troublée. Elle ne sait pas où s'arrête Ryan et où commence Kelly. Si ce dont elle est tombée amoureuse correspond à la vraie personnalité de cet homme.

« Tu travailles dans quel domaine du droit ?

— Je suis stagiaire, donc je fais un peu de tout. Les corvées. »

Kelly hoche la tête, une seule fois.

« Les photocopies ?

— Les photocopies. Le thé. Les formulaires. »

Il boit son café en la regardant dans les yeux.

« Ça te plaît ?

— J'aime les gens. J'ai envie de les aider. »

Les yeux de Kelly s'éclairent.

« Moi aussi. » Quelque chose semble se modifier entre eux. « Ça me plaît, ajoute-t-il. Tu participes à la direction du cabinet ou… ?

— À peine. »

Jen se souvient avoir été, sur le moment, flattée par ces questions, par la capacité d'écoute de Kelly, rare chez les jeunes hommes. À présent, elle voit les choses d'un autre œil.

Kelly croise les chevilles. Il détache son genou, ce qui donne à Jen l'impression d'un manque, en dépit de tout.

« Tant mieux », répond-il doucement.

Elle le regarde. Il y a des étincelles entre eux, comme des escarbilles qui jaillissent d'un feu qu'eux seuls peuvent voir.

« Le boulot respectable, la grande maison et tout le tralala, très peu pour moi », reprend Kelly.

Elle baisse les yeux et sourit. Ça ressemble tellement à son mari, cette phrase – la posture, l'assurance, la tension –, qu'elle se sent basculer. Et pendant le plus clair de leur vie commune, ils ont été pauvres mais heureux.

« Parle-moi du dossier le plus intéressant sur lequel tu travailles », dit-il.

Ça aussi, elle s'en souvient. Elle lui avait décrit les tenants et les aboutissants d'un divorce. Il l'avait longuement écoutée, avec un intérêt sincère. Du moins le pensait-elle.

« Oh, non, je ne vais pas t'ennuyer avec ça.

— D'accord. Alors dis-moi où tu as envie d'être dans dix ans. »

Elle le regarde, fascinée. *Avec toi*, se dit-elle tout simplement. *Le Kelly d'avant.*

Mais n'a-t-il pas toujours été – mon Dieu, qu'est-ce qu'elle croit ? – n'a-t-il pas toujours été un bon mari pour elle ? Loyal, réglo, sexy, drôle, attentionné. *Bien sûr.*

Le genou est de nouveau là. Kelly remonte le pied et son genou touche celui de Jen, dont le bas-ventre s'embrase aussitôt, comme une allumette au premier contact avec la boîte.

Tandis que le jour devient plus sombre, la pluie plus forte et les vitres du café plus embuées, ils parlent de tout et de rien. Des médias. Ils évoquent brièvement l'enfance de Kelly – « fils unique, mes deux parents morts, il n'y a plus que moi et mon pinceau » – et l'endroit où habite Jen. Ils parlent de leurs animaux préférés – lui, ce sont les loutres – et de leur foi, ou non, dans le mariage.

Ils discutent politique, religion, les chats, les chiens. Lui est un lève-tôt, elle un oiseau de nuit.

« Les plus belles choses arrivent la nuit, dit-elle.

— La plus belle chose du monde, c'est un café à 6 heures du matin. Et je n'accepterai aucune contestation.

— 6 heures du matin ? Mais c'est le milieu de la nuit.

— Fais une nuit blanche, alors. Avec moi. »

Ils se rapprochent de plus en plus, autant que la table le leur permet. Elle lui dit qu'elle a envie d'avoir un gros chat qui s'appelle Henri VIII. Kelly, ignorant qu'ils en auront un, rit tellement qu'il fait trembler la table.

« Et son héritier, comment il s'appellera ? Henri IX ? »

Ils parlent de leurs lieux de vacances préférés – les Cornouailles pour Kelly, qui déteste l'avion – et de leur dernier repas du condamné – l'un et l'autre demanderaient un plat chinois à emporter.

« Oui, enfin, dit-il aux alentours de 22 heures. Une enfance difficile, j'imagine. Je veux offrir mieux à mes enfants.

— Tiens ? Des enfants ? »

Voilà. Une strate de Kelly dont Jen sait qu'elle est authentique.

« Eh bien… oui ? répond-il. Disons… histoire d'élever la prochaine génération, quoi. De lui enseigner ce que nos parents ne nous ont pas enseigné…

— Eh bien, je suis contente qu'on ait sauté la partie pluie et beau temps.

— J'aime les grandes discussions.

— Hier, tu es vraiment entré comme ça ? Pour tenter ta chance ? Trouver du boulot ? »

Elle veut comprendre, tout comprendre de leur récit fondateur. Il était allé voir son père, puis était ressorti seulement cinq minutes plus tard.

« Non. Tu sais…, répond-il, l'air d'attendre d'elle quelque chose. Ton père et moi, on a une connaissance commune. Joseph Jones ? Tu l'as peut-être déjà croisé. »

Une bombe explose quelque part, ou du moins c'est l'effet que ça fait. Son père connaissait donc Joseph Jones ? Pour Jen, le monde s'arrête une fraction de seconde.

« Non, répond-elle tout bas. Papa travaille avec tout le monde. »

C'est comme si elle avait fait éclater un ballon de baudruche. Les épaules de Kelly s'affaissent, peut-être de soulagement. Il veut lui prendre la main. Elle le laisse faire. Pourtant, son cerveau tourne à plein régime. Son *père* connaissait Joseph Jones ? Alors quoi ? Son père est… Qu'est-ce qu'il est ? Si Jen était un personnage de bande dessinée, une bulle de points d'interrogation apparaîtrait au-dessus de sa tête.

Les doigts de Kelly pianotent sur son poignet.

« On s'en va ? »

Ils sortent et retrouvent la pluie du mois de mars. Les rues sont arrosées, les lumières se reflètent, le trottoir est d'or mouillé. Devant le café, Kelly attire Jen contre lui et, posant une main sur le bas de son dos, approche ses lèvres.

Cette fois, elle ne l'embrasse pas. Elle ne lui demande pas de la ramener chez elle, où ils passeront la nuit au lit, à discuter.

Au lieu de ça, elle prend congé. Kelly plisse le front, déçu.

Il repart dans la rue et, sans se retourner, lui envoie un salut de la main, car il sait qu'elle le regarde.

Elle reste là, toute seule, comme elle l'a fait mille fois depuis que cette histoire a commencé. Elle croise les bras en se demandant comment sauver son fils, en se disant aussi que personne ne la sauvera, elle. Personne, pas même son père, et encore moins son mari.

Ryan

Il est dans la mouise.

Ryan est debout dans la chambre de Jen. C'est le matin, très tôt. Elle dort, et ses cheveux s'étalent sur l'oreiller comme ceux d'une sirène. C'est la deuxième nuit d'affilée qu'il passe avec elle. Il n'est pas rentré chez lui, dans son petit meublé, depuis leur rendez-vous au café, l'avant-veille.

Il n'a aucune envie de repartir.

Et c'est là tout le problème.

Joseph lui a envoyé un SMS pour lui demander comment ça s'est passé. Joseph finira bien par apprendre qu'il est rentré avec Jen. Ryan réfléchit, essaie de trouver une solution. Limiter la casse : tel est son objectif.

« Tu ne plaisantais pas quand tu disais que tu étais du matin », marmonne Jen en se retournant.

Elle est nue. Ses seins se dévoilent, elle les cache sous la couette.

« Désolé », répond Ryan d'une voix rauque.

Il enquête sur le père de cette femme. Elle croit qu'il s'appelle Kelly. *Ça ne pourra jamais, jamais marcher.*

Elle ouvre les yeux et leurs regards se croisent. Elle se redresse sur le lit et esquisse lentement un sourire ravi, comme si elle n'en revenait pas qu'il soit là.

« Ne pars pas », lui lance-t-elle, sans ambages.

Elle nue, lui habillé.

« Je… »

Ça ne pourra jamais, jamais marcher.

« Reste ici avec moi. »

Elle soulève un coin de la couette pour l'inviter à se recoucher.

Il faut que ça marche.

« Je ferais mieux d'y aller…

— Kelly… »

Il adore l'entendre prononcer ce nom. Quelque chose de vieux et de neuf à la fois.

« La vie est trop longue pour la passer à travailler. »

La vie est trop longue. Tellement spirituel. Il se prend la tête entre les mains et se redresse, comme un forcené. Il aime cette fille. Il l'aime, bordel.

La vie est trop longue pour la passer à travailler.

Elle a raison.

Elle a foutrement raison. En moins d'une minute, il se déshabille et se retrouve de nouveau au lit avec elle.

« Tu aimes le matin, maintenant ? demande-t-il.

— J'aime le matin avec toi. »

Pour la troisième fois de suite, Ryan n'a pas fermé l'œil de la nuit. Il est enfin de retour chez lui, dans son petit meublé. Aujourd'hui, il s'est arraché à elle juste avant minuit, feignant la fatigue, puis il est rentré ici et a passé la nuit dans la cuisine, assis à sa table en médium, à boire café sur café.

Il ne pense qu'à Jen. À elle – et à ce qu'il va faire d'elle. *On couche avec l'ennemi, je vois ?* lui a envoyé

Joseph tout à l'heure. Un SMS grossier et réducteur, qui passe à côté de l'essentiel, qui en fait une simple histoire de fesses. Ryan a longuement regardé le message avant d'y répondre.

À 0 h 59, il a pris sa décision. Il avait oublié le changement d'heure. À 1 heure du matin, il était donc 2 heures, et il a décidé.

Quitter la police ou perdre Jen.

Pour finir, a-t-il pensé dans son petit meublé merdique, avec sa fausse carte d'identité sur la table, il n'y a jamais eu de vraie décision à prendre.

Il attend sous le lampadaire au coin de Cross Street, sautillant d'un pied sur l'autre, et se dit qu'il n'a pas le choix. Il est gelé, et ses mains tremblent sous l'effet de l'adrénaline.

Ryan est amoureux.

Ryan ne veut plus changer le monde. Ryan veut être avec Jen. Jen, dont le père est complice du réseau criminel sur lequel il enquête.

Jen, qui pense qu'il s'appelle Kelly, que ses deux parents sont morts et qu'il a quitté l'école à seize ans.

Jen, dont les yeux brillent comme si elle pleurait et riait en même temps.

Jen, qui lui a dit, lors de leur premier rendez-vous, qu'elle trouvait les loutres connes, qu'elle voulait des enfants, qu'elle désirait simplement aider les gens. Jen, dont le corps épouse le sien comme s'il avait toujours été là, comme s'il faisait partie de lui. Jen, qui prétend qu'elle mange trop, qui embrasse comme si elle avait été inventée pour l'embrasser.

Et son foutu père. Il fournit régulièrement à Joseph Jones une liste de propriétés vides dont ce dernier se sert pour envoyer ses petits soldats voler les voitures.

Ayant travaillé sur des contrats de multipropriété, il a gardé le registre des créneaux attribués à telle ou telle personne. C'est comme ça qu'il savait quand les propriétaires auraient toutes les chances d'être absents et laisseraient leur résidence principale inoccupée. Un délit d'une simplicité enfantine, né des renseignements quotidiens auxquels ont accès les avocats.

Et maintenant. Ryan passe les deux mains dans ses cheveux et regarde le ciel. Il voudrait hurler, mais il ne peut pas.

L'homme apparaît. L'associé d'un associé d'un associé. En espérant qu'il soit suffisamment éloigné de Joseph, mais on ne sait jamais.

L'inconnu est trapu, petit, partiellement chauve.

« Le fric », dit-il.

Ryan est peut-être de retour dans Cross Street, mais pour une autre raison, cette fois. Il donne l'argent à l'inconnu.

L'homme compte les billets puis, avec un sourire carnassier, lui tend une petite enveloppe froissée qu'il a sortie de la poche arrière de son jean. Ryan prend l'enveloppe et s'en va, mû par la seule panique. Pas un regard en arrière.

Ryan s'introduit dans le cabinet d'avocats à un moment où il sait que Jen n'y sera pas. Kenneth est là, dans son bureau. Voyant Kelly, il lève des yeux surpris.

« J'ai quelque chose à vous dire et vous allez devoir m'écouter. »

Kenneth déglutit lourdement, une fois. Il ressemble à Jen. Les pommettes bien dessinées.

« Ça ne sort pas de cette pièce, ajoute Ryan.

— Très bien. »

D'une main tremblante, Kenneth pose le contrat qu'il était en train de lire et reporte toute son attention sur Ryan. Celui-ci se penche par-dessus le bureau pour lui serrer la main. Sa poigne est ferme et sèche.

« Je suis dans la police. L'arrestation de Joseph n'est plus qu'une question de jours. Il fait partie d'un réseau criminel beaucoup plus vaste mais il est très haut placé, comme vous le savez certainement.

— Non… Je…

— Si vous le mettez au parfum, je vous fais coffrer. »

Ryan n'a jamais parlé comme ça, mais nécessité fait loi. Il doit faire tout son possible pour se sortir de ce bourbier.

Kenneth le regarde.

« Qu'est-ce que vous voulez ?

— Dites-moi comment vous vous êtes retrouvé là-dedans.

— Kelly, je… je n'ai jamais… Ça a commencé tout bêtement.

— Comment ? insiste Ryan en croisant les bras.

— Je n'arrivais plus à payer les factures. Littéralement. On allait mettre la clé sous la porte. J'avais défendu Joseph des années plus tôt, au civil, dans une histoire de fraude. Le jour où il est venu régler mes honoraires, il a vu les factures en retard. Il m'a dit qu'il pouvait m'aider. On a tout concocté ensemble. Je travaillerais sur l'achat et la vente de propriétés à temps partagé pour les clients et je garderais la liste de répartition des semaines entre les uns et les autres. Ensuite, je ferais un calendrier indiquant les jours où chacun serait présent dans les propriétés, donc loin de chez lui. Ç'a presque toujours fonctionné. La plupart de ces gens possédaient deux voitures.

Donc ils en laissaient une chez eux, en général la sportive, qui coûtait une fortune. Il était très rare qu'ils renoncent à leur créneau de propriété ou qu'ils le donnent à quelqu'un d'autre. S'ils le faisaient, on laissait tomber. Je prenais une commission de dix pour cent sur la valeur de la voiture.

— À cause de vous, un bébé a été enlevé.

— Je n'étais pas... Je ne savais pas qu'ils s'en prendraient aussi à la maison d'à côté.

— Vous avez allègrement profité de ces crimes.

— Pour payer les factures.

— Jen est au courant ?

— Mon Dieu, non. »

Ryan le croit sincère.

« Elle ne doit jamais savoir, dit-il. Elle ne doit jamais connaître votre rôle.

— Non. Entendu, répond sèchement Kenneth.

— Ni le mien, d'ailleurs. Je veux... je veux vivre avec elle. »

Kenneth cligne des yeux, étonné, et Ryan attend. Il a un atout dans sa manche.

« Si vous jouez le jeu, je vous sors de là.

— D'accord, murmure Kenneth. D'accord. Comment est-ce que je...

— Débarrassez-vous de votre comptabilité. Brûlez-la, noyez-la. Ce que vous voudrez.

— Je... Très bien.

— Un seul mot, et c'est fini.

— D'accord.

— Parfait.

— Avant que vous vous mettiez avec ma fille, répond Kenneth, sortant son propre atout. Parlez-moi de vous. Du vrai vous. Et dites-moi pourquoi vous voulez vous mettre avec Jen. Sinon, je serais ravi de tout balancer et de couler. Pour son bien. »

« Ce n'est pas pour moi, c'est tout », dit Ryan dans le bureau de Leo, un endroit qu'il n'a vu que de rares fois, toujours fourré qu'il est dans son cagibi.

La pièce est scandaleusement grande, en fait. Il y a de la place pour deux.

« Les mensonges, poursuit-il, les tromperies. La police en général. J'ai détesté les interventions d'urgence, et je déteste aussi ça. »

Sa voix flanche, parce que ce n'est pas vrai du tout. C'est le plus gros mensonge qu'il ait prononcé depuis qu'il a menti à Jen sur son nom. Son nom et sa carrière, si nouveaux pour lui, lui semblent déjà inextricablement liés. Et sa véritable identité, un vieux souvenir. S'il disait la vérité à Leo, comment réagirait-il ? Mais non, il ne peut pas prendre ce risque. La police ne l'autoriserait pas à vivre en tant que Kelly. C'est une identité créée de toutes pièces pour introduire Ryan dans le monde de la criminalité. Ces fausses identités sont détruites à peine la mission accomplie. Garder celle-là, ce serait exposer l'institution aux poursuites judiciaires, aux accusations en tout genre et à la vindicte des criminels eux-mêmes.

Ils l'obligeraient à tout avouer. À ses dépens, et tant pis pour Jen.

Il n'a pas le choix. Il doit quitter la police. Il doit le faire avant que Jen découvre le pot aux roses. Elle est devenue plus importante que lui. C'est sans doute ça qu'on appelle l'amour. Il a toujours su qu'un jour il tomberait raide dingue – ça lui ressemble, n'est-ce pas ? Simplement, il ne pensait pas que ça arriverait sous cette forme. Il doit rester Kelly.

Il regarde son mentor, son ami, et grimace face aux mensonges qu'il débite.

« Je dois dire que je suis vraiment déçu, répond Leo avec sincérité.

— Je sais. Merci. »

Ryan hésite une fraction de seconde et se demande s'il ne commet pas une erreur. Mais c'est soit la police, soit Jen. Sa détermination se cristallise comme de l'argile durcie. Il n'y a pas photo.

« Bon, d'accord, mais… »

Leo s'interrompt, et Ryan pense qu'il va poursuivre. Mais il se ravise, peut-être, car il se contente de le regarder et de dire :

« OK. J'ai compris. Tu pars dès aujourd'hui – il le faut bien, pour les affaires en cours.

— Je sais.

— Je suis désolé que ça n'ait pas marché, Ryan.

— Moi aussi.

— Tu sais un peu ce que tu vas faire ? »

Ryan regarde fixement le bureau impeccable de Leo. La question suffit à lui arracher un sourire ironique. Il se dit qu'il va devoir devenir peintre-décorateur, comme il a prétendu l'être.

« Non… Je trouverai bien quelque chose.

— Tu viendras quand même déposer tes preuves ? Ton travail a été… exceptionnel. »

Ryan jette un coup d'œil vers lui. Il sent bien que son regard est froid.

« Je sais, reprend Leo. Je sais qu'on n'a pas retrouvé Eve.

— Oui. »

Ça lui fait mal. Peut-être que s'il n'avait pas rencontré Jen. Peut-être que ça ne se serait pas passé comme ça. Peut-être qu'il aurait pu rester plus longtemps. Mais il ne reviendra plus sur sa décision. Maintenant qu'il l'a rencontrée. Il est foutu, à jamais. Et heureux de l'être.

« La fille du cabinet d'avocats, dit-il. Je suis certain qu'elle ne sait rien. Et le père… Entre nous, c'est un pauvre crétin.

— Ah oui ?

— Concentrez-vous sur Joseph. Je ne suis même pas sûr que le père ait compris pourquoi il transmettait les adresses, ment Ryan.

— Tes preuves seront utiles…

— Je le ferai, à condition que vous lâchiez le père. Uniquement Joseph. Et les autres petits soldats.

— J'en parlerai à ma hiérarchie », répond lentement Leo.

Il a l'air de comprendre que Ryan négocie, même s'il ne sait pas pourquoi.

« D'accord. »

Un problème de réglé. Il s'en tirera peut-être sans encombre. Tout ce qu'il lui reste à faire, désormais, c'est devenir quelqu'un d'autre.

« Mais attends, on va attraper le chef, quand même. Il en prendra pour vingt ans.

— Oui. Enfin…, dit Ryan sur un ton triste. Bizarrement, je me dis que ça ne vaut même plus le coup. Tant qu'il n'y a pas le bébé.

— Je comprends », répond aimablement Leo.

Ces choses-là doivent arriver tout le temps, surtout dans les infiltrations. Il tend la main, et Ryan lui rend toute sa légende. Le passeport et le permis de conduire que la police lui a remis, établis au nom de Kelly. Disparus.

« Tu sais, Ry, si c'était à refaire, je ne suis pas sûr de le refaire », dit Leo en prenant les documents.

Ryan est intrigué.

« Vraiment ?

— Oui… Franchement, c'est pas une vie. Quelle différence, au fond, entre faire semblant d'être un voyou et en être un ? »

Ryan ne répond pas à sa question rhétorique. Il se contente de regarder son supérieur qui, au bout de quelques secondes, lui indique la porte.

« Adieu », lui dit Leo quand il s'en va.

Ryan a toujours voulu changer le monde, mais tout ça n'a plus d'importance. Il est amer, peut-être, néanmoins il a soudain l'impression d'être broyé par un système dans lequel il s'est précipité sans réfléchir. À compter de ce jour, il jure de se foutre de ce que les autres pensent de lui : la société, les employeurs – tout le monde. Il ne laissera personne le connaître. Seule Jen aura accès à lui.

Il regagne son cagibi pour lui faire ses adieux. Il laisse la plupart de ses affaires sur place et ne repart qu'avec les talismans dont il ne peut se séparer. Son insigne et l'avis de disparition du bébé. Trop précieux pour être perdus.

Il les gardera avec lui jusqu'à la fin de ses jours. Quelle que soit son identité.

En partant, il repense à l'enveloppe en kraft posée sous le siège passager de sa voiture et qui contient une nouvelle fausse carte d'identité, achetée à un malfrat la veille au soir. Il n'a plus le choix : il doit devenir Kelly. Toute autre option le trahirait. Joseph sait qu'il en pince pour Jen. Il ne pourra pas vivre avec elle sans devenir un autre. Il n'y a pas de retour en arrière possible : il s'est glissé dans la peau de Kelly, petit délinquant professionnel, et il doit l'assumer jusqu'au bout.

Kelly Brotherhood : c'est le nom qu'il s'est choisi quand il a décidé de s'infiltrer en tant que Kelly, le criminel.

Brotherhood. En hommage au vrai Kelly.

Il repense à ce que Leo disait des chefs des réseaux criminels. Ils passent toujours sous les radars. Ils ne voyagent pas. Ils ne paient pas d'impôts.

Alors il ne partira pas à l'étranger, ne passera pas les contrôles de sécurité des aéroports, ne devra jamais se faire arrêter sur la route. Mais il pourra vivre. Aimer. Se marier.

Il l'annonce à sa mère, en larmes. Puis il explique à deux ou trois associés de Joseph qu'il les rappellera quand il sera de retour dans la partie, mais qu'avec l'arrestation de Joseph il va devoir rester discret quelque temps. Après tout ça, il se fait tatouer. Sa peau le démange et le brûle à mesure que l'aiguille la marque à jamais. Son poignet porte la trace indélébile de sa décision, prise à la hâte en pleine nuit, au moment où les pendules avançaient d'une heure, mais dont il sait qu'il ne la regrettera jamais. Le jour où il est tombé amoureux d'elle, et le jour où il est devenu lui-même.

J – 7 158

12 heures

C'est le jour où Jen rencontre Kelly. Elle s'est toujours souvenue de cette date, quand le bel inconnu est entré dans l'immeuble du cabinet d'avocats. Mais aujourd'hui, assise à son bureau où elle travaille devant un énorme ordinateur modèle 2003, elle attend de le rencontrer pour la première fois.

Ce mois de mars est encore présent. Les sorties et les rires partagés. Elle ressentira toujours ça – quoi qu'il arrive. Quelle que soit l'identité de cet homme. Quelles que soient les raisons de sa trahison, de ses secrets, de ses mensonges.

Travailler à la réception du cabinet d'avocats de son père ne lui a jamais plu – les gens la prenaient toujours pour une secrétaire –, mais aujourd'hui elle apprécie son poste d'observation. La vitrine. La grande rue dehors, le ciel triste de ce mois de mars. Le silence qui règne dans ce hall défraîchi, immense, où elle est toute seule.

« Jen », dit son père en entrant.

Elle se tourne vers lui. Il a quarante-cinq ans. Bien charpenté. Massif, heureux, en forme. Pour elle, c'est insupportable. Sa jeunesse et sa trahison. Son lien avec Joseph. Quand elle est allée le voir en 2021, quand elle a mangé le pain à l'ail avec lui – il devait savoir… Il devait savoir ce que Kelly mijotait. Non ?

« Il faut qu'on dépose la demande de résolution rapide avant 16 heures, dit-il.

— Oui, bien sûr », répond-elle sans savoir du tout de quoi il parle.

Pendant qu'elle fait semblant de taper sur son clavier et de cliquer sur cet énorme ordinateur antédiluvien, elle aperçoit du mouvement dehors.

Le voilà. C'est Kelly. Il essaie de passer inaperçu. Mais, parce qu'elle le connaît, elle le voit. Il sort du lot.

Et il est en train de la regarder. En faisant mine du contraire. Il a un sweat à capuche et la même veste en jean qu'il portera demain à leur rendez-vous. Ces cheveux…

« Jen ? insiste son père. La demande de résolution rapide ? »

Mais Kelly entre. Il passe la tête par la porte entrouverte. Un courant d'air s'engouffre. Ils n'ont jamais aimé laisser la porte fermée, pour ne pas décourager les clients.

« Bonjour », dit Kelly. Son mari, qui ne sait pas encore comment elle s'appelle. Et dont elle ne connaît pas encore les motivations. « Je me demandais si ça vous intéressait, quelques travaux de peinture et de décoration. »

Ils rentrent à pied de leur déjeuner au pub. Un parapluie pour deux. Kelly lui a effleuré l'épaule plusieurs fois.

« On est très en retard, dit Jen en riant.

— Je suis une mauvaise influence. »

Le hall de réception est silencieux. On n'entend que le ronronnement de l'ordinateur de Jen et, quelque part dans le bâtiment, son père au téléphone.

« Un thé ? » demande-t-elle à Kelly.

Il ne s'y attendait pas, mais il hoche la tête.

« Avec plaisir. »

Elle disparaît dans la minuscule cuisine qui jouxte la réception. Cette fois, elle attend et regarde Kelly. Et c'est là qu'il passe à l'action. Elle sait qu'il va le faire, mais ça ne l'empêche pas d'avoir le cœur brisé. Lentement, il se met à fouiller son bureau. Il est doué. Tête baissée. Presque sans bouger les mains, seuls ses doigts qui s'agitent délicatement. Sauf à observer ses moindres gestes, on n'y verrait que du feu.

Jen le laisse faire. Elle se contente de l'épier et de prendre tout son temps avec le thé. Kelly ouvre lentement un tiroir et – mon Dieu. Toutes ces années en arrière, il faisait ça. Elle sent son cœur qui bat fort.

Il sort du tiroir une feuille de papier, jette un coup d'œil dessus et la remet aussitôt à sa place.

Au moment où Jen se dit qu'elle a mis beaucoup trop de temps à préparer le thé, son père arrive. Il adresse un hochement de tête à Kelly. Jen s'arrête dans son élan et les écoute.

« Merci pour la liste de la dernière fois, dit Kelly à voix basse. Je me demandais… Sur cet emploi du temps, là, c'est un huit ou un six ?

— Ah », fait son père, très courtois, aucunement surpris. Il tapote en vain sa veste pour retrouver ses lunettes. « C'est un six.

— D'accord. Merci. »

Kelly étudie la feuille de papier.

Jen déglutit. Les contrats de multipropriété que son père faisait mine d'avoir oubliés. Son père, complice d'une organisation criminelle. Son mari qui enquête.

C'était donc son père, le pourri. Jen sent le monde basculer, tourner. Son père. Un avocat véreux.

Et c'était Kelly qui enquêtait sur lui. Toutes ces questions qu'il lui a posées lors de leur premier rendez-vous. Son ardeur, partie intégrante de leur récit fondateur, de leur coup de foudre.

Sauf que non.

« C'était quoi ? »

Jen est allée déposer des documents dans un autre cabinet d'avocats pour se détendre un peu et réfléchir. La voici de retour, prête à cuisiner son père tant qu'elle en a la possibilité.

« Rien.

— Non, c'était quoi, sur la feuille de papier, tout à l'heure ? C'étaient des adresses ? »

Il fuit son regard.

« Des adresses de maisons inoccupées ? insiste-t-elle.

— C'est un petit projet en parallèle. »

Ses yeux se perdent ailleurs. Mais il n'est pas idiot. Il sent bien ce qui va arriver. Il marche jusqu'à la fenêtre, baisse le store, puis passe à côté d'elle pour fermer la porte.

« Quel projet ? dit Jen. Vendre des données ? À des… criminels ? Ne me mens pas. Si tu ne me réponds pas, je demanderai à Kelly. »

Son père interrompt son inspection d'un meuble classeur pour se tourner vers elle.

« Je… je doute que Kelly te le dise », finit-il par lâcher.

Elle s'assoit sur une chaise, dans un coin.

« On n'arrivait plus à payer le loyer, bredouille son père. Je me suis dit… Ce n'étaient que des renseignements. Comme les gens qui t'incitent à porter plainte pour un coup du lapin.

— Mais là, ce ne sont pas des plaintes pour un coup du lapin.

— Non.

— Je croyais qu'on ne pouvait pas faire plus intègre que toi.

— J'étais intègre.

— Mais… jusqu'à…

— L'argent, Jen. » La puissance de cette phrase le fait très légèrement pivoter sur son siège. « C'était une mauvaise idée. Mais quand tu travailles avec quelqu'un comme ça… Tu ne peux plus t'en dépêtrer. Je le regrette tous les jours.

— J'espère bien. »

Son père la regarde. Cette conversation est un calvaire pour lui. Le plus curieux, peut-être, quand on voyage dans le passé, c'est la métamorphose des gens. Kelly passant de la gravité en 2022 à la légèreté et la naïveté en 2003. Son père passant du refoulement à la franchise.

« Tu te rappelles, avant que tu commences ici ? Tu te rappelles qu'on n'arrivait plus à payer le loyer ? On avait mis en place un étalement des versements. Tu avais même préparé le document, alors que tu étais encore à l'université. »

Son tout premier contrat. Bien sûr qu'elle s'en souvient.

« Oui.

— Eh bien, après ça, un ancien client s'est présenté. Et… Jen, il m'a fait une offre que je ne pouvais pas refuser. Pendant des années, donner ces noms et ces adresses, c'est ce qui nous a permis de tenir le coup. De payer la fin de tes études. Et ta formation actuelle.

— Des gens qui se font voler leurs voitures.

— Comment l'as-tu découvert ?

— Peu importe. »

En voyant son père et en comprenant qu'elle ne pourra jamais oublier, elle regrette presque de l'avoir découvert. Mais découvrir que Kelly a percé ce noir secret au cœur même de sa famille et qu'il ne lui en a jamais parlé… C'est un acte de bonté. Kelly ne lui a rien révélé de son identité et de sa transformation.

Parce qu'il l'aime. Et parce qu'un beau jour de 2003, il est entré dans le cabinet d'avocats, est tombé raide amoureux d'elle et n'a plus jamais voulu regarder en arrière.

J – 7 230

8 heures

Quand elle se réveille, Jen est de nouveau dans l'appartement. Devant la fenêtre à guillotine et les coussins violets au-dessous, elle est éblouie. Elle se protège les yeux avec son bras.

Elle est ici.

Elle se retourne sur son lit simple. Toujours dans le passé.

Il l'a fait par amour pour elle.

Il lui a menti pendant vingt ans.

Que pouvait-il faire d'autre ?

Il n'est pas celui qu'il dit être.

Il a renoncé à tout. Pour elle.

Il ne lui a jamais dit que son père était corrompu.

Pourquoi est-elle ici ? Elle sort de sa chambre et entre dans la kitchenette inondée de soleil en ce petit matin de janvier. Elle n'a pas encore rencontré Kelly. Son numéro de téléphone ne figure pas encore dans son portable.

Il est infiltré. Il enquête sur son père. Voilà pourquoi il ne lui en parlera jamais.

Voilà pourquoi il essaiera de la dissuader, plus tard, de fourrer son nez là-dedans.

Voilà pourquoi Joseph se présentera au cabinet d'avocats : pour retrouver Kelly, pour remettre le couvert – et voir lequel de ses anciens comparses n'est peut-être pas celui qu'il prétend être. Voilà pourquoi Kelly affirmera, en 2022, qu'elle est en danger, qu'elle doit arrêter de chercher : Joseph partait du principe qu'elle connaissait les agissements de son père. Il le lui a dit le jour où ils se sont vus, en prison.

Elle s'approche de la fenêtre à guillotine qui donne sur les rues déjà bondées, pleines d'employés en costume. Son futur mari est là, quelque part, en train de travailler comme policier. Il ne l'a pas encore rencontrée.

Elle se détourne du soleil. Le 12 janvier.

La date qu'elle a vue en cherchant sur son ordinateur, après sa douche.

C'est le jour de la disparition d'Eve.

C'est ce soir qu'elle se fera enlever.

Jen prend le bus jusqu'au commissariat de Merseyside, à Birkenhead.

De l'extérieur, l'endroit ressemble en tout point au commissariat de Crosby. Un bâtiment des années 1960. Une porte à tambour lui permet d'entrer dans un hall lumineux. Plus grand que celui de Crosby, mais tout aussi ringard, avec les mêmes chaises vissées les unes aux autres. Elle se rappelle qu'elle s'y est assise le tout premier soir, toutes ces semaines en arrière mais des années plus tard, avec Kelly qui bouillait de colère.

Elle se dit que c'est facile de disparaître. On démissionne de la police et on part en camping-car avec la femme qu'on aime. On refait sa vie loin de Liverpool. On ne voyage pas. On se marie grâce à un faux passeport que personne ne vérifie jamais. Des milliers de gens doivent faire la même chose, pour des raisons à la fois plus respectables et moins respectables que celles de Kelly. À Crosby, Jen n'a jamais croisé quelqu'un qu'elle connaissait de son enfance. Elle se demande s'il est déjà arrivé à Kelly de frôler la catastrophe. Le monde est vaste.

Une réceptionniste aux sourcils épilés et à l'intérieur de l'œil souligné au crayon, comme ça se faisait en 2003, est en train de taper sur le clavier d'un énorme ordinateur.

« Il faut que je parle à un policier, dit Jen. Il s'appelle Ryan ou Kelly.

— Pourquoi ?

— J'ai un tuyau. Au sujet du réseau criminel qu'il a infiltré. »

À ce moment-là, un homme ouvre la porte. Il est vieux, cinquante ans peut-être, avec des tempes grisonnantes.

Son visage laisse voir de la surprise.

« Kelly ? lui demande-t-il.

— Il faut que je parle à Kelly. Je sais qu'il est infiltré.

— Vous feriez mieux d'entrer. » Il lui tend la main. « Je m'appelle Leo. »

Kelly est assis face à Jen dans une salle d'interrogatoire et il ne sait pas qui elle est. C'est fou, mais c'est la vérité. Dans son esprit, ils ne se sont jamais rencontrés.

« Écoutez, explique patiemment Jen. Je ne peux pas vous dire comment je le sais. Mais la maison qu'ils veulent cambrioler ce soir… Ils comptent repartir avec deux voitures. »

Elle donne l'adresse d'Eve Green, qu'elle a cherchée sur son propre ordinateur la veille. Leo et Kelly la notent.

C'est la même adresse – à un chiffre près – que celle qui figure sur la feuille de papier de son père. Le 125, Greenwood Avenue.

« Merci », dit Kelly, très professionnel. Ses yeux bleus s'attardent sur elle. « Aucun détail sur la provenance de ce renseignement ? »

Jen croise son regard.

« Désolée. Je ne peux pas vous le dire.

— Très bien, je comprends. Bon, fait-il en la congédiant comme une inconnue. On ira vérifier ça. »

Un sourire figé, prudent.

Elle le regarde en se demandant où est le point de jonction entre lui – ce Ryan – et son Kelly. S'il est devenu ce dernier, ou s'il l'a toujours été, au fond de lui. Soudain, dans ce commissariat de police, tandis qu'elle observe cet homme qu'elle aime depuis vingt ans, elle se demande si cela a la moindre importance. Qui se soucie de savoir pourquoi ou comment nous devenons ce que nous sommes ? Sombres, méfiants, drôles. Qu'importe. Ou est-ce que la seule chose qui compte, c'est d'*être* ?

« Vous allez enquêter dessus ?

— Oui, bien sûr, répond-il avec légèreté. La vie est trop longue pour qu'on ne suive pas une piste. »

Jen attend dans la rue où tout va se produire ce soir-là. Elle est assise à l'intérieur d'une vieille bagnole et se demande comment son père a pu faire ça : refourguer des renseignements à des criminels, ne rien lui en dire, la laisser épouser un agent infiltré…

Il se met à pleuvoir, une pluie de printemps qui tombe irrégulièrement sur le toit de la voiture. Elle repense aussi à ce que son père a dit le soir de sa mort. Que Kelly était un type bien. Pourquoi dire cela s'il pensait le contraire ? Peut-être était-il au courant. Peut-être Kelly le lui avait-il dit.

Soudain, quelque chose lui revient à l'esprit, sorti de nulle part. Le stand qu'elle a vu au salon des sciences, au NEC, sans en saisir l'importance sur le coup. Le scanner de l'aorte abdominale. Grâce à cela, on pourrait repérer la maladie qui a tué son père. Elle se demande si cette technologie existe déjà. Si oui, elle pourrait appeler son père, tout de suite, et lui dire de passer un scanner. Elle pourrait sauver plus d'une vie ce soir.

Elle pose le coude sur la vitre et sa tête sur sa main. Elle sait, en son for intérieur, que ce n'est pas la bonne chose à faire.

Elle repense à son père lui demandant de préparer le pain à l'ail. Heureux. Elle repense aussi à sa mère, partie bien avant lui. Peut-être que l'heure avait sonné pour lui. On ne peut pas sauver tout le monde. C'est impossible.

Si elle s'est réveillée le jour de sa mort, c'était certainement pour aller lui parler et apprendre quelque chose à propos des multipropriétés. Ce devait être pour cette raison, et aucune autre, mais ça lui laisse tout de même un goût d'inachevé.

La police a fait cerner le 123, Greenwood Avenue par des voitures banalisées.

Enfin, vers 23 h 30, ils arrivent. Deux adolescents, des gamins, à peine plus vieux que Todd. Ils sortent de la voiture, tout de noir vêtus, corps d'araignée, et Jen les regarde entrer dans le jardin.

Elle a beau le savoir, elle n'en revient pas. Qu'elle, la Jen de quarante-trois ans, soit encore ici, dans un corps beaucoup plus jeune, en train de regarder se dérouler des événements qu'elle savait inévitables, les choses qu'elle a comprises, tout en s'en croyant incapable.

Elle les voit extraire des clés de la boîte aux lettres. Elle sait que les événements se dirigent vers leur conclusion. Elle sait que c'est le dernier jour, de quelque manière qu'il s'achève.

Ça ne rate pas : une femme à l'air fatigué sort de la maison adjacente, le 125, avec un nourrisson dans les bras. Elle le dépose sur un siège bébé ; il pleure. Elle s'arrête, tapote ses poches. Elle hésite et jette un coup d'œil vers la rue paisible. Sans voir la voiture garée un peu n'importe comment. Sans voir le larcin qui a lieu juste à côté, les deux garçons tout en noir, camouflés dans les ombres de la maison.

À cet instant : du bleu. Une explosion de lumière, si vive qu'on dirait que la saturation est à fond.

Des policiers surgissent de partout – des voitures, des buissons, de derrière les immeubles – et arrêtent les adolescents.

Elle entend quelqu'un lire leurs droits à haute voix. Elle pense à Kelly, absent pour sa propre sécurité. Il n'a encore rien fait qui exigera un témoignage anonyme. Il n'est pas encore devenu le témoin B, ni tous les hommes qu'il sera plus tard. Il n'a pas encore rencontré Jen telle qu'il la connaît.

La mère du bébé n'a pas quitté son allée. Elle assiste à la scène en serrant Eve dans ses bras, inconsciente de la balle qu'elle vient d'esquiver. Il s'en est fallu de peu… On pense toujours aux malheurs qui nous arrivent plutôt qu'à ceux auxquels le destin nous fait échapper.

Jen ferme les yeux, pose la tête sur le volant, prise d'une soudaine envie de dormir. Elle est presque prête. Il y a toujours des découvertes à faire, exactement comme l'a prédit Andy. Elle a vécu sa vie une fois, elle est passée à côté, mais son esprit sagace, son subconscient, savait certaines choses.

Elle est presque prête.

Il est bientôt 1 heure du matin et les policiers regagnent le commissariat de Merseyside, où Jen attend. Kelly revient, lui aussi. Comme elle l'espérait.

La lune est de sortie, le ciel est vaste et clair, et Jen est presque partie. Elle le sait.

Kelly et Leo sortent d'une voiture banalisée. Ce dernier se dirige tout droit vers sa propre voiture, mais Kelly s'attarde. Il marche lentement vers l'entrée du bâtiment en soufflant de la buée dans la nuit froide. Il sort un téléphone portable, vraisemblablement pour rentrer chez lui en taxi.

Jen sort de sa voiture avant qu'il puisse composer le numéro. Ils ne se sont vus qu'une seule fois, un peu plus tôt dans la journée, et Kelly semble hésiter. Perplexité et amusement mêlés : Todd tout craché.

« Bonsoir. On s'est croisés tout à l'heure, dit-elle en se hâtant de rejoindre son mari depuis vingt ans.

— Bien sûr, répond Kelly en plissant le front. Tout va bien ?

— Oui », dit-elle essoufflée. Elle est maintenant si loin en arrière, une flèche décochée vers l'avenir : la plus infime variation, et elle manquera sa cible. « Je voulais juste savoir… Les cambrioleurs… Mon tuyau… Vous les avez eus ?

— On les a eus », répond-il avec prudence. Il remet son portable dans sa poche, mais détourne d'elle son corps mince.

Devant tant de froideur, elle s'arrête net, sous le crachin de janvier si semblable à la bruine d'octobre. Elle se dit qu'il ne sait pas. Cet homme qu'elle a aimé, avec qui elle a ri, dont elle a eu un enfant, qu'elle a épousé, dont elle a partagé le lit. Il ne sait pas. Il ne la connaît pas. Elle a devant elle le Kelly qui se méfie des inconnus. Il n'a aucune raison de se méfier, là, dans le passé, mais il se méfie quand même. Il reste lui-même. Elle avait raison. Il est toujours lui-même. L'homme qu'elle aime.

« Je suis tellement contente que vous les ayez eus. »

Il cède à la curiosité.

« Comment saviez-vous ?

— Je ne saurais révéler mes sources », répond-elle, le genre de plaisanterie qu'il adore.

Il se fend d'un sourire.

« Vous avez demandé à me voir. Vous avez dit que vous vouliez parler à Ryan ou à Kelly.

— Oui. Je sais.

— Personne n'est censé connaître le rapport entre ces deux noms. Même *moi*, je… »

Jen hausse les épaules.

« Je répète. Secret défense. »

Dans la bruine froide, elle commence à être trempée.

« Ha. Eh bien, on est intervenus tellement en amont. On pense que le vrai patron nous a échappé. Il a été alerté quand on a arrêté ses petits soldats. »

Joseph. Joseph leur a échappé. Jen frissonne, mais ce n'est pas seulement le froid. Ne devrait-elle pas se méfier des conséquences imprévues ? Mais n'a-t-elle pas fait ce qu'il fallait faire, chaque fois qu'elle l'a pu ? Elle n'a pas joué à la loterie. Elle n'a même pas sauvé son père, pas cette fois, alors qu'elle en avait la possibilité. Elle a laissé les choses se faire. Elle s'emmitoufle un peu plus dans son manteau et se rapproche de Kelly, en espérant que ça ira.

« Je crois que vous avez fait ce qu'il fallait faire », dit-elle doucement, tristement, en pensant à la petite Eve, au fait qu'on ne voit jamais les catastrophes évitées de justesse, qui nous manquent de peu, autant de flèches qui nous frôlent.

Il n'a pas encore appelé le taxi. Il pose les yeux sur elle. Et elle connaît, elle connaît, elle connaît ce regard.

Il hausse un sourcil. Puis il prononce la phrase qui change tout.

« Je sais que c'est un cliché à la con, mais… On se connaît ? On s'est déjà vus avant aujourd'hui ? »

Elle ne peut s'empêcher de rire.

« Pas encore », répond-elle.

Le badinage avec son mari coule toujours avec la même fluidité.

Leurs regards se croisent sur le parking. Il est tombé si amoureux qu'il a renoncé à sa vie pour elle. Renoncé à son nom. À sa mère. À son *identité*. Elle ne se dit pas qu'il a fait semblant pendant toutes ces années de vie commune. Elle se dit qu'il a essayé de *ne pas* faire semblant.

« Au fait, je m'appelle Ryan. Et vous ?

— Jen. »

Le moment est arrivé, elle le sait. Elle est prête. Elle ferme les yeux, comme si elle s'endormait. Puis elle s'en va. Et tout ce qui a été est effacé, exactement comme elle le pensait.

JOUR J

1 h 59 laisse place à 1 heure du matin. Jen Hiles se tient sur le palier.

La citrouille est là. Tout est là. Sur sa peau, elle sent encore la bruine fantôme de la nuit de janvier. Elle sent encore les yeux de son mari posés sur les siens.

Il sort de la chambre.

« Ça va ?

— Raconte-moi le jour où on s'est rencontrés, lui répond-elle, s'abandonnant à ses bras chauds.

— Hein ? demande-t-il d'une voix ensommeillée.

— Raconte-moi, dit-elle avec l'insistance de quelqu'un pour qui tout est en péril.

— Euh… Tu es entrée dans le commissariat… »

Jen en reste bouche bée. Elle a réussi. Elle les a bien vécues, ces vingt années, avec lui, avec Ryan.

« Est-ce que je suis avocate ?

— Euh… Oui ? Il faut que je dorme. Je suis de service demain. »

Il est policier. Jen referme les yeux, ravie. Il sera plus heureux comme ça. Il ne sera plus aussi insatisfait, il ne sera plus inadapté.

« Il est tard, putain », gémit-il.

Il reste toujours lui-même.

« Mon père est encore en vie ? demande Jen.
— Mais qu'est-ce qui te prend ?
— S'il te plaît… Réponds-moi.
— Non. »

C'est là qu'elle comprend. La coupure sur le doigt, le sauvetage de son père. Ni l'un ni l'autre n'ont tenu. Andy avait raison : les événements se sont enchaînés depuis cette fameuse journée pluvieuse de janvier vingt ans plus tôt, effaçant tous les autres changements qu'elle a effectués en cours de route. Qu'elle n'a effectués que parce qu'ils lui permettaient de retourner au bon endroit, au bon moment, et d'intervenir.

« Y a quelqu'un ? » lance Todd.

Jen sent dans son cœur comme un lever de soleil, l'aurore qui point sur leur vie. C'est Todd. Il est à la maison. À la maison, en train d'appeler en bas de l'escalier, et non pas de marcher dans la rue, un couteau à la main.

« Vous êtes encore debout ? reprend-il. Devant la fenêtre, comme ça, on dirait une photo cochonne ! »

Kelly éclate de rire.

« Eh… Ryan ? dit Jen.
— Mmh ? » répond-il comme si ce n'était rien.

Mais pour Jen, ce nom vient tout confirmer. Elle le dévisage. Les mêmes yeux bleu marine. La même silhouette fine. Un tatouage, un simple *Jen*.

Donc Joseph ne s'est pas fait attraper, mais le bébé n'a jamais été enlevé non plus. Elle médite là-dessus quelques secondes devant la baie vitrée. Eh bien, on ne peut pas gagner à tous les coups. Les criminels trafiqueront toujours de la drogue, des armes, des renseignements. Ils voleront et mentiront toujours. On ne peut pas attraper tout le monde, mais on peut sauver les innocents. Joseph a-t-il appris quoi que ce soit de ses vingt années en prison, de toute façon ?

Elle regarde son mari, puis son fils qui monte les marches deux par deux. N'est-ce pas un juste prix à payer ?

Quelque chose vient la turlupiner. Elle se demande comment elle l'expliquera, cette étrange période de sa vie passée à la revivre.

« Tout va bien ? fait Todd, l'interrompant dans ses pensées.

— Tu étais où ? Avec Clio ?

— Qui est Clio ? »

Todd regarde son portable.

Évidemment. Joseph ne vient jamais retrouver Kelly, donc Todd ne rencontre jamais Clio. Elle observe son fils. Elle lui a volé son premier amour. Est-ce *aussi* un juste prix à payer ?

« J'ai rêvé que tu rencontrais une fille qui s'appelait Clio, dit-elle pour en avoir le cœur net.

— Eve ne serait pas contente, si ?

— Eve ? Qui ça ?

— Ma… » Todd coule un regard vers Kelly, qui hausse les épaules. « Ma petite amie ?

— Quel est son nom de famille ?

— Green… »

Le bébé. Le bébé enlevé qui n'a jamais été enlevé. Jen est à la lisière d'un ouragan. Elle sent les toutes premières rafales caresser ses cheveux.

« Je peux voir une photo d'elle ? »

Todd la regarde comme s'il avait affaire à une parfaite imbécile, puis cherche parmi les photos de son portable. La voilà. C'est Clio. Bordel, c'est Clio. Clio était la petite fille volée. Pas étonnant, donc, que la photo du bébé lui ait semblé familière. Abasourdie, elle tend la main pour attraper le téléphone. Son fils la laisse faire sans broncher. Il n'a rien à cacher.

« Ouah, dit-elle en zoomant sur le visage.

— Quoi, c'est la première fois que tu vois une femme ?

— Laisse-moi regarder tranquillement. »

Donc. L'enlèvement d'Eve n'a jamais eu lieu. Jen l'a empêché. Le bébé est resté chez sa mère en tant qu'Eve Green. Jen a rendu impossible leur rencontre initiale, mais Todd et elle ont fini par se rencontrer d'une autre manière. Eve est tombée amoureuse de lui en 2022 de la même façon qu'elle en est tombée amoureuse en tant que Clio, enlevée puis envoyée habiter chez un proche de Joseph. Le destin.

Jen lève les yeux vers son mari, puis son fils. Clio. Ryan. Eve. Kelly. Des gens dont les prénoms ont changé mais dont l'amour a résisté malgré tout.

Elle tend le bras vers Todd. Il s'approche et ils s'enlacent, tous les trois, devant la baie vitrée. La respiration de Jen ralentit.

Quelques minutes plus tard, elle descend, pour vérifier, pour voir. Une main sur la poignée de la porte.

Une sensation étrange lui tombe dessus comme une pluie fine. Une impression de déjà-vu. Qu'est-ce que c'était ? Elle secoue la tête. Des bébés volés et… une organisation criminelle ? Un clin d'œil, et c'est passé. Comme c'est curieux. Ça ne lui arrive jamais, ces choses.

Et un soir aussi ordinaire, en plus.

J + 1

Jen se réveille. C'est le 30 octobre, et elle ne sait pas trop pourquoi, mais elle a l'impression d'avoir toute la vie devant elle.

« Ça va ? » lui demande Todd sur le palier, pendant qu'elle enfile un peignoir. « Tout va bien ?

— Oui. »

Elle a vaguement mal à la tête, mais rien de plus. Elle sent une odeur de nourriture en bas. Ryan a dû attaquer le petit déjeuner.

« Tu as dit des drôles de trucs, hier soir. Tu pensais que j'avais une petite amie qui s'appelle Clio.

— Qui est Clio ? » demande Jen.

ÉPILOGUE

J – 1

La conséquence imprévue

Les premières minutes qui suivent son réveil, Pauline a oublié.

Puis elle se souvient. Et elle est saisie d'effroi. Elle jaillit du lit comme un feu d'artifice. *Connor.*

Elle savait depuis des mois que ça devait arriver. Cela fait quelque temps qu'il est secret, désagréable, morose. Elle reste debout jusqu'à pas d'heure, attendant son retour. Il a eu une série de comportements de plus en plus inquiétants. Et maintenant, ça.

Tout a commencé avec l'impression de déjà-vu. Hier soir. Et juste après, Connor s'est fait arrêter. D'après la police, il a commis toutes sortes de délits : trafic de drogue, vols, et j'en passe. Cela fait quelques années qu'il fraie avec un certain Joseph. Lui qui est censé avoir toute la vie devant lui, il est en train de la détruire.

Il faut qu'elle contacte un avocat. Qu'elle répare les dégâts. Elle a tellement de choses à faire. Elle doit comprendre pourquoi il a fait ça.

Elle sort de sa chambre, prête à allumer son ordinateur et à trouver un avocat. Mais son garçon est là, sur le palier.

« Hein… ? dit-elle. Ils t'ont laissé partir ?

— Qui ça ?
— Les policiers !
— Quels policiers ? »

Il rigole. À ce moment-là, Pauline la voit. Dans la chambre de Connor. La date qui surgit à l'écran, au journal télévisé de la BBC – un sujet sur la force hystérique. On est le 30 octobre. Le 30, ce n'était pas hier ? Si, elle en est sûre et certaine.

FORCE HYSTÉRIQUE

La force hystérique est la manifestation d'une force extrême chez un être humain, au-delà de ce qui est considéré comme normal, généralement dans des situations où il est question de vie ou de mort, en particulier chez les mères. On rapporte ainsi des cas de femmes qui soulèvent des voitures pour sauver des nouveau-nés, créant parfois un gigantesque champ de force d'énergie. D'autres phénomènes surnaturels ont été recensés, par exemple des boucles temporelles, sans que leur existence ne puisse être prouvée. Les personnes concernées évoquent souvent des impressions de déjà-vu accompagnant ces épisodes.

REMERCIEMENTS

Je me rappelle le moment précis où j'ai eu l'idée de ce roman. L'historique des SMS que j'ai échangés avec mon amie autrice Holly m'indique que c'était le 27 novembre 2019.

Moi, 18 h 32 : Je veux écrire un livre comme la série *Poupée russe*, mais sur des attaques au couteau.

Holly Seddon, 18 h 37 : Oh, le rêve.
Holly, 18 h 38 : Tu ferais comment ? Quelqu'un n'arrêterait pas de se faire poignarder ?

Moi, 18 h 38 : Oui, je crois. Et le type est obligé de remonter toujours en arrière, jusqu'à l'époque où il est entré dans un gang, peut-être, jusqu'au moment où ça n'a pas encore commencé. Oh, là, là, il faut tout raconter à l'envers alors ?

Holly, 18 h 38 : Oh là là.

Moi, 18 h 38 : Je viens d'inventer un truc ?

Et voilà.

Je venais de voir *Poupée russe*, puis j'avais regardé les infos, et un reportage sur les attaques au couteau avait attiré mon attention. C'est comme ça que ça marche, chez les écrivains. Jamais devant leur bureau, jamais au bon moment, mais toujours, inévitablement, les idées viennent, et je crois qu'il s'agit de ma meilleure idée à ce jour. Ç'a été un honneur de l'écrire, de passer un an avec Jen et Todd, et de tomber amoureuse d'eux comme j'espère que vous en êtes tombés amoureux.

Bien sûr, l'idée a beaucoup évolué au fur et à mesure de la conception et de l'écriture du roman, mais le fond reste le même : un roman policier où l'on doit empêcher la fin, et raconté à reculons. Pour moi, il y a là une logique simple – tout crime ne trouve-t-il pas son origine dans le passé, enfouie sous la surface ?

J'ai écrit ce livre entre juillet 2020 et mai 2021, au fil de deux confinements, dont un qui a duré près de cinq mois. Je n'ai rien fait d'autre pendant la pandémie. Je me disais que si je pouvais produire un livre de qualité, au moins quelque chose de bon sortirait de cette morosité. (Mon petit ami m'a demandée en mariage lors du confinement de janvier et j'ai tout de même atteint mon nombre de mots quotidiens.)

Je dédie ce roman à mes agentes, Felicity Blunt et Lucy Morris. Il est difficile pour un auteur d'exagérer le rôle que peuvent jouer deux formidables agents dans sa carrière. Ils conseillent, ils corrigent, ils soutiennent, ils vendent et, plus que tout, ils font de vous un meilleur écrivain. Mon idée ne les a jamais inquiétées, elles ne l'ont jamais trouvée trop ambitieuse, et je leur en suis infiniment reconnaissante.

Il n'est pas excessif non plus de dire que mes éditrices, Maxine Hitchcock et Rebecca Hilsdon, chez Penguin Michael Joseph, ont totalement changé ma vie. Je le rappelle dans tous mes remerciements, mais c'est la vérité. Si j'ai pu écrire six best-sellers, c'est grâce à cette *dream team* qu'est PMJ : Max, Rebecca, Ellie Hughes, Sriya Varadharajan, Jen Breslin (génie absolu) et toutes les équipes des ventes, ainsi que ma géniale relectrice Sarah Day. Six best-sellers du *Sunday Times*, une sélection dans l'émission *Richard and Judy*, un numéro 1 des ventes en numérique… Près d'un demi-million d'exemplaires vendus : la liste de leurs exploits avec mes livres s'allonge encore.

Merci aussi à ma toute nouvelle éditrice américaine, Lyssa Keusch, et à l'équipe de William Morrow/HarperCollins. J'ai hâte !

Au cours de l'écriture de ce roman, j'ai consulté quelques spécialistes. Richard Price (qui possède bel et bien un tee-shirt J. D. Salinger), pour son expertise en physique et sur les courbes temporelles fermées. Neil Greenough m'a aidée avec les procédures policières actuelles. Vous n'avez pas idée comme il est précieux d'avoir sous la main quelqu'un qui s'y connaît en la matière, et Neil a été d'une patience infinie face à mes questions bizarres (toute erreur est de ma responsabilité, à dessein : une unité infiltrée ne prendrait jamais pour base le commissariat, bien sûr).

Paul Wade, pour avoir parlé multivers avec moi. Tyler Thomas, pour avoir été si gentil et si proche de Todd. Merci aussi à mes gourous de Liverpool, John Gibbons et Neil Atkinson.

Et mon père, naturellement, que je remercie pour nos nombreuses conversations et ses conseils inappréciables, et d'avoir été mon premier lecteur, toujours.

Merci aussi à Jo Zamo de m'avoir prêté son nom, et à Kenneth Eagles et à Kacie de m'avoir laissée emprunter leur quotidien familial.

Plus je m'approche de la quarantaine, plus je m'aperçois que je ne serais pas grand-chose sans mes meilleurs amis, nombreux et divers. Lia Louis, Holly Seddon, Beth O'Leary, Lucy Blackburn, Phil Rolls et les Wade : vous êtes mes psys, mes humoristes, et les gardiens de mes secrets les plus chers.

Et enfin, merci à David. À l'heure où j'écris ces remerciements, il deviendra mon mari dans vingt-quatre heures (ah, les écrivains qui vont se marier : qui d'autre rédige ses remerciements un dimanche après-midi, la veille du grand jour ?). Quel que soit l'univers, quelle que soit la chronologie, quel que soit ton nom, je t'aimerai jusqu'à J – 5 372 (et retour).

Cet ouvrage a été composé et mis en page
par PCA, 44400 Rezé

Imprimé en France par
CPI Brodard & Taupin
en mars 2025
N° d'impression : 3059123

Pour plus d'information :

www.lisez.com

Imprimé sur du papier issu de forêts gérées durablement.

Pocket – 92 avenue de France, 75013 PARIS

S34643/01